天龍八部

金庸

THE SEMI-GODS AND THE SEMI-DEVILS

1

無量玉壁

蘇宣「流風回雪」

蘇宣，安徽新安人，明末萬曆、天啟年間被推為海內第一大篆刻家。

曹植「洛神賦」有「彷彿兮若輕雲之蔽月，飄飄兮若流風之回雪」句，

形容洛神「凌波微步」之神姿。

右頁圖／張勝溫「佛像」：張勝溫是大理國畫師。本圖是設色長卷，圖中諸像相好莊嚴，設色塗金，並極精采。本圖作於一一八〇年，圖上有「奉為皇帝瞟信畫」、「為利貞皇帝瞟信畫」等字。大理國利貞皇帝即一燈大師段智興，是段譽的孫子。

上圖／敦煌石窟的天龍八部壁畫：五代時所繪，印度神話中的角色已中國化了。

雲南石林：怪石林立，森然奇絕，入石林中，如至武俠小說境界。石林於宋代屬大理國國境。

大理三塔：大理國以佛教為國教，寺廟、寶塔等建築甚多。

宋人「燃燈授記釋迦文」圖卷——大乘佛經中記載，釋迦牟尼前生曾得燃燈佛授記：「汝將來當作佛。」跪在地下的即釋迦文佛之前生。燃燈之扈從中有羅漢、天王、供養人、天龍八部等。頭頂有龍、手持寶珠者即龍。

張勝溫「文殊請問，維摩大士」：大理國畫師張勝溫所繪長卷之部分。本圖故事出於「維摩詰經」，維摩居士有病，釋迦牟尼派文殊菩薩率觀音菩薩、舍利弗羅漢等去問病。

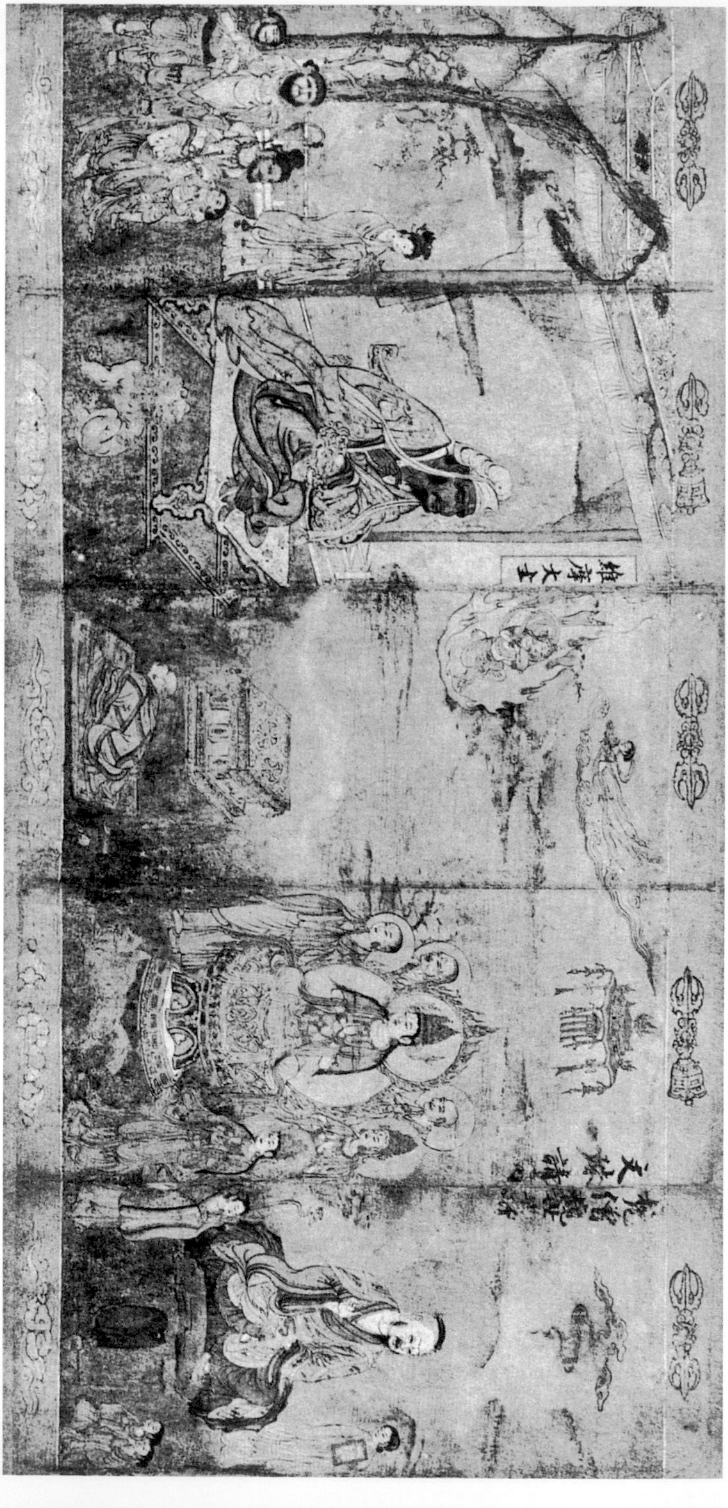

張勝溫「南無釋迦牟尼佛會」：中為釋迦牟尼，其旁年老的羅漢是迦葉尊者，年輕的是阿難尊者，騎青獅的是文殊菩薩，騎白象的是普賢菩薩，最旁的奇形人物是天龍八部等護法。

敦煌壁畫「阿修羅像」：西魏時代所繪。阿修羅在本圖左首，四目四臂，象徵憤怒好鬥。其右有龍、飛天夜叉、樂神乾達婆等。

敦煌壁畫中之「迦樓羅」等：西魏時代所繪。「迦樓羅」為食龍之大鳥，即大鵬金翅鳥，其上生角怪物、玩弄鼓狀物作雜技戲者為舞蹈神「緊那羅」，均屬天龍八部。

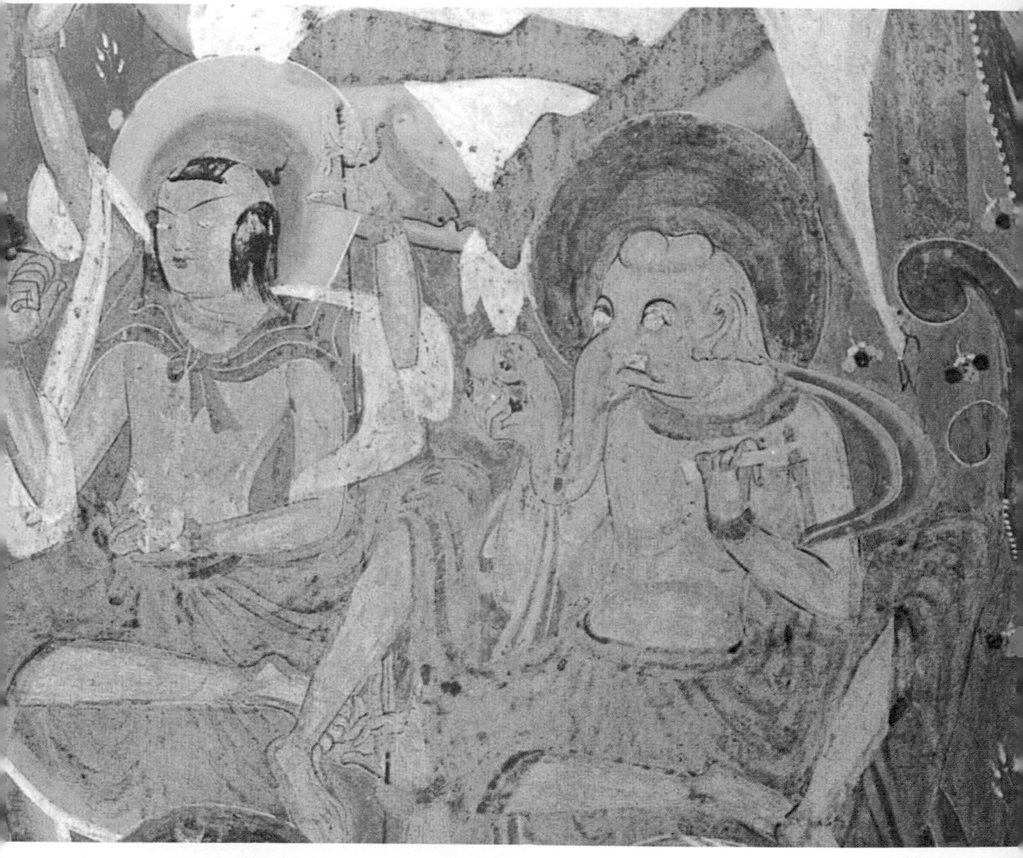

敦煌壁畫中之「緊那羅」及「摩呼羅迦」：西魏壁畫。「緊那羅」意為「人非人」，似人而非人，頭上生角，善歌舞，圖中以豎髮代表生角，手勢作舞蹈形。「摩呼羅迦」是大蟒神，人身而蛇頭。二者均屬天龍八部。

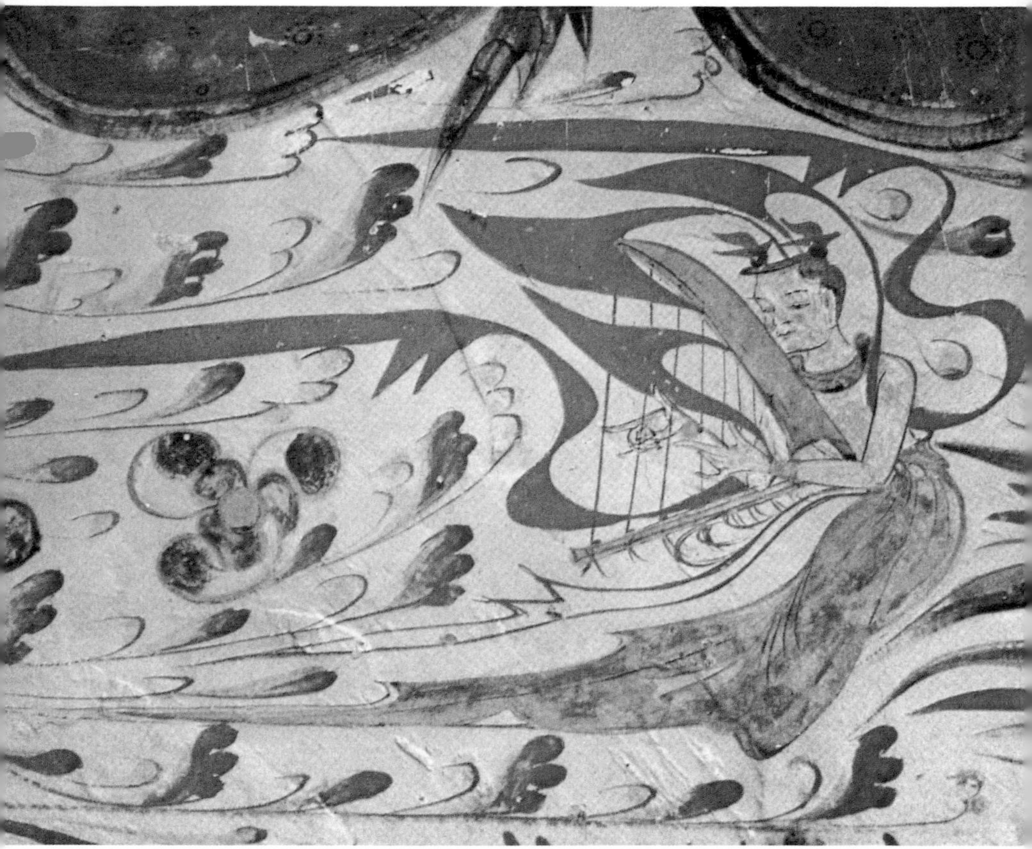

敦煌壁畫「樂神」：西魏壁畫。

上圖／敦煌壁畫「太子逾城」：初唐壁畫，描繪悉達多太子（釋迦牟尼成佛前的名字）半夜騎馬逾城出家，有龍、天神、樂神、夜叉等天龍八部護持。

左頁圖／「雲南大理附近形勢圖」：錄自「古今圖書集成」。

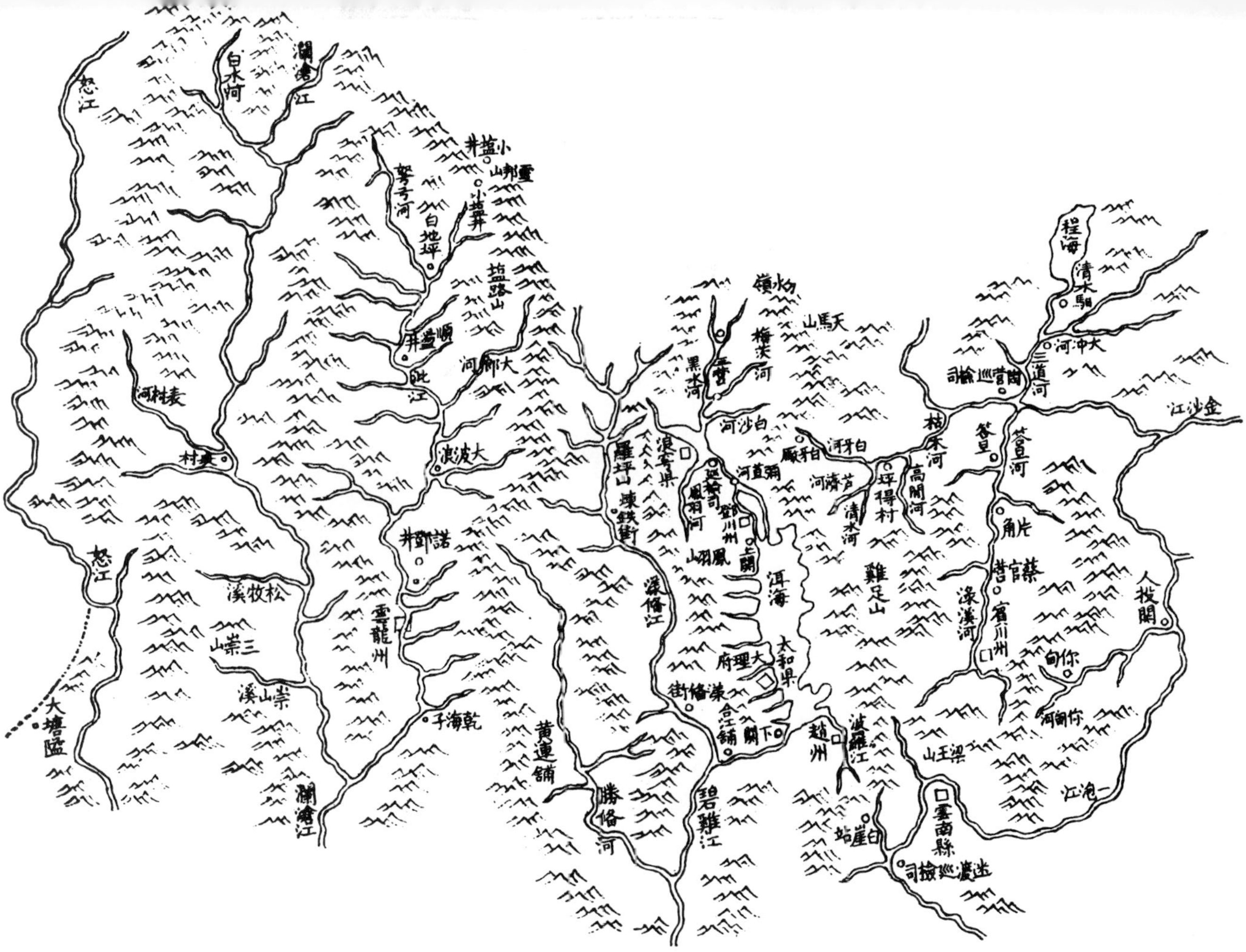

怒江
白水河
瀾滄江
小塩井
弩弓河
白地坪
盐路山
順盪井
大鄉河
沘江
大波浪
表村河
表村
諸鄧井
雲龍州
松牧溪
三崇山
崇山溪
乾海子
大塘隘
黃連舖
勝備河
碧雞江
漾備江
羅坪山
浪穹縣
鳳羽河
鄧川州
鳳羽山
上關
洱海
大理府
太和縣
漾備街
合江舖
下關
趙州
波羅江
白崖站
雲南縣
迷渡巡檢司
一泡江
梁王山
你甸河
你甸
賓川州
蔡官營
片角
人拔關
白沙河
白牙廠
清水河
枯木河
天馬山
金沙江
三道河
大冲河
清水驛
程海

張光宇「洛神」：張光宇，近代畫家。圖中洛神衣帶飄揚，畫家以白描手法，承襲吳道子「吳帶當風」的中國畫傳統，描繪洛神翩若驚鴻、婉若遊龍的神態。

天龍八部

1
無量玉壁

金庸 著

「金庸作品集」臺灣版序

小說是寫給人看的。小說的內容是人。

小說寫一個人、幾個人、一羣人、或成千成萬人的性格和感情。他們的性格和感情從橫面的環境中反映出來，從縱面的遭遇中反映出來，從人與人之間的交往與關係中反映出來。長篇小說中似乎只有「魯濱遜飄流記」，才只寫一個人，寫他與自然之間的關係，但寫到後來，終於也出現了一個僕人「星期五」。只寫一個人的短篇小說多些，寫一個人在與環境的接觸中表現他外在的世界，內心的世界，尤其是內心世界。

西洋傳統的小說理論分別從環境、人物、情節三個方面去分析一篇作品。由於小說作者不同的個性與才能，往往有不同的偏重。

基本上，武俠小說與別的小說一樣，也是寫人，只不過環境是古代的，人物是有武功的，情節偏重於激烈的鬥爭。任何小說都有它所特別側重的一面。愛情小說寫男女之間與性有關的感情，寫實小說描繪一個特定時代的環境，「三國演義」與「水滸」一類小說敘述大羣人物的鬪爭經歷，現代小說的重點往往放在人物的心理過程上。

小說是藝術的一種，藝術的基本內容是人的感情，主要形式是美，廣義的、美學上的美。在小說，那是語言文筆之美、安排結構之美，關鍵在於怎樣將人物的內心世界通過某種形式而表現出來。甚麼形式都可以，或者是作者主觀的剖析，或者是客觀的敘述故事，從人物的行動和言語中客觀的表達。

讀者閱讀一部小說，是將小說的內容與自己的心理狀態結合起來。同樣一部小說，有的人感到強烈的震動，有的人卻覺得無聊厭倦。讀者的個性與感情，與小說中所表現的個性與感情相接觸，產生了「化學反應」。

武俠小說只是表現人情的一種特定形式。好像作曲家要表現一種情緒，用鋼琴、小提琴、交響樂、或歌唱的形式都可以，畫家可以選擇油畫、水彩、水墨、或漫畫的形式。問題不在採取甚麼形式，而是表現的手法好不好，能不能和讀者、聽者、觀賞者的心靈相溝通，能不能使他的心產生共鳴。小說是藝術形式之一，有好的藝術，也有不好的藝術。

好或者不好，在藝術上是屬於美的範疇，不屬於真或善的範疇。判斷美的標準是美，是感情，不是科學上的真或不真，道德上的善或不善，也不是經濟上的值錢不值錢，政治上對統治者的有利或有害。當然，任何藝術作品都會發生社會影響，自也可以用社會影響的價值去估量，不過那是另一種評價。

在中世紀的歐洲，基督教的勢力及於一切，所以我們到歐美的博物院去參觀，見到所有中世紀的繪畫都以「聖經」為題材，表現女性的人體之美，也必須通過聖母的形象。直到文藝復興之後，凡人的形象才在繪畫和文學中表現出來，所謂文藝復興，是在文藝上復興希臘、羅馬時代對「人」的描寫，而不再集中於描寫神與聖人。

中國人的文藝觀，長期來是「文以載道」，那和中世紀歐洲黑暗時代的文藝思想是一致的，用「善或不善」的標準來衡量文藝。「詩經」中的情歌，要牽強附會地解釋為諷刺君主或歌頌后妃。陶淵明的「閒情賦」，司馬光、歐陽修、晏殊的相思愛戀之詞，或者惋惜地評之為白璧之玷，或者好意地解釋為另有所指。他們不相信文藝所表現的是感情，認為文字的唯一功能只是為政治或社會價值服務。

我寫武俠小說，只是塑造一些人物，描寫他們在特定的武俠環境（古代的、沒有法治的、以武力來解決爭端的社會）中的遭遇。當時的社會和現代社會已大不相同，人的性格和感情卻沒有多大變化。古代人的悲歡離合、喜怒哀樂，仍能在現代讀者的心靈中引起相應的情緒。讀者們當然可以覺得表現的手法拙劣，技巧不夠成熟，描寫殊不深刻，以美學觀點來看是低級的藝術作品。無論如何，我不想載甚麼道。我在寫武俠小說的同時，也寫政治評論，也寫與哲學、宗教有關的文字。涉及思想的文字，是訴諸讀者理智的，對這些文字，才有是非、真假的判斷，讀者或許同意，或許只部份同意，或許完全反對。

對於小說，我希望讀者們只說喜歡或不喜歡，只說受到感動或覺得厭煩。我最高興的是讀者喜愛或憎恨我小說中的某些人物，如果有了那種感情，表示我小說中的人物已和讀者的心靈發生聯繫了。小說作者最大的企求，莫過於創造一些人物，使得他們在讀者心中變成活生生的、有血有肉的人。藝術是創造，音樂創造美的聲音，繪畫創造美的視覺形象，小說是想創造人物。假使只求如實反映外在世界，那麼有了錄音機、照相機，何必再要音樂、繪畫？有了報紙、歷史書、記錄電視片、社會調查統計、醫生的病歷紀錄、黨部與警察局的人事檔案，何必再要小說？

一九八六・二・六　於香港

目錄

（右回目調寄「少年遊」．本意。）

釋名

「天龍八部」這名詞出於佛經。許多大乘佛經敘述佛向諸菩薩、比丘等說法時，常有天龍八部參與聽法。如「法華經．提婆達多品」：「天龍八部、人與非人，皆遙見彼龍女成佛。」「非人」是形貌似人而實際不是人的眾生。「天龍八部」都是「非人」，包括八種神道怪物，因為以「天」及「龍」為首，所以稱為「天龍八部」。八部者，一天，二龍，三夜叉，四乾達婆，五阿修羅，六迦樓羅，七緊那羅，八摩呼羅迦。

「天」是指天神。在佛教中，天神的地位並非至高無上，只不過比人能享受到更大、更長久的福報而已。佛教認為一切事物無常，天神的壽命終了之後，也是要死的。天神臨死之前有五種徵狀：衣裳垢膩、頭上花萎、身體臭穢、腋下汗出、不樂本座（第五個徵狀或說是「玉女離散」），這就是所謂「天人五衰」，是天神最大的悲哀。帝釋是眾天神的領袖。

「龍」是指龍神。佛經中的龍，和我國傳說中的龍大致差不多，不過沒有腳，有時大蟒蛇也稱為龍。事實上，中國人對龍和龍王的觀念，主要是從佛經中來的。佛經中有五龍王、七龍王、八龍王等等名稱。古印度人對龍很是尊敬，認為水中生物以龍的力氣最大，陸上生物以象的力氣最大，因此對德行崇高的人尊稱為「龍象」，如「西來龍象」，那是指從西方來的高僧。古印度人以為下雨是龍從大海中取水而灑下人間。中國人也接受了這種說法，曆本上注明幾龍取水，表示今年雨量的多寡。龍王之中，有一位叫做沙竭羅龍王，他的幼女八歲時到釋迦牟尼所說法的靈鷲山前，轉為男身，現成佛之相。她成佛之時，為天龍八部所見。

「夜叉」是佛經中的一種鬼神，有「夜叉八大將」、「十六大夜叉將」等名詞。「夜叉」的本義是能吃鬼的神，又有敏捷、勇健、輕靈、秘密等意思。「維摩經」註：「什曰：『夜叉有三種：一、在地，二、在空虛，三、天夜叉也。』」現在我們說到「夜叉」都是指惡鬼。但在佛經中，有很多夜叉是好的，夜叉八大將的任務是「維護眾生界」。

「乾達婆」是一種不吃酒肉、只尋香氣作為滋養的神，是服侍帝釋的樂神之一，身上發出濃烈的香氣。「乾達婆」在梵語中又是「變幻莫測」的意思，魔術師也叫「乾達婆」，海市蜃樓叫做「乾達婆城」。香氣和音樂都是縹緲隱約，難以捉摸。

「阿修羅」這種神道非常特別，男的極醜陋，而女的極美麗。阿修羅王常常率部和帝釋戰鬥，因為阿修羅有美女而無美好食物，帝釋有美食而無美女，互相妒忌搶奪，每有惡戰，總是打得天翻地覆。我們常稱慘遭轟炸、屍橫遍地的大戰場為「修羅場」，就是由此而來。大戰的結果，阿修羅王往往打敗，有一次他大敗之後，上天下地，無處可逃，於是化身潛入藕的絲孔之中。阿修羅王性子暴躁、執拗而善妒。釋迦牟尼說法，說「四念處」，阿修羅王也說法，說「五念處」；釋迦牟尼說「三十七道品」，阿修羅王偏又多一品，說「三十八道品」。佛經中的神話故事大都是譬喻。阿修羅王權力很大，能力很大，就是愛搞「老子不信邪」、「天下大亂，越亂越好」的事。阿修羅又疑心病很重，「大智度論・卷三十五」：「阿修羅其心不端故，常疑於佛，謂佛助天。佛為說『五眾』，謂有六眾，不為說一；若說『四諦』，謂有五諦，不說一事。」「五眾」即「五蘊」，五蘊、四諦是佛法中的基本觀念。阿修羅聽佛說法，疑心佛偏袒帝釋，故意少說了一樣。

「迦樓羅」是一種大鳥，翅有種種莊嚴寶色，頭上有一個大瘤，是如意珠。此鳥鳴聲悲苦，以龍為食。舊說部中說岳飛是「大鵬金翅鳥」投胎轉世，迦樓羅就是大鵬金翅鳥。牠每天要吃一個龍王及五百條小龍。到牠命終時，諸龍吐毒，無法再吃，於是上下翻飛七次，飛到金剛輪山頂上命終。因為牠一生以龍（大毒蛇）為食物，體內積蓄毒氣極多，臨死時毒發自焚。肉身燒去後只餘一心，作純青琉璃色。

「緊那羅」在梵語中為「人非人」之意。他形狀和人一樣，但頭上生一隻角，所以稱為「人非人」，善於歌舞，是帝釋的樂神。

「摩呼羅迦」是大蟒神，人身而蛇頭。

這部小說以「天龍八部」為名，寫的是北宋時雲南大理國的故事。

大理國是佛教國家，皇帝都崇信佛教，往往放棄皇位，出家為僧，是我國歷史上一個十分奇特的現象。據歷史記載，大理國的皇帝中，聖德帝、孝德帝、保定帝、宣仁帝、正廉帝、神宗等都避位為僧。「射鵰英雄傳」中所寫的南帝段皇爺，就是大理國的皇帝。「天龍八部」的年代在「射鵰英雄傳」之前。本書故事發生於北宋哲宗元祐、紹聖年間，公元一〇九四年前後。

天龍八部這八種神道精怪，各有奇特個性和神通，雖是人間之外的眾生，卻也有塵世的歡喜和悲苦。這部小說裏沒有神道精怪，只是借用這個佛經名詞，以象徵一些現世人物，就像「水滸」中有母夜叉孫二娘、摩雲金翅歐鵬。

一　青衫磊落險峯行

樑上少女格格嬌笑，讚道：「乖貂兒！」右手兩根手指抓著一條小蛇的尾巴，倒提起來，在貂兒面前晃動。那貂兒伸出前腳抓住，張口便吃。

青光閃動，一柄青鋼劍倏地刺出，指向中年漢子左肩，使劍少年不等劍招用老，腕抖劍斜，劍鋒已削向那漢子右頸。那中年漢子豎劍擋格，錚的一聲響，雙劍相擊，嗡嗡作聲，震聲未絕，雙劍劍光霍霍，已拆了三招。中年漢子長劍猛地擊落，直砍少年頂門。那少年避向右側，左手劍訣一引，青鋼劍疾刺那漢子大腿。

兩人劍法迅捷，全力相搏。

練武廳東邊坐著二人。上首是個四十左右的中年道姑，鐵青著臉，嘴唇緊閉。下首是個五十餘歲的老者，右手撚著長鬚，神情甚是得意。兩人的座位相距一丈有餘，身後各站著二十餘名男女弟子。西邊一排椅子上坐著十餘位賓客。東西雙方的目光都集注於場中二人的角鬥。

眼見那少年與中年漢子已拆到七十餘招，劍招越來越緊，兀自未分勝敗。突然中年漢子一劍揮出，用力猛了，身子微微一晃，似欲摔跌。西邊賓客中一個身穿青衫的年輕男子忍不住「嗤」的一聲笑。他隨即知道失態，忙伸手按住了口。

便在這時，場中少年左手呼的一掌拍出，擊向那漢子後心。那漢子向前跨出一步避開，手中長劍驀地圈轉，喝一聲：「著！」那少年左腿已然中劍，腿下一個踉蹌，長劍在地下一撐，站直身子待欲再鬥，那中年漢子已還劍入鞘，笑道：「褚師弟，承讓，承讓，傷得不厲害麼？」那少年臉色蒼白，咬著嘴唇道：「多謝龔師兄劍下留情。」

那長鬚老者滿臉得色，微微一笑，說道：「東宗已勝了三陣，看來這『劍湖宮』又要讓東宗再住五年了。辛師妹，咱們還須比下去麼？」坐在他上首的那中年道姑強忍怒氣，說道：「左師兄果然調教得好徒兒。但不知左師兄對『無量玉璧』的鑽研，這五年來可已大有心得麼？」長鬚老者向她瞪了一眼，正色道：「師妹怎地忘了本派的規矩？」那道姑哼了一聲，便不再說下去了。

這老者姓左，名叫子穆，是「無量劍」東宗的掌門。那道姑姓辛，道號雙清，是「無量劍」西宗掌門。

「無量劍」原分東、北、西三宗，北宗近數十年來已趨式微，東西二宗卻均人材鼎盛。「無量劍」於五代後唐年間在南詔無量山創派，掌門人居住無量山劍湖宮。自於大宋仁宗年間分為三宗之後，每隔五年，三宗門下弟子便在劍湖宮中比武鬥劍，獲勝的一宗得在劍湖宮居住五年，至第六年上重行比試。五場鬥劍，贏得三場者為勝。這五年之中，敗者固然極力鑽研，以圖在下屆劍會中洗雪前恥，勝者也是絲毫不敢鬆懈。北宗於四十年前獲勝而入住劍湖宮，五年後敗陣出宮，掌門人一怒而率領門人遷往山西，此後即不再參預比劍，與東西兩宗也不通音問。三十五年來，東西二宗互有勝負。東宗勝過四次，西宗勝過兩次。那龔姓中年漢子與褚姓少年相鬥，已是本次比劍中的第四場，姓龔的漢子既勝，東宗四賽三勝，第五場便不用比了。

西首錦凳上所坐的則是別派人士，其中有的是東西二宗掌門人共同出面邀請的公證人，其餘則是前來觀禮的嘉賓。這些人都是雲南武林中的知名之士。只坐在最下首的那個青衣少年卻是個無名之輩，偏是他在那龔姓漢子佯作失足時嗤的一聲笑。

這少年乃隨滇南普洱老武師馬五德而來。馬五德是大茶商，豪富好客，頗有孟嘗之風，江湖上落魄的武師前去投奔，他必竭誠相待，因此人緣甚佳，武功卻是平平。左子穆聽馬五德引見之時說這少年姓段，段姓是大理國的國姓，大理境內姓段的成千成萬，左子穆當時聽了也不以為意，心想他多半是馬五德的弟子，這馬老兒自身的功夫稀鬆平常，調教出來的弟子還高得到那裏去，是以連「久仰」兩字也懶得說，只拱了拱手，便肅入賓座。不料這年輕人不知天高地厚，竟當左子穆的得意弟子佯出虛招誘敵之時，失笑譏諷。

當下左子穆笑道：「辛師妹今年派出的四名弟子，劍術上的造詣著實可觀，尤其這第四場我們贏得更是僥倖。褚師姪年紀輕輕，居然練到了這般地步，前途當真不可限量，五年之後，只怕咱們東西兩宗得換換位了，呵呵，呵呵！」說著大笑不已，突然眼光一轉，瞧向那段姓青年，說道：「我那劣徒適才以虛招『跌撲步』獲勝，這位段世兄似乎頗不以為然。便請段世兄下場指點小徒一二如何？馬五哥威震滇南，強將手下無弱兵，段世兄的手段定是挺高的。」

馬五德臉上微微一紅，忙道：「這位段兄弟不是我的弟子。你老哥哥這幾手三腳貓的把式，怎配做人家師父？左賢弟可別當面取笑。這位段兄弟來到普洱舍下，聽說我正要到無量山來，便跟著同來，說道無量山山水清幽，要來賞玩風景。」

左子穆心想：「他若是你弟子，礙著你的面子，我也不能做得太絕了，既是尋常賓客，那可不能客氣了。有人竟敢在劍湖宮中譏笑『無量劍』東宗的武功，若不教他鬧個灰頭土臉的下山，姓左的顏面何存？」當下冷笑一聲，說道：「請教段兄大號如何稱呼，是那一位高人的門下？」

那姓段青年微笑道：「在下單名一譽字，從來沒學過甚麼武藝。我看到別人摔交，不論他真摔還是假摔，忍不住總是要笑的。」左子穆聽他言語中全無恭敬之意，不禁心中有氣，道：「那有甚麼好笑？」段譽輕搖手中摺扇，輕描淡寫的道：「一個人站著坐著，沒甚麼好笑，躺在床上，也不好笑，要是躺在地下，哈哈，那就可笑得緊了。除非他是個三歲娃娃，那又作別論。」左子穆聽他說話越來越狂妄，不禁氣塞胸臆，向馬五德道：「馬五哥，這位段兄是你的好朋友麼？」

馬五德和段譽也是初交，完全不知對方底細，他生性隨和，段譽要同來無量山，他不便拒卻，便帶著來了，此時聽左子穆的口氣甚是著惱，勢必出手便極厲害，大好一個青年，何必讓他吃個大虧？便道：「段兄弟和我雖無深交，咱們總是結伴來的。我瞧段兄弟斯斯文文的，未必會甚麼武功，適才這一笑定是出於無意。這樣罷，老哥哥肚子也餓了，左賢弟趕快整治酒席，咱們賀你三杯。今日大好日子，左賢弟何必跟年輕晚輩計較？」

左子穆道：「段兄既然不是馬五哥的好朋友，那麼兄弟如有得罪，也不算是掃了馬五哥的金面。光傑，剛才人家笑你呢，你下場請教請教罷。」

那中年漢子龔光傑巴不得師父有這句話，當下抽出長劍，往場中一站，倒轉劍柄，拱手向段譽道：「段朋友，請！」段譽道：「很好，你練罷，我瞧著。」仍是坐在椅中，並不起身。龔光傑登時臉皮紫脹，怒道：「你……你說甚麼？」段譽道：「你手裏拿了一把劍這麼東晃來西晃去，想是要練劍，那麼你就練罷。我向來不愛瞧人家動刀使劍，可是既來之，則安之，那也不妨瞧著。」龔光傑喝道：「我師父叫你這小子也下場來，咱們比劃比劃。」

段譽輕揮摺扇，搖了搖頭，說道：「你師父是你的師父，你師父可不是我的師父。你師父差得動你，你師父可差不動我。你師父叫你跟人家比劍，你已經跟人家比過了。你師父叫我跟你比劍，我一來不會，二來怕輸，三來怕痛，四來怕死，因此是不比的。我說不比，就是不比。」

他這番話甚麼「你師父」「我師父」的，說得猶如拗口令一般，練武廳中許多人聽著，忍不住都笑了出來。「無量劍」西宗雙清門下男女各佔其半，好幾名女弟子格格嬌笑。練武廳上莊嚴肅穆的氣象，霎時間一掃無遺。

龔光傑大踏步過來，伸劍指向段譽胸口，喝道：「你到底是真的不會，還是裝傻？」段譽見劍尖離胸不過數寸，只須輕輕一送，便刺入了心臟，臉上卻絲毫不露驚慌之色，說道：「我自然真的不會，裝傻有甚麼好裝？」龔光傑道：「你到無量山劍湖宮中來撒野，想必是活得不耐煩了。你是何人門下？受了誰的指使？若不直說，莫怪大爺劍下無情。」

段譽道：「你這位大爺，怎地如此狠霸霸的？我平生最不愛瞧人打架。貴派叫做無量劍，住在無量山中。佛經有云：『無量有四：一慈、二悲、三喜、四捨。』這『四無量』麼，眾位當然明白；與樂之心為慈，拔苦之心為悲，喜眾生離苦獲樂之心曰喜，於一切眾生捨怨親之念而平等一如曰捨。無量壽佛者，阿彌陀佛也。阿彌陀佛，阿彌陀佛，阿彌陀佛……」

他嘮嘮叨叨的說佛唸經，龔光傑長劍回收，突然左手揮出，拍的一聲，結結實實的打了他一個耳光。段譽將頭略側，待欲閃避，對方手掌早已打過縮回，一張俊秀雪白的臉頰登時腫了起來，五個指印甚是清晰。

這一來眾人都是吃了一驚，眼見段譽漫不在乎，滿嘴胡說八道的戲弄對方，料想必是身負絕藝。那知龔光傑隨手一掌，他竟不能避開，看來當真是全然不會武功。武學高手故意裝傻，玩弄敵手，那是常事，但決無不會武功之人如此膽大妄為的。龔光傑一掌得手，也不禁一呆，隨即抓住段譽胸口，提起他身子，喝道：「我還道是甚麼了不起的人物，那知竟是個膿包！」將他重重往地下摔落。段譽滾將出去，砰的一聲，腦袋撞在桌子腳上。

馬五德心中不忍，搶過去伸手扶起，說道：「原來老弟果然不會武功，那又何必到這裏來廝混？」

段譽摸了摸額角，說道：「我本是來遊山玩水的，誰知道他們要比劍打架了？這樣你砍我殺的，有甚麼好看？還不如瞧人家耍猴兒戲好玩得多。馬五爺，再見，再見，我這可要走了。」

左子穆身旁一名年輕弟子一躍而出，攔在段譽身前，說道：「你既不會武功，就這麼夾著尾巴而走，那也罷了，怎麼又說看我們比劍，還不如看耍猴兒戲？這話未免欺人太甚。我給你兩條路走，要麼跟我比劃比劃，叫你領教一下比耍猴兒也還不如的劍法；要麼跟我師父磕八個響頭，自己說三聲『放屁』！」段譽笑道：「你放屁？不怎麼臭啊！」

那人大怒，伸拳便向段譽面門擊去，這一拳勢夾勁風，眼見要打得他面青目腫，不料拳到途中，突然半空中飛下一件物事，纏住了那少年的手腕。這東西冷冰冰、滑膩膩，一纏上手腕，隨即蠕蠕而動。那少年吃了一驚，急忙縮手時，只見纏在腕上的竟是一條尺許長的赤練蛇，青紅斑斕，甚是可怖。他大聲驚呼，揮臂力振，但那蛇牢牢纏在腕上，說甚麼也甩不脫。忽然龔光傑大聲叫道：「蛇，蛇！」臉色大變，伸手插入自己衣領，到背心掏摸，但掏不到甚麼，只急得雙足亂跳，手忙腳亂的解衣。

這兩下變故古怪之極，眾人正驚奇間，忽聽得頭頂有人噗哧一笑。眾人抬起頭來，只見一個少女坐在樑上，雙手抓的都是蛇。

那少女約莫十六七歲年紀，一身青衫，笑靨如花，手中握著十來條尺許長小蛇。這些小蛇或青或花，頭呈三角，均是毒蛇。但這少女拿在手上，便如是玩物一般，毫不懼怕。眾人向她仰視，也只是一瞥，聽到龔光傑與他師弟大叫大嚷的驚呼，隨即又都轉眼去瞧那二人。

段譽卻仍是抬起了頭望著她，見那少女雙腳盪啊盪的，似乎這麼坐在樑上甚是好玩，問道：「姑娘，是你救我的麼？」那少女道：「那惡人打你，你為甚麼不還手？」段譽搖頭道：「我不會還手……」

忽聽得「啊」的一聲，眾人齊聲叫喚，段譽低下頭來，只見左子穆手執長劍，劍鋒上微帶血痕，一條赤練蛇斷成兩截，掉在地下，顯是被他揮劍斬死。龔光傑上身衣服已然脫光，赤了膊亂蹦亂跳，一條小青蛇在他背上遊走，他反手欲捉，抓了幾次都抓不到。

左子穆喝道：「光傑，站著別動！」龔光傑一呆，只見白光一閃，青蛇已斷為兩截，左子穆出劍如風，眾人大都沒瞧清楚他如何出手，青蛇已然斬斷，而龔光傑背上絲毫無損。眾人都高聲喝起采來。

樑上少女叫道：「喂，喂！長鬍子老頭，你幹麼弄死了我兩條蛇兒，我可要跟你不客氣了。」

左子穆怒道：「你是誰家女娃娃，到這兒來幹甚麼？」心下暗暗納罕，不知這少女何時爬到了樑上，竟然誰也沒有知覺，雖說各人都是凝神注視東西兩宗比劍，但總不能不知頭頂上伏著一個人，這件事傳將出去，「無量劍」的人可丟得大了。但見那少女雙腳一盪一盪，穿著一雙葱綠色鞋兒，鞋邊繡著幾朵小小黃花，純然是小姑娘的打扮，左子穆又道：「快跳下來！」

段譽忽道：「這麼高，跳下來可不摔壞了麼？你快叫人去拿架梯子來！」此言一出，又有幾人忍不住笑了起來。西宗門下幾名女弟子均想：「此人一表人才，卻原來是個大獃子。這少女既能神不知鬼不覺的上得樑去，輕功自然不弱，怎麼會要用梯子才爬得下來。」

那少女道：「你先賠了我的蛇兒，我再下來跟你說話。」左子穆道：「兩條小蛇，有甚麼打緊，隨便那裏都可去捉兩條來。」他見這少女玩弄毒物，若無其事，她本人年紀幼小，自不足畏，但她背後的師長父兄卻只怕大有來頭，因此言語中對她居然忍讓三分。那少女笑道：「你倒說得容易，你去捉兩條來給我看看。」

左子穆道：「快跳下來。」那少女道：「我不下來。」左子穆道：「你不下來，我可要上來拉了。」那少女格格一笑，道：「你試試看，拉得我下來，算你本事！」左子穆以一派宗師，終不能當著許多武林好手、門人弟子之前，跟一個小女孩鬧著玩，便向雙清道：「辛師妹，請你派一名女弟子上去抓她下來罷。」

雙清道：「西宗門下，沒這麼好的輕功。」左子穆臉色一沉，正要發話，那少女忽道：「你不賠我蛇兒，我給你個厲害的瞧瞧！」從左腰皮囊裏掏出一團毛茸茸的物事，向龔光傑擲了過去。

龔光傑只道是件古怪暗器，不敢伸手去接，忙向旁避開，不料這團毛茸茸的東西竟是活的，在半空中一扭，撲在龔光傑背上，眾人這才看清，原來是隻灰白色的小貂兒。這貂兒靈活已極，在龔光傑背上、胸前、臉上、頸中，迅捷無倫的奔來奔去。龔光傑雙手急抓，可是他出手雖快，那貂兒更比他快了十倍，他每一下抓撲都落了空。旁人但見他雙手急揮，在自己背上、胸前、臉上、頸中亂抓亂打，那貂兒卻仍是遊走不停。

段譽笑道：「妙啊，妙啊，這貂兒有趣得緊。」

這隻小貂身長不滿一尺，眼射紅光，四腳爪子甚是銳利，片刻之間，龔光傑赤裸的上身已布滿了一條條給貂爪抓出來的細血痕。

忽聽得那少女口中噓噓噓的吹了幾聲。白影閃動，那貂兒撲到了龔光傑臉上，毛鬆鬆的尾巴向他眼上掃去。龔光傑雙手急抓，貂兒早已奔到了他頸後，龔光傑的手指險些便插入了自己眼中。

左子穆踏上兩步，長劍倏地遞出，這時那貂兒又已奔到龔光傑臉上，左子穆挺劍便向貂兒刺去。貂兒身子一扭，早已奔到了龔光傑後頸，左子穆的劍尖及於徒兒眼皮而止。這一劍雖沒刺到貂兒，旁觀眾人無不嘆服，只須劍尖多遞得半寸，龔光傑這隻眼睛便是毀了。雙清尋思：「左師兄劍術了得，非我所及。單是這招『金針渡劫』，我怎能有這等造詣？」

刷刷刷刷，左子穆連出四劍，劍招雖然迅捷異常，那貂兒終究還是快了一步。那少女叫道：「長鬍子老頭，你劍法很好。」口中尖聲噓噓兩下，那貂兒往下一竄，忽地不見了。左子穆一呆之際，只見龔光傑雙手往大腿上亂抓亂摸，原來那貂兒已從褲腳管中鑽入他褲中。

段譽哈哈大笑，拍手說道：「今日當真是大開眼界，嘆為觀止了。」

龔光傑手忙腳亂的除下長褲，露出兩條生滿了黑毛的大腿。那少女叫道：「你這惡人愛欺侮人，叫你全身脫得清光，瞧你羞也不羞！」又是噓噓兩聲尖呼，那貂兒也真聽話，爬上龔光傑左腿，立時鑽入了他襯褲之中。練武廳上有不少女子，龔光傑這條襯褲是無論如何不肯脫的，雙足亂跳，雙手在自己小腹、屁股上拍了一陣，大叫一聲，跌跌撞撞的往外直奔。

他剛奔到廳門，忽然門外搶進一個人來，砰的一聲，兩人撞了個滿懷。這一出一入，勢道都是奇急，龔光傑踉蹌後退，門外進來那人卻仰天一交，摔倒在地。

左子穆失聲叫道：「容師弟！」

龔光傑也顧不得褲中那隻貂兒兀自從左腿爬到右腿、又從右腿爬上屁股，忙搶上將那人扶起，貂兒突然爬到了他前陰的要緊所在。他「啊」的一聲大叫，雙手忙去抓貂，那人又即摔倒。

樑上少女格格嬌笑，說道：「整得你也夠了！」「嘶」的一下長聲呼叫。貂兒從龔光傑褲中鑽了出來，沿牆直上，奔到樑上，白影一閃，回到了那少女懷中。那少女讚道：「乖貂兒！」右手兩根手指抓著一條小蛇的尾巴，倒提起來，在貂兒面前晃動。那貂兒前腳抓住，張口便吃，原來那少女手中這許多小蛇都是餵貂的食料。

段譽前所未見，看得津津有味，見貂兒吃完一條小蛇，鑽入了那少女腰間的皮囊。

龔光傑再次扶起那人，驚叫：「容師叔，你……你怎麼啦！」左子穆搶上前去，只見師弟容子矩雙目圓睜，滿臉憤恨之色，口鼻中卻已沒了氣息。左子穆大驚，忙施推拿，已然無法救活。左子穆知道容子矩武功雖較己為遜，比龔光傑卻高得多了，這麼一撞，他居然沒能避開，而一撞之下登時斃命，那定是進來之前已然身受重傷，忙解他上衣查察傷勢。衣衫解開，只見他胸口赫然寫著八個黑字：「神農幫誅滅無量劍」。眾人不約而同的大聲驚呼。

這八個黑字深入肌理，既非墨筆書寫，也不是用尖利之物刻劃而致，竟是以劇毒的藥物寫就，腐蝕之下，深陷肌膚。

左子穆略一凝視，不禁大怒，手中長劍一振，嗡嗡作響，喝道：「且瞧是神農幫誅滅無量劍，還是無量劍誅滅神農幫。此仇不報，何以為人？」再看容子矩身子各處，並無其他傷痕，喝道：「光豪、光傑，外面瞧瞧去！」

干光豪、龔光傑兩名大弟子各挺長劍，應聲而出。

這一來廳上登時大亂，各人再也不去理會段譽和那樑上少女，圍住了容子矩的屍身紛紛議論。馬五德沉吟道：「神農幫鬧得越來越不成話了。左賢弟，不知他們如何跟貴派結下了樑子？」

左子穆心傷師弟慘亡，哽咽道：「那是為了採藥。去年秋天，神農幫四名香主來劍湖宮求見，要到我們後山採幾味藥。採藥本來沒甚麼大不了，神農幫原是以採藥、販藥為生，跟我們無量劍雖沒甚麼交情，卻也沒有樑子。但馬五哥想必知道，我們這後山輕易不能讓外人進入，別說神農幫跟我們只是泛泛之交，便是各位好朋友，也從來沒去後山遊玩過。這只是祖師爺傳下的規矩，我們做小輩的不敢違犯而已，其實也沒甚麼要緊……」

樑上那少女將手中十幾條小蛇放入腰間的一個小竹簍裏，從懷裏摸出一把瓜子來吃，兩隻腳仍是一盪一盪的，忽然將一粒瓜子往段譽頭上擲去，正中他的額頭，笑道：「喂，你吃不吃瓜子？上來罷！」

段譽道：「沒梯子，我上不來。」那少女道：「這個容易！」從腰間解下一條綠色綢帶，垂了下來，道：「你抓住帶子，我拉你上來。」段譽道：「我身子重，你拉不動的。」那少女笑道：「試試看嘛，摔你不死的。」段譽見衣帶掛到面前，伸手便握住了。那少女道：「抓緊了！」輕輕一提，段譽身子已然離地。那少女雙手交互拉扯，幾下便將他拉上橫樑。

段譽道：「你這隻小貂兒真好玩，這麼聽話。」那少女從皮囊中摸出小貂，雙手捧著。段譽見貂兒皮毛潤滑，一雙紅眼精光閃閃的瞧著自己，甚是可愛，問道：「我摸摸牠不打緊嗎？」那少女道：「你摸好了。」段譽伸手在貂背上輕輕撫摸，只覺著手輕軟溫暖。

突然之間，那貂兒嗤的一聲，鑽入了少女腰間的皮囊。段譽沒提防，向後一縮，一個沒坐穩，險些摔跌下去。那少女抓住他後領，拉他靠近自己身邊，笑道：「你當真一點兒也不會武功，那可就奇了。」段譽道：「有甚麼奇怪？」那少女道：「你不會武功，卻單身到這兒來，那是定會給這些惡人欺侮的。你來幹甚麼？」

段譽正要相告，忽聽得腳步聲響，干光豪、龔光傑兩人奔進大廳。

這時龔光傑已穿回了長褲，上身卻仍是光著膀子。兩人神色間頗有驚惶之意，走到左子穆跟前。干光豪道：「師父，神農幫在對面山上聚集，把守了山道，說道誰也不許下山。咱們見敵方人多，不得師父號令，沒敢隨便動手。」左子穆道：「嗯，來了多少人？」干光豪道：「大約七八十人。」左子穆嘿嘿冷笑，道：「七八十人，便想誅滅無量劍了？只怕也沒這麼容易。」

龔光傑道：「他們用箭射過來一封信，封皮上寫得好生無禮。」說著將信呈上。

左子穆見信封上寫著「字諭左子穆」五個大字，便不接信，說道：「你拆來瞧瞧。」龔光傑道：「是！」拆開信封，抽出信箋。

那少女在段譽耳邊低聲道：「打你的這個惡人便要死了。」段譽奇道：「為甚麼？」那少女低聲道：「信封信箋上都有毒。」段譽道：「那有這麼厲害？」

只聽龔光傑讀道：「神農幫字諭左……聽者（他不敢直呼師父之名，讀到「左」字時，便將下面「子穆」二字略過了不唸）：限爾等一個時辰之內，自斷右手，折斷兵刃，退出無量山劍湖宮，否則無量劍雞犬不留。」

無量劍西宗掌門雙清冷笑道：「神農幫是甚麼東西，誇下好大的海口！」

突然間砰的一聲，龔光傑仰天便倒。干光豪站在他身旁，忙叫：「師弟！」伸手欲扶。左子穆搶上兩步，翻掌按在他的胸口，勁力微吐，將他震出三步，喝道：「只怕有毒，別碰他身子！」只見龔光傑臉上肌肉不住抽搐，拿信的一隻手掌霎時之間便成深黑，雙足挺了幾下，便已死去。

前後只不過一頓飯功夫，「無量劍」東宗接連死了兩名好手，眾人無不駭然。

段譽低聲道：「你也是神農幫的麼？」那少女嗔道：「呸！我才不是呢，你胡說八道甚麼？」段譽道：「那你怎地知道信上有毒？」那少女笑道：「這下毒的功夫粗淺得緊，一眼便瞧出來了。這些笨法兒只能害害無知之徒。」她這幾句話廳上眾人都聽見了，一齊抬起頭來，只見她兀自咬著瓜子，穿著花鞋的一雙腳不住前後晃盪。

左子穆向龔光傑手中拿著的那信瞧去，不見有何異狀，側過了頭再看，果見信封和信箋上都隱隱有磷光閃動，心中一凜，抬頭向那少女道：「姑娘尊姓大名？」那少女道：「我的尊姓大名，可不能跟你說，這叫做天機不可洩漏。」在這當口還聽到這兩句話，左子穆怒火直冒，強自忍耐，才不發作，說道：「那麼令尊是誰？尊師是那一位？」那少女笑道：「哈哈，我才不上你的當呢。我跟你說我令尊是誰，你便知道我的尊姓了。你既知我尊姓，便查得到我的大名了。我的尊師便是我媽。我媽的名字，更加不能跟你說。」

左子穆聽她語聲既嬌且糯，是雲南本地人無疑，尋思：「雲南武林之中，有那一對擅於輕功的夫婦會是她的父母？」那少女沒出過手，無法從她武功家數上推想，便道：「姑娘請下來，一起商議對策。神農幫說誰也不許下山，連你也要殺了。」

那少女笑道：「他們不會殺我的，神農幫只殺無量劍的人。我在路上聽到了消息，因此趕著來瞧瞧殺人的熱鬧。長鬍子老頭，你們劍法不錯，可是不會使毒，鬥不過神農幫的。」

這幾句正說中了「無量劍」的弱點，若憑真實功夫廝拚，無量劍東西兩宗，再加上八位聘請前來作公證的各派好手，無論如何不會敵不過神農幫，但說到用毒解毒，各人卻都一竅不通。

左子穆聽她口吻中全是幸災樂禍之意，似乎「無量劍」越死得人多，她越加看得開心，當下冷哼一聲，問道：「姑娘在路上聽到甚麼消息？」他一向頤指氣使慣了，隨便一句話，似乎都是叫人非好好回答不可。

那少女忽問：「你吃瓜子不吃？」

左子穆臉色微微發紫，若不是大敵在外，早已發作，當下強忍怒氣，道：「不吃！」

段譽插口道：「你這是甚麼瓜子？桂花？玫瑰？還是松子味的？」那少女道：「啊喲！瓜子還有這許多講究麼？我可不知道了。我這瓜子是媽媽用蛇膽炒的，常吃眼目明亮，你試試看。」說著抓了一把，塞在段譽手中，又道：「吃不慣的人，覺得有點兒苦，其實很好吃的。」段譽不便拂她之意，拿了一粒瓜子送入口中，入口果覺辛澀，但略加辨味，便似諫果回甘，舌底生津，當下接連吃了起來。他將吃過的瓜子殼一片片的放在櫟上，那少女卻肆無忌憚，順口便往下吐出。瓜子殼在眾人頭頂亂飛，許多人都皺眉避開。

左子穆又問：「姑娘在道上聽到甚麼消息，若能見告，在下……在下感激不盡。」他為了探聽消息，言語只得十分客氣。那少女道：「我聽神農幫的人說起甚麼『無量玉壁』，那是甚麼玩意兒？」左子穆一怔，說道：「無量玉璧？難道無量山中有甚麼寶玉、寶璧麼？倒沒聽見過。雙清師妹，你聽人說過麼？」雙清還未回答，那少女搶著道：「她自然沒聽說過。你倆不用一搭一檔做戲，不肯說，那就乾脆別說。哼，好希罕麼？」

左子穆神色尷尬，說道：「啊，我想起來了，神農幫所說的，多半是無量山白龍峯畔的鏡面石。這塊石頭平滑如鏡，能照見毛髮，有人說是塊美玉，其實呢，只是一塊又白又光的大石頭罷了。」

那少女道：「你早些說了，豈不是好？你怎麼跟神農幫結的怨家啊？幹麼他們要將你無量劍殺得雞犬不留？」

左子穆眼見反客為主之勢已成，要想這少女透露甚麼消息，非得自己先說不可，目下事勢緊迫，又當著這許多外客，總不能抓下這小姑娘來強加拷問，便道：「姑娘請下來，待我詳加奉告。」那少女雙腳盪了盪，說道：「詳加奉告，那倒不用，反正你的說話有真有假，我也只信得了這麼三成四成，你隨便說一些罷。」

左子穆雙眉一豎，臉現怒容，隨即收斂，說道：「去年神農幫要到我們後山採藥，我沒答允。他們便來偷採。我師弟容子矩和幾名弟子撞見了，出言責備。他們說道：『這裏又不是金鑾殿、御花園，外人為甚麼來不得？難道無量山是你們無量劍買下的麼？』雙方言語衝突，便動起手來。容師弟下手沒留情，殺了他們二人。樑子便是這樣結下的。後來在瀾滄江畔，雙方又動了一次手，再欠下了幾條人命。」那少女道：「嗯，原來如此。他們要採的是甚麼藥？」左子穆道：「這個倒不大清楚。」

那少女得意洋洋的道：「諒你也不知道。你已跟我說了結仇的經過，我也就跟你說兩件事罷。那天我在山裏捉蛇，給我的閃電貂吃……」段譽道：「你的貂兒叫閃電貂？」那少女道：「是啊，牠奔跑起來，可不快得像閃電一樣？」段譽讚道：「正是，閃電貂，這名字取得好！」左子穆向他怒目而視，怪他打岔，但那少女正說到要緊當口，自己倘若斥責段譽，只怕她生氣，就此不肯說了，當下只陰沉著臉不作聲。

那少女向段譽道：「閃電貂愛吃毒蛇，別的甚麼也不吃。牠是我從小養大的，今年四歲啦，就只聽我一個兒的話，連我爹爹媽媽的話也不聽。我叫牠嚇人就嚇人，咬人就咬人。這貂兒真乖。」說著左手伸入皮囊，撫摸貂兒。

段譽道：「這位左先生等得好心焦了，你就跟他說了罷。」

那少女一笑，低頭向左子穆道：「那時候我正在草叢裏找蛇，聽得有幾個人走過來。一個說道：『這一次若不把無量劍殺得雞犬不留，佔了他的無量山、劍湖宮，咱們神農幫人人便抹脖子罷。』我聽說要殺得雞犬不留，倒也好玩，便蹲著不作聲。聽得他們接著談論，說甚麼奉了縹緲峯靈鷲宮的號令，要佔劍湖宮，為的是要查明『無量玉壁』的真相。」

她說到這裏，左子穆與雙清對望了一眼。

那少女道：「縹緲峯靈鷲宮是甚麼玩意兒？為甚麼神農幫要奉他的號令？」左子穆道：「縹緲峯靈鷲宮甚麼的，還是此刻第一遭從姑娘嘴裏聽到。我實不知神農幫原來還是奉了別人的號令，才來跟我們為難。」想到神農幫既須奉令行事，則那縹緲峯甚麼的自然厲害之極，雲嶺之南千山萬峯，可從來沒聽說有一座縹緲峯，憂心更增，不由得皺起了眉頭。

那少女吃了兩粒瓜子，說道：「那時又聽得另一人說道：『幫主身上這病根子，既然無量山中的通天草或能解得，眾兄弟拚著身受千刀萬劍，也要去採這通天草到手。』先一人嘆了口氣，說道：『我身上這「生死符」，除了天山童姥她老人家本人，誰也無法解得。通天草雖然藥性靈異，也只是在「生死符」發作之時，稍稍減輕些求生不得、求死不能的苦楚而已……』他們幾個人一面說，一面走遠。我說得夠清楚了嗎？」

左子穆不答，低頭沉思。雙清道：「左師兄，那通天草也不是甚麼了不起的物事，神農幫幫主司空玄要用此草治病止痛，給他一些，不就是了？」左子穆怒道：「給他些通天草有甚麼打緊？但他們存心要佔無量山劍湖宮，你沒聽見嗎？」雙清哼了一聲，不再言語。

那少女伸出左臂，穿在段譽腋下，道：「下去罷！」一挺身便離樑躍下。段譽「啊」的一聲驚呼，身子已在半空。那少女帶著他輕輕落地，左臂仍是挽著他右臂，說道：「咱們外面瞧瞧去，看神農幫是怎生模樣。」

左子穆搶上一步，說道：「且慢，還有幾句話要請問。姑娘說道司空玄那老兒身上中了『生死符』，發作起來求生不得，求死不能，那是甚麼東西？『天山童姥』又是甚麼人？」

那少女道：「第一，你問的兩件事我都不知道。第二，你這麼狠霸霸的問我，就算我知道了，也決不會跟你說。」

此刻「無量劍」大敵壓境，左子穆實不願又再樹敵，但聽這少女的話中含有不少重大關節，關連到「無量劍」此後存亡榮辱，不能不詳細問個明白，當下身形一晃，攔在那少女和段譽身前，說道：「姑娘，神農幫惡徒在外，姑娘貿然出去，若是有甚閃失，我無量劍可過意不去。」那少女微笑道：「我又不是你請來的客人，再說呢，你也不知我尊姓大名。倘若我給神農幫殺了，我爹爹媽媽決不會怪你保護不周。」說著挽了段譽的手臂，向外便走。

左子穆右臂微動，自腰間拔出長劍，說道：「姑娘，請留步。」那少女道：「你要動武麼？」左子穆道：「我只要你將剛才的話再說得仔細明白些。」那少女一搖頭，說道：「要是我不肯說，你就要殺我了？」左子穆道：「那我也就無法可想了。」長劍斜橫胸前，攔住了去路。

那少女向段譽道：「這長鬚老兒要殺我呢，你說怎麼辦？」段譽搖了搖手中摺扇，道：「姑娘說怎麼辦便怎麼辦。」那少女道：「要是他一劍殺死了我，那便如何是好？」段譽道：「咱們有福共享，有難同當，瓜子一齊吃，刀劍一塊挨。」那少女道：「這幾句話說得挺好，你這人很夠朋友，也不枉咱們相識一場，走罷！」跨步便往門外走去，對左子穆手中青光閃爍的長劍恍如不見。

左子穆長劍一抖，指向那少女左肩，他倒並無傷人之意，只是不許她走出練武廳。那少女在腰間皮囊上一拍，嘴裏噓噓兩聲，忽然間白影一閃，閃電貂驀地躍出，撲向左子穆右臂。左子穆忙伸手去抓，可是閃電貂當真動若閃電，喀的一聲，已在他右腕上咬了一口，隨即鑽入了那少女腰間皮囊。

左子穆大叫一聲，長劍落地，頃刻之間，便覺右腕麻木，叫道：「毒，毒！你……你這鬼貂兒有毒！」說著左手用力抓緊右腕，生怕毒性上行。

無量劍東宗眾弟子紛紛搶上，三個人去扶師父，其餘的各挺長劍，將那少女和段譽團團圍住，叫道：「快，快拿解藥來，否則亂劍刺死了小丫頭。」

那少女笑道：「我沒解藥。你們只須去採些通天草來，濃濃的煎上一碗，給他喝下去就沒事了。不過三個時辰之內，可不能移動身子，否則毒入心臟，那就糟糕。你們大夥兒攔住我幹麼？也想叫這貂兒來咬上一口嗎？」說著從皮囊中摸出閃電貂來，捧在右手，左臂挽了段譽向外便走。

眾弟子見到師父的狼狽模樣，均知憑自己的功夫，萬萬避不開那小貂迅如電閃的撲咬，只得眼睜睜的瞧著他二人走出練武廳。

來到劍湖宮的眾賓客眼見閃電貂靈異迅捷，均自駭然，誰也不敢出頭。

那少女和段譽並肩出了大門。無量劍眾弟子有的在練武廳內，有的在外守禦，以防神農幫來攻。兩人出得劍湖宮來，竟沒遇上一人。

那少女低聲道：「閃電貂這一生之中不知已吃了幾千條毒蛇，牙齒毒得很，那長鬍子老頭給牠咬了一口，當時就該立刻把右臂斬斷，只消再拖延得幾個時辰，那便活不到第八天上了。」段譽道：「你說只須採些通天草來，濃濃煎上一大碗，服了就可解毒？」那少女笑道：「我騙騙他們的。否則的話，他們怎肯放我們出來？」段譽驚道：「你等我一會兒，我進去跟他說。」那少女一把拉住，嗔道：「傻子，你這一說，咱們還有命嗎？我這貂兒雖然厲害，可是他們一齊擁上，我又怎抵擋得了？你說過的，瓜子一齊吃，刀劍一塊挨。我可不能拋下了你，自個兒逃走。」

段譽搔頭道：「那就你給他些解藥罷。」那少女道：「唉，你這人婆婆媽媽的，人家打你，你還是這麼好心。」段譽摸了摸臉頰，說道：「給他打了一下，早就不痛了，還記著幹麼？唉，可惜打我的人卻死了。孟子曰：『惻隱之心，仁之端也。』佛家說：『救人一命，勝造七級浮屠。』這左子穆左先生雖然兇狠，對你說話倒也是客客氣氣的，他生了這麼長的一大把鬍子，對你這小姑娘卻自稱『在下』。」

那少女格的一笑，道：「那時我在樑上，他在地下，自然是『在下』了。你儘說好話幫他，要我給他解藥。可是我真的沒有啊。解藥就只爹爹有。再說，他們無量劍轉眼就會給神農幫殺得雞犬不留。我去跟爹爹討了解藥來，這左子穆腦袋都不在脖子上了，屍體上有毒無毒，只怕也沒多大相干了罷？」

段譽搖了搖頭，只得不說解藥之事，眼見明月初升，照在她白裏泛紅的臉蛋上，更映得她容色嬌美，說道：「你的尊姓大名不能跟那長鬚老兒說，可能跟我說麼？」那少女笑道：「甚麼尊姓大名了？我姓鍾，爹爹媽媽叫我作『靈兒』。尊姓是有的，大名可就沒了，只有個小名。咱們到那邊山坡上坐坐，你跟我說，你到無量山來幹甚麼。」

兩人並肩走向西北角的山坡。段譽一面走，一面說道：「我是從家裏逃出來的，四處遊蕩，到普洱時身邊沒錢了，聽人說那位馬五德馬五爺很是好客，就到他家裏吃閒飯去。他正要上無量山來，我早聽說無量山風景清幽，便跟著他來遊山玩水。」鍾靈點了點頭，問道：「你幹麼要從家裏逃出來？」段譽道：「爹爹要教我練武功，我不肯練。他逼得緊了，我只得逃走。」

鍾靈睜著一對圓圓的大眼，向他上下打量，甚是好奇，問道：「你為甚麼不肯學武，怕辛苦麼？」段譽道：「辛苦我才不怕呢。我只是想來想去想不通，不聽爹爹的話。爹爹生氣了，他和媽媽又吵了起來……」鍾靈微笑道：「你媽總是護著你，跟你爹爹吵，是不是？」段譽道：「是啊。」鍾靈嘆了口氣道：「我媽也是這樣。」一眼望西方遠處，出了一會神，又問：「你甚麼事想來想去想不通？」

段譽道：「我從小受了佛戒。爹爹請了一位老師教我唸四書五經、詩詞歌賦，請了一位高僧教我唸佛經。十多年來，我學的都是儒家的仁人之心，推己及人，佛家的戒殺戒嗔，慈悲為懷，忽然爹爹教我練武，學打人殺人的法子，我自然覺得不對頭。爹爹跟我接連辯了三天，我始終不服。他把許多佛經的句子都背錯了，解得也不對。」

鍾靈道：「於是你爹爹大怒，就打了你一頓，是不是？」

段譽搖頭道：「我爹爹不是打我一頓，他伸手點了我兩處穴道。一霎時間，我全身好像有一千一萬隻螞蟻在咬，又像有許許多多蚊子同時在吸血。爹爹說：『這滋味好不好受？我是你爹爹，待會自然跟你解了穴道。但若你遇到的是敵人，那時可教你死不了，活不成。你倒試試自殺看。』我給他點了穴道後，要抬起一根手指頭也是不能，那裏還能自殺。再說，我活得好好地，又幹麼要自殺？後來我媽媽跟爹爹爭吵，爹爹解了我的穴道。第二天我便偷偷的溜了。」

鍾靈呆呆的聽著，突然大聲道：「原來你爹爹會點穴，而且是天下一等一的點穴功夫，是不是伸一根手指在你身上甚麼地方一戳，你就動彈不得，麻癢難當？」段譽道：「是啊，那有甚麼奇怪？」鍾靈臉上充滿驚奇的神色，道：「你說那有甚麼奇怪？你竟說那有甚麼奇怪？武林之中，倘若有人能學到幾下你爹爹的點穴功夫，你叫他磕一萬個頭、求上十年二十年他也願意，你卻偏偏不肯學，當真是奇怪之極了。」

段譽道：「這點穴功夫，我看也沒甚麼了不起。」鍾靈嘆了口氣，道：「你這話千萬不能說，更加不能讓人家知道了。」段譽奇道：「為甚麼？」

鍾靈道：「你既不會武功，江湖上許多壞事就不懂得。你段家的點穴功夫天下無雙，叫做『一陽指』。學武的人一聽到『一陽指』三個字，那真是垂涎三尺，羨慕得十天十夜睡不著覺。要是有人知道你爹爹會這功夫，說不定有人起下歹心，將你綁架了去，要你爹爹用『一陽指』的穴道譜訣來換。那怎麼辦？」

段譽搔頭道：「有這等事？我爹爹惱起上來，就得跟那人好好的打上一架。」鍾靈道：「是啊。要跟你段家相鬥，旁人自然不敢，可是為了『一陽指』的武功秘訣，那也就說不得了。何況你落在人家手裏，事情就十分難辦。這樣罷，你以後別對人說自己姓段。」

段譽道：「咱們大理國姓段的人成千上萬，也不見得個個都會這點穴的法門。我不姓段，你叫我姓甚麼？」鍾靈微笑道：「那你便暫且跟我的姓罷！」段譽笑道：「那也好，那你得叫我做大哥了。你幾歲？」鍾靈道：「十六！你呢？」段譽道：「我大你三歲。」

鍾靈摘起一片草葉，一段段的扯斷，忽然搖了搖頭，說道：「你居然不願學『一陽指』的功夫，我總是難以相信。你在騙我，是不是？」

段譽笑了起來，道：「你將一陽指說得這麼神妙，真能當飯吃麼？我看你的閃電貂就厲害得多，只不過牠一下子便咬死人，我可又不喜歡了。」鍾靈嘆道：「閃電貂要是不能一下子便咬死人，還有甚麼用？」段譽道：「你小小一個女孩兒，儘想著這些打架殺人的事幹甚麼？」

鍾靈道：「你是真的不知，還是在裝腔作勢？」段譽奇道：「甚麼？」鍾靈手指東方，道：「你瞧！」

段譽順著她手指瞧去，只見東邊山腰裏冒起一條條的嬝嬝青煙，共有十餘叢之多，不知道是甚麼意思。

鍾靈道：「你不想殺人打架，可是旁人要殺你打你，你總不能伸出脖子來讓他殺罷？這些青煙是神農幫在煮煉毒藥，待會用來對付無量劍的。我只盼咱們能悄悄溜了出去，別受到牽累。」

段譽搖了搖摺扇，大不以為然，道：「這種江湖上的兇殺鬥毆，越來越不成話了。無量劍中有人殺了神農幫的人，現今那容子矩給神農幫害了，還饒上了那龔光傑，一報還一報，已經抵過數啦。就算還有甚麼不平之處，也當申明官府，請父母官稟公斷決，怎可動不動的便殺人放火？咱們大理國難道沒王法了麼？」

鍾靈嘖、嘖、嘖的三聲，臉現鄙夷之色，道：「聽你口氣倒像是甚麼皇親國戚、官府大老爺似的。我們老百姓才不來理你呢。」抬頭看了看天色，指著西南角上，低聲道：「待得有黑雲遮住了月亮，咱們悄悄從這裏出去，神農幫的人未必見到。」段譽道：「不成！我要去見他們幫主，曉諭一番，不許他們這樣胡亂殺人。」鍾靈眼中露出憐憫的神色，道：「段大哥，你這人太也不知天高地厚。神農幫陰險狠辣，善於使毒，剛才連殺二人的手段，你是親眼見到了的。咱們別生事了，快些走罷。」段譽道：「不成，這件事我非管一管不可，你倘若害怕，便在這裏等我。」說著站起身來，向東走去。

鍾靈待他走出數丈，忽地縱身追去，右手一探，往他肩頭拿去。段譽聽到了背後腳步聲音，待要回頭，右肩已被抓住。鍾靈跟著腳下一勾，段譽站立不住，向前撲倒，鼻子撞上山石，登時流出鼻血。他氣沖沖的爬起身來，怒道：「你幹麼如此惡作劇？摔得我好痛。」鍾靈道：「我要再試你一試，瞧你是假裝呢，還是真的不會武功，我這是為你好。」

段譽忿忿的道：「好甚麼？」伸手背在鼻上一抹，只見滿手是血，鮮血跟著流下，沾得他胸前殷紅一灘。他受傷甚輕，但見血流得這麼多，不禁「哎喲、哎喲」的叫了起來。

鍾靈倒有些擔心了，忙取出手帕去替他抹血。段譽心中氣惱，伸手一推，道：「不用你來討好，我不睬你。」他不會武功，出手全無部位，隨手推出，手掌正對向她胸膛。鍾靈不及思索，自然而然的反手勾住他手腕，順勢一帶一送，段譽登時直摔出去，砰的一聲，後腦撞在石上，暈了過去。

鍾靈見他一動不動的躺在地下，喝道：「快起來，我有話跟你說。」待見他始終不動，心下有些慌了，過去俯身看時，只見他雙目上挺，氣息微弱，已然暈了過去，忙伸手揑他人中，又用力搓揉他胸口。

過了良久，段譽才悠悠醒轉，只覺背心所靠處甚是柔軟，鼻中聞到一陣淡淡的幽香，慢慢睜開眼來，但見鍾靈一雙明淨的眼睛正焦急的望著自己。鍾靈見他醒轉，長長舒了口氣，道：「幸好你沒死。」段譽見自己身子倚靠在她懷中，後腦枕在她腰間，不禁心中一蕩，隨即覺到後腦撞傷處陣陣劇痛，忍不住「哎喲」一聲大叫。

鍾靈嚇了一跳，道：「怎麼啦？」段譽道：「我……我痛得厲害。」鍾靈道：「你又沒死，哇哇大叫些甚麼？」段譽道：「要是我死了，還能哇哇大叫麼？」

鍾靈噗哧一笑，扶起他頭來，只見他後腦腫起了老大一個血瘤，足足有鷄蛋大小，雖不流血，想來也必十分痛楚，嗔道：「誰叫你出手輕薄下流，要是換作了別人，我當場便即殺了，叫你這麼摔一交，可還便宜了你呢。」

段譽坐起身來，奇道：「我……我輕薄下流了？那有此事？真是天大的冤枉。」

鍾靈於男女之事似懂非懂，聽了他的話，臉上微微一紅，道：「我不跟你說了，總之是你自己不好，誰叫你伸手推我這裏……這裏……」段譽登時省悟，便覺不好意思，要說甚麼話解釋，又覺不便措辭，只道：「我……我當真不是故意的。」說著站起身來。

鍾靈也跟著站起，道：「不是故意，便饒了你罷。總算你醒了過來，可害我急得甚麼似的。」段譽道：「適才在劍湖宮中，若不是你出手相助，我定會多吃兩記耳光。現下你摔了我兩次，咱們大家扯了個直。總之是我命中注定，難逃此劫。」鍾靈道：「你這麼說，那是在生我的氣了？」段譽道：「難道你打了我，還要我歡歡喜喜的說：『姑娘打得好，打得妙』？還要我多謝你嗎？」鍾靈拉著他的手，歉然道：「從今而後，我再也不打你啦。這一次你別生氣罷。」段譽道：「除非你給我狠狠的打還兩下。」

鍾靈很不願意，但見他怒氣沖沖的轉身欲行，便仰起頭來，說道：「好，我讓你打還兩下就是。不過……不過你出手不要太重。」段譽道：「出手不重，那還算甚麼報仇？我是非重不可。要是你不給打，那就算了。」

鍾靈嘆了口氣，閉了眼睛，低聲道：「好罷！你打還之後，可不能再生氣了。」

過了半晌，沒覺得段譽的手打下，睜開眼來，只見他似笑非笑的瞧著自己，鍾靈奇道：「你怎麼還不打？」段譽伸出右手小指，在她左右雙頰上分別輕彈一下，笑道：「就是這麼兩下重的，可痛得厲害麼？」鍾靈大喜，笑道：「我早知你這人很好。」

段譽見她站在自己身前，相距不過尺許，吹氣如蘭，越看越美，一時捨不得離開，隔了良久，才道：「好啦，我的大仇也報過了，我要找那個司空玄幫主去了。」

鍾靈急道：「傻子，去不得的！江湖上的事你一點兒也不懂，犯了人家忌諱，我可救不得你。」段譽搖頭笑道：「不用為我擔心，我一會兒就回來，你在這兒等我。」說著大踏步便向青煙升起處走去。

鍾靈大叫阻止，段譽只是不聽。鍾靈怔了一陣，道：「好，你說過有瓜子同吃，有刀劍齊挨！」追上去和他並肩而行，不再勸說。

兩人走不到一盞茶時分，只見兩個身穿黃衣的漢子快步迎上，左首一個年紀較老的喝道：「甚麼人？來幹甚麼？」段譽見這兩人都是肩懸藥囊，手執一柄刃身極闊的短刀，便道：「在下段譽，有事求見貴幫司空幫主。」那老漢道：「有甚麼事？」段譽道：「待見到貴幫主後，自會陳說。」那老漢道：「閣下屬何門派？尊師上下如何稱呼？」

段譽道：「我沒門派。我受業師父姓孟，名諱上述下聖，字繼儒。我師父專研易理，於說卦、繫辭之學有頗深的造詣。」他說的師父，是教他讀經作文的師父。可是那老漢聽到甚麼「易理」、「說卦、繫辭」，還道是兩門特異的武功，又見段譽摺扇輕搖，頗似身負絕藝、深藏不露之輩，倒也不敢怠慢了，雖想不起武林中有那一號叫做「孟述聖」的人物，但對方既說他「有頗深的造詣」，想來也不見得是信口胡吹，便道：「既是如此，段少俠請稍候，我去通報。」

鍾靈見他匆匆而去，轉過了山坡，問道：「你騙他易理、難理的，那是甚麼功夫？待會司空玄要是考較起來，只怕不易搪塞得過。」段譽道：「周易我是讀得很熟的，其中的微言大義，司空玄若要考較，未必便難得到我。」鍾靈瞠目不知所對。

只見那老漢鐵青著臉回來，說道：「你胡說八道甚麼？幫主叫你去！」瞧他模樣，顯是受了司空玄的申斥。段譽點點頭，和鍾靈隨他而行。

三人片刻間轉過山坳，只見一大堆亂石之中團團坐著二十餘人。段譽走近前去，見人叢中一個瘦小的老者坐在一塊高巖之上，高出旁人，頦下一把山羊鬍子，神態甚是倨傲，料來便是神農幫的幫主司空玄了，於是拱手一揖，說道：「司空幫主請了，在下段譽有禮。」

司空玄點點頭，卻不站起，問道：「閣下到此何事？」

段譽道：「聽說貴幫跟無量劍結下了冤仇，在下適才眼見無量劍中二人慘死，心下甚是不忍，特來勸解。要知冤家宜解不宜結，何況兇毆鬥殺，有違國法，若教官府知道，大大的不便。請司空幫主懸崖勒馬，急速歸去，不可再向無量劍尋仇了。」

司空玄冷冷的聽他說話，待他說完，始終默不作聲，只是斜眼側睨，不置可否。

段譽又道：「在下這番是金玉良言，還望幫主三思。」司空玄仍是好奇地瞧著他，突然間仰天打個哈哈，說道：「你這小子是誰，卻來尋老夫的消遣？是誰叫你來的？」段譽道：「有誰教我來麼？我自己來跟你說的。」

司空玄哼了一聲，道：「老夫行走江湖四十年，從沒見過你這等膽大妄為的胡鬧小子。阿勝，將這兩個小男女拿下了。」旁邊一條大漢應聲而出，伸手抓住了段譽右臂。

鍾靈叫道：「且慢！司空幫主，這位段相公好言相勸，你不允那也罷了，何必動蠻？」轉頭向段譽道：「段大哥，神農幫不聽你的話，咱們不用管人家的閒事了，走罷！」

那阿勝伸出大手，早將段譽的雙手反在背後，緊緊握住，瞧著司空玄，只待他示下。司空玄冷冷的道：「神農幫最不喜人家多管閒事。兩個小娃娃來向我囉裏囉唆，這中間多半另有蹊蹺。阿洪，把這女娃娃也綁了起來。」另一名大漢應道：「是！」伸手來抓鍾靈。

鍾靈身子一晃，斜退三步，說道：「司空幫主，我可不是怕你。只是我爹媽不許我在外多惹是非。你快叫這人放了段大哥，莫要逼得我非出手不可，那就多有不便。」

司空玄哈哈大笑，道：「女娃娃胡吹大氣。阿洪，還不動手？」阿洪又應道：「是！」伸手便向鍾靈手臂握去。鍾靈右臂一縮，左掌倏出，掌緣如刀，已在阿洪的頸中斬了下去。阿洪低頭避過，鍾靈右手拳斗地上擊，砰的一聲，正中阿洪下頦，打得他仰天摔出。

司空玄淡淡的道：「這女娃娃還真的有兩下子，可是要到神農幫來撒野，卻還不夠。」斜目向身旁一個高身材的老者使個眼色，右手一揮。這老者立即站起，兩步跨近，他比鍾靈幾乎高了二尺，居高臨下，雙手伸出，十指如鳥爪，抓向鍾靈肩頭。

鍾靈見來勢兇猛，急於向旁閃避。那高老者左手五指從她臉前五寸處一掠而過，鍾靈只感勁風凌厲，心下害怕，叫道：「司空幫主，你快叫他住手。否則的話，我可要不客氣了。將來爹爹罵我，你也沒甚麼好。」她說話之間，那高老者已連續出手三次，每一次都被鍾靈急閃避過。司空玄厲聲道：「抓住她！」高老者左手斜引，右手劃了個小小圓圈，陡地五指翻轉，已抓住了鍾靈右臂。

鍾靈「啊」的一聲驚呼，痛得花容失色，左手一抖，口中噓噓兩聲，突然間白光一閃，高老者悶哼一聲，放脫了她手臂，坐倒在地。閃電貂在他手背上一口咬過，躍回鍾靈手中。司空玄身旁一名中年漢子急忙搶上前去，伸手扶起高老者，只覺他全身發顫，手背上黑漆一片。鍾靈又是兩聲尖哨，閃電貂躍將出去，竄向抓住段譽的阿勝面門。阿勝伸手欲格，閃電貂就勢一口，咬中了他掌緣。這阿勝武功不及高老者，更加抵受不住，當即縮作一團，大聲叫嚷。鍾靈挽了段譽的手臂，轉身便走，低聲道：「禍已闖下了，快走！」

圍在司空玄身旁的都是神農幫中的好手，這些人一生採藥使藥，可說甚麼毒物都見識過了，但這閃電貂來去如電，又如此劇毒，卻是誰都不識其名。司空玄叫道：「快抓住這女娃娃，莫讓她走了。」四條漢子應聲躍起，分從兩側包抄了上來。

鍾靈連聲呼哨，閃電貂從這人身上躍到那一人身上，只一霎眼間，已將四條漢子一一咬過，每條漢子不是滾倒在地，便縮成了一團。

神農幫幫眾雖見這小貂甚是可怖，但在幫主之前誰也不敢退縮，又有七八人呼嘯追來。鍾靈叫道：「要性命的便別過來！」那七八人各執兵刃，有的是藥鋤，有的是闊身短刀，只盼用兵刃擋得住閃電貂的襲擊。但那小貂快過世間任何暗器，只後足在刀背上一點，一彈之下便已咬中敵人，剎那間七八人又皆滾倒。

司空玄撩起長袍，從懷中急速取出一瓶藥水，倒在掌心，匆匆在手掌及下臂塗抹了，兩三個起落，已攔在鍾靈及段譽的身前，沉聲喝道：「站住了！」

閃電貂從鍾靈掌心彈起，竄向司空玄鼻樑。司空玄豎掌一立，心下暗自發毛，不知自己這秘製蛇藥是否奈何得了這隻從所未見的毒貂，倘若無效，自己的性命和神農幫可都就此毀了。那貂兒剛張口往他掌心咬去，突然在空中一個轉折，後足在他手指上一點，借力躍回。閃電貂體內聚集諸般蛇毒，司空玄的秘製蛇藥極具靈效，善剋蛇毒，閃電貂聞到藥氣強烈，立時抵受不住。司空玄大喜，左掌急拍而出，掌風凌厲，鍾靈閃避不及，腳下一個踉蹌，險些摔倒。掌風餘勢所至，噗的一聲，將段譽擊得仰天便倒。

鍾靈大驚，連聲呼哨，催動閃電貂攻敵。閃電貂再度竄出，但司空玄掌上蛇藥正是牠的剋星，要待咬他頭臉大腿，司空玄雙掌飛舞，逼得牠無法近前。

司空玄見這貂兒縱跳若電，心下也是害怕，不住口的連發號令。

數十名幫眾從四面八方圍將上來，手中各持一綑藥草，點燃了火，濃煙直冒。段譽剛從地下爬起，突然一陣頭暈，又即摔倒，迷迷糊糊之中只見鍾靈的身子不住搖晃，跟著也即跌倒。兩名幫眾奔上來想揪住鍾靈，閃電貂護主，跳過去在兩人身上各咬了一口。眾人大駭倒退，四下裏團團圍住，叫嚷吆喝，卻無從下手。

司空玄叫道：「東方燒雄黃，南方燒麝香，西方北方人人散開。」

諸幫眾應命燒起麝香、雄黃。神農幫無藥不備，藥物更是無一而非上等精品。這麝香、雄黃質純性強，一經燒起，登時發出氣味辛辣的濃煙，順著東南風向鍾靈吹去。不料閃電貂卻不怕藥氣，仍是夭矯靈活，霎時間又咬倒了五名幫眾。

司空玄眉頭一皺，計上心來，叫道：「鏟泥掩蓋，將女娃娃連毒貂一起活埋了。」一幫眾手上有的是挖掘藥物的鋤頭，當即在山坡上挖起大塊泥土，紛向鍾靈身上拋去。

段譽心想禍事由己而起，鍾靈慘遭活埋，自己豈能獨活，奮身躍起，撲在鍾靈身上，抱住了她，叫道：「左右是同歸於盡。」只覺土石如雨，當頭蓋落。

司空玄聽到他「左右是同歸於盡」這句話，心中一動，見四下裏滾倒在地的有二十餘名幫眾，其中七八名更是幫中重要人物，連自己兩個師弟亦在其內，若將這女娃娃殺了，雖然出了一口惡氣，但這貂兒毒性大異尋常，如不得她的獨門解藥，只怕難以救活眾人，便道：「留下二人活口，別蓋住頭臉。」

片刻之間，土石已堆到二人頸邊。鍾靈只覺身上沉重之極，段譽抱住了自己，兩人身子都被埋在土中，只露出頭臉在外，再也動彈不得。

司空玄陰惻惻的道：「女娃娃，你要死還是要活？」鍾靈道：「我自然要活。你若將我和段大哥害死，你這許多人也活不成了。」司空玄道：「好！那你快取解治貂毒的藥物出來，我便饒你一命。」鍾靈搖頭道：「饒我一命是不夠的，須得饒我們二人兩命。」司空玄道：「好罷！饒你兩人小命，那也可以。解藥呢？」鍾靈道：「我身上沒解藥。這閃電貂的劇毒只有我爹爹會治。我早跟你說過，你別逼我動手，否則一定惹得我爹爹罵我，你又有甚麼好處？」司空玄厲聲道：「小娃娃這時候還在胡說八道，老爺子一怒之下，讓你活生生的餓死在這裏。」

鍾靈道：「我跟你說的全是實話，你偏不信。唉，總而言之，這件事糟糕之極，只怕瞞不過我爹爹，那便是如何是好？」司空玄道：「你爹爹叫甚麼名字？」鍾靈道：「你這人年紀也不小啦，怎地如此不通情理？我爹爹的名字，怎能隨便跟你說？」

司空玄行走江湖數十年，在武林中也算頗有名聲，今日遇到了鍾靈和段譽這兩個活寶，倒也真是束手無策。他牙齒一咬，說道：「拿火把來，待我先燒了這女娃娃的頭髮，瞧她說是不說。」一名幫眾遞過火把，司空玄拿在手裏，走上兩步。

鍾靈在火光照耀之下看到他猙獰的眼色，心中害怕，叫道：「喂，喂，你別燒我頭髮，這頭髮一燒光，頭上可有多痛！你不信，先燒燒你自己的鬍子看。」司空玄獰笑道：「我當然明白很痛，又何必燒我的鬍子才知。」舉起火把，在鍾靈臉前一晃。鍾靈嚇得尖聲叫了起來。

段譽將她緊緊摟住，叫道：「山羊鬍子，這事是我惹起的，你來燒我的頭髮罷！」鍾靈道：「不行！你也痛的。」司空玄道：「你既怕痛，那就快取解藥出來，救治我眾兄弟。」

鍾靈道：「你這人真笨得可以啦。我早跟你說，只有我爹爹能治閃電貂的毒，連我媽媽也不會。這閃電貂世所罕見，是天生神物，牙齒上的劇毒怪異之極，你道容易治麼？」

司空玄聽得四周被閃電貂咬過的人不住口怪聲呻叫，料想這貂毒確是難當已極，否則這些人都是極要面子的好漢，縱使給人斫斷一手一腳，也不能哼叫一聲。他們早已由旁人敷上了解治蛇毒的藥物，但聽著這呻吟之聲，顯然本幫素有靈驗的蛇藥並不生效，更有人取出治蝎毒、治蜈蚣毒、治毒蜘蛛毒的諸般藥，在給閃電貂咬過的小幫眾身上試用，那些人只有叫得更加慘厲。司空玄怒目瞪著鍾靈，喝道：「你的老子是誰？快說他的名字！」

鍾靈道：「你真的要我說？你不害怕麼？」

司空玄大怒，舉起火把，便要往鍾靈頭髮上燒去，突然間後頸中一下劇痛，已被甚麼東西咬了一口。司空玄大駭，忙提一口氣護住心頭，抛下火把，反手至頸後去抓，突覺手背上又是一痛。原來閃電貂被埋在土中之後，悄悄鑽了出來，乘著司空玄不防，忽施奇襲。司空玄接連被咬了兩口，只嚇得心膽俱裂，當即盤膝坐地，運功驅毒。諸幫眾忙鏟沙土往閃電貂身上蓋去。閃電貂跳起來咬倒兩人，黑暗中白影閃了幾閃，逃入草叢中不見了。

司空玄手下急忙取過蛇藥，外敷內服，服侍幫主，又將一枚野山人參塞在他的口中。司空玄同時運功抗禦兩處貂毒，不到一盞茶時分，便已支持不住，一咬牙，左手從腰間抽出一柄短刀，刷的一下，將右手上臂砍了下來，正所謂毒蛇螫腕，壯士斷臂，但後頸中了蛇毒，總不成將腦袋也砍了下來。諸幫眾心下慄慄，忙倒金創藥替他敷上，可是斷臂處血如泉湧，金創藥一敷上去便給血水沖掉。有人撕下衣襟，用力紮在他臂彎之處，血才漸止。

鍾靈看到這等慘象，嚇得臉也白了，不敢再作一聲。司空玄沉聲問道：「給這鬼毒貂咬了，活得幾日？」鍾靈顫聲道：「我爹爹說，可活得七天，不過……不過你司空幫主內力深厚，武功了不起，只怕……一定能多活幾日。」

司空玄哼了一聲，道：「拉這小子出來。」諸幫眾答應了，將段譽從土石中拉了出來。鍾靈急叫：「喂，喂，這不干他的事，可別害他。」手足亂撐，想乘機爬出。諸幫眾忙用泥土填滿段譽先前容身的洞穴，鍾靈隨即轉動不得，不禁放聲大哭。

段譽心中也甚害怕，但強自鎮定，微笑道：「鍾姑娘，大丈夫視死如歸，在這些惡人之前不可示弱。」鍾靈哭道：「我不是大丈夫！我不要視死如歸！我偏要示弱！」

司空玄沉聲道：「給這小子服了斷腸散。用七日的份量。」一名幫眾從藥瓶中倒了半瓶紅色藥末，逼段譽吞服。鍾靈大叫：「這是毒藥，吃不得的。」段譽一聽「斷腸散」之名，便知是厲害毒藥，但想身落他人之手，又豈能拒不服藥？當即慨然吞下，嗒了嗒滋味，笑道：「味道甜咪咪的，司空幫主，你也吃半瓶麼？」

司空玄怒哼一聲。鍾靈破涕為笑，隨即又哭了起來。

司空玄道：「這斷腸散七日之後毒發，肚腸寸斷而亡。你去取貂毒解藥，若在七日之內趕回，我給你解毒，再放了這小姑娘。」鍾靈道：「單是解藥還不夠的，尚須我爹爹運使獨門內功，才解得了這閃電貂之毒。」司空玄道：「那麼叫他請你爹爹來此救你。」鍾靈道：「你這人話倒說得容易，我爹爹豈肯出山？他是決不出谷一步的。」司空玄沉吟不語。

段譽道：「這樣罷，咱們大夥兒齊去鍾姑娘府上，請你尊大人醫治解毒，不是更加快捷麼？」鍾靈道：「不成，不成！我爹爹有言在先，不論是誰，只要踏進我家谷中一步，便非死不可。」

司空玄心想：「此間無量劍之事未了，也不能離此他去。倘若誤了這裏的事，天山童姥怎能饒我？只有死得更慘。」後頸上貂咬之處麻癢越來越厲害，忍不住呻吟了幾聲。

鍾靈道：「司空幫主，對不住了！」司空玄怒喝：「對不住個屁！」段譽道：「司空幫主，你對鍾姑娘口出污言，未免有失君子風度。」

司空玄怒喝：「君子你個奶奶！」心想：「我身上給種下了『生死符』，發作之時苦楚難熬，不如就此死了，一乾二淨。」向鍾靈道：「我管不了這許多，你不去請你爹爹也成，咱們同歸於盡便了。」言語中竟有悽惻自傷之意。

鍾靈想了想，說道：「你放我出來，待我寫封信給爹爹，求他前來救你。你派個不怕死的人送去。」司空玄道：「我叫這姓段的小子去，為甚麼另行派人？」鍾靈道：「你這人真沒記心！不論是誰踏進我家谷中一步，便非死不可。我早說過了的，是不是？我不願段大哥死了，你知不知道？」司空玄陰沉沉的道：「他不能死，難道我手下的人便該死了？不去便不去，大家都死好了。瞧是你先死，還是我先死。」

鍾靈嗚嗚咽咽的又哭了起來，叫道：「你老頭兒好不要臉，只管欺侮我小姑娘！這會兒江湖上人人都知道啦！大家都在說神農幫司空幫主聲名掃地，不是英雄好漢的行徑。」

司空玄自管運功抗毒，不去理她。

段譽道：「由我去好了。鍾姑娘，令尊見我是去報訊，請他前來救你，想來也不致於害我。」鍾靈忽然面露喜色，道：「有了！我教你個法兒，你別跟我爹爹說我在這裏，他如殺了你，就不知我在甚麼地方了。不過你一帶他到這兒，馬上便得逃走，否則你要糟糕。」段譽點頭道：「這法子倒也使得。」

鍾靈對司空玄道：「司空幫主，段大哥一到便即逃走，你這斷腸散的解藥如何給他？」司空玄指著遠處西北角的一塊大巖石，道：「我派人拿了解藥，候在那邊。段君逃到那塊巖石之後，便能得到解藥。」他要段譽請人前來救命，稱呼上便客氣些了，於是傳下號令，命幫眾將鍾靈掘了出來，先用鐵銬銬住她雙手，再掘開她下身的泥土。

鍾靈道：「你不放開我雙手，怎能寫信？」司空玄道：「你這小妮子刁鑽古怪，要是寫甚麼信，多半又要弄鬼。你拿一件身邊的信物，叫段君去見令尊便了。」

鍾靈笑道：「我最不愛寫字，你叫我不用寫信，再好也沒有。我有甚麼信物呢？嗯，段大哥，你將我這雙鞋子脫下來，我爹爹媽媽見了自然認得。」

段譽點點頭，俯身去除她鞋子，左手拿住她足踝，只覺入手纖細，不盈一握，心中微微一蕩，抬起頭來，和鍾靈相對一笑。段譽在火光之下，見到她臉頰上亮晶晶地兀自掛著幾滴淚珠，目光中卻蘊滿笑意，不由得看得痴了。

司空玄看得老大不耐煩，喝道：「快去，快去，兩個小娃娃儘是你瞧我、我瞧你的幹甚麼？段兄弟，你趕快請了人回來，我自然放這小姑娘給你做老婆。你要摸她的腳，將來日子長著呢。」

段譽和鍾靈都是滿臉飛紅。段譽忙除下鍾靈腳上一對花鞋，揣入懷中，情不自禁的又向鍾靈瞧去。鍾靈格的一聲，笑了出來。

司空玄道：「段兄弟，早去早歸！大家命在旦夕，倘若道上有甚耽擱，誰都沒了性命。鍾姑娘，此間前往尊府，幾日可以來回？」鍾靈道：「走得快些，兩天能到，最多四天，也便回來了。」司空玄稍覺放心，催道：「快快去罷！」

鍾靈道：「我說道路給段大哥聽，你們大夥兒走開些，誰都不許偷聽。」司空玄揮了揮手，諸幫眾都走得遠遠地。鍾靈道：「你也走開。」司空玄暗暗切齒，心想：「待我傷愈之後，若不狠狠擺布你這小娃娃，我司空玄枉自為人了。」當下站起身來，也走了開去。

鍾靈嘆了口氣，道：「段大哥，咱二人今日剛會面，便要分開了。」段譽笑道：「來回四天，那也沒有甚麼。」

鍾靈一雙大眼向他凝視半晌，道：「你先去見我媽媽，跟她說知情由，再讓我媽去跟我爹說，事情就易辦得多。」於是伸出腳尖，在地下劃明道路。原來鍾靈所居是在瀾滄江西岸一處山谷之中，路程倒也不遠，但地勢十分隱秘，入口處又有機關暗號，若非指明，外人萬難進谷。段譽記心極佳，鍾靈所說的道路東轉西曲，南彎北繞，他聽過之後便記住，待鍾靈說完，道：「好，我去啦。」轉身便走。

鍾靈待他走出十餘步，忽然想起一事，道：「喂，你回來！」段譽道：「甚麼？」又轉身回來。鍾靈道：「你別說姓段，更加不可說起你爹爹會使一陽指。因為……因為我爹爹說不定會起別樣心思。」段譽一笑，道：「是了！」心想這姑娘小小年紀，心眼兒卻多，當下哼著曲子，揚長而去。

二

玉壁月華明

山崖上一條大瀑布如玉龍懸空，
滾滾而下，傾入一座清澈異常的大湖之中。
瀑布注入處湖水翻滾，
只離得瀑布十餘丈，湖水便一平如鏡。
月亮照入湖中，湖心也有一個皓潔的圓月。

折騰了這許久，月亮已漸到中天。段譽逕向西行。他雖不會武功，但年輕力壯，腳下也甚迅捷，走出十餘里，已繞到無量山主峯的後山，只聽得水聲淙淙，前面有條山溪。他正感口渴，尋聲來到溪旁，月光下見溪水清澈異常，剛伸手入溪，忽聽得遠處地下枯枝格的一響，跟著有兩人的腳步之聲，段譽忙俯伏溪邊，不敢稍動。

只聽得一人道：「這裏有溪水，喝些水再走罷。」聲音有些熟悉，隨即想起，便是左子穆的弟子干光豪，段譽更加不敢動彈。只聽兩人走到溪水上游，跟著便有掬水和飲水之聲。過了一會，干光豪道：「葛師妹，咱們已脫險境，你走得累了，咱們歇一會兒再趕路。」一個女子聲音嗯了一聲。溪邊悉率有聲，想是二人坐了下來。

只聽那女子道：「你料得定神農幫不會派人守在這裏嗎？」語音微微發顫，顯得甚是害怕。干光豪安慰道：「你放心。這條山道再也隱僻不過，連我們東宗弟子來過的人也不多，神農幫決計不會知道。」那女子道：「你又怎麼知道這條小路？」干光豪道：「師父每隔五天，便帶眾弟子來鑽研『無量玉壁』上的秘奧，這麼多年下來，大夥兒儘是呆呆瞪著這塊大石頭，甚麼也瞧不出來。師父老是說甚麼『成大功者，須得有恆心毅力』，又說甚麼『有志者事竟成』。可是我實在瞧得忒煞膩了，有時假裝要大解，便出來到處亂走，才發見了這條小路。」

那女子輕輕一笑，道：「原來你不用功，偷懶逃學。你眾同門之中，該算你最沒恆心毅力了。」干光豪笑道：「葛師妹，五年前劍湖宮比劍，我敗在你劍下之後……」那女子道：「別再說你敗在我劍下。當時你假裝內力不濟，故意讓我，別人雖然瞧不出來，難道我自己也不知道？」

段譽聽到這裏，心道：「原來這女子是無量劍西宗的。」

只聽干光豪道：「我一見你面，心裏就發下了重誓，說甚麼也要跟你終身廝守。幸好今日碰上了千載難逢的良機，神農幫突然來攻，又有兩個小狗男女帶了一隻毒貂來，鬧得劍湖宮中人人手忙腳亂，咱們便乘機逃了出來，這不是有志者事竟成嗎？」那女子輕輕一笑，柔聲道：「我也是有志者事竟成。」干光豪道：「葛師妹，你待我這樣，我一生一世，永遠聽你的話。」從語音中顯得喜不自勝。

那女子嘆了口氣，說道：「咱們這番背師私逃，武林中是再也不能立足了。該當逃的越遠越好，總得找個十分隱僻的所在，悄悄躲將起來，別讓咱們師父與同門發見了蹤跡才好。想起來我實在害怕。」干光豪道：「那也不用擔心了。我瞧這次神農幫有備而來，咱們東西兩宗，除了咱二人之外，只怕誰也難逃毒手。」那女子又嘆了口氣，道：「但願如此。」

段譽只聽得氣往上沖，尋思：「你們要結為夫婦，見到師門有難，乘機自行逃走，那也罷了，怎地反盼望自己師長同門盡遭毒手？用心忒也狠毒。」想到他二人如此險狠，自己若給他們發覺，必定會給殺了滅口，當下更是連大氣也不敢喘上一口。

那女子道：「這『無量玉壁』到底有甚麼希奇古怪，你們在這裏已住了十年，難道當真連半點端倪也瞧不出嗎？」

干光豪道：「咱們是一家人了，我怎麼還會瞞你？師父說，許多年之前，那時是我太師父當東宗掌門。他在月明之夜，常見到玉壁上出現舞劍的人影，有時是男子，有時是女子，有時更是男女對使，互相擊刺。玉壁上所顯現的劍法之精，我太師父別說生平從所未見，連做夢也想像不到，那自是仙人使劍。我太師父只盼能學到幾招仙劍，可是壁上劍影實在太快太奇，又是淡淡的若有若無，說甚麼也看不清楚，連學上半招也是難能。仙劍的影子又不是時時顯現，有時晚晚看見，有時隔上一兩個月也不顯現一次。太師父沉迷於玉壁劍影，反將本門劍法荒疏了，也不用心督率弟子練劍，因此後來比劍便敗給你們西宗。葛師妹，你太師父帶同弟子入住劍湖宮，可見到了甚麼？」

那女子道：「聽我師父說，這壁上劍影我太師父也見到了，可是後來便只見到一個女子使劍，那男劍仙卻不見了。想來因為我太師父是女子，是以便只女劍仙現身指點。但過得兩年，連那女劍仙也不見了。太師父也說，玉壁上顯現的仙影身法劍法固然奇妙之極，然而太過模糊朦朧，又實在太快，說甚麼也看不清。這玉壁隔著深谷和劍湖，又不能飛渡天險，走近去看。太師父明明遇上了仙緣，偏無福澤學上一招半式，得以揚威武林，心中這份難受也就可想而知。仙影隱沒之後，我太師父日日晚晚只在山峯上徘徊，對著玉壁出神，越來越憔悴，過不上半年就病死了。她老人家是倒在山峯上死的，便在奄奄一息之時，仍不許弟子們移她回入劍湖宮。我師父說，太師父斷氣之時，雙眼還是呆呆的望著玉壁。」她頓了一頓，說道：「干師哥，你說世上當真有仙人？還是你我兩位太師父都是說來騙人的？」

干光豪道：「若說你我兩位太師父都編造這樣一套鬼話來欺騙弟子，想來不會，騙信了人也沒甚麼好處啊。再說，我聽沈師伯說，他小時候親眼就見到過這劍仙的影子。但世上是不是真有仙人，我就不知道了。」那女子道：「會不會有兩位武林高人在玉壁之前使劍，影子映上了玉壁？」干光豪道：「太師父當時早就想到了。但玉壁之前就是劍湖，湖西又是深谷，那兩位高人就算能凌波踏水，在湖面上使劍，太師父也必瞧得見。要說是在劍湖這一邊的山上使劍，隔得這麼遠，影子也決計照不上玉壁去。」那女子道：「我太師父去世後，眾弟子每晚在玉壁之前焚香禮拜，祝禱許願，只盼劍仙的仙影再現，但始終就沒再看到一次。我師父只盼能再來瞧瞧，偏偏十年來兩次比劍，都輸了給你們東宗。」

干光豪道：「自今而後，咱二人再也不分甚麼東宗西宗啦。我倆東宗西宗聯姻，合為一體……」只聽那女子鼻中唔唔幾聲，低聲道：「別……別這樣。」顯是干光豪有甚親熱舉動，那女子卻在推拒。干光豪道：「你依了我，若是我日後負心，就掉在這水裏，變個大忘八。」那女子格格嬌笑，膩聲道：「你做忘八，可不是罵我不規矩嗎？」

段譽聽到這裏，忍不住嗤的一聲，笑了出來，這一笑既出，便知不妙，立即跳起身來，發足狂奔。只聽得背後干光豪大喝：「甚麼人？」跟著腳步聲響，急步追來。

段譽暗暗叫苦，捨命急奔，一瞥眼間，西首白光閃動，一個女子手執長劍，正從山坡邊奔來，顯是要攔住他去路。段譽叫聲：「啊喲！」折而向東，心中只叫：「南無救苦救難觀世音菩薩，保祐弟子段譽得脫此難。」耳聽得干光豪不停步的追來，過不多時，段譽跑得氣也喘不過來了，只聽干光豪叫道：「葛師妹，你攔住了那邊山口！」

段譽心想：「我送了命不打緊，累得鍾姑娘也活不成，還害死了神農幫這許多條人命，那真是罪過，阿彌陀佛，觀世音菩薩。」心中又道：「段譽啊段譽，他們變忘八也好，不規矩也好，跟你又有甚麼相干了？為甚麼要沒來由的笑上一聲？這一笑豈不是笑去幾十條人命？人家是絕色美女，才一笑傾城，你段譽又是甚麼東西了，也來這麼笑上一笑？傾甚麼東西？」心中自怨自艾，腳下卻毫不稍慢，慌不擇路，只管往林木深密之處鑽去。

又奔出一陣，雙腿酸軟，氣喘吁吁，猛聽得水聲響亮，轟轟隆隆，便如潮水大至一般，抬頭一看，只見西北角上猶如銀河倒懸，一條大瀑布從高崖上直瀉下來。只聽得背後干光豪叫道：「前面是本派禁地，任何外人不得擅入。你再向前數丈，干犯禁忌，可叫你死無葬身之地。」段譽心想：「我就算不闖你無量劍的禁地，難道你就能饒我了？最多也不過是死有葬地而已。有無葬身之地，似乎也沒多大分別。」腳下加緊，跑得更加快了。干光豪大叫：「快停步，你不要性命了嗎？前面是……」

段譽笑道：「我要性命，這才逃走……」一言未畢，突然腳下踏了個空。他不會武功，急奔之下，如何收勢得住？身子登時直墮了下去。他大叫：「啊喲！」身離崖邊失足之處已有數十丈了。

他身在半空，雙手亂揮，只盼能抓到甚麼東西，這麼亂揮一陣，又下墮了百餘丈，突然間蓬的一聲，屁股撞上了甚麼物事，身子向上彈起，原來恰好撞到崖邊伸出的一株古松。喀喇喇幾聲響，古松粗大的枝幹登時斷折，但下墮的巨力卻也消了。

段譽再次落下，雙臂伸出，牢牢抱住了古松的另一根樹枝，登時掛在半空，不住搖晃。向下望去，只見深谷中雲霧瀰漫，兀自不見盡頭。便在此時，身子一晃，已靠到了崖壁，忙伸出左手，牢牢揪住了崖旁的短枝，雙足也找到了站立之處，這才驚魂略定，慢慢的移身崖壁，向那株古松道：「松樹老爺子，虧得你今日大顯神通，救了我段譽一命。當年你的祖先為秦始皇遮雨，秦始皇封他為『五大夫』。救人性命，又怎是遮蔽風雨之可比？我要封你為『六大夫』，不，『七大夫』、『八大夫』。」

細看山崖中裂開了一條大縫，勉強可攀援而下。他喘息了一陣，心想：「干光豪和他那個葛師妹，定然以為我已摔成了肉漿，萬萬料不到有『八大夫』救命。他們必定逃下山去，卿卿我我，東宗西宗合而為一去了。這谷底只怕凶險甚多，我這條性命反正是撿來的，送在那裏都是一樣。不過觀音菩薩保祐，最好還是別死。」

於是沿著崖縫，慢慢爬落。崖縫中儘多砂石草木，倒也不致一溜而下。只是山崖似乎無窮無盡，爬到後來，衣衫早給荊刺扯得東破一塊，西爛一條，手腳上更是到處破損，也不知爬了多少時候，仍然未到谷底，幸好這山崖越到底下越是傾斜，不再是危崖筆立，到得後來他伏在坡上，半滾半爬，慢慢溜下，便快得多了。

但耳中轟隆轟隆的聲音越來越響，不禁又吃驚起來：「這下面若是怒濤洶湧的激流，那可糟糕之極了。」只覺水珠如下大雨般濺到頭臉之上，隱隱生疼。

這當兒也不容他多所思量，片刻間便已到了谷底，站直身子，不禁猛喝一聲采，只見左邊山崖上一條大瀑布如玉龍懸空，滾滾而下，傾入一座清澈異常的大湖之中。大瀑布不斷注入，湖水卻不滿溢，想來另有洩水之處。瀑布注入處湖水翻滾，只離得瀑布十餘丈，湖水便一平如鏡。月亮照入湖中，湖心也是一個皎潔的圓月。

面對這造化的奇景，只瞧得目瞪口呆，驚歎不已，一斜眼，只見湖畔生著一叢叢茶花，在月色下搖曳生姿。雲南茶花甲於天下，段譽素所喜愛，這時竟沒想到身處危地，走過去細細品賞起來，喃喃的道：「此處茶花雖多，品類也只寥寥，只有這幾本『羽衣霓裳』，倒比我家的長得好。這幾本『步步生蓮』，品種就不純了。」

賞玩了一會茶花，走到湖邊，抄起幾口湖水吃了，入口清冽，甘美異常，一條冰涼的水線直通入腹中。定了定神，沿湖走去，尋覓出谷的通道。

這湖作橢圓之形，大半部隱在花樹叢中，他自西而東、又自東向西，兜了個圈子，約有三里遠近，東南西北盡是懸崖峭壁，絕無出路，只有他下來的山坡比較斜，其餘各處決計無法攀上，仰望高崖，白霧封谷，下來已這般艱難，再想上去，那是絕無這等能耐，心道：「就算武功絕頂之人，也未必能夠上去，可見有沒有武功，倒也無甚分別。」

這時天將黎明，但見谷中靜悄悄地，別說人跡，連獸蹤也無半點，唯聞鳥語間關，遙相和呼。他見了這等情景，又發起愁來，心想我餓死在這裏不打緊，累了鍾姑娘的性命，那可太也對不起人家，我爹爹媽媽又必天天憂愁記掛。

坐在湖邊，空自煩惱，沒半點計較處。失望之中，心生幻想：「倘若我變作一條游魚，從瀑布中逆水而上，便能游上峭壁。」眼光逆著瀑布自下而上的看去，只見瀑布之右一片石壁光潤如玉，料想千萬年前瀑布比今日更大，不知經過多少年的衝激磨洗，將這半面石壁磨得如此平整，後來瀑布水量減少，才露了這片如琉璃、如明鏡的石壁出來。

突然之間，干光豪與他葛師妹的一番說話在心頭湧起，尋思：「看來這便是他們所說的『無量玉壁』了。他們說，當年無量劍東宗、西宗的掌門人，常在月明之夕見到玉壁上有舞劍的仙人影子。這玉壁貼湖而立，仙人的影子要映到玉壁上，確是非得在湖中舞劍不可。要是在我這邊湖東舞劍，影子倒也能照映過去，可是東邊高崖筆立，擋住了月光，沒有月光，便無人影。啊，是了，定是湖面上有水鳥飛翔，影子映到山壁上去，遠遠望來，自然身法靈動，又快又奇。他們心中先入為主，認定是仙人舞劍，朦朦朧朧的卻又瞧不出個所以然來，終於入了魔道。」

想明白此節，不禁啞然失笑。自從在劍湖宮中吃了酒宴，到此刻已有七八個時辰，早餓得狠了，見崖邊一大叢小樹上生滿了青紅色的野果，便去採了一枚，咬了一口，入口甚是酸澀，飢餓之下，也不加理會，一口氣吃了十來枚，飢火少抑，只覺混身筋骨酸痛，躺在草地上便即沉沉睡去。

這一覺睡得甚酣，待得醒轉，日已偏西，湖上幻出一條長虹，艷麗無倫。段譽知道有瀑布處水氣映日，往往便現彩虹，心想我臨死之時，還得目睹美景，福緣大是不小，而葬身於湖畔花下，倒也風雅得緊，明湖絕麗，就可惜茶花並非佳種，略嫌美中不足。

睡了這覺之後，精神大振，心想：「說不定山谷有個出口，隱在花木山石之後。昨晚黑夜之中，又走得匆忙，是以未曾發見。」當即口中唱著曲子，興高采烈的沿湖尋去。一路上在所有隱蔽之處都細細探尋了。但花樹草叢之後盡是堅巖巨石，每一塊堅巖巨石都連在高插入雲的峭壁上，別說出路，連蛇穴獸窟也無一個。

他口中曲子越唱越低，心頭也越來越沉重，待得回到睡覺之處，腳也軟了，頹然坐倒，心想：「鍾姑娘為了救我，卻枉自送了性命。」

想到鍾靈，伸手入懷，摸出她那對花鞋來在手中把玩，想像她足踝纖細，面容嬌美，不自禁將鞋子拿到口邊親了幾下，又揣入懷中，心想：「我這番一定是沒命的了，鍾姑娘也沒命了。要是她也在這裏，咱二人死在這碧湖之畔，倒也是件美事。只可惜她此刻伴著那山羊鬍子司空玄，實在無味得緊。這當兒我正在想她，她多半也在想我罷。」

百無聊賴之中，又去摘酸果來吃，忽想：「甚麼地方都找過了，反是這裏沒找過。別要遠在天邊，近在眼前。」撥開酸果樹叢，登時便搖了搖頭。樹叢後光禿禿地一大片石壁，爬滿了藤蔓，那裏又有甚麼出路？但見這片石壁平整異常，宛然似一面銅鏡，只是比之湖西的山壁卻小得多了，心中一動：「莫非這才是真正的『無量玉壁』？」當即拉去石壁上的藤蔓。但見這石壁也只平整光滑而已，別無他異。

忽然動念：「我死在這深谷之中，永遠無人得知，不妨在這片石壁上刻下幾個字，嗯，就刻『大理段譽畢命於斯』八字，倒也好玩。」

於是將石壁上的藤蔓撕得乾乾淨淨，除下長袍，到湖中浸濕了，把湖水絞在石壁上，再拔些青草來洗刷一番，那石壁更顯得瑩白如玉。

在地下揀了一塊尖石，便在石壁上劃字，可是石壁堅硬異常，累了半天，一個「段」字刻得既淺且斜，殊無半點間架筆意，心想：「後人若是見到，還道我段譽連字也不會寫，這八個字刻下來，委實遺臭萬年。」又覺手腕酸痛，便抛下尖石不刻了。

到得天黑，吃了些酸果，躺倒又睡。睡夢中只見一對花鞋在眼前飛來飛去，綠鞋黃花，正是鍾靈那對花鞋，忙伸手去捉，可是那對花鞋便如蝴蝶一般，上下飛舞，始終捉不到。過了一會，花鞋越飛越高，段譽大叫：「鞋兒別飛走了！」一驚而醒，才知是做了個夢，揉了揉眼睛，伸手一摸，一對花鞋好端端地便在懷中，站起身來，抬頭只見月亮正圓，清光在湖面上便如鍍了一層白銀一般，眼光順著湖面一路伸展出去，突然之間全身一震，只見對面玉壁上赫然有個人影。

這一驚當真非同小可，隨即喜意充塞胸臆，大叫：「仙人，救我！仙人，救我！」那人影微微晃動，卻不答話。段譽定了定神，凝神看去，那人影淡淡的看不清楚，然而長袍儒巾，顯是個男子。他向前急衝幾步，便到了湖邊，又叫：「仙人，救我！」只見玉壁上的人影晃動幾下，卻大了一些。段譽立定腳步，那人影也即不動。

他一怔之下，便即省悟：「是我自己的影子？」身子左晃，壁上人影跟著左晃，身子向右側去，壁上人影跟著側右，此時已無懷疑，但兀自不解：「月亮掛於西南，卻如何能將我的影子映到對面石壁上？」

回過身來，只見日間刻過一個「段」字的那石壁上也有一個人影，只是身形既小，影子也濃得多，登即恍然：「原來月亮先將我的影子映在這塊小石壁上，再映到隔湖的大石壁上。我便如站在兩面鏡子之間，大鏡子照出了小鏡子中的我。」

微一凝思，只覺這迷惑了「無量劍」數十年的「玉壁仙影」之謎，更無絲毫神奇之處：「當年確有人站在這裏使劍，人影映上玉壁。本來有一男一女，後來那男的不知是走了還是死了，只賸下一個女的，她在這幽谷中寂寞孤單，過不了兩年也就死了。」想像佳人失侶，獨處幽谷，終於鬱鬱而死，不禁黯然。

既明白了這個道理，心中先前的狂喜自即無影無蹤，百無聊賴之際，便即手舞足蹈，拳打足踢，心想：「最好左子穆、雙清他們這時便在崖頂，見到玉壁上忽現『仙影』，認定這是仙人在演示神奇武功，於是將我這套『武功』用心學了去，拚命鑽研，傳之後世。哈哈，哈哈！」越想越有趣，忍不住縱聲狂笑。

驀地裏笑聲斗止，心中想到了一事：「這兩位前輩既時時在此舞劍，那麼若不是住在這谷中，便是有條出入此谷的路徑。否則他們武功再高，若須時時攀山到這裏來舞劍，終究也太麻煩了。偶一為之則可，總不能『時時』。」登時眼前出現了一線光明，心道：「明天我再好好尋找出路。那個干光豪不是說『有志者事竟成』麼？哈哈，哈哈。他立志要娶他葛師妹為妻，我則立志要逃出生天。」

抱膝坐下，靜觀湖上月色，四下裏清冷幽絕，心想：「『有志者事竟成』，這話雖然不錯，可是孔夫子言道：『知之者不如好之者，好之者不如樂之者。』這話更加合我脾胃。爹爹媽媽常叫我『痴兒』，說我從小對喜愛的事物痴痴迷迷，說我七歲那年，對著一株『十八學士』茶花從朝瞧到晚，半夜裏也偷偷起床對著它發獃，吃飯時想著它，讀書時想著它，直瞧到它謝了，接連哭了幾天。後來我學下棋，又是廢寢忘食，日日夜夜，心中想著的便是一副棋枰，別的甚麼也不理。這一次爹爹叫我開始練武，恰好我正在研讀易經，連吃飯時筷子伸出去挾菜，也想著這一筷的方位是『大有』呢還是『同人』。我不肯學武，到底是為了不肯拋下易經不理呢，還是當真認定不該學打人殺人的法子？爹爹說我『強辭奪理』，只怕我當真有點強辭奪理，也未可知。媽最明白我的脾氣，勸我爹爹說：『這痴兒那一天愛上了武功，你就是逼他少練一會兒，他也不會聽。他此刻既然不肯學，硬揿著牛頭喝水，那終究不成。』唉，要我立志做甚麼事可難得很，倒盼望我那一天迷上了練武，爹爹、媽媽，還有伯父，自然歡喜得很。我練好了武功，不打人、不殺人就是了，練武也不是非殺人不可。伯父武功這樣高強，但他性子仁慈，只怕從來沒出手殺過一個人。只不過他要殺人，又怎用得著親自動手？」

坐在湖邊，思如走馬，不覺時光之過，一瞥眼間，忽見身畔石壁上隱隱似有彩色流動，凝神瞧去，只見所刻的那個「段」字之下，赫然有一把長劍的影子，劍影清晰異常，劍柄、護手、劍身、劍尖、無一不是似到十足，劍尖斜指向下，而劍影中更發出彩虹一般的暈光，閃爍流動，遊走不定。

心下大奇：「怎地影子中會有彩色？」抬頭向月亮瞧去，卻已見不到月亮，原來皓月西沉，已落到了西首峭壁之後，峭壁上有一洞孔，月光自洞孔彼端照射過來，洞孔中隱隱有光彩流動。登時省悟：「是了，原來這峭壁中懸有一劍，劍上鑲嵌了諸色寶石，月光將劍影與寶石映到玉壁之上，無怪如此艷麗不可方物！」

又想：「須得鑿空劍身，鑲上寶石，月光方能透過寶石，映出這彩色影子。倘若劍刃上不鑿出空洞，寶石便無法透光了。打造這柄怪劍，倒也費事得緊。」眼見寶劍所在的洞孔距地高達數十丈，無法上去瞧個明白，從下面望將上去，也只是隱約見到寶石微光，但照在石壁上的影子卻奇幻極麗，觀之神為之奪。

可是看不到一盞茶時分，月亮移動，影子由濃而淡，由淡而無，石壁上只餘一片灰白。

尋思：「這柄寶劍，想來便是那兩位使劍的男女高人放上去的。山谷這麼深險，無量劍中那些人任誰也沒膽子爬下來探查，而站在高崖之上，既見不到小石壁，也見不到峭壁中的洞孔與所懸寶劍，這個秘密，無量劍的人就算再在高崖上對著石壁呆望一百年，那也決計不會發見。不過就算得到了寶劍，又有甚麼了不起了？」出了一會神，便又睡去。

睡夢之中，突然間一跳醒轉，心道：「要將這寶劍懸上峭壁，可也大大的費事，縱有極高強的武功，也不易辦到。如此費力的安排，其中定有深意。多半這峭壁的洞孔之中，還藏著甚麼武學秘笈之類。」一想到武功，登時興味索然：「這些武學秘笈，無量劍的人當作寶貝，可是掉在我面前，我也不屑去拾起來瞧上幾眼。」

次日在湖畔周圍漫步遊蕩，墮入谷中已是第三日，心想再過得四天，肚中的斷腸散劇毒發作，便再找到出路也已無用了。

當晚睡到半夜，便即醒轉，等候月亮西沉。到四更時分，月亮透過峭壁洞孔，又將那彩色繽紛的劍影映到小石壁上。只見壁上的劍影斜指向北，劍尖對準了一塊大巖石，段譽心中一動：「難道這塊巖石有甚麼道理。」走到巖邊伸手推去，手掌沾到巖上青苔，但覺滑膩膩地，那塊巖石竟似微微搖晃。他雙手出力狠推，搖晃之感更甚，巖高齊胸，沒二千斤也有一千斤，按理決計推之不動，伸手到巖石底下摸去，原來巨巖是凌空置於一塊小巖石之頂，也不知是天生還是人力所安。他心中怦的一跳：「這裏有古怪！」

雙手齊推巖石右側，巖石又晃了一下，但一晃即回，石底發出藤蘿之類斷絕聲音，知道大小巖石之間藤草纏結，其時月光漸隱，瞧出來一切都已模模糊糊，心想：「今晚瞧不明白了，等天亮了再細細推究。」

於是躺在巖邊又小睡片刻，直至天色大明，站起身來察看那大巖周遭情景，俯身將大小巖石之間的蔓草葛藤盡數拉去，撥淨了泥沙，然後伸手再推，果然那巖石緩緩轉動，便如一扇大門相似，只轉到一半，便見巖後露出一個三尺來高的洞穴。

大喜之下，也沒去多想洞中有無危險，便彎腰走進洞去，走得十餘步，洞中已無絲毫光亮。他雙手伸出，每一步跨出都先行試過虛實，但覺腳下平整，便似走在石板路上一般，料想洞中道路必是經過人工修整，欣喜之意更盛，只是道路不住向下傾斜，顯是越走越低。突然之間，右手碰到一件涼冰冰的圓物，一觸之下，那圓物噹的一下，發出響聲，聲音清亮，伸手再摸，原來是個門環。

既有門環，必有大門，他雙手摸索，當即摸到十餘枚碗大的門釘，心中驚喜交集：「這門裏倘若住得有人，那可奇怪之極了。」提起門環噹噹噹的連擊三下，過了一會，門內無人答應，他又擊了三下，仍然無人應門，於是伸手推門。那門似是用銅鐵鑄成，甚是沉重，但裏面並未閂上，手勁使將上去，那門便緩緩的開了。他朗聲說道：「在下段譽，不招自來，擅闖貴府，還望主人恕罪。」停了一會，不聽得門內有何聲息，便舉步跨了進去。

他不論眼睛睜得多大，仍然看不到任何物事，只覺霉氣刺鼻，似乎洞內已久無人居。他繼續向前，突然間砰的一聲，額頭撞上了甚麼東西。幸好他走得甚慢，這一下碰撞也不如何疼痛，伸手摸去，原來前邊又是一扇門。他手上使勁，慢慢將門推開了，眼前陡然光亮。

他立刻閉眼，心中怦怦亂跳，過了片刻，才慢慢睜眼，只見所處之地是座圓形石室，光亮從左邊透來，但朦朦朧朧地不似天光。

走向光亮之處，忽見一隻大蝦在窗外游過。這一下心下大奇，再走上幾步，又見一條花紋斑斕的鯉魚在窗外悠然而過。細看那窗時，原來是鑲在石壁上的一塊大水晶，約有銅盆大小，光亮便從水晶中透入。

雙眼貼著水晶向外瞧去，只見碧綠水流不住晃動，魚蝦水族來回游動，極目所至，竟無盡處。他恍然大悟，原來處身之地竟在水底，當年建造石室之人花了偌大的心力，將外面的水光引了進來，這塊大水晶更是極難得的寶物。定神凝思，登時暗暗叫苦：「糟糕，糟糕。我這可走到劍湖的湖底來啦！一路上在黑暗之中摸索，已不知轉了幾個彎，既是深入湖底，那還是逃不出去。」

回過身來，只見室中放著一隻石桌，桌前有凳，桌上豎著一面銅鏡，鏡旁放著些梳子釵釧之屬，看來竟是閨閣所居。銅鏡上生滿了銅綠，桌上也是塵土寸積，不知已有多少年無人來此。

他瞧著這等情景，不由得呆了，心道：「許多年之前，定是有個女子在此幽居，不知她為了何事，如此傷心，竟遠離人間，退隱於斯！嗯，多半便是那個在石壁前使劍的女子。」出了一會神，再看那石室時，只見壁上東一塊、西一塊的鑲滿了銅鏡，隨便一數，便已有三十餘面，尋思：「想來這女子定是絕世麗質，愛侶既逝，獨守空閨，每日裏惟有顧影自憐。此情此景，實是令人神傷。」

在室中走去，一會兒書空咄咄，一會兒喟然長嘆，憐惜這石室的舊主人。過了好一陣，突然心念一動：「唉！我只顧得為古人難過，卻忘了自己身陷絕境。」自言自語：「我段譽乃是個臭男子，倘若死在此處，不免唐突佳人，該當死在門外湖邊才是。否則後人來到，見到我的遺骸，還道是佳人的枯骨，豈不是……豈不是……」還沒想到「豈不是」甚麼，忽見東首一面斜置的銅鏡反映光亮，照向西南隅，石壁上似有一道縫，他忙搶將過去，使力推那石壁，果然是一道門，緩緩移開，露出一個洞來。向洞內望去，見有一道石級。

他拍手大叫，手舞足蹈一番，這才順著石級走下。石級向下十餘級後，面前隱隱約約的似有一門，伸手推門，眼前陡然一亮，失聲驚呼：「啊喲！」

眼前一個宮裝美女，手持長劍，劍尖對準了他胸膛。

過了良久，只見那女子始終一動不動，他定睛看時，見這女子雖是儀態萬方，卻似並非活人，大著膽子再行細看，才瞧出乃是一座白玉彫成的玉像。這玉像與生人一般大小，身上一件淡黃色綢衫微微顫動；更奇的是一對眸子瑩然有光，神采飛揚。段譽口中只說：「對不住，對不住！我這般瞪眼瞧著姑娘，忒也無禮。」明知無禮，眼光卻始終無法避開她這對眸子，也不知呆看了多少時候，才知這對眼珠乃是以黑寶石彫成，只覺越看越深，眼裏隱隱有光彩流轉。這玉像所以似極了活人，主因當在眼光靈動之故。

玉像臉上白玉的紋理中隱隱透出暈紅之色，更與常人肌膚無異。段譽側過身子看那玉像時，只見她眼光跟著轉將過來，便似活了一般。他大吃一驚，側頭向右，玉像的眼光似乎也對著他移動。不論他站在那一邊，玉像的眼光始終向著他，眼光中的神色更是難以捉摸，似喜似憂，似是情意深摯，又似黯然神傷。

他呆了半晌，深深一揖，說道：「神仙姊姊，小生段譽今日得睹芳容，死而無憾。姊姊在此離世獨居，不也太寂寞了麼？」玉像目中寶石神光變幻，竟似聽了他的話而深有所感。

此時段譽神馳目眩，竟如著魔中邪，眼光再也離不開玉像，說道：「不知神仙姊姊如何稱呼？」心想：「且看一旁是否留下姊姊芳名。」

當下四周打量，見東壁上寫著許多字，但無心多看，隨即回頭去看那玉像，這時發見玉像頭上的頭髮是真的人髮，雲鬢如霧，鬆鬆挽著一髻，鬢邊插著一隻玉釧，上面鑲著兩粒小指頭般大的明珠，瑩然生光。又見壁上也是鑲滿了明珠鑽石，寶光交相輝映，西邊壁上鑲著六塊大水晶，水晶外綠水隱隱，映得石室中比第一間石室明亮了數倍。

他又向玉像默望良久，這才轉頭，見東壁上刮磨平整，刻著數十行字，都是「莊子」中的句子，大都出自「逍遙遊」、「養生主」、「秋水」、「至樂」幾篇，筆法飄逸，似以極強腕力用利器刻成，每一筆都深入石壁幾近半寸。文末題著一行字云：「逍遙子為秋水妹書。洞中無日月，人間至樂也。」

段譽瞧著這行字出神半晌，尋思：「這『逍遙子』和『秋水妹』，想來便是數十年前在谷底舞劍的那兩位男女高人了。這座玉像多半便是那位『秋水妹』，逍遙子得能伴著她長居幽谷密洞，的的確確是人間至樂。其實豈僅是人間至樂而已，天上又焉有此樂？」

眼光轉到石壁的幾行字上：「藐姑射之山，有神人居焉，肌膚若冰雪，綽約若處子，不食五穀，吸風飲露。」當即轉頭去瞧那玉像，心想：「莊子這幾句話，拿來形容這位神仙姊姊，真是再也貼切不過。」走到玉像面前，痴痴的呆看，瞧著她那有若冰雪的肌膚，說甚麼也不敢伸出一根小指頭去輕輕撫摸一下，心中著魔，鼻端竟似隱隱聞到蘭麝般馥郁馨香，由愛生敬，由敬成痴。

過了良久，禁不住大聲說道：「神仙姊姊，你若能活過來跟我說一句話，我便為你死一千遍，一萬遍，也如身登極樂，歡喜無限。」突然雙膝跪倒，拜了下去。

跪下便即發覺，原來玉像前本有兩個蒲團，似是供人跪拜之用，他雙膝跪著的是個較大蒲團，玉像足前另有一較小蒲團，想是讓人磕頭用的。他一個頭磕下去，只見玉像雙腳的鞋子內側似乎繡得有字。凝目看去，認出右足鞋上繡的是「磕首千遍，供我驅策」八字，左足鞋上繡的是「遵行我命，百死無悔」八個字。

這十六個字比蠅頭還小，鞋子是湖綠色，十六個字以蔥綠細絲繡成，只比底色略深，石室中光影朦朧，若非磕下頭去，又再凝神細看，決計不會見到。只覺磕首千遍，原是天經地義之事，若能供其驅策，更是求之不得，至於遵行這位美人的命令，不論赴湯蹈火，自然百死無悔，絕無絲毫猶豫，神魂顛倒之下，當即「一五、一十、十五、二十……」口中數著，恭恭敬敬的向玉像磕起頭來。

他磕到五六百個頭，已覺腰酸骨痛，頭頸漸漸僵硬，但想無論如何必須支持到底，要磕滿一千個頭才罷。連神仙姊姊第一個命令也不遵行，還說甚麼「百死無悔」？待磕到八百餘下，小蒲團面上一層薄薄的蒲草已然破裂，露出下面有物。他也不加理會，仍是畢恭畢敬的磕足一千個頭，待要站起，驀覺腰間酸軟，仰天一交摔倒。

他就此躺著休息，只覺已遵玉像之命而做成了一件事，全身越是疲累酸疼，越是心中快慰。過了好一會，慢慢爬起身來，伸手到小蒲團的破裂處去掏摸，觸手柔滑，裏面是個綢包，心想：「原來神仙姊姊早有安排，我若非磕足一千個頭，小蒲團不會破裂，她賜給我的寶貝就不會出現了。」他於珠玉珍寶向來不放在心上，但這綢包既是神仙姊姊所賜，即使其中所包的只是樹葉枯草、爛布碎紙，那也是無價的寶物。右手一經取出綢包，左手便即伸過去也拿住了，雙手捧到胸前。

這綢包一尺來長，白綢上寫著幾行細字：「汝既磕首千遍，自當供我驅策，終身無悔。此卷為我逍遙派武功精要，每日卯午酉三時，務須用心修習一次，若稍有懈惰，余將蹙眉痛心矣。神功既成，可至瑯嬛福地遍閱諸般典籍，天下各門派武功家數盡集於斯，亦即盡為汝用。勉之勉之。學成下山，為余殺盡逍遙派弟子，有一遺漏，余於天上地下耿耿長恨也。」

他捧著綢包的雙手不禁劇烈顫抖，只想：「那是甚麼意思？我不要學武功，殺盡逍遙派弟子的事，更是決計不做。但神仙姊姊的命令焉可不遵？我向她磕足一千個頭，便是答允供她驅策，奉行她的命令。可是她教我學武殺人，這便如何是好？」

腦海中一團混亂，又想：「她叫我學她的逍遙派武功，卻又吩咐我去殺盡逍遙派弟子，這就真正奇了。嗯，想來她逍遙派的師兄弟、師姊妹們害苦了她，因此她要報仇。她直到臨終，此仇始終未報，於是想收個弟子來完成遺志。這些人既害得神仙姊姊這般傷心，自是大大的壞人惡人，盡數殺了也是該的。孔夫子說：『以直報怨』，就是這個道理。爹爹也說，遇上壞人惡人，你不殺他，他便要殺你，倘若不會武功，惟有任其宰割。這話其實也是不錯的。」他父親逼他練武之時，他搬出大批儒家、佛家的大道理來，堅稱不可學武，他父親於書本子上的學問頗不如他，難以辯駁。他此刻為玉像著迷，便覺父親之言有理了。

又想：「神仙姊姊仙去已數十年，世上也不知還有沒有逍遙派。常言道：惡有惡報，說不定他們早已個個惡貫滿盈，再不用我動手去殺。世上既已沒了逍遙派弟子，神仙姊姊的心願已償，她在天上地下，也不用耿耿長恨了。」

言念及此，登時心下坦然，默默禱祝：「神仙姊姊，你吩咐下來的事，段譽當然一定遵行不誤，但願你法力無邊，逍遙派弟子早已個個無疾而終。」戰戰兢兢的打開綢包，裹面是個捲成一捲的帛卷。

展將開來，第一行寫著「北冥神功」。字跡娟秀而有力，便與綢包外所書的筆致相同。其後寫道：

「莊子『逍遙遊』有云：『窮髮之北有冥海者，天池也。有魚焉，其廣數千里，未有知其修也。』又云：『且夫水之積也不厚，則其負大舟也無力。覆杯水於坳堂之上，則芥為之舟；置杯焉則膠，水淺而舟大也。』是故本派武功，以積蓄內力為第一要義。內力既厚，天下武功無不為我所用，猶之北冥，大舟小舟無不載，大魚小魚無不容。是故內力為本，招數為末。以下諸圖，務須用心修習。」

段譽讚道：「神仙姊姊這段話說得再也明白不過了。」再想：「這北冥神功是修積內力的功夫，學了自然絲毫無礙。」左手慢慢展開帛卷，突然間「啊」的一聲，心中怦怦亂跳，霎時間面紅耳赤，全身發燒。

但見帛卷上赫然出現一個橫臥的裸女畫像，全身一絲不掛，面貌竟與那玉像一般無異。段譽只覺多瞧一眼也是褻瀆了神仙姊姊，急忙掩卷不看。過了良久，心想：「神仙姊姊吩咐：『以下諸圖，務須用心修習。』我不過遵命而行，不算不敬。」

於是顫抖著手翻過帛卷，但見畫中裸女嫣然微笑，眉梢眼角，唇邊頰上，盡是嬌媚，比之那玉像的莊嚴寶相，容貌雖似，神情卻是大異。他似乎聽到自己一顆心撲通、撲通的跳動之聲，斜眼偷看那裸女身子時，只見有一條綠色細線起自左肩，橫至頸下，斜行而至右乳。他看到畫中裸女椒乳墳起，心中大動，急忙閉眼，過了良久才睜眼再看，見綠線通至腋下，延至右臂，經手腕至右手大拇指而止。他越看越寬心，心想看看神仙姊姊的手臂、手指是不打緊的，但藕臂葱指，畢竟也不能不為之心動。

另一條綠線卻是至頸口向下延伸，經肚腹不住向下，至離肚臍數分處而止。段譽對這條綠線不敢多看，凝目看手臂上那條綠線時，見線旁以細字註滿了「雲門」、「中府」、「天府」、「俠白」、「尺澤」、「孔最」、「列缺」、「經渠」、「大淵」、「魚際」等字樣，至拇指的「少商」而止。他平時常聽爹爹與媽媽談論武功，雖不留意，但聽得多了，知道「雲門」、「中府」等等都是人身的穴道名稱。

當下將帛卷又展開少些，見下面的字是：「北冥神功係引世人之內力而為我有。北冥大水，非由自生。語云：百川匯海，大海之水以容百川而得。汪洋巨浸，端在積聚。此『手太陰肺經』為北冥神功之第一課。」下面寫的是這門功夫的詳細練法。

最後寫道：「世人練功，皆自雲門而至少商，我逍遙派則反其道而行之，自少商而至雲門，拇指與人相接，彼之內力即入我身，貯於雲門等諸穴。然敵之內力若勝於我，則海水倒灌而入江河，凶險莫甚，慎之，慎之。本派旁支，未窺要道，惟能消敵內力，不能引而為我用，猶日取千金而復棄之於地，暴殄珍物，殊可哂也。」

段譽長嘆一聲，隱隱覺得這門功夫頗不光明，引人之內力而為己有，豈不是如同偷盜旁人財物一般？隨即轉念又想：「神仙姊姊這個譬喻說得甚好，百川匯海，是百川自行流入大海，並不是大海去強搶百川之水。我說神仙姊姊去偷盜別人財物，真是胡說八道。該打，該打！」

提起手來，在自己臉頰上各擊一掌，左頰打得頗重，甚是疼痛，再打到右頰上那一掌自然而然放輕了些，心道：「壞人惡人來冒犯神仙姊姊，神仙姊姊才引他們的內力而為己用，那只是除去壞人惡人的為禍之力，猶似搶下屠夫手中的屠刀，又不是殺了屠夫。似神仙姊姊這樣的人物，又怎會做絲毫壞事？」

再展帛卷，長卷上源源皆是裸女畫像，或立或臥，或現前胸，或見後背，人像的面容都是一般，但或喜或愁，或含情凝眸，或輕嗔薄怒，神情各異。一共有三十六幅圖像，每幅像上均有顏色細線，註明穴道部位及練功法訣。

帛卷盡處題著「凌波微步」四字，其後繪的是無數足印，註明「歸妹」、「无妄」等等字樣，盡是易經中的方位。段譽前幾日還正全心全意的鑽研易經，一見到這些名稱，登時精神大振，便似遇到故交良友一般。只見足印密密麻麻，不知有幾千百個，自一個足印至另一個足印均有綠線貫串，線上繪有箭頭，料是一套繁複的步法。最後寫著一行字道：「猝遇強敵，以此保身，更積內力，再取敵命。」

段譽心道：「神仙姊姊所遺的步法，必定精妙之極，遇到強敵時脫身逃走，那就很好，『再取敵命』也就不必了。」

捲好帛卷，對之作了兩個揖，珍而重之的揣入懷中，轉身對那玉像道：「神仙姊姊，你吩咐我朝午晚三次練功，段譽不敢有違。今後我對人加倍客氣，別人不會來打我，我自然也不會去吸他的內力。你這套『凌波微步』我更要用心練熟，眼見不對，立刻溜之大吉，就吸不到他的內力了。」至於「殺盡我逍遙派弟子」一節，卻想也不敢去想。

見左側有個月洞門，緩步走了進去，裏面又是一間石室，有張石床，床前擺著一張小小的木製搖籃，他怔怔的瞧著這張搖籃，尋思：「難道神仙姊姊生了個孩子？不對，不對，那樣美麗的姑娘，怎麼會生孩子？」想到「綽約如處子」的神仙姊姊生了個孩子，不禁沮喪失望之極，一轉念間：「啊，是了，這是神仙姊姊小時候睡的搖籃，是她爹爹媽媽給她做的，那個逍遙子和秋水妹就是她的爹娘，對了，定是如此。」也不去多想自己的揣測是否有何漏洞，登時便高興起來。

室中並無衾枕衣服，只壁上懸了一張七絃琴，絃線俱已斷絕。又見床左有張石几，几上刻了十九道棋盤，棋局上布著二百餘枚棋子，然黑白對峙，這一局並未下畢。琴猶在，局未終，而佳人已邈。段譽悄立室中，忍不住悲從中來，頰上流下兩行清淚。

驀地裏心中一凜：「啊喲，既有棋局，自必曾有兩人在此下棋，只怕神仙姊姊就是那個『秋水妹』，和她丈夫逍遙子在此下棋，唉，這個……這個……啊，是了，這局棋不是兩個人下的，是神仙姊姊孤居幽谷，寂寥之際，自己跟自己下的。神仙姊姊，當日你為甚麼不高呼數聲？段譽聽到你嬌嫩的呼叫，自然躍入深谷，來陪你下棋了。」走近去細看棋局，不由得越看越心驚。

但見這局棋變化繁複無比，倒似是弈人所稱的「珍瓏」，劫中有劫，既有共活，又有長生。段譽於弈理曾鑽研數年，當日沉迷於此道之時，整日價就與帳房中的霍先生對弈。他天資聰穎，只短短一年時光，便自受讓四子而轉為倒讓霍先生三子，棋力已可算是大理國的高手。但眼前這局棋後果如何，卻實在推想不出，似乎黑棋已然勝定，但白棋未始沒有反敗為勝之機。他看了良久，棋局越來越朦朧，只見几上有兩座燭台，兀自插著半截殘燭，燭台的托盤上放著火刀火石和紙媒，於是打著了火，點燭再看，只看得頭暈腦脹，心口煩惡。

站起身來，伸了個懶腰，驀地心驚：「這局棋實在太難，我便是再想上十天八天，也未必解得開，那時我的性命固已不在，鍾姑娘也早給神農幫活埋在地下了。」自知若是再看棋局，又不知何時方能移開眼光，當即轉過身子，反手拿起燭台，決不讓目光再與棋局相觸，心下突然一陣狂喜：「是了，是了，這局棋如此繁複，是神仙姊姊獨自布下的『珍瓏』，並不是兩個人下成的。妙之極矣！」

一抬頭，只見石床床尾又有一個月洞門，門旁壁上鑿著四字：「瑯嬛福地」。想起神仙姊姊寫在帛卷外的字，心道：「原來『瑯嬛福地』便在這裏。神仙姊姊言道，天下各門各派的武學典籍，盡集於斯。我不想學武功，這些典籍不看也罷。只不過神仙姊姊有命，違拗不得。」於是秉燭走進月洞門內。

一踏進門，舉目四望，登時吁了口長氣，大為寬心，原來這「瑯嬛福地」是個極大的石洞，比之外面的石室大了數倍，洞中一排排的列滿木製書架，可是架上卻空洞洞地連一本書冊也無。他持燭走近，見書架上貼滿了籤條，盡是「崑崙派」、「少林派」、「四川青城派」、「山東蓬萊派」等等名稱，其中赫然也有「大理段氏」的籤條。但在「少林派」的籤條下注「缺易筋經」，在「丐幫」的籤條下注「缺降龍十八掌」，在「大理段氏」的籤條下注「缺一陽指法、六脈神劍劍法，憾甚」的字樣。

想像當年架上所列，皆是各門各派武功的圖譜經籍，然而架上書冊卻已為人搬走一空。這一來，段譽心中如一塊大石落地，喜歡不盡：「既然武功典籍都不見了，我不學武功，便算不得是不奉神仙姊姊的命令。」但內心即生愧意：「段譽啊段譽，你以不遵神仙姊姊之令為喜，即是對她不忠。你不見武功典籍，該當沮喪懊惱才是，怎地反而喜歡？神仙姊姊天上地下有靈，原宥則個。」

見這「瑯嬛福地」中並無其他門戶，又回到玉像所處的石室，只與玉像的雙眸一對，心下便又痴痴迷迷顛倒起來，呆看了半晌，這才一揖到地，說道：「神仙姊姊，今日我身有要事，只得暫且別過，救出鍾家姑娘之後，再來和姊姊相聚。」

狠一狠心，拿著燭台，大踏步走出石室，待欲另尋出路，只見室旁一條石級斜向上引，初時進來時因一眼便見到玉像，於這石級全未在意。他跨步而上，一步三猶豫，幾次三番的想回頭去再瞧瞧那位玉美人，終於咬緊牙關，下了好大決心，這才克制住了。

走到一百多級時，已轉了三個彎，隱隱聽到轟隆轟隆的水聲，又行二百餘級，水聲已然震耳欲聾，前面並有光亮透入。他加快腳步，走到石級的盡頭，前面是個僅可容身的洞穴，探頭向外一張，只嚇得心中怦怦亂跳。

一眼望出去，外邊怒濤洶湧，水流湍急，竟是一條大江。江岸山石壁立，嶙峋巍峨，看這情勢，已是到了瀾滄江畔。他又驚又喜，慢慢爬出洞來，見容身處離江面有十來丈高，江水縱然大漲，也不會淹進洞來，但要走到江岸，卻也著實不易。當下手腳齊用，狼狽不堪的爬了上去，同時將四下地形牢牢記在心中，以備救人之事一了，再來此處，心想：「今後每一年中，總得有幾個月在洞內陪伴神仙姊姊。」

江岸盡是山石，小路也沒一條，七高八低的走出七八里地，見到一株野生桃樹，樹上結實累累，採來吃了個飽，精神為之一振，又走了十餘里，才見到一條小徑。沿著小徑行去，將近黃昏，終於見到了過江的鐵索橋，只見橋邊石上刻著「善人渡」三個大字。

他心下大喜，鍾靈指點他的途徑正是要過「善人渡」鐵索橋，這下子可走上了正道啦。當下扶著鐵索，踏上橋板。那橋共是四條鐵索，兩條在下，上鋪木板，以供行走，兩條在旁作為扶手。一踏上橋，幾條鐵索便即晃動，行到江心，鐵索晃得更加厲害，一瞥眼間，但見江水蕩蕩，激起無數泡沫，如快馬奔騰般從腳底飛過，只要一個失足，捲入江水，任你多好的水性也難活命。他不敢向下再看，雙眼望前，戰戰兢兢的顫聲唸誦：「阿彌陀佛，阿彌陀佛！」一步步的終於挨到了橋頭。

坐在橋邊歇了一陣，才依著鍾靈指點的路徑，快步而行。走得大半個時辰，只見迎面黑壓壓的一座大森林，知道已到了鍾靈所居的「萬劫谷」谷口。走近前去，果見左首一排九株大松樹參天並列，他自右數到第四株，依著鍾靈的指點，繞到樹後，撥開長草，樹上出現一洞，心想：「這『萬劫谷』的所在當真隱蔽，若不是鍾姑娘告知，又有誰能知道谷口竟會是在一株大松樹中。」

鑽進樹洞，左手撥開枯草，右手摸到一個大鐵環，用力提起，木板掀開，下面便是一道石級，他走下幾級，雙手托著木板放回原處，沿石級向下走去，三十餘級後石級右轉，數丈後折而向上，心想：「在這裏建造石級本是容易不過，可是這些石級，比之神仙姊姊洞中的反而遠為不如。」上行三十餘級，來到平地。

眼前大片草地，盡頭處又全是一株株松樹。走過草地，只見一株大松上削下了丈許長、尺許寬的一片，漆上白漆，寫著九個大字：「姓段者入此谷殺無赦」。八字黑色，那「殺」字卻作殷紅之色。

段譽心想：「這谷主幹麼如此恨我姓段的？就算有姓段之人得罪了他，天下姓段之人成千成萬，也不能個個都殺。」其時天色朦朧，這九個字又寫得張牙舞爪，那個「殺」字下紅漆淋漓，似是灑滿了鮮血一般，更是慘厲可怖。尋思：「鍾姑娘叫我別說姓段，原來如此。她叫我在九個大字的第二字上敲擊三下，便是要我敲這個『段』字了，她當時不明言『段』字，定是怕我生氣。敲就敲好了，打甚麼緊？她救了我性命，別說只在一個『段』字上敲三下，就是在我段譽頭上敲三下，那也無妨。」

見樹上釘著一枚鐵釘，釘上懸著一柄小鐵鎚，便提起來向那「段」字上敲去。鐵鎚擊落，發出錚的一下金屬響聲，著實響亮，段譽出乎不意，微微一驚，才知這「段」字之下鑲有鐵板，板後中空，只因外面漆了白漆，一時瞧不出來。他又敲擊了兩下，掛回鐵鎚。

過了一會，只聽得松樹後一個少女聲音叫道：「小姐回來了！」語音中充滿了喜悅。段譽道：「我受鍾姑娘之託，前來拜見谷主。」那少女「咦」的一聲，似乎頗感驚訝，道：「你……你是外人麼？我家小姐呢？」段譽見不到她身子，說道：「鍾姑娘遭遇凶險，我特地趕來報訊。」那女子驚問：「甚麼凶險？」段譽道：「鍾姑娘為人所擒，只怕有性命危險。」那少女道：「啊喲！你……你……你等一會，待我去稟報夫人。」段譽道：「如此甚好。」心道：「鍾姑娘本來叫我先見她母親。」

他站了半晌，只聽得樹後腳步聲急，先前那少女說道：「夫人有請。」說著轉身出來，約莫十六七歲年紀，作丫鬟打扮，說道：「尊客……公子請隨我來。」段譽道：「姊姊如何稱呼？」那丫鬟搖了搖手，示意不可說話。段譽見她臉有驚恐之色，便也不敢再問。

那丫鬟引著他穿過一座樹林，沿著小徑向左首走去，來到一間瓦屋之前。她推開了門，向段譽招招手，讓在一旁，請他先行。段譽走進門去，見是一間小廳，桌上點著一對巨燭，廳雖不大，布置卻倒也精雅。他坐下後，那丫鬟獻上茶來，說道：「公子請用茶，夫人便即前來相見。」

段譽喝了兩口茶，見東壁上四幅屏條，繪的是梅蘭竹菊四般花卉，可是次序卻掛成了蘭竹菊梅；西壁上的四幅春夏秋冬，則掛成了冬夏春秋，心想：「鍾姑娘的爹娘是武人，不懂書畫，那也怪不得。」

只聽得環珮丁東，內堂出來一個婦人，身穿淡綠綢衫，約莫三十六七歲左右年紀，容色清秀，眉目間依稀與鍾靈甚是相似，知道便是鍾夫人了。段譽站起身來，長揖到地，說道：「晚生段譽，拜見伯母。」一言出口，臉上登時變色，心中暗叫：「啊喲，怎地我把自己姓名叫了出來？我只管打量她跟鍾姑娘的相貌像不像，竟忘了捏造個假姓名。」

鍾夫人一怔，斂衽回禮，說道：「公子萬福！」隨即說道：「你……你姓段。」神色間頗有異樣。段譽既已自報姓名，再要撒謊已來不及了，只得道：「晚生姓段。」鍾夫人道：「公子仙鄉何處？令尊名諱如何稱呼？」

段譽心想：「這兩件事可得說個大謊了，免得被她猜破我的身世。」便道：「晚生是江南臨安府人氏，家父單名一個『龍』字。」鍾夫人臉有懷疑之色，道：「可是公子說的卻是大理口音？」段譽道：「晚生在大理已住了三年，學說本地口音，只怕不像，倒教夫人見笑了。」

鍾夫人長噓了一口氣，說道：「口音像得很，便跟本地人一般無異，足見公子聰明。公子請坐。」

兩人坐下後，鍾夫人左看右瞧，不住的打量他。段譽給她看得渾身不自在，說道：「晚生途中遇險，以致衣衫破爛，好生失禮。令愛身遭危難，晚生特來報訊。只以事在緊急，不及更換衣冠，尚請恕罪。」

鍾夫人本來神色恍惚，一聽之下，似乎突然從夢中驚醒，忙問：「小女怎麼了？」

段譽從懷裏摸出鍾靈的那對花鞋，說道：「鍾姑娘吩咐晚生以此為信物，前來拜見夫人。」鍾夫人接過花鞋，道：「多謝公子，不知小女遇上了甚麼事？」段譽便將如何與鍾靈在無量山劍湖宮中相遇，如何自己多管閒事而惹上了神農幫，如何鍾靈被迫放閃電貂咬傷多人，如何鍾靈被扣而命自己前來求救，如何跌入山谷而躭擱多日等情一一說了，只是沒提到洞中玉像一節。

鍾夫人默不作聲的聽著，臉上憂色越來越濃，待段譽說完，悠悠嘆了口氣，道：「這女孩子一出去就闖禍。」段譽道：「此事全由晚生身上而起，須怪不得鍾姑娘。」

鍾夫人怔怔的瞧著他，低低的道：「是啊，這原也難怪，當年……當年我也是這樣……」段譽道：「怎麼？」鍾夫人一怔，一朵紅雲飛上雙頰，她雖人至中年，嬌羞之態卻不減妙齡少女，忸怩道：「我……我想起了另外一件事。」說了這句話，臉上紅得更厲害了，忙岔口道：「我……我想這件事……有點……有點棘手。」

段譽見她扭扭捏捏，心道：「這事當然棘手，可是你又何必羞得連耳根子也紅了。你女兒可比你大方得多。」

便在此時，忽聽得門外一個男子粗聲粗氣的說道：「好端端地，進喜兒又怎會讓人家殺了？」

鍾夫人吃了一驚，低聲道：「外子來了，他……他最是多疑，段公子暫且躲一躲。」段譽道：「晚生終須拜見前輩，不如……」鍾夫人左手伸出，立時按住了他口，右手拉著他手臂，將他拖入東邊廂房，低聲道：「你躲在這裏，千萬不可出半點聲音。外子性如烈火，稍有疏虞，你性命難保，我也救你不得。」

莫看她嬌怯怯的模樣，竟是一身武功，這一拖一拉，段譽半點也反抗不得，只有乖乖聽話的份兒，暗暗生氣：「我遠道前來報訊，好歹也是個客人，這般躲躲閃閃的，可不像個小偷麼？」鍾夫人向他微微一笑，模樣甚是溫柔。段譽一見到這笑容，氣惱登時消了，便點了點頭。鍾夫人轉身出房，帶上了房門，回到堂中。

跟著便聽得兩人走進堂來，一個男子叫了聲：「夫人。」段譽從板壁縫中張去，見一個三十來歲的漢子作家人打扮，神色甚是驚惶；另一個黑衣男子身形極高極瘦，面向堂外，瞧不見他相貌，但見到他一雙小扇子般的大手垂在身旁，手背上滿是青筋，心想：「鍾姑娘爹爹的手好大！」

鍾夫人問道：「進喜兒死了？是怎麼回事？」那家人道：「老爺派進喜兒和小的去北莊迎接客人。老爺吩咐說共有四位客人。今日中午先到了一位，說是姓岳。老爺曾吩咐說，見到姓岳的就叫他『三老爺』。進喜兒迎上前去，恭恭敬敬的叫了聲『三老爺』。不料那人立刻暴跳起來，喝道：『我是岳老二，幹麼叫我三老爺？你存心瞧我不起！』拍的一掌，就把進喜兒打得頭破血流，倒在地下。」鍾夫人皺眉道：「世上那有這等橫蠻之人！岳老三幾時又變成岳老二了？」

鍾谷主道：「岳老三向來脾氣暴躁，又是瘋瘋顛顛的。」說著轉過身來。

段譽隔著板壁瞧去，不禁吃了一驚，只見他好長一張馬臉，眼睛生得甚高，一個圓圓的大鼻子卻和嘴巴擠在一塊，以致眼睛與鼻子之間，留下了一大塊一無所有的空白。鍾靈容貌明媚照人，那想到她的生身之父竟如此醜陋，幸好她只像母親，半點也不似父親。

鍾谷主本來滿臉不愉之色，一轉過來對著娘子，立時轉為柔和，一張醜臉上帶了三分可親神態，說道：「岳老三這等蠻子，我就是怕他驚嚇了夫人，因此不讓他進谷。這種小事，你也不必放在心上。」

段譽暗暗奇怪：「適才鍾夫人一聽丈夫到來，便嚇得甚麼似的，但瞧鍾谷主的神情，卻是對她既愛且敬。」

鍾夫人道：「怎麼是小事了？進喜兒忠心耿耿的服侍了咱們這多年，卻給你的豬朋狗友殺了，我心裏難受得很。」鍾谷主陪笑道：「是，是，你體惜下人，那是你的好心。」

鍾夫人問那家人道：「來福兒，後來又怎樣？」

來福兒道：「進喜兒給他打倒在地下，當時也還沒死。小的連忙大叫：『二老爺，二老爺，你老人家別生氣。』他就笑了起來，很是高興。小的扶了進喜兒起來，擺酒席請那姓岳的吃。他問：『鍾……鍾……怎麼不來接我？』小的說：『我們老爺還不知道二老爺大駕光臨，否則早就親自來迎接了。小的這就去稟報。』那人點點頭，看見進喜兒戰戰兢兢的站在一旁侍候，就問他：『剛才我打了你一掌，你心裏在罵我，是不是？』進喜兒忙道：『不，不！小的不敢，萬萬不敢。』那人道：『你心裏一定在說我是個大惡人，惡得不能再惡了，哈哈！』進喜兒道：『不，不！二老爺是個大大的好人，一點兒也不惡。』那人眉毛豎了起來，喝道：『你說我一點兒也不惡？』進喜兒嚇得渾身發抖，說道：『你……二老爺……一點也不惡，半……半點也不惡。』那人哇哇怒叫，突然伸出手來，扭斷了進喜兒的脖子……」

他語音發顫，顯是驚魂未定。

鍾夫人嘆了口氣，揮揮手道：「你這可受夠了驚嚇，下去歇一會兒罷。」來福兒應道：「是！」退出堂去。

鍾夫人搖了搖頭，嘆口長氣，說道：「我心裏挺不痛快，要安靜一會兒。」鍾谷主道：「是。我這就去瞧岳老三，別要再生出甚麼事來。」鍾夫人道：「我勸你還是叫他作『岳老二』的好。」鍾谷主道：「哼，岳老三雖兇，我可也不怕他，只是念著他千里迢迢的趕來助拳，很給我面子，殺死進喜兒的事，也就不跟他計較了。」

鍾夫人搖搖頭，說道：「咱二人安安靜靜的住在這裏，十年之中，我足不出谷，你心裏還有甚麼不足的？為甚麼定要去請這『四大惡人』來鬧個天翻地覆？你……平時對我甜言蜜語的說得好聽，其實嘛，你一點也沒把我放在心上。」鍾谷主急道：「我……我怎麼不將你放在心上？我去請這四個人來，還不是為了你？」鍾夫人哼了一聲，道：「為了我，這可謝謝你啦。你要是真為我，那就聽我的話，乖乖的把這『四大惡人』送走了罷！」

段譽在隔房聽得好生奇怪：「那岳老三毫沒來由的出手殺人，實是惡之透頂，難道另外還有三個跟他一般惡的惡人？」

只見鍾谷主在堂上大踏步踱來踱去，氣呼呼的道：「這姓段的辱我太甚，此仇不報，我鍾萬仇有何臉面生於天地之間？」

段譽心道：「原來你名叫鍾萬仇。這個名字就取得不妥。常言道冤家宜解不宜結，記一仇已然不是好事，何況萬仇？難怪你一張臉拉得這麼長。以你如此形相，娶了鍾夫人這般如花似玉的老婆，真是徼天下之大幸，該當改名為鍾萬幸才是。」

鍾夫人蹙起眉頭，冷冷的道：「其實你是心中恨我，可不是恨人家。你若真要跟人家為難，幹麼不自個兒找上門去，一拳一腳的決個勝敗？請人助拳，就算打贏了，也未必有甚麼光采。」鍾萬仇額頭青筋爆起，叫道：「人家手下蝦兵蟹將多得很，你知不知道？我要單打獨鬥，他老是避不見面，我有甚麼法子。」鍾夫人垂頭不語，淚珠兒撲簌簌的掉在衣襟上。

鍾萬仇忙道：「對不住，阿寶，好阿寶，你別生氣，我不該對你這般大聲嚷嚷的。」鍾夫人不語，淚水掉得更多了。鍾萬仇扒頭搔耳，十分著急，只是說：「阿寶，你別生氣，我一時管不住自己，真是該死。」

鍾夫人低聲道：「你心中念念不忘的，總是記著那回事，我做人實在也沒意味。你不如一掌打死了我，一了百了，也免得你心中老是不快活。你另外再去娶個美貌夫人便是。」

鍾萬仇提起手掌，在自己臉上拍拍兩掌，說道：「我該死，我該死！」

段譽見到他一隻大手掌拍在長長的馬臉之上，實是滑稽無比，再也忍耐不住，終於嗤的一聲，笑了出來，笑聲甫出，立知這一次的禍可闖得更加大了，只盼鍾萬仇沒有聽見，可是立即聽到他暴喝：「甚麼人？」跟著砰的一聲，有人踢開房門，縱進房來。段譽只覺後領一緊，已被人抓將出去，重重摔在堂上，只摔得他眼前發黑，似乎全身骨骼都斷裂了。

鍾萬仇隨即左手抓住他後領，提將起來，喝道：「你是誰？躲在我夫人房裏幹甚麼？」見到他容貌清秀，登時疑雲大起，轉頭問鍾夫人，道：「阿寶，你……你……又……又……」

鍾夫人嗔道：「甚麼又不又的？又甚麼了？快放下他，他是來給咱們報訊的。」鍾萬仇道：「報甚麼訊？」仍是提得段譽雙腳離地，喝道：「臭小子，我瞧你油頭粉臉，決不是好東西，你幹麼鬼鬼祟祟的躲在我夫人房裏？快說，快說！只要有半句虛言，我打得你腦袋瓜子稀巴爛。」砰的一拳擊落，喀喇喇一聲響，一張梨木桌子登時塌了半邊。

段譽給他摔得好不疼痛，給他提在半空，掙扎不得，而聽他言語，竟是懷疑自己跟鍾夫人有甚苟且之事，心中不懼反怒，大聲道：「我姓段，你要殺就快快動手。不清不楚的胡言亂語甚麼？」

鍾萬仇提起右掌，怒喝：「你這小子也姓段？又是姓段的，又……又是姓段的！」說到後來，憤怒之意竟爾變為淒涼，圓圓的眼眶中湧上了淚水。

突然之間，段譽對這條大漢不自禁的心生悲憫，料想此人自知才貌與妻子不配，以致動不動的就喝無名醋，其實也甚可憐，竟沒再想到自己命懸人手，溫言安慰道：「我姓段，我以前從沒見過鍾夫人之面，你不必瞎疑心，不用難受。」

鍾萬仇臉現喜色，嘶啞著嗓子道：「當真？你從來沒見過……沒見過阿寶的面？」段譽道：「我來到這裏，前後還不到半個時辰。」鍾萬仇裂開了大嘴巴，呵呵呵的笑了幾聲，說道：「對，對，阿寶已有十年沒出谷去了，十年之前，你還只八九歲年紀，自然不能……不能……不能……」但兀自提著段譽不放。

鍾夫人臉上一陣暈紅，道：「快放下段公子！」鍾萬仇忙道：「是，是！」輕輕放下段譽，突然臉上又是布滿疑雲，說道：「段公子？段公子？你……你爹爹是誰？」

段譽心想：「我若再說謊話，倒似是有甚虧心事一般。」昂然道：「我剛才沒跟鍾夫人說實話，其實不該隱瞞。我名叫段譽，字和譽，大理人氏。我爹爹的名諱上正下淳。」

鍾萬仇一時還沒想到「上正下淳」四字是甚麼意思，鍾夫人顫聲道：「你爹爹是……是段……段正淳？」段譽點頭道：「正是！」

鍾萬仇大叫：「段正淳！」這三字當真叫得驚天動地，霎時間滿臉通紅，全身發抖，叫道：「你……你是段正淳這狗賊的兒子？」

段譽大怒，喝道：「你膽敢辱罵我爹爹？」

鍾萬仇怒道：「我為甚麼不敢？段正淳，你這狗賊，混帳王八蛋！」

段譽登時明白：他在谷外漆上「姓段者入此谷殺無赦」九個大字，料想他必是恨極了我爹爹，才遷怒於所有姓段之人，凜然道：「鍾谷主，你既跟我爹爹有仇，就該光明正大的了斷此事。你有種就去當面罵我爹爹，背後罵人，又算甚麼英雄好漢？我爹爹便在大理城中，你要找他，容易得緊，幹麼只在自己門口豎塊牌子，說甚麼『姓段者入此谷殺無赦』？」

鍾萬仇臉上青一陣、紅一陣，似乎段譽所說，句句打中了他的心坎，只見他眸子中兇光猛射，看來舉手便要殺人，呆了半晌，突然間砰砰兩拳，將兩張椅子打得背斷腳折，跟著飛腿踢出，板壁上登時裂出個大洞，叫道：「我不是怕鬥不過你爹爹，我……我是怕……怕你爹爹知道……知道阿寶住在這裏……」說到這句話時，聲音中竟有嗚咽之意，雙手掩面，叫道：「我是膽小鬼，我是膽小鬼！」猛地發足奔出，但聽得砰蓬、拍啦響聲不絕，沿途撞倒了不少架子、花盆、石凳。

段譽愕然良久，心道：「我爹爹知道你夫人住在這裏，那又怎樣了？難道便會來殺了她麼？」但想自己所說的言語確是重了，刺得鍾萬仇如此傷心，深感歉仄，轉過頭來，只見鍾夫人正凝望著自己。

鍾夫人和他目光相接，立即轉開，蒼白的臉上霎時湧上一片紅雲，又過一會，低聲問道：「段公子，令尊這些年來身子安好？一切都順遂罷？」

段譽聽她問到自己父親，當即站直身子，恭恭敬敬的答道：「家嚴身子安健，托賴諸事平安。」

鍾夫人道：「那就很好。我……我也……」

段譽見她長長的睫毛下又是淚珠瑩然，一句話沒說完便背過身子，伸袖拭淚，不由得心生憐惜，安慰她道：「伯母，鍾谷主雖然脾氣暴躁些，對你可實是敬愛之極。你兩位姻緣美滿，小小言語失和，伯母也不必傷心。」

鍾夫人回過頭來，微微一笑，說道：「你這麼一點兒年紀，又懂得甚麼姻緣美滿不美滿了。」

段譽見她這一笑頗有天真爛漫之態，心中一動，登時想起了鍾靈，目光轉過去瞧放在小几上的鍾靈那對花鞋，心想：「鍾姑娘給那山羊鬍子抓住了，便一刻時光也是難過，得趕快去救她才是。」說道：「晚生適才言語無禮，請伯母帶去向谷主謝罪，這就請谷主啟程，去相救令愛。」

鍾夫人道：「外子忙著接待他遠道而來的朋友，確實是難以分身。公子剛才想必已經聽到了，這幾個朋友行為古怪，動不動便出手殺人，倘若對待他們禮數稍有不周，難免後患無窮。嗯，事到如今，我隨公子去罷。」段譽喜道：「伯母親自前去，再好也沒有了。」想起鍾靈說過的一句話，問道：「伯母能治得閃電貂之毒麼？」鍾夫人搖了搖頭，道：「我不能治。」段譽猶豫道：「這個……那麼……」

鍾夫人回進臥室，匆匆留下一張字條，略一結束，取了一柄長劍懸在腰間，回到堂中，說道：「咱們走罷！」當先便行。

段譽順手將鍾靈那對花鞋揣入懷中。鍾夫人黯然搖頭，想說甚麼話，終於忍住不說。

兩人一走出樹洞，鍾夫人便加快腳步，別瞧她嬌怯怯的模樣，腳下卻比段譽快速得多。段譽終是不放心，說道：「伯母既不會治療貂毒，只怕神農幫不肯便放了令愛。」

鍾夫人淡淡的道：「誰要他們放人？神農幫膽敢扣留我女兒，要脅於我，那是活得不耐煩了。我不會救人，難道殺人也不會麼？」

段譽不禁打了個寒噤，只覺她這幾句輕描淡寫的言語之中，所含殺人如草芥之意，實不下於那岳老三兇神惡煞的行徑。

鍾夫人問道：「你爹爹一共有幾個妾侍？」段譽道：「沒有，一個也沒有。我媽媽不許的。」鍾夫人道：「你爹爹很怕你媽媽嗎？」段譽笑道：「也不是怕，多半是由愛生敬，就像谷主對伯母一樣。」鍾夫人道：「嗯，你爹爹是不是每天都勤練武功？這些年來，功力又大進了罷？」段譽道：「爹爹每天都練功的，功力怎樣，我可一竅不通了。」鍾夫人道：「他功夫沒擱下，我……我就放心了。你怎地一點武功也不會？」

兩人說話之間，已行出里許，段譽正要回答，忽聽得一人厲聲喊道：「阿寶，你……你到那兒去？」段譽回過頭來，只見鍾萬仇從大路上如飛般追來。

鍾夫人伸手穿到段譽腋下，喝道：「快走！」提起他身子，疾竄而前。段譽雙足離地，在鍾夫人提掖之下，已然身不由主。二前一後，三人頃刻間奔出數十丈。鍾夫人輕功不弱於丈夫，但她終究多帶了個人，鍾萬仇漸漸追近。又奔了十餘丈，段譽覺到鍾萬仇的呼吸竟已噴到後頸。突然嗤的一聲響，他背上一涼，後心衣服給鍾萬仇扯去了一塊。

鍾夫人左手運勁一送，將段譽擲出丈許，喝道：「快跑！」右手已抽出長劍向後刺去。憑著鍾萬仇的武功，這一劍自是刺他不中，何況鍾夫人絕無傷害丈夫之意，不過意在阻他追趕。不料她一劍刺出，只覺劍身微微受阻，劍尖竟已刺中了丈夫胸口。

原來鍾萬仇不避不讓，反而挺胸迎劍。

鍾夫人大吃一驚，急忙回頭，只見丈夫一臉憤激之色，眼眶中隱隱含淚，胸口中劍處鮮血滲出，顫聲道：「阿寶，你……終於要離我而去了？」

鍾夫人見這一劍刺中他胸口正中，雖不及心，但劍鋒深入數寸，丈夫生死難料，惶急之下，忙拔出長劍，撲上去按住他的劍創，但見血如泉湧，從手指縫中噴了出來。

鍾夫人怒道：「我又不想傷你，你為甚麼不避？」鍾萬仇苦笑道：「你……你……要離我而去，我……我還不如死了的好。」說著連連咳嗽。鍾夫人道：「誰說我離你而去？我出去幾天就回來的。我是去救咱們女兒。我在字條上不寫得明明白白的嗎？」鍾萬仇道：「我沒見到甚麼字條。」鍾夫人道：「唉，你就是這麼粗心。」三言兩語，將鍾靈被神農幫擒住的事說了。

段譽見到這等情形，早嚇得呆了，定了定神，忙撕下衣襟，手忙腳亂的來給鍾萬仇裹傷。鍾萬仇忽地飛出左腿，將他踢了個觔斗，喝道：「小雜種，我不要見你。」對鍾夫人道：「你騙我，我不信。明明是他……是他來叫你去。這小雜種是他兒子……他還出言羞辱於我……」說著大咳起來，這一咳，傷口中的血流得更加厲害了，向段譽道：「上來啊，我雖身上受傷，卻也不怕你的一陽指！上來動手啊。」

段譽這一交摔跌，左頰撞上了一塊尖石，狼狽萬狀的爬起身來，半邊臉上都是鮮血，說道：「我不會使一陽指。就算會使，也不會跟你動手。」鍾萬仇又咳了幾聲，怒道：「小雜種，你裝甚麼蒜？你……你去叫你的老子來罷！」他這一發怒，咳得更加狠了。

鍾夫人道：「你這瞎疑心的老毛病終究不肯改。你既不能信我，不如我先在你面前死了乾淨。」說著拾起地下長劍，便往頸中刎去。

鍾萬仇一把搶過，臉上登現喜色，顫聲道：「阿寶，你真的不是隨這小雜種而去？」

鍾夫人嗔道：「人家是好好的段公子，甚麼老雜種、小雜種的！我隨段公子去，是要殺盡神農幫，救回咱們的寶貝女兒。」鍾萬仇聽妻子說並非棄他而去，心中已然狂喜，見她輕嗔薄怒，愛憐之情更甚，陪笑道：「既然如此，那就算是我的不是。不過……不過，我既追來，你又幹麼不停下來好好跟我說個明白？」鍾夫人臉上微微一紅，道：「我不想你再見到段公子。」鍾萬仇突然又起疑心，問道：「這小……這段公子，不是你的兒子罷？」

鍾夫人又羞又怒，呸的一聲，說道：「你胡說八道甚麼？一會兒疑心他是我情郎，一會兒又疑心他是我兒子。老實跟你說，他是我的老子，是你的泰山老丈人。」說著不禁噗哧一聲，笑了出來。

鍾萬仇一怔，隨即明白妻子是說笑，當即捧腹狂笑。這一大笑，傷口中鮮血更似泉湧。

鍾夫人流淚道：「怎……怎麼是好？」鍾萬仇大喜，伸手攬住她腰，道：「阿寶，你為我這麼擔心，我便是立時死去，也不枉了。」鍾夫人暈生雙頰，輕輕推開了他，道：「段公子在這兒，你也這麼瘋瘋顛顛的。」鍾萬仇呵呵而笑，甚是歡悅，笑幾聲，咳幾下。

鍾夫人眼見丈夫神情委頓，臉色漸白，甚是擔心，說道：「我不去救靈兒啦，她自己闖的禍，讓她聽天由命罷。」扶起了丈夫，向段譽道：「段公子，你去跟司空玄說：我丈夫是當年縱橫江湖的『馬王神』鍾萬仇。我是甘寶寶，有個外號可不大好聽，叫作『俏藥叉』。他倘若膽敢動我們女兒一根毫毛，叫他別忘了我們夫妻倆辣手無情。」她說一句，鍾萬仇便說一聲：「對，不錯！」

段譽見到這等情景，料想鍾萬仇固不能親行，鍾夫人也不能捨了丈夫而去搭救女兒，單憑馬王神鍾萬仇和俏藥叉甘寶寶兩人的名頭，是否就此能嚇倒司空玄，實在大有疑問，看來自己腹中這「斷腸散」的劇毒，那是萬萬不能解救的了，心想：「事情既已如此，多說也是無益。」便道：「是，晚生這便前去傳話。」

鍾夫人見他說去便去，發足即行，作事之瀟灑無礙，又使她記起心中那個人來，叫道：「段公子，我還有一句話說。」輕輕放開鍾萬仇的身子，縱到段譽身前，從懷中摸出一件物事，塞在段譽手中，低聲道：「你將這東西趕去交給你爹爹，請他出手救我們的女兒。」

段譽道：「我爹爹如肯出手，自然救得了鍾姑娘，只不過此去大理路途不近，就怕來不及。」鍾夫人道：「我去借匹好馬給你，請你在此稍候。別忘了跟你爹爹說：『請他出手救我們的女兒。』這十個字。」不等段譽回答，轉身奔到丈夫身畔，扶起了他，逕自去了。

段譽提起手來，見鍾夫人塞在他手中的，是隻鑲嵌精緻的黃金鈿盒，揭開盒蓋，見盒中有塊紙片，色變淡黃，顯是時日已久，紙上隱隱還濺著幾滴血跡，上寫「乙未年十二月初五丑時女」十一字，筆致柔弱，似是出於女子之手，書法可算十分拙劣，此外更無別物。段譽心道：「這是誰的生辰八字？鍾夫人要我去交給爹爹，不知有何用意？乙未年，乙未年……」屈指一算，那是十六年之前，「……難道是鍾姑娘的年庚八字？鍾夫人要將女兒許配給我，因此要我爹爹去救他媳婦？」

正沉吟間，聽得一個男子聲音叫道：「段公子！」

三　馬疾香幽

——

司空玄高舉左掌，托著香粉，雙膝跪地，朗聲說道：「神農幫恭送兩位聖使，恭祝童姥她老人家萬壽聖安。」

段譽回過頭來，只見一個身穿家人服色的漢子快步走來，便是先前隔著板壁所見的來福兒。他走到近處，行了一禮，道：「小人來福兒，奉夫人之命陪公子去借馬。」段譽點頭道：「甚好。有勞管家了。」

當下來福兒在前領路，穿過大松林後，折而向北，走上另一條小路，行了六七里，來到一所大屋之前。來福兒上前執著門環，輕擊兩下，停了一停，再擊四下，然後又擊三下。

那門啊的一聲，開了一道門縫。來福兒在門外低聲和應門之人說了一陣子話。其時天色已黑，段譽望著天上疏星，忽然想起了谷中山洞的神仙姊姊來。

猛聽得門內忽律律一聲長聲馬嘶，段譽不自禁的喝采：「好馬！」大門打開，探出一個馬頭，一對馬眼在黑夜中閃閃發光，顧盼之際，已顯得神駿非凡，嗒嗒兩聲輕響，一匹黑馬跨出門來。馬蹄著地甚輕，身形瘦削，但四腿修長，雄偉高昂。牽馬的是個垂鬟小婢，黑暗中看不清面貌，似是十四五歲年紀。

來福兒道：「段公子，夫人怕你不能及時趕到大理，特向這裏的小姐借得駿馬，以供乘坐。這馬腳力非凡，這裏的小姐是我家姑娘的朋友，得知公子是去救我家姑娘，這才相借，實是天大的面子。」段譽見過駿馬甚多，單聞這馬嘶鳴之聲，已知是萬中選一的良駒，說道：「多謝了！」便伸手去接馬韁。

那小婢輕撫馬頸中的鬣毛，柔聲道：「黑玫瑰啊黑玫瑰，姑娘借你給這位公子爺乘坐，你可得乖乖的聽話，早去早歸。」那黑馬轉過頭來，在她手臂上挨挨擦擦，神態極是親熱。那小婢將韁繩交給段譽，道：「這馬兒不能鞭打，你待牠越好，牠跑得越快。」

段譽道：「是！」心想：「馬名黑玫瑰，必是雌馬。」說道：「黑玫瑰小姐，小生這廂有禮了！」說著向馬作了一揖。那小婢嗤的一笑，道：「你這人倒也有趣。喂，可別摔下來啊。」段譽輕輕跨上馬背，向小婢道：「多謝你家小姐！」那小婢笑道：「你不謝我麼？」段譽拱手道：「多謝姊姊。回來時我多帶些蜜餞果子給你吃。」那小婢道：「果子倒不用帶。你千萬小心，別騎傷了馬兒。」

來福兒道：「此去一直向北，便是上大理的大路。公子保重。」段譽揚了揚手，那馬放開四蹄，幾個起落，已在數十丈外。

這黑玫瑰不用推送，黑夜中奔行如飛，段譽但覺路旁樹林猶如倒退一般，不住從眼邊躍過，更妙的是馬背平穩異常，絕少顛簸起伏，心道：「這馬如此快法，明日午後，準能趕到大理。」

不到一盞茶時分，便已馳出十餘里之遙，黑夜中涼風習習，草木清氣撲面而來。段譽心道：「良夜馳馬，人生一樂。」突然前面有人喝道：「賊賤人，站住！」黑暗中刀光閃動，一柄單刀劈將過來。但黑馬奔得極快，這刀砍落時，黑馬已縱出丈許之外。段譽回頭看去，只見兩條大漢一持單刀、一持花槍，邁開大步急急趕來。兩人破口大罵：「賊賤人！女扮男裝，便瞞得過老爺了麼？」一晃眼間，黑馬已將二人拋得老遠。兩條大漢雖快步急追，片刻間連叫喊聲也聽不見了。

段譽尋思：「這兩個莽夫怎地罵我『賊賤人』，說甚麼女扮男裝？是了，他們要找這黑玫瑰主人的晦氣，認馬不認人，真是莽撞。」又馳出里許，突然想起：「啊喲，不好！我幸賴馬快，逃脫這二人的伏擊。瞧這兩條大漢似乎武功了得，倘若借馬的小姐不知此事，毫沒提防的走將出來，難免要遭暗算。我非得回去報訊不可！」當即勒馬停步，說道：「黑玫瑰，有人要暗害你家小姐，咱們須得回去告知，請她小心，不可離家外出。」

當下掉轉馬頭，又從原路回去，將到那大漢先前伏擊之處，催馬道：「快跑，快跑！」黑玫瑰似解人意，在這兩聲「快跑」的催促之下，果然奔馳更快。但那兩條大漢卻已不知去向。段譽更加急了：「倘若他二人到莊中去襲擊那位小姐，豈不糟糕？」他不住吆喝「快跑」，黑玫瑰四蹄猶如離地一般，疾馳而歸。

將到屋前，忽地兩條桿棒貼地揮來，直擊馬蹄。黑玫瑰不等段譽應變，自行縱躍而過，後腿飛出，砰的一聲，將一名持桿棒的漢子踢得直摜了出去。

黑玫瑰一竄便到門前，黑暗中四五人同時長身而起，伸手來扣黑玫瑰的轡頭。段譽只覺右臂上一緊，已給人扯下馬來。有人喝道：「小子，你幹甚麼來啦？瞎闖甚麼？」

段譽暗暗叫苦：「糟糕之極，屋子都讓人圍住了，不知主人是否已遭毒手。」但覺右臂給人緊緊握住，猶如套在一個鐵箍中相似，半身酸麻，便道：「我來找此間主人，你這麼橫蠻幹甚麼？」另一個蒼老的聲音道：「這小子騎了那賤人的黑馬，定是那賤人的相好，且放他進去，咱們斬草除根，一網打盡。」

段譽心中七上八下，驚惶不定：「我這叫做自投羅網。事已如此，只有進去再說。」只覺握住他手臂那人鬆開了手，便整了整衣冠，挺身進門。

穿過一個院子，石道兩旁種滿了玫瑰，香氣馥郁，石道曲曲折折的穿過一個月洞門，段譽順著石道走去，但見兩旁這邊一個、那邊一個，都布滿了人。忽聽得高處有人輕聲咳嗽，他抬起頭來，只見牆頭上也站著七八人，手中兵刃上寒光在黑夜中一閃一閃。他暗暗心驚：「莊子裏未必有多少人，怎麼卻來了這許多敵人，難道真的要趕盡殺絕麼？」但見這些人在黑暗中向他惡狠狠的瞪眼，有的手按刀柄，意示威嚇。

段譽只有強自鎮定，勉露微笑，只見石道盡處是座大廳，一排排落地長窗中透了燈火出來。他走到長窗之前，朗聲道：「在下有事求見主人。」

廳裏一個嗓子嘶啞的聲音喝道：「甚麼人？滾進來。」

段譽心下有氣，推開窗子，跨進門檻，一眼望去，廳上或坐或站，共有十七八人。中間椅上坐著個黑衣女子，背心朝外，瞧不見面貌，背影苗條，一叢烏油油的黑髮作閨女裝束。東邊太師椅中坐著兩個老嫗，空著雙手，其餘十餘名男女都手執兵刃。下首那老嫗身前地下橫著一人，頸中鮮血兀自汩汩流出，已然死去，正是領了段譽前來借馬的來福兒。段譽心想這人對自己恭謹有禮，不料片刻間便慘遭橫禍，說來也是因己之故，心下甚感不忍。

坐在上首那老嫗滿頭白髮，身子矮小，嘶啞著嗓子喝道：「喂，小子！你來幹甚麼？」

段譽推開長窗跨進廳中之時，便已打定了主意：「既已身履險地，能設法脫身，自是上上大吉，否則瞧這些人兇神惡煞的模樣，縱然跟他們多說好話，也是無用。」一進廳後見來福兒屍橫就地，更激起胸中氣憤，昂首說道：「老婆婆不過多活幾歲年紀，如何小子長、小子短的，出言這等無禮？」

那老嫗臉闊而短，滿是皺紋，白眉下垂，一雙瞇成一條細縫的小眼中射出兇光殺氣，不住上下打量段譽。坐在她下首的那老嫗喝道：「臭小子，這等不識好歹！瑞婆婆親口跟你說話，算是瞧得起你小子了！你知道這位老婆婆是誰？當真有眼不識泰山。」這老嫗甚是肥胖，肚子凸出，便似有了七八個月身孕一般，頭髮花白，滿臉橫肉，說話聲音比尋常男子還粗了幾分，左右腰間各插兩柄闊刃短刀，一柄刀上沾滿了鮮血，來福兒顯是為她所殺。

段譽見到這柄血刃，氣往上衝，大聲道：「聽你們口音都是外路人，竟來到大理胡亂殺人，可知道大理雖是小邦，卻也有王法。瑞婆婆甚麼來頭，在下全然不知，她就算是大宋國的皇太后，也不能來大理擅自殺人啊。」

那胖老嫗大怒，霍地站起，雙手一揮，每隻手中都已執了一柄短刀，喝道：「我偏要殺你，你瞧怎麼樣？大理國中沒一個好人，個個該殺。」段譽仰天打個哈哈，說道：「蠻不講理，可笑，可笑！」那胖老嫗搶上兩步，左手刀便向段譽頸中砍去。

噹的一聲，一柄鐵拐杖伸過來將短刀格開，卻是那瑞婆婆出手攔阻。她低聲道：「平婆婆且慢，先問個清楚，再殺不遲！」說著將鐵拐杖靠在椅邊，問段譽道：「你是甚麼人？」

段譽道：「我是大理國人。這胖婆婆說道大理國人個個該殺，我便是該殺之人了。」平婆婆怒道：「你叫我平婆婆便是，說甚麼胖不胖的？」段譽笑道：「你不妨自己摸摸肚皮，胖是不胖？」

平婆婆罵道：「操你奶奶！」揮刀在他臉前一尺處虛劈兩下，呼呼風響。段譽只嚇得背上滿是冷汗，一顆心怦怦亂跳，臉上卻硬裝洋洋自得。

瑞婆婆道：「你這小子油頭粉臉，是這小賤人的相好嗎？」說著向那黑衣女郎的背心一指。段譽道：「這位姑娘我生平從來沒見過。不過瑞婆婆哪，我勸你說話客氣些。你開口罵人，這位姑娘大人大量，不來跟你計較，你自己的人品可就不怎麼高明了。」瑞婆婆呸的一聲，道：「你這小子倒教訓我起來啦。你既跟這小賤人素不相識，到這裏來幹麼？」

段譽道：「我來向此間主人報個訊。」瑞婆婆道：「報甚麼訊？」段譽嘆了口氣，道：「我來遲了一步，報不報訊也是一樣了。」瑞婆婆道：「報甚麼訊，快快說來。」語氣愈益嚴峻。

段譽道：「我見了此間主人，自會相告，跟你說有甚麼用？」瑞婆婆微微冷笑，隔了片刻，才道：「你要當面說，那就快說罷。稍待片刻，你兩個便得去陰世敘會了。」段譽道：「主人是那一位？在下要謝過借馬之德。」

他此言一出，廳上眾人的目光一齊望向坐在椅上的那黑衣女郎。

段譽一怔：「難道這姑娘便是此間主人？她一個嬌弱女子，給這許多強敵圍住了，當真糟糕之極。」

只聽那女郎緩緩的道：「借馬給你，是我衝著人家的面子，用不著你來謝。你不趕去救人，又回來幹甚麼？」她口中說話，臉孔仍是朝裏，並不轉頭。

段譽道：「在下騎了黑玫瑰，途中遇到伏擊，有人誤認在下便是姑娘，口出不遜之言，在下覺得不妥，非來向姑娘報個訊息不可。」

那女郎道：「報甚麼訊？」她語音清脆動聽，但語氣中卻冷冰冰地不帶絲毫暖意，聽來說不出的不舒服，似乎她對世上任何事情都漠不關心，又似乎對人人懷有極大敵意，恨不得將世人殺個乾乾淨淨。

段譽聽她言語無禮，微覺不快，但隨即想到她已落入強仇手中，處境凶險之極，心情有異，原亦難怪，反而起了同情之心，溫言說道：「在下心想這兩個強徒意欲加害姑娘，在下仗著馬快，才得脫危難，但姑娘卻未必知道有仇人來襲，因此上趕來報知，想請姑娘及早趨避，不料還是來遲了一步，仇人已然到臨。真是抱憾之至。」

那女郎冷笑道：「你假惺惺的來討好我，有甚麼用意？」段譽怒氣上沖，朗聲道：「在下與姑娘素不相識，只是既知有人意欲加害，豈可置之不理？『討好』兩字，從何說起？」那女郎道：「你知道我是誰？」段譽道：「不知。」

那女郎道：「我聽來福兒說道，你全然不會武功，居然敢在萬劫谷中直斥谷主之非，膽子當真不小。現下捲進了這場是非，你待怎樣？」段譽一怔，說道：「我本想來報了這訊，便即趕回家去。」說到這裏，又嘆了口氣道：「看來姑娘固然身處險境，我自己也是大禍臨頭了。卻不知姑娘何以跟這干人結仇？」

那黑衣女郎冷笑一聲，道：「你憑甚麼問我？」段譽又是一怔，說道：「旁人私事，我原不該多問。好啦，我訊已帶到，這就對得住你了。」黑衣女郎道：「你沒料到要在這兒送了性命罷？可後悔麼？」段譽聽出她語氣中大有譏嘲之意，朗聲說道：「大丈夫行事，但求義所當為，有何後悔可言？」

黑衣女郎哼了一聲，道：「憑你這點能耐，居然也自稱大丈夫了。」段譽道：「是否英雄好漢，豈在武功高下？武功縱然天下第一，倘若行事卑鄙齷齪，也就當不得『大丈夫』三字。」黑衣女郎道：「嘿嘿，你路見不平，仗義報訊，原來是想作大丈夫。待會給人家亂刀分屍，一個斬成了十七八塊的大丈夫，只怕也沒甚麼英雄氣概了。」

平婆婆突然粗聲喝道：「小賤人，儘拖延幹麼？起身動手罷！」雙刀相擊，錚錚之聲甚是刺耳。

黑衣女郎冷冷的道：「你已活了這大把年紀，要死也不爭在這一刻。蘇州那姓王的惡婆娘幹麼自己不來跟我動手，卻派你們這批奴才來跟我囉唕？」

瑞婆婆道：「我們夫人何等尊貴，你這小賤人便想見我們夫人一面，也是千難萬難。你知道好歹的，乖乖的跟我們去，向夫人叩幾個響頭，說不定我們夫人寬洪大量，饒了你的小命。這一次你再想逃走，那就乘早死了這條心。你師父呢？」

黑衣女子尖聲叫道：「我師父就在你背後！」

瑞婆婆、平婆婆等都吃了一驚，一齊轉頭。背後卻那裏有人？

段譽見這干人個個神色驚惶，都上了個大當，忍不住哈哈大笑。平婆婆怒道：「笑甚麼？」段譽笑道：「可笑，可笑！」平婆婆又問：「甚麼可笑？」段譽道：「哈哈，可笑之極！」平婆婆問道：「甚麼可笑之極？」段譽道：「嘿嘿，可笑之極矣，可笑之極矣哉！」平婆婆怒道：「甚麼可笑矣啊哉的？」

瑞婆婆道：「平婆婆，別理這臭小子！」向黑衣女郎道：「姑娘，你從江南一直逃到大理。我們萬里迢迢的趕來，你想是不是還能善罷？我們就算人人都死在你手下，也非擒你回去不可。你出手罷！」

段譽聽瑞婆婆的口氣，對這黑衣女郎著實忌憚，不由得暗暗稱奇，眼見大廳上十七八人橫眉怒目，握著兵刃躍躍欲試，卻沒一個逕自上前動手。平婆婆手握雙刀，數次走近黑衣女郎背後，總是立即退回。

黑衣女郎道：「喂，報訊的，這許多人要打我一個，你說怎麼辦？」段譽道：「嗯，黑玫瑰就在外面，你若能突圍而出，趕快騎了逃走。這馬腳程極快，他們追你不上。」黑衣女郎道：「那你自己呢？」段譽沉吟道：「我跟他們素不相識，無怨無仇，說不定他們不來跟我為難，也未可知。」

黑衣女郎嘿嘿冷笑兩聲，道：「他們肯這麼講理，也不會這許多人來圍攻我一個了。你的小命是活不成的啦，要是我能逃脫，你有甚麼心願，要我給你去辦？」

段譽心下一陣難過，說道：「你的朋友鍾姑娘在無量山中給神農幫扣住了，她媽媽給了我這隻盒子，要我送去給我爹爹，請他設法救人。倘若……倘若……姑娘能夠脫身，最好能替在下辦了此事，我感激不盡。」說著走上幾步，將那隻金鈿小盒遞了過去。走到離她背後約莫兩尺之處，忽然聞到一陣香氣，似蘭非蘭，似麝非麝，氣息雖不甚濃，但幽幽沉沉，甜甜膩膩，聞著不由得心中一盪。

黑衣女郎仍不回頭，問道：「鍾靈生得很美啊，是你的意中人麼？」段譽道：「不是，不是。鍾姑娘年紀甚小，天真爛漫，我那有……那有此意？」黑衣女郎左臂伸後，將金鈿盒子取了去，段譽見她手上戴了一隻薄薄的絲質黑色手套，不露出半點肌膚，說道：「我爹爹住在大理城中，你只須……」

黑衣女郎道：「慢慢再說不遲。」將鈿盒放入懷中，說道：「姓祝的老頭兒，你給我滾出去！」一個鬚髮蒼然的老者顫聲道：「你說甚麼？」黑衣女郎道：「你快滾出廳去，我今天不想殺你。」那老者手中長劍一挺，喝道：「你胡說甚麼？」聲音發抖，也不知是出於憤怒，還是害怕。

黑衣女郎道：「你又不是姓王的惡婆娘手下，只不過給這兩個老太婆拉了來瞎湊熱鬧。一路之上，你對我還算客氣，那些傢伙老是想揭我面幕，你倒不斷勸阻。哼，還算不該死，這就滾出去罷！」那老者臉如土色，手中長劍的劍尖慢慢垂了下來。

段譽勸道：「姑娘，你叫他出去，也就是了，不該用這個『滾』字。你說話這麼不客氣，祝老爺子豈不要生氣？」

那知這姓祝老者臉色一陣猶豫、一陣恐懼，突然間嗆啷一聲響，長劍落地，雙手掩面，當真奔了出去。他剛伸手去推廳門，平婆婆右手一揮，一柄短刀疾飛出去，正中他後心。那老者一交摔倒，在地下爬了丈許，這才死去。

段譽怒道：「喂，胖婆婆，這位老爺子是你們自己人啊，你怎地忽下毒手？」

平婆婆右手從腰間另拔一柄短刀，雙手仍是各持一刀，全神貫注的凝視黑衣女郎，對段譽的說話宛似聽而不聞。廳上餘人都走上幾步，作勢要撲上攻擊，眼見只須有人一聲令下，十餘件兵刃便齊向黑衣女郎身上砍落。

段譽見此情勢，不由得義憤填膺，大喝：「你們這許多人，圍攻一個赤手空拳的孤身弱女，那還有王法天理麼？」搶上數步，擋在黑衣女郎身後，喝道：「你們膽敢動手？」他雖不會半點武功，但正氣凜然，自有一股威風。

瑞婆婆見他一副有恃無恐的模樣，心下倒不禁嘀咕，料想這少年若不是身懷絕技，故意裝模作樣，便是背後有極大的靠山。她奉命率眾自江南來到大理追擒這黑衣女郎，在此異鄉客地，實不願多生枝節，說道：「閣下定是要招攬這事了？」語氣竟然客氣了些。段譽道：「不錯，我不許你們以眾凌寡，恃強欺弱。」瑞婆婆道：「閣下屬何門派？跟這小賤人是親是故？受了何人指使，前來橫加插手？」

段譽搖頭道：「我跟這位姑娘非親非故，只是世上之事，總抬不過一個『理』字，我勸各位得罷手時且罷手，這許多人一起來欺侮一個孤身少女，未免太不光采。」低聲道：「姑娘快逃，我設法穩住他們。」

黑衣女郎也低聲道：「你為我送了性命，不後悔麼？」段譽道：「死而無悔。」黑衣女郎又問：「你不怕死麼？」段譽嘆了口氣，道：「我自然怕死，可是……可是……」

黑衣女郎突然大聲道：「你手無縛雞之力，逞甚麼英雄好漢？」右手突然一揮，兩根彩帶飛出，將段譽雙手雙腳分別縛住了。瑞婆婆、平婆婆等人見她突然襲擊段譽，都是大出意料之外，羣相驚愕之際，黑衣女郎左手連揚。段譽耳中只聽得咕咚、砰蓬之聲連響，左右都有人摔倒，眼前刀劍光芒飛舞閃爍，驀地裏大廳上燭光齊熄，眼前斗黑，自己如同騰雲駕霧一般已被提在空中。

這幾下變故實在來得太快，他霎時間不知身在何處，但聽得四下裏吆喝紛作：「莫讓賤人逃了！」「留神她毒箭！」「放飛刀！放飛刀！」跟著玎璫嗆啷一陣亂響，他身子又是一揚，馬蹄聲響，已是身在馬背，只是手腳都被縛住了，動彈不得。

只覺自己後頸靠在一人身上，鼻中聞到陣陣幽香，正是那黑衣女郎身上的香氣。蹄聲得得，既輕且穩，敵人的追逐喊殺聲已在身後漸漸遠去。黑玫瑰全身黑毛，那女郎全身黑衣，黑夜中一團漆黑，睜眼甚麼都瞧不見，惟有一股芬馥之氣繚繞鼻際，更增幾分詭秘。

黑玫瑰奔了一陣，敵人喧叫聲已絲毫不聞。段譽道：「姑娘，沒料到你這麼好本事，請放我起來罷。」黑衣女郎哼了一聲，並不理睬。段譽手腳給帶子緊緊縛住了，黑玫瑰每跨一步，帶子束縛處便收緊一下，手腳越來越痛，加之腳高頭低，斜懸馬背，頭腦中一陣陣的暈眩，當真說不出的難受，又道：「姑娘，快放了我！」

突然間拍的一聲，臉上熱辣辣的已吃了一記耳光。那女郎冷冰冰的道：「別囉唆，姑娘沒問你，不許說話！」段譽怒道：「為甚麼？」拍拍兩下，又接連吃了兩記耳光。這兩下更加沉重，只打得他右耳嗡嗡作響。

段譽大聲叫道：「你動不動便打人，快放了我，我不要跟你在一起。」突覺身子一揚，砰的一聲，摔到了地下，可是手足均被帶子縛住，帶子的另一端仍是握在那女郎手中，段譽便被黑玫瑰拉著，在地下橫拖而去。

那女郎口中低喝，命黑玫瑰放慢腳步，問道：「你服了麼？聽我的話了麼？」

段譽大聲道：「不服，不服！不聽，不聽！適才我死在臨頭，尚自不懼。你小小折磨我一下，我怕……我怕……」他本想要說「我怕甚麼？」但此時恰好被拉過路上兩個土丘，連拋兩下，將兩句「甚麼」都咽在口中，說不出來。

黑衣女郎冷冷的道：「你怕了吧！」一拉彩帶，將他提上馬背。段譽道：「我是說『我怕甚麼？』當然不怕！快放了我，我不願給你牽著走！」那女郎哼的一聲，道：「在我面前，誰有說話的份兒？我要折磨你，便要治得你死去活來，豈是『小小折磨』這麼便宜？」說著左手一送，又將他拋落馬背，著地拖行。

段譽心下大怒，暗想：「這些人口口聲聲罵你小賤人，原來大有道理。」叫道：「你再不放手，我可要罵人了。」那女郎道：「你有膽子便罵。我這一生之中，給人罵得還不夠麼？」段譽聽她最後這句話頗有淒苦之意，一句「小賤人」剛要吐出口來，心中一軟，便即忍住。

那女郎等了片刻，見他不再作聲，說道：「哼，料你也不敢罵！」

段譽道：「我聽你說得可憐，不忍心罵，難道還怕了你不成？」

那女郎一聲呼哨，催馬快行，黑玫瑰放開四蹄，急奔起來。這一來段譽可就苦了，頭臉手足給道上的沙石擦得鮮血淋漓。那女郎叫道：「你投不投降？」段譽大聲罵道：「你這不分好歹的潑辣女子！」那女郎道：「我本是潑辣女子，用得著你說？我自己不知道麼？」

段譽道：「我……我……對你……對你……一片好心……」突然腦袋撞上路邊一塊突出的石頭，登時昏了過去。

也不知過了多少時候，只覺頭上一陣清涼，便醒了過來，接著口中汨汨進水，他急忙閉口，卻忍不住咳嗽起來。這一來口鼻之中入水更多。原來他仍被縛在馬後拖行，那女郎見他昏暈，便縱馬穿過一條小溪，令他冷水浸身，便即醒轉。幸好小溪甚窄，黑玫瑰幾步間便跨了過去。段譽衣衫濕透，腹中又被水灌得脹脹地，全身到處是傷，當真說不出的難受。

那女郎道：「你服了麼？」段譽心想：「世間竟有如此蠻不講理的女子，也算是造物不仁，我段譽該有此劫，既落在她的手中，再跟她說話也是多餘。」那女郎連問幾聲：「你服了麼？苦頭吃得夠了麼？」段譽不理不睬，只作沒有聽見。那女郎怒道：「你耳朵聾了麼？怎地不答我的話？」段譽仍是不理。

那女郎勒住了馬，要看看他是否尚未醒轉。其時晨光曦微，東方已現光亮，卻見他一雙眼睛睜得大大的，怒氣沖沖的瞪視著她，那女郎怒道：「好啊，你明明沒昏過去，卻裝死跟我鬥法。咱們便鬥個明白，瞧是你厲害，還是我厲害。」說著躍下馬來，輕輕一縱，已在一株大樹上折了一根樹枝，刷的一聲，在段譽臉上抽了一記。

段譽這時首次和她正面朝相，見她臉上蒙了一張黑布面幕，只露出兩個眼孔，一雙眼亮如點漆，向他射來。段譽微微一笑，心道：「自然是你厲害。你這潑辣婆娘，有誰厲害得過你？」

那女郎道：「這當口虧你還笑得出！你笑甚麼？」段譽向她裝個鬼臉，裂嘴又笑了笑。那女郎揚手拍拍拍的連抽了七八下。段譽早將生死置之度外，洋洋不理，奮力微笑。只是這女郎落手甚是陰毒，樹枝每一下都打在他身上最吃痛的所在，他幾次忍不住要叫出聲來，終於強自克制住了。

那女郎見他如此倔強，怒道：「好！你裝聾作啞，我索性叫你真的做了聾子。」伸手入懷，摸出一柄匕首來，刃鋒長約七寸，寒光一閃一閃，向著他走近兩步，提起匕首對準他左耳，喝道：「你有沒聽見我的說話？你這隻耳朵還要不要了？」段譽仍是不理，那女郎眼露兇光，一提手，匕首便要往他耳中刺落。

段譽大急，叫道：「喂，你真刺還是假刺？你刺聾了我耳朵，有本事治得好嗎？」那女郎呸的一聲，說道：「姑娘殺了人也治得活，你若不信，那就試試。」段譽忙道：「我信，我信！那倒不用試了。」

那女郎見他開口說話，算是服了自己，也就不再折磨他了，提起他放上馬鞍，自己躍上馬背，這一次居然將他放得頭高腳低，優待了些。段譽不再受那倒懸之苦，手足被縛處雖仍疼痛，但比之適才在地下橫拖倒曳，卻已有天淵之別，也就不敢再說話惹她生氣。

行得大半個時辰，段譽內急起來，想要那女郎放他解手，但雙手被縛，無法打手勢示意，何況縱然雙手自由，這手勢實在也不便打，只得說道：「我要解手，請姑娘放了我。」那女郎道：「好啊，現下你不是啞巴了？怎地跟我說話了？」段譽道：「事出無奈，不敢褻瀆姑娘，姑娘身上好香，我倘成了『臭小子』，豈不大煞風景？」那女郎忍不住「嗤」的一聲笑，心想事到如今，只得放他，於是拔劍割斷了縛住他手足的帶子，自行走開。

段譽給她縛了大半天，手足早已麻木不仁，動彈不得，在地下滾動了一會，方能站立，解完了手，見黑玫瑰站在一旁吃草，甚是馴順，心想：「此時不走，更待何時？」悄悄跨上馬背，黑玫瑰也並不抗拒。段譽一提馬韁，縱馬向北奔馳。

那女郎聽到蹄聲，追了過來，但黑玫瑰奔行神速無比，那女郎輕功再高，也追牠不上。

段譽拱手道：「姑娘，後會有期。」只說得這幾個字，黑玫瑰已竄出二十餘丈之外。他回過頭來，只見那女郎的身子已被樹木擋住，他得脫這女魔頭的毒手，心下快慰無比。口中連連催促：「好馬兒，乖馬兒！快跑，快跑！」

黑玫瑰奔出里許，段譽心想：「躭擱了這麼一天，不知是否還來得及相救鍾姑娘？路上只有不吃飯，不睡覺，拚命的跑了，但不知黑玫瑰能不能挨？」正遲疑間，忽聽得身後遠遠傳來一聲清嘯。

黑玫瑰聽得嘯聲，立時掉頭，從來路奔了回去。段譽大吃一驚，忙叫：「好馬兒，乖馬兒，不能回去。」用力拉韁，要黑玫瑰轉頭。不料黑玫瑰的頭雖被韁繩拉得偏了，身子還是筆直的向前直奔，全不聽他指揮。

瞬息之間，黑玫瑰已奔到了那女郎身前，直立不動。段譽哭笑不得，神色極是尷尬。那女郎冷冷的道：「我本不想殺你，可是你私自逃走不算，還偷了我的黑玫瑰，這還算是大丈夫嗎？」

段譽跳下馬來，昂然道：「我又不是你奴僕，要走便走，怎說得上『私自逃走』四字？黑玫瑰是你先前借給我的，我並沒還你，可算不得偷。你要殺就殺好了。曾子曰：『自反而縮，雖千萬人，吾往矣！』我自反而縮，自然是大丈夫。」

那女郎道：「甚麼縮不縮的？你縮頭我也是一劍。」顯然不懂段譽這些引經據典的言語，手握劍柄，將長劍從鞘中抽出半截，說道：「你如此大膽，難道我真的不敢殺你？你倚仗誰的勢頭，一再挺撞於我？」

段譽道：「我對姑娘事事無愧於心，要倚仗誰的勢頭來了？」

那女郎兩道清冷的眼光直射向他，段譽和她目光相對，毫無畏縮之意。兩人相向而立，凝視半晌，刷的一聲，那女郎還劍入鞘，喝道：「你去罷！你的腦袋暫且寄存在你脖子上，等得姑娘高興，隨時來取。」段譽本已拚著必死之心，沒料到她竟會放過自己，一怔之下，也不多說，轉身一跛一拐的去了。

他走出十餘丈，仍不聽見馬蹄之聲，回頭一望，只見那女郎兀自怔怔的站著出神，心想：「多半她又在想甚麼歹毒主意，像貓要耗子般，要將我戲弄個夠，這才殺我。好罷，反正我也逃不了，一切只好由她。」那知他越走越遠，始終沒聽到那女郎騎馬追來。

他接連走上幾條岔道，這才漸漸放心，心下稍寬，頭臉手足擦破處便痛將起來，尋思：「這姑娘脾氣如此古怪，說不定她父母雙亡，一生遭逢過無數不幸之事。也說不定她相貌醜陋無比，以致不肯以面目示人，倒也是個可憐之人。啊喲，鍾夫人那隻黃金鈿盒卻還在她身邊。」可是要回去向她取還，卻無論如何不敢了，心想：「我見了爹爹，最多答允跟他學武功，爹爹自然會去救鍾姑娘，就算爹爹不親自去，派些人去便是，這隻金盒也沒多大用處。只是我沒了坐騎，這般徒步而去大理，勢必半路上毒發而死。鍾姑娘苦待救援，度日如年，她如見我既不回去，她父親又不來相救，只道我沒給她送信。好歹我得趕到無量山去，和她死在一塊，也好教她明白我決不相負之意。」

心意已決，當即辨明方向，邁開大步，趕向無量山去。這瀾滄江畔荒涼已極，連走數十里也不見人煙。這一日他唯有採些野果充飢，晚間便在山坳中胡亂睡了一覺。

第二日午後，經另一座鐵索橋，重渡瀾滄江，行出二十餘里後，到了一個小市鎮上。他懷中所攜銀兩早在跌入深谷時在峭壁間失去。自顧全身衣衫破爛不堪，肚中又十分飢餓，想起帽上所鑲的一塊碧玉是貴重之物，於是扯了下來，拿到鎮上唯一的一家米店去求售。米店本不是售玉之所，但這鎮上只有這家米店較大，那店主見他氣概軒昂，倒也不敢小覷了，卻不識得寶玉的珍貴，只肯出二兩銀子相購。段譽也不理會，取了二兩銀子，想去買套衣巾，小鎮上並無沽衣之肆，於是到飯鋪中去買飯吃。

在板凳上坐落，兩個膝頭登時便從褲子破孔中露了出來，長袍的前後襟都已撕去，褲子後臀也有幾個大孔，屁股觸到凳面，但覺涼颼颼地，心想：「這等光屁股的模樣實在太不雅觀，該當及早設法才是。」飯店主人端上飯菜，說道：「今兒不逢集，沒魚沒肉，相公將就吃些青菜豆腐下飯。」段譽道：「甚好，甚好。」端起飯碗便吃。他一生錦衣玉食，今日光著屁股吃此粗糲，只因數日沒飯下肚，全憑野果充飢，雖是青菜豆腐，卻也吃得十分香甜。

吃到第三碗飯時，忽聽得店門外有人說道：「娘子，這裏倒有家小飯店，且看有甚麼吃的。」一個女子聲音笑道：「瞧你這副吃不飽的饞相兒。」

段譽聽得聲音好熟，立時想到正是無量劍的干光豪與他那葛師妹，心下驚慌，急忙轉身朝裏，暗想：「怎麼叫起『娘子』來了?嗯，原來做了夫妻啦。我這一卦是『无妄卦』，『六三，无妄之災；或繫之牛，行人之得，邑人之災。』這位干老兄得了老婆，我段公子卻又遇上了災難。」

只聽干光豪笑道：「新婚夫妻，怎吃得飽？」那葛師妹啐了一口，低聲笑道：「好沒良心！要是老夫老妻，那就飽了？」語音中滿含蕩意。兩人走進飯店坐落，干光豪大聲叫道：「店家，拿酒飯來，有牛肉先給切一盆……咦！」

段譽只聽得背後腳步聲響，一隻大手搭上了右肩，將他身子扳轉，登時與干光豪面面相對。段譽苦笑道：「干老兄，干大嫂，恭喜你二位百年好合，白首偕老，無量劍東宗西宗合併歸宗。」

干光豪哈哈大笑，回頭向那葛師妹望了一眼，段譽順著他目光瞧去，見那葛師妹一張鵝蛋臉，左頰上有幾粒白麻子，倒也頗有幾分姿色。只見她滿臉差愕之色，漸漸的目露兇光，低沉著嗓子道：「問個清楚，他怎麼到這裏來啦？附近有無量劍的人沒有？」

干光豪臉上登時收起笑容，惡狠狠的道：「我娘子的話你聽見了沒有？快說。」段譽心想：「我胡說八道一番，最好將他們嚇得快快逃走。否則這二人非殺了我滅口不可。」說道：「貴派有四位師兄，手提長劍，剛才匆匆忙忙的從門外走過，向東而去，似乎是在追趕甚麼人。」

干光豪臉色大變，向那葛師妹道：「走罷！」那葛師妹站起身來，右掌虛劈，作個殺人的姿式。干光豪點點頭，拔出長劍，逕向段譽頸中斬落。

這一劍來得好快，段譽見到那葛師妹的手勢，便知不妙，早已縮身向後，可是仍然避不開，眼見白刃及頸，突然間嗤的一聲輕響，干光豪仰天便倒，長劍脫手擲出。跟著又是嗤的一聲。那葛師妹正要跨出店門，聽得干光豪的呼叫，還沒來得及轉頭察看，便已摔倒在門檻上。兩人都是身子扭了幾下，便即不動。只見干光豪喉頭插了一枝黑色小箭，那葛師妹則是後頸中箭。聽這嗤嗤兩響，正是那黑衣女郎昨晚滅燭退敵的發射暗器之聲。

段譽又驚又喜，回過頭來，背後空蕩蕩地並無一人。卻聽得店門外噓溜溜一聲馬嘶，果見那黑衣女郎騎了黑玫瑰緩緩走過。

段譽叫道：「多謝姑娘救我！」搶出門去。那女郎一眼也沒瞧他，自行策馬而行。段譽道：「若不是你發了這兩枚短箭，我這當兒腦袋已不在脖子上啦。」那女郎仍不理睬。

店主人追將出來，叫道：「相……相公，出……出了人命啦！可不得了啊！」段譽道：「啊喲，我還沒給飯錢。」伸手要去掏銀子，卻見黑玫瑰已行出數丈，叫道：「死人身上有銀子，他們擺喜酒請客，你自己拿罷！」急急忙忙的追到馬後。

那女郎策馬緩行，片刻間出了市鎮。段譽緊緊跟隨，說道：「姑娘，你好人做到底，送佛送到西，不如去連鍾姑娘也一併救了罷。」那女郎冷冷的道：「鍾靈是我朋友，我本來要去救她。可是我最恨人家求我。你求我去救鍾靈，我就偏偏不去救了。」段譽忙道：「好，好。我不求姑娘。」那女郎道：「可是你已經求過了。」段譽道：「那麼我剛才說過的不算。」那女郎道：「哼，你是男子漢大丈夫，說過的話怎能不算？」

段譽心道：「先前我在她面前老是自稱大丈夫，她可見了怪啦，說不得，為了救鍾姑娘一命，只好大丈夫也不做了。」說道：「我不是男子漢大丈夫，我……我是全靠姑娘救了一條小命的可憐蟲。」

那女郎嗤的一聲笑，向他打量片刻，說道：「你對鍾靈這小鬼頭倒好。昨晚你寧可性命不要，也是非充大丈夫不可，這會兒居然肯做可憐蟲了。哼，我不去救鍾靈。」

段譽急道：「那……那又為甚麼啊？」那女郎道：「我師父說，世上男人就沒一個有良心的，個個都會花言巧語的騙女人，心裏淨是不懷好意。男人的話一句也聽不得。」段譽道：「那也不盡然啊，好像……好像……」一時舉不出甚麼例子，便道：「好像姑娘的爹爹，就是個大大的好人。」那女郎道：「我師父說，我爹爹就不是好人！」

段譽眼見那女郎催得黑玫瑰越走越快，自己難以追上，叫道：「姑娘，慢走！」

突然間人影晃動，道旁林中竄出四人，攔在當路。黑玫瑰斗然停步，倒退了兩步。只見這四人都是年輕女子，一色的碧綠斗篷，手中各持雙鉤，居中一人喝道：「你們兩個，便是無量劍的干光豪與葛光珮，是不是？」

段譽道：「不是，不是。干光豪和葛姑娘，早已那個……那個了。」那女子道：「甚麼那個、那個了？你二人一男一女，年紀輕輕，結伴同行，瞧模樣定是私奔，還不是無量劍干葛兩個叛徒？」段譽笑道：「姑娘說話太也無理。葛光珮臉上有麻子點兒，這位姑娘卻是花容月貌，大大不同。」那女子向黑衣女郎喝道：「把面罩拉下來！」

驀地裏嗤嗤嗤嗤四聲，黑衣女郎發出四枚短箭，錚錚兩響，兩個女子揮鉤格落，另外兩女子卻中箭倒地。這四箭射出之前全無朕兆，去勢又是快極，居然仍有兩箭未中。黑衣女郎立即躍下馬背，身在半空時已拔劍在手，左足一著地，右足立即跨前，刷刷兩劍，分攻兩名女子。兩女也正揮鉤攻上，一女抵擋黑衣女郎，另一名女子挺鉤向段譽刺去。

段譽「啊喲」一聲，鑽到了黑玫瑰肚子底下。那女子一怔，萬萬料想不到此人竟會出此怪招，正欲挺鉤到馬底去刺段譽，背心上一痛，登時摔倒，卻是黑衣女郎乘機射了她一箭。但便是這麼一分神，黑衣女郎左臂已被敵人鉤中，嘶的一聲響，拉下半隻袖子，露出雪白的手臂，臂上劃出一條尺來長的傷口，登時鮮血淋漓。

黑衣女郎揮劍力攻。但那使鉤女子武功著實了得，雙鉤揮動，招數巧妙，酣鬥片刻，黑衣女郎左腿中鉤，劃破了褲子。她連射兩箭，都被對方揮鉤格開。那女子連聲喝問：「你是甚麼人？你劍法不是無量劍的！」黑衣女郎不答，劍招加緊，突然「啊」的一聲叫，長劍被單鉤鎖住，敵人手腕急轉，黑衣女郎把揑不住，長劍脫手飛出，急忙躍開。那使鉤女子雙鉤連刺，卻都被她閃過。

段譽早就瞧得焦急萬分，苦於無力上前相助，眼見黑衣女郎危殆，無法多想，抱起地下一具死屍，雙手將死屍頭前腳後的橫持了，便似挺著一根巨棒，向那使鉤女子疾衝過去。使鉤女子吃了一驚，眼見迎面衝來的正是自己姊妹的腦袋，心中一陣悲痛，右手鉤向段譽面門刺去，可是中間隔著一具屍體，這一鉤差了半尺，便沒刺到段譽，砰的一下，胸口已給屍體腦袋撞中，就在這時，一枚短箭射入她右眼，仰天便倒。

段譽瞥眼見黑衣女郎左膝跪地，叫道：「姑娘，你……你沒事罷。」奔過去要扶。那女郎站起身來，不料段譽慌亂中兀是持著屍體，將死屍的腦袋向著她胸口撞去。那女郎在死屍腦袋上一推，段譽「啊」的一聲，摔了出去，屍體正好壓在他身上。

那女郎見到他這等狼狽模樣，忍不住笑出聲來，想起適才這一戰實是兇險萬分，若不是先出其不意的殺了兩人，又得段譽在旁援手，只怕連一個使鉤女子也鬥不過，這四個女子不知是甚麼來頭，恁地武功了得？叫道：「喂，傻子，你抱著個死人幹甚麼？」

段譽爬起身來，放下屍體，說道：「罪過，罪過。唉，真正對不住了。你們認錯了人，客客氣氣的問個明白就是了，胡說八道的，難怪惹得姑娘生氣，這豈不枉送了性命？姑娘，其實你也不用出手殺人，除下面幕來給她們瞧上一眼，不是甚麼事也沒了？」

那女郎厲聲道：「住嘴！我用得著你教訓？誰叫她們說我跟你私……私……甚麼的？」段譽道：「是，是。這是她們胡說的不是，不過姑娘還是不必殺人。啊，你……你的傷口得包紮一下。」一眼見她大腿上也露出雪白的肌膚，不敢多看，忙轉過了頭。

那女郎聽他老是責備自己不該殺人，本想上前揮手便打，聽他提及傷口，登覺腿臂處傷口疼痛，幸好這兩鉤都入肉不深，沒傷到筋骨，當即取出金創藥敷上，撕破敵人的斗篷，包紮了腿臂的傷口。

段譽將屍體逐一拖入草叢之中，說道：「本來該當替你們起個墳墓才是，可惜這裏沒鏟子。唉，四位姑娘年紀輕輕，容貌雖不算美，也不醜陋……」

那女郎聽他說到容貌美醜，問道：「喂，你怎地知道我臉上沒麻子，又是甚麼花容月貌了？」段譽笑道：「這是想當然耳！」那女郎道：「甚麼『想當然耳』？」段譽道：「『想當然耳』，就是想來當然是這樣的。」那女郎道：「瞎說！你作夢也想不到我相貌，我滿臉都是大麻子！」段譽道：「未必，未必！過謙，過謙！」

那女郎見衣袖褲腳都給鐵鉤鉤破了，便從屍體上除下一件斗篷，披在身上。段譽突然叫道：「啊喲！」猛地想起自己褲子上有幾個大洞，光著屁股跟這位姑娘在一起，成何體統？急忙倒身而行，不敢以屁股對著那女郎，也從一具屍體上除下斗篷，披在自己身上。那女郎嗤的一聲笑。段譽面紅過耳，想起自己褲子上的大破洞，實是羞愧無地。

那女郎在四具屍體上拔出短箭，放入懷中，又在鉤傷她那女子的屍身上踢了兩腳。

段譽道：「你的短箭見血封喉，劇毒無比。勸姑娘今後若非萬不得已，千萬不可再用，殺傷人命，實是有干天和，倘若……」那女郎喝道：「你再跟我囉唆，要不要試試見血封喉的味道？」右手一揚，嗤的一聲響，一枚毒箭從段譽身側飛過，插入地下。

段譽登時嚇得面色慘白，再也不敢多說。那女郎道：「封了你的喉，你還能不能跟我囉唆？」說著過去拔起短箭，對著段譽又是一揚。段譽嚇了一跳，急忙倒退。

那女郎笑了起來，將短箭放入囊中，向他瞪了一眼，說道：「你穿了這件斗篷，活脫便是個姑娘。把斗篷拉起來遮住頭頂。再撞上人，人家也不會說咱們一男一女……」段譽道：「是，是。」依言除下頭上方巾，揣入懷中，拉起斗篷的頭罩套在頭上。那女郎拍手大笑。

段譽見她笑得天真，心想：「瞧你這神情，只怕比我年紀還小，怎地殺起人來卻這等辣手？」見她斗篷的胸口繡著一頭黑鷲，昂首蹲踞，神態威猛，自己斗篷上的黑鷲也是一模一樣，搖頭嘆道：「姑娘人家，衣衫上不繡花兒蝶兒，卻繡上這般兇霸霸的鳥兒，好勇鬥狠，唉。」說著又搖了搖頭。

那女郎瞪眼道：「你譏諷我麼？」段譽道：「不是，不是！不敢，不敢！」那女郎道：「到底是『不是』，還是『不敢』？」段譽道：「是不敢。」那女郎便不言語了。

段譽問道：「你傷口痛不痛？要不要休息一下？」那女郎道：「傷口當然痛！我在你身上割兩刀，瞧你痛不痛？」段譽心道：「潑辣橫蠻，莫此為甚。」那女郎又道：「你當真關心我痛不痛嗎？天下可沒這樣好心的男子。你是盼望我快些去救鍾靈，只不過說不出口。走罷！」說著走到黑玫瑰之旁，躍上馬背，手指西北方，道：「無量劍的劍湖宮是在那邊，是不是？」段譽道：「好像是的。」

兩人緩緩向西北方行去。走了一會，那女郎問道：「金盒子裏的時辰八字是誰的？」段譽心道：「原來你已打開來看過了。」說道：「我不知道。」那女郎道：「是鍾靈的，是不是？」段譽道：「真的不知道。」那女郎道：「還在騙人？鍾夫人將她女兒許配了給你，是不是？給我老老實實的說。」段譽道：「沒有，的確沒有。我段譽倘若欺騙了姑娘，你就給我來個見血封喉。」

那女郎問道：「你姓段？叫作段譽？」段譽道：「是啊，名譽的『譽』。」那女郎道：「哼！你名譽挺好麼？我瞧不見得。」段譽笑道：「名譽挺壞的『譽』，也就是這個字。」那女郎道：「這就對啦！」段譽道：「姑娘尊姓？」那女郎道：「我為甚麼要跟你說？你的姓名是你自己說的，我又沒問你。」

走了一段路，那女郎道：「待會咱們救出了鍾靈，這小鬼頭定會跟你說我的姓名，你不許聽。」段譽忍笑道：「好，我不聽。」那女郎似乎也覺這件事辦不到，說道：「就算你聽到了，也不許記得。」段譽道：「是，我就算記得了，也要拚命想法子忘記。」那女郎道：「呸，你騙人，當我不知道麼？」

說話之間，天色漸漸黑將下來，不久月亮東升，兩人乘著月光，覓路而行。走了約莫兩個更次，遠遠望見對面山坡上繁星點點，燒著一堆火頭，火頭之東山峯聳峙，山腳下數十間大屋，正是無量劍劍湖宮。段譽指著火頭，道：「神農幫就在那邊。咱們悄悄過去，搶了鍾靈就逃，好不好？」

那女郎冷冷的道：「怎麼逃法？」段譽道：「你和鍾靈騎了黑玫瑰快奔，神農幫追你們不上的。」那女郎道：「你呢？」段譽道：「我給神農幫逼著服了斷腸散的毒藥，司空玄幫主說是服後七天，毒發身亡，須得設法先騙到解藥，這才逃走。」

那女郎道：「原來你已給他們逼著服了毒藥。你怎麼不想及早設法解毒，仍來給我報訊？」段譽道：「我本以為黑玫瑰腳程快，報個訊息，也就擱不了多少時候。」那女郎道：「你到底是生來心好呢，還是個傻瓜？」段譽笑道：「只怕各有一半。」

那女郎哼了一聲，道：「你的解藥怎生騙法？」段譽躊躇道：「本來說好，是用閃電貂的解藥，去換斷腸散解藥。他們拿不到毒貂解藥，這斷腸散的解藥，倒是不大容易騙到手。姑娘，你有甚麼法子？」那女郎道：「你們男人才會騙人，我有甚麼騙人的法子？跟他們硬要，要鍾靈，要解藥！」

段譽心頭一凜，知道她又要大殺一場，心想：「最好……最好……」但「最好」怎樣，自己可全無主意。

兩人並肩向火堆走去。行到離中央的大火堆數十丈處，黑暗中突然躍出兩人，都是手執藥鋤，橫持當胸。一人喝道：「甚麼人？幹甚麼的？」

那女郎道：「司空玄呢？叫他來見我。」

那兩人在月光下見那女郎與段譽身披碧綠錦緞斗篷，胸口繡著一隻黑鷲，登時大驚，立即跪倒。一人說道：「是，是！小人不知是靈鷲宮聖使駕到，多……多有冒犯，請聖使恕罪。」語音顫抖，顯是害怕之極。

段譽大奇：「甚麼靈鷲宮聖使？」隨即省悟：「啊，是了，我和這姑娘都披上了綠色斗篷，他們認錯人了。」跟著又記起數日前在劍湖宮中聽到鍾靈說道，她偷聽到司空玄跟幫中下屬的說話，奉了縹緲峯靈鷲宮天山童姥的號令，前來佔無量山劍湖宮，然則神農幫是靈鷲宮的部屬，難怪這兩人如此惶懼。

那女郎顯然不明就裏，問道：「甚麼靈……」段譽怕她露出馬腳，忙逼緊嗓子道：「快叫司空玄來。」那兩人應道：「是，是！」站起身來，倒退幾步，這才轉身向大火堆奔去。

段譽向那女郎低聲道：「靈鷲宮是他們的頂頭上司。」扯下斗篷頭罩，圍住了口鼻，只露出一對眼睛。

那女郎還待再問，司空玄已飛奔而至，大聲說道：「屬下司空玄恭迎聖使，未曾遠迎，尚請恕罪。」搶到身前，跪下磕頭，說道：「神農幫司空玄，恭請童姥萬壽聖安！」

段譽心道：「童姥是甚麼人，又不是皇帝、皇太后，甚麼萬壽聖安的，不倫不類。」當下點了點頭，道：「起來罷。」司空玄道：「是！」又磕了兩個頭，這才站起。這時他身後已跪滿了人，都是神農幫的幫眾。

段譽道：「鍾家那小姑娘呢？帶她過來。」兩名幫眾也不等幫主吩咐，立即飛奔到大火堆畔，抬了鍾靈過來。段譽道：「快鬆了綁。」司空玄道：「是。」拔出匕首，割斷鍾靈手足上綁著的繩索。段譽見她安好無恙，心下大喜，逼緊著嗓子說道：「鍾靈，過來。」鍾靈道：「你是甚麼人？」司空玄厲聲喝道：「聖使面前，不得無禮。她老人家叫你過去。」鍾靈心想：「管你是甚麼老人家小人家，反正你不讓人家綁我，山羊鬍子又這樣怕你，聽你的吩咐便了。」便走到段譽面前。

段譽伸左手拉住她手，扯在身邊，捏了捏她手，打個招呼，料想她難以明白，也就不理會了，對司空玄道：「拿斷腸散的解藥來！」

司空玄微覺奇怪，但立即吩咐下屬：「取我藥箱來，快，快！」微一沉吟間，便即明白：「啊喲，定是那姓段的小子去求了靈鷲宮聖使，以致聖使來要人要藥。」藥箱拿到，他打開箱蓋，取出一個瓷瓶，恭恭敬敬的呈上，說道：「請聖使賜收。這解藥連服三天，每天一次，每次一錢已足。」段譽大喜，接在手中。

鍾靈忽道：「喂，山羊鬍子，這解藥你還有嗎？你答允了給我段大哥解毒的。要是盡數給了人家，段大哥請得我爹爹給你解毒時，豈不糟了？」段譽心下感激，又捏了捏她手。司空玄道：「這個……這個……」鍾靈急道：「甚麼這個那個的？你解不了他的毒，我叫爹爹也不給你解毒。」

那黑衣女郎忍不住喝道：「鍾靈，別多嘴！你段大哥死不了。」鍾靈聽得她語音好熟，「咦」的一聲，轉頭向她瞧去，見到她的面幕，登時便認了出來，歡然道：「啊，木……」

立時想到不對，伸手按住了自己嘴巴。

司空玄早在暗暗著急，屈膝說道：「啟稟兩位聖使：屬下給這小姑娘所養的閃電貂咬傷了，毒性厲害，兩位聖使開恩。」段譽心想若不給他解毒，只怕他情急拚命，對那黑衣女郎道：「姊姊，童姥的靈丹聖藥，你便給他一些罷。」司空玄聽得有童姥的靈丹聖藥，大喜過望，在地下連連磕頭，砰砰有聲，說道：「多謝童姥大恩大德，聖使恩德，屬下共有一十九人給毒貂咬傷。」

那女郎心想：「我有甚麼『童姥的靈丹聖藥』？只是我臂上腿上都受了傷，要照顧兩個人可不容易。且聽著這姓段的，要要這山羊鬍子便了。」從懷中取出一個小瓷瓶，道：「伸手。」司空玄道：「是，是！」攤開了手掌，雙目下垂，不敢正視。那女郎在他左掌中倒了些綠色藥末，說道：「內服一點兒，便可解毒了。」心道：「我這香粉採集不易，可不能給你太多了。」

司空玄當她一拔開瓶塞，便覺濃香馥郁，衝鼻而至，他畢生鑽研藥性，卻也全然猜不到是何種藥物配成，待得藥粉入掌，更是香得全身舒泰，心想天山童姥神通廣大，這靈丹聖藥果然非同小可，大喜之下，連連稱謝，只是掌中托著藥末，不敢再磕頭了。

段譽見大功告成，說道：「姊姊，走罷！」得意之際，竟忘了逼緊嗓子，幸好司空玄等全未起疑。

司空玄道：「啟稟聖使：無量劍左子穆不識順逆，兀自抗命。屬下只因中毒受傷，又斷了一條手臂，未能迅速辦妥此事，有負童姥恩德，實是罪該萬死。自當即刻統率部屬，攻下劍湖宮。請聖使在此督戰。」

段譽道：「不用了。我瞧這劍湖宮也不必攻打了，你們即刻退兵罷！」

司空玄大驚，素知童姥的脾氣，所派使者說話越是和氣，此後責罰越重，靈鷲宮聖使慣說反話，料定聖使這幾句話是怪他辦事不力，忙道：「屬下該死，屬下該死。請聖使在童姥駕前美言幾句。」

段譽不敢多說，揮了揮手，拉著鍾靈轉身便走。司空玄高舉左掌托著香粉，雙膝跪地，朗聲說道：「神農幫恭送兩位聖使，恭祝童姥她老人家萬壽聖安。」他身後幫眾一直跪在地下，這時齊聲說道：「神農幫恭送兩位聖使，恭祝童姥她老人家萬壽聖安。」

段譽走出數丈，見這干人兀自跪在地下，實在覺得好笑不過，大聲說道：「恭祝你司空玄老人家也萬壽聖安。」

司空玄一聽之下，只覺這句反話煞是厲害，登時嚇得魂不附體，險些暈倒。他身後兩人見幫主簌簌發抖，生怕他掌中的靈丹聖藥跌落，急忙搶上扶住。

段譽和二女行出數十丈，再也聽不到神農幫的聲息。鍾靈不住口中作哨，想召喚閃電貂回來，卻始終不見，說道：「木姊姊，多謝你和這位姊姊前來救我，我要留在這兒。」

那女郎道：「留在這兒幹麼？等你的毒貂嗎？」鍾靈道：「不！我在這兒等段大哥，他去請我爹爹來給神農幫這些人解毒。」轉頭向段譽道：「這位姊姊，你那些斷腸散的解藥，給我一些罷。」那女郎道：「這姓段的不會再來了。」鍾靈急道：「不會的，不會的。他說過要來的，就算我爹爹不肯來，段大哥自己還是會來。」那女郎道：「哼，男子說話就會騙人，他的話又怎信得？」鍾靈嗚咽道：「段大哥不會騙……騙我的。」

段譽哈哈大笑，掀開斗篷頭罩，說道：「鍾姑娘，你段大哥果然沒騙你。」

鍾靈向他凝視半晌，喜不自勝，撲上去摟住他脖子，叫道：「你沒騙我，你沒騙我！」

那女郎突然抓住她後領，提起她身子，推在一旁，冷冷的道：「不許這樣！」鍾靈吃了一驚，但心中欣喜，也不以為意，說道：「木姊姊，你兩個怎地會遇見的？」那女郎哼了一聲，不加理睬。

段譽道：「咱們一路走，一路說。」他擔心司空玄發見解藥不靈，追將上來。那女郎躍上馬背，遙自前行。段譽於是將別來情由簡略對鍾靈說了，但於那女郎虐待他的事卻避而不提，只說她救了自己性命。鍾靈大聲道：「木姊姊，你救了段大哥，我可不知該怎麼謝你才好。」那女郎怒道：「我自救他，關你甚麼事？」鍾靈向段譽伸伸舌頭，扮個鬼臉。

那女郎說道：「喂，段譽，我的名字，不用鍾靈這小鬼跟你說，我自己說好了，我叫木婉清。」段譽道：「啊，水木清華，婉兮清揚。姓得好，名字也好。」木婉清道：「好過你的一段木頭，名譽極壞。」段譽哈哈大笑。

鍾靈拉住段譽左手，輕輕的道：「段大哥，你待我真好。」段譽道：「只可惜你的貂兒找不到了。」鍾靈又吹了幾下口哨，說道：「那也沒甚麼，等這些惡人走了，過些時候我再來找。你陪我來找，好不好？」段譽道：「好啊！」想起了那洞中玉像，又道：「以後我時時會到這裏來的。」木婉清怒道：「不許你來。她要找貂兒，自己來好了。」段譽向鍾靈伸伸舌頭，扮個鬼臉，兩人相對微笑。

三人不再說話，緩緩行出數里。木婉清忽然問道：「鍾靈，你是二月初五的生日，是不是？」她騎在馬上，說話時始終不回過頭來。鍾靈道：「是啊，木姊姊怎麼知道？」木婉清大怒，厲聲道：「段譽，你還不是騙人？」一提馬韁，黑玫瑰急衝而前。

忽聽得西北角上有人低聲呼嘯，跟著東北角上有人拍拍拍拍的連續擊了四下手掌。一條人影迎面奔來，到得與三人相距七八丈處，倏然停定，嘶啞著嗓子喝道：「小賤人，你還逃得到那裏？」聽這聲音，正是瑞婆婆。便在此時，背後一人嘿嘿冷笑，段譽急忙回頭，星月微光之中，見到正是那平婆婆，雙手各握短刀，閃閃發亮。跟著左邊右邊又各到了一人，左邊是個白鬚老者，手中橫執一柄鐵鏟，右首那人是個年紀不大的漢子，手持長劍。段譽依稀記得，這兩人都曾參與圍攻木婉清。

木婉清冷笑道：「你們陰魂不散，居然一直追到了這裏，能耐倒是不小。」平婆婆道：「你這小賤人就是逃到天邊，我們也追到天邊。」木婉清嗤的一聲，射出一枝短箭。那使劍漢子眼明手快，揮劍擋開。木婉清從鞍上縱身而起，向那老者撲去。

那老者白鬚飄動，年紀已著實不小，應變倒是極快，右手一抖，鐵鏟向木婉清撩去。木婉清身未落地，左足在鏟柄上一借力，挺劍指向平婆婆。平婆婆揮刀格去，擦的一聲，刀頭已被劍鋒削斷，白刃如霜，直劈下來。瑞婆婆急揮鐵拐向木婉清背心掃去。木婉清不及劍傷平婆婆，長劍平拍，劍刃在平婆婆肩頭一按，身子已輕飄飄的竄了出去。她若不是急於閃開瑞婆婆這一拐，長劍直削而非平拍，平婆婆已被劈成兩爿。

這幾下變招兔起鶻落，迅捷無比，平婆婆勇悍之極，剛才千鈞一髮的從鬼門關中逃了出來，卻絲毫不懼，又向木婉清刷刷刷三刀，木婉清急閃避過。便在此時，瑞婆婆和兩個男子同時攻上，木婉清劍光霍霍，在四人圍攻下穿插來去。

鍾靈在數丈外不住向段譽招手，叫道：「段大哥，快來。」段譽奔將過去，問道：「怎麼？」鍾靈道：「咱們快走。」段譽道：「木姑娘受人圍攻，咱們怎能一走了之？」鍾靈道：「木姊姊本領大得緊，她自有法子脫身。」段譽搖頭道：「她為救你而來，倘若如此捨她而去，於心何安？」鍾靈頓足道：「你這書獃子！你留在這裏，又能幫得了木姊姊的忙嗎？唉，可惜我的閃電貂還沒回來。」

這時瑞婆婆等二女二男與木婉清鬥得正緊，瑞婆婆的鐵拐和那老者的鐵鏈都是長兵刃，舞開來呼呼風響。木婉清耳聽八方，將段譽與鍾靈的對答都聽在耳裏。

只聽段譽又道：「鍾姑娘，你先走罷！我若負了木姑娘，非做人之道，倘若她敵不過人家，我在旁好言相勸，說不定也可挽回大局。」鍾靈道：「你除了白送自己一條性命，甚麼也不管用。快走罷！木姊姊不會怪你的。」段譽道：「若不是木姑娘好心相救，我這條性命早就沒有了。遲送半日，便多活了半日，倒也不無小補。」鍾靈急道：「你這獃子，再也跟你纏夾不清。」拉住他的手臂便走。

段譽叫道：「我不走，我不走！」但他沒鍾靈力大，給她拉著，踉蹌而行。

忽聽木婉清尖聲叫道：「鍾靈，你自己給我快滾，不許拉他。」鍾靈拉得段譽更快，突然間嗤的一聲，她頭髻一顫，一枚短箭插上了她髮髻。木婉清喝道：「你再不放手，我射你眼睛。」鍾靈知她說得出，做得到，相識以來雖然頗蒙她垂青，畢竟為時無多，沒甚麼深厚交情，她既說要射自己眼睛，那就真的要射，只得放開了段譽的手臂。

木婉清喝道：「鍾靈，快給我滾到你爹爹、媽媽那裏去，快走，快走！你若躭在旁邊等你的段大哥，我便射你三箭。」口中說話，手上不停，連續架開襲來的幾件兵刃。

鍾靈不敢違拗，向段譽道：「段大哥，你一切小心。」說著掩面疾走，沒入黑暗之中。

木婉清喝走鍾靈，在四人之間穿來插去，腿上鉤傷處隱隱作痛，劍招忽變，一縷縷劍光如流星飄絮，變幻無定。忽聽得那老者大叫一聲，脅下中劍。木婉清刷刷刷三劍，將瑞婆婆和那使劍漢子逼得跳出圈子相避，劍鋒迴轉，已將平婆婆捲入劍光之中。頃刻之間，平婆婆身上已受了三處劍傷。她毫不理會，如瘋虎般向木婉清撲去。餘下三人迴身再鬥。平婆婆滾近木婉清身畔，右手短刀往她小腿上削去，木婉清飛腿將她踢了個觔斗，就在此時，瑞婆婆的鐵拐已點到眉心。木婉清迅即迴轉長劍，格開鐵拐，順勢向敵人分心便刺。

瑞婆婆斜身閃過，橫拐自保。木婉清輕吁一口氣，正待變招，突然間噗的一聲，左肩上一陣劇痛，原來那老者受傷之後，使不動鐵鏟，拔出鋼錐撲上，乘虛插入她肩頭，木婉清反手一掌，只打得那老者一張臉血肉模糊，登時氣絕。瑞婆婆等卻又已上前夾擊。平婆婆大叫：「小賤人受了傷，不用拿活口了，殺了便算。」

段譽見木婉清受傷，心中大急，待要依樣葫蘆，搶過去抱起那老者的屍體衝撞，但隔著相鬥的四人，搶不過去，情急之下，扯下身上斗篷，衝上去猛力揮起，罩上平婆婆頭頂。平婆婆眼不見物，大驚之下，急忙伸手去扯，不料忘了自己手中兀自握著短刀，一刀斬在自己臉上，叫得猶如殺豬一般。

木婉清無暇拔去左肩上的鋼錐，強忍疼痛，向瑞婆婆急攻兩劍，向使劍漢子刺出一劍，這三劍去勢奧妙，瑞婆婆右頰立時劃出一條血痕，使劍漢子頸邊被劍鋒一掠而過。兩人受傷雖輕，但中劍的部位卻是要害之處，大驚之下，同時向旁跳開，伸手往劍傷上摸去。

木婉清暗叫：「可惜，沒殺了這兩個傢伙。」吸一口氣，縱聲呼嘯，黑玫瑰奔將過來。木婉清一躍而上，順手拉住段譽後頸，將他提上馬背。二人共騎，向西急馳。

沒奔出十餘丈，樹林後忽然齊聲吶喊，十餘人竄出來橫在當路。中間一個高身材的老者喝道：「小賤人，老子在此等候你多時了。」伸手便去扣黑玫瑰的轡頭。木婉清右手微揚，嗤嗤連聲，三枝短箭射了出去。人叢中三人中箭，立時摔倒。那老者一怔之下，木婉清一提韁繩，黑玫瑰驀地裏平空躍起，從一干人頭頂躍了過去。眾人忌憚她毒箭厲害，雖發足追來，卻各舞兵刃護住身前，與馬上二人相距越來越遠。但聽那干人紛紛怒罵：「賊丫頭，又給她逃了！」「任你逃到天邊，也要捉到你來抽筋剝皮！」「大夥兒追啊！」

木婉清任由黑玫瑰在山中亂跑，來到一處山岡，只見前面是個深谷，只得縱馬下山，另覓出路。這無量山中山路迂迴盤旋，東繞西轉，難辨方向。

突然聽到前面人聲：「那馬奔過來了！」「向這邊追！」「小賤人又回來啦！」木婉清重傷之下，無力再與人相鬥，急忙拉轉馬頭，從右首斜馳出去。這時慌不擇路，所行的已非道路，幸虧黑玫瑰神駿，在滿山亂石的山坡上仍是奔行如飛。又馳了一陣，黑玫瑰前腳突然一跪，右前膝在巖石上撞了一下，奔馳登緩，一跛一拐的顛蹶起來。

段譽心中焦急，說道：「木姑娘，你讓我下馬罷，你一個人容易脫身。他們跟我無冤無仇，便拿住了我也不打緊。」木婉清哼的一聲，道：「你知道甚麼？你是大理人，要是給他們拿住了，一刀便即砍了。」段譽道：「奇哉怪也，大理人這麼多，殺得光嗎？姑娘還是先走的為是。」

木婉清左肩背上一陣陣疼痛，聽得段譽還是囉唆個不住，怒道：「你給我住口，不許多說。」段譽道：「好，那麼你讓我坐在你後面。」木婉清道：「幹甚麼？」段譽道：「我的斗篷罩在那胖婆婆頭上了。」木婉清道：「那又怎樣？」段譽道：「我褲子上破了幾個大洞，坐在姑娘身前，這個光……光……對著姑娘……嘿嘿，太……太也失禮。」

木婉清傷處痛得難忍，伸手抓住他肩頭，咬著牙一用力，只捏得他肩骨格格直響，喝道：「住嘴！」段譽吃痛，忙道：「好啦，好啦，我不開口便是。」

四

崖高人遠

──

木婉清向段譽招了招手，
說道：「你過來。」
段譽一跛一拐的走到她身前。
木婉清背脊向著南海鱷神，低聲道：
「你是世上第一個見到我容貌的男子！」
緩緩拉開了面幕。

奔出數里，黑玫瑰走上了一條長嶺，山嶺漸見崎嶇，黑玫瑰行得更加慢了，背後吶喊聲隱隱傳來。段譽叫道：「黑玫瑰啊，今日說甚麼也要辛苦你些，勞你駕跑得快一點兒罷！」又行里許，回頭望見刀光閃爍，追兵漸近。木婉清不住催喝：「快，快！」

黑玫瑰奮蹄加快腳步，突然之間，前面出現一條深澗，闊約數丈，黑黝黝的深不見底。黑玫瑰一聲驚嘶，陡地收蹄，倒退了幾步。

木婉清見前無去路，後有追兵，問道：「我要縱馬跳將過去。你隨我冒險呢，還是留下來？」段譽心想：「馬背上少了一人，黑玫瑰便易跳得多。」說道：「姑娘先過去，再用帶子來拉我。」木婉清一回頭，見追兵已相距不過數十丈，說道：「來不及啦！」拉馬退了數丈，叫道：「噓！跳過去！」伸掌在馬肚上輕輕拍了兩下。

黑玫瑰放開四蹄，急奔而前，到得深澗邊上，使勁縱躍，直竄了過去。段譽但覺騰雲駕霧一般，一顆心也如從他腔中跳出來一般。

黑玫瑰受了主人催逼，出盡全力的這麼一躍，前腳雙蹄勉強踏到了對岸，但兩邊實是相距太寬，牠徹夜奔馳，腿上又受了傷，後蹄終沒能踏上山石，身子登時向深谷中墮去。

木婉清應變奇速，從馬背上騰身而起，隨手抓了段譽，向前竄出。段譽先行著地，木婉清跟著摔下，正好跌在他的懷中。段譽怕她受傷，雙手牢牢抱住，只聽得黑玫瑰長聲悲嘶，已墮入下面萬丈深谷之中。

木婉清心中難過，忙掙脫段譽的抱持，奔到澗邊，但見白霧封谷，已看不到黑玫瑰的身軀，突然間一陣眩暈，只覺天旋地轉，腳下一軟，登時昏倒在地。

段譽大吃一驚，生怕她摔入谷中，急忙上前拉住，見她雙目緊閉，已然暈了過去。正沒做理會處，忽聽得對澗有人大聲叫道：「放箭，放箭！射死這兩個小賊！」段譽抬起頭來，只見對澗已站了七八人，忙俯身抱起木婉清，轉身急奔，突然間颼的一聲，一枝羽箭從耳畔擦過。

他跌跌撞撞的衝了幾步，蹲低了身子，抱著木婉清而行，颼的一聲，又有一箭從頭頂飛過。段譽見左首有塊大巖石，當即撲過去躲在石後，霎時間但聽得噗噗噗之聲不絕於耳，無數暗器都打在石上，彈了開去。段譽一動也不敢動，突然呼的一聲，一塊拳頭大的石子投了過來，飛過巖石，落在他身旁，投石之人顯是膂力極強，居然將這樣大一塊石頭投出十數丈外，只是相距遠了，難以取得準頭。段譽心想此處未脫險境，當下抱起木婉清，一鼓作氣的向前疾奔，奔出十餘丈，料想敵人的羽箭暗器再也射不到了，這才止步。

他喘了幾口氣，將木婉清穩穩的放在草地之上，轉身縮在山巖之後，向前望去。只見對崖上黑壓壓的站滿了人，指手劃腳，紛紛議論，偶爾山風吹送過來幾句，都是怒罵呼喝之言，看來這些人一時無法追得過來。段譽心想：「倘若他們繞著山道，從那一邊爬上山來，咱二人仍是無法得脫毒手。」

快步走向山崖彼端一望，不由得嚇得腳也軟了，幾乎站立不定。只見崖下數百丈處波濤洶湧，一條碧綠大江滾滾而過，原來已到了瀾滄江邊。江水湍急無比，從這一邊是無論如何上不來的，但敵人倘若走到谷底，然後再攀援而上，終究能來殺了自己和木婉清。他嘆了一口氣，心想暫脫危難，也是好的，以後如何，且待事到臨頭再說，適才說過的那句話又湧向心頭：「多活得半日，卻也不無小補。」

回到木婉清身邊，見她仍然昏迷未醒，正想設法相救，只見她背後左肩上赫然插著一枚鋼錐，鮮血已染滿了半邊衣衫。段譽大吃一驚，在馬背上時坐在她身前，適才倉皇逃命，沒發覺她竟然受此重傷，腦中第一件想到的是：「莫非她已經死了？」當即拉開她面幕，伸指到她鼻底一試，幸好微微尚有呼吸，心想：「須得拔去鋼錐，止住流血。」伸手抓住錐柄，咬緊牙關，用力一拔，鋼錐應手而起。他不知閃避，一股鮮血只噴得滿頭滿臉都是。

木婉清痛得大叫一聲，醒了轉來，但跟著又暈了過去。

段譽死命按住她的傷口，不讓鮮血流出，可是血如泉湧，卻那裏按得住？他無法可施，隨手在地下拔些青草，放在口中嚼爛了，敷上她傷口，但鮮血湧出，立將草泥沖開，忽地記起：「先前她中了鉤傷，曾從懷中取出藥來敷上，不久便止了血。」

輕輕伸手到她懷中，將觸手所及的物事一一掏了出來，見是一隻黃楊木梳子、一面小銅鏡、兩塊粉紅色的手帕，另有三隻小木盒、一個瓷瓶。他見到這些閨閣之物，不禁一呆，這時方始意會到，眼前這人是個姑娘，自己伸手到她衣袋中亂掏亂尋，未免太也無禮，而這些梳鏡巾盒之屬，和這個殺人不眨眼的魔頭卻又實在難以聯在一起。

他曾見木婉清從瓷瓶倒了些綠色粉末給司空玄，冒充是童姥的靈藥，可不知這些綠粉能不能止血，揭開一隻盒子，登時幽香撲鼻，見盒中盛的乃是胭脂。第二隻盒子裝的是半盒白色粉末，第三盒是黃色粉末，放近鼻端嗅了嗅，白色粉末並無氣息，黃色粉末卻極為辛辣，一嗅之下，登時打個噴嚏，心想：「不知這是金創藥，還是殺人的毒藥？倘若用錯了，豈不糟糕。」伸指用力捏木婉清的人中，過了半晌，她微微睜開眼來。

段譽大喜，忙問：「木姑娘，那一盒藥能止血治傷？」木婉清道：「紅色的。」說了三字，又閉上眼睛。段譽再問：「紅色的？」她便不答了。段譽好生奇怪，心想紅色的這一盒明明是胭脂，怎能治傷？但她既如此說，且試一試再說，總是勝於將毒藥敷上了傷口。

於是將她傷口附近的衣衫撕破一些，伸指挑些胭脂，輕輕敷上。手指碰到她傷口時，木婉清迷迷糊糊中仍是覺痛，身子一縮。段譽安慰道：「莫怕，莫怕，咱們先止了血再說。」說也奇怪，這胭脂竟然靈效無比，塗上傷口不久，流血便慢慢少了；又過了一會，傷口中滲出淡黃色水泡。段譽自言自語：「金創藥也做得像胭脂一般，女孩兒家的心思可真有趣。」

他累了半天，到這時心神才略略寧定，聽得對崖上叫罵喧譁聲已然止息，尋思：「莫非他們真的從谷中攻上來麼？」伏在地下爬到崖邊一張，一顆心不禁怦怦亂跳，不出所料，果見對面山崖上十餘人正慢慢向谷底攀援而下。山谷雖深，總有盡頭，這些人只須到了谷底，便可攀到這邊崖上，看來最多過得兩三個時辰，敵人便即攻到了。

雖然身處絕境，總不能束手待斃，相度四周地勢，見處身所在是座高崖，一面臨江，三面皆是深谷，無路可逃，他長長嘆了口氣，將木婉清抱到一塊突出的巖石底下，以避山風，然後弓著身子搬集石塊，聚在崖邊低窪之處。好在崖上到處全是亂石，沒多時便搬了五六百塊。諸事就緒，便坐在木婉清身旁閉目養神。

這一坐倒，便覺光屁股坐在沙礫之上，刺得微微生痛，心道：「我二人這是『夬卦』，『九四，臀無膚，其行次且；牽羊悔亡，聞言不信。』『次且』者，趑趄也，卻行不順也，這一卦再準也沒有了。我是『臀無膚』。這『膚』字如改成個『褲』字，就更加妙。她老是說男子愛騙人，正是『聞言不信』。可是她『牽羊悔亡』，我豈不是成了一頭羊？但不知她是不是後悔？」

他徹夜未睡，實已疲累不堪，想了幾句「易經」，便欲睡去，然知敵人不久即至，卻那裏敢睡著？只聞到木婉清身上發出陣陣幽香，適才試探她鼻息之時，曾揭起她鼻子以下的面幕，當時懸念她生死，沒留神她嘴巴鼻子長得如何，這時卻不敢無端端的再去揭開她面幕瞧個清楚，回想起來，似乎她臉上肌膚白嫩，至少不會是她所說的那般「滿臉大麻皮」。

此刻木婉清昏迷不醒，倘若悄悄揭開她面幕一看，她決計不會知道，他又想看，又不敢看，思潮起伏不定：「我跟她在此同生共死，十九要同歸於盡，倘若直到一命嗚呼之時仍然不曾見過她一面，豈不是死得好冤？」但心底隱隱又怕她當真是滿臉的大麻皮，尋思：「她若不是醜逾常人，何以老是戴上面幕，不肯以真面目示人？這姑娘行事兇惡，料想和『清秀美麗』四字無緣，不看也罷。」

一時心意難決，要想起個卦來決疑，卻越來越倦，竟爾矇矇矓矓的睡去了。

也不知睡了多少時候，突然間聽到喀喇聲響，急忙奔到崖邊，只見五六名漢子正悄沒聲的從這邊山崖攀將上來。只是山崖陡峭，上得極為艱難。段譽暗叫：「好險，好險！」拿起一塊石頭，向崖邊投了下去，叫道：「別上來，否則我可不客氣了。」

他居高臨下，投石極是方便，攀援上山的眾漢子和他相距數十丈，暗器射不上來，聽到他的叫聲，便即停步，但遲疑了片刻，隨即在山石後躲躲閃閃的繼續爬上。段譽將五六塊石頭亂投下去，只聽得啊、啊兩聲慘呼，兩名漢子被石塊擊中，墮入下面深谷，顯是粉身碎骨而亡。其餘漢子見勢頭不對，紛紛轉身下逃，一人逃得急了，陡崖上一個失足，又是摔得屍骨無存。

段譽自幼從高僧學佛，連武藝也不肯學，此時生平第一次殺人，不禁嚇得臉如土色。他原意是投石驚走眾人，不意竟然連殺兩人，又累得一人摔死，雖然明知若不拒敵，敵人上山後自己與木婉清必然無倖，但終究難過之極。

他呆了半晌，回到木婉清身邊，只見她已然坐起，倚身山石。段譽又驚又喜，道：「木姑娘，你……你好啦！」木婉清不答，目光從面幕的兩個圓孔中射出來，凝視著他，頗有嚴峻兇惡之意。段譽柔聲勸道：「你躺著再歇一會兒，我去找些水給你喝。」木婉清道：「有人想爬上山來，是不是？」

段譽眼中淚水奪眶而出，舉袖擦了擦眼淚，嗚咽道：「我失手打死了兩人，又……又嚇得……嚇得跌死了一人。」木婉清見他哭泣，好生奇怪，問道：「那便怎樣？」段譽嗚咽道：「上天有好生之德，我……我無故殺人，罪業非小。」頓足又道：「這三人家中或有父母妻兒，聞知訊息，定必悲傷萬分，我……我如何對得起他們？如何對得起他們的家人？」木婉清冷笑道：「你也有父母妻兒，是不是？」段譽道：「我父母是有的，妻兒卻還沒有。」

木婉清眼光中突然閃過一陣奇怪的神色，但這目光一瞬即逝，隨即回復原先鋒利如刀、寒冷若冰的神情，說道：「他們上得山來，殺不殺你？殺不殺我？」段譽道：「那多半是要殺的。」木婉清道：「哼！你是寧可讓人殺死，卻不願殺人？」

段譽低頭沉思，道：「倘若單是為我自己，我決不願殺人。不過……不過，我不能讓他們害你。」木婉清厲聲道：「為甚麼？」段譽道：「你救過我，我自然要救你。」木婉清道：「我問你一句話，你若有半分虛言，我袖中短箭立時取你性命。」說著右臂微抬，對準了他。段譽道：「你殺了這許多人，原來短箭是從袖中射出來的。」

木婉清道：「獃子，你怕不怕我？」段譽道：「你又不會殺我，我怕甚麼？」木婉清狠狠的道：「你惹惱了我，姑娘未必不殺你。我問你，你見過我的臉沒有？」段譽搖搖頭，道：「沒有。」木婉清道：「當真沒有？」她話聲越來越低，額上面幕濕了一片，顯是用力多了，冷汗不住滲出，但話聲仍是十分嚴峻。

段譽道：「我何必騙你？你其實不用『聞言不信』。」木婉清道：「我昏去之時，你何以不揭我面幕？」段譽搖頭道：「我只顧治你背上傷口，沒想到此事。」木婉清又氣又急，喘息道：「你……你見到我背上肌膚了？你……你在我背上敷藥了？」段譽道：「是啊，你的胭脂膏真靈，我萬萬料想不到這居然是金創藥膏。」

木婉清道：「你過來，扶我一扶。」段譽道：「好！你原不該說這許多話，多歇一會，再想法子逃生。」說著走過去扶她，手掌尚未碰到她手臂，突然間拍的一聲，左頰上熱辣辣的吃了一記耳光。她雖在重傷之餘，出手仍是極為沉重。

段譽給她打得頭暈眼花，身子打了個旋，雙手捧住面頰，怒道：「你……你幹麼打我？」木婉清怒道：「大膽小賊，你……你竟敢碰我身上肌膚，竟敢……竟敢看我的背脊……」急怒之下，登時暈倒，橫斜在地。

段譽一驚，也不再記她掌摑之恨，忙搶過去扶起。只見她背脊上又有大量血水滲出，適才她出掌打人，使力大了，本在慢慢收口的傷處復又破裂。

段譽一怔：「木姑娘怪我不該碰她身上肌膚，但若不救，她勢必失血過多而死。事已如此，只好從權，最多不過給她再打兩記耳光而已。」於是撕下衣襟，給她擦去傷口四周的血漬，但見她肌膚晶瑩如玉，皓白如雪，更聞到陣陣幽香，當下不敢多看，匆匆忙忙的挑些胭脂膏兒，敷上傷口。

這一次木婉清不久便即醒轉，一睜眼，便向他惡狠狠的瞪視。段譽怕她再打，離得遠遠地。木婉清道：「你……你又……」覺到背上傷口處陣陣清涼，知道段譽又替自己敷上了新藥。段譽道：「我……我不能見死不救。」木婉清只是喘氣，沒力氣說話。

段譽聽到左首淙淙水聲，走將過去，見是一條清澈的山溪，於是洗淨了雙手，俯下身去喝了幾口，雙手捧著一掬清水，走到木婉清身邊，道：「張開嘴來，喝水罷！」木婉清微一遲疑，流了這許多血後，委實口渴得厲害，於是揭起面幕一角，露出嘴來。

其時日方正中，明亮的陽光照在她下半張臉上。段譽見她下頦尖尖，臉色白膩，一如其背，光滑晶瑩，連半粒小麻子也沒有，一張櫻桃小口靈巧端正，嘴唇甚薄，兩排細細的牙齒便如碎玉一般，不由得心中一動：「她……她實是個絕色美女啊！」這時溪水已從手指縫中不住流下，濺得木婉清半邊臉上都是水點，有如玉承明珠，花凝曉露。段譽一怔，便不敢多看，轉頭向著別處。

木婉清喝完了他手中溪水，道：「還要，再去拿些來。」段譽依言再去取水，接連捧了三次，她方始解渴。

段譽爬到崖邊張望，只見對面崖上還留著七八名漢子，手中各持弓箭，監視著這邊。再向山谷中望時，不見有人爬上，但料知敵人決不會就此死心，勢必是另籌攻山之策。

他搖了搖頭，又到溪邊捧些水喝了，再洗去臉上從木婉清傷口中噴出來的血漬，心想：「那斷腸散的解藥，吃不吃其實也不相干，不過還是吃了罷。」從懷中取出瓷瓶，倒些解藥送入口中，和些溪水吞服了，心道：「這解藥苦得很，遠不如斷腸散甜甜的好吃。唉，想不到木姑娘竟是這般美貌。最好是來個『睽』卦『初六』、『喪馬』，『見惡人無咎』。」

又想：「這崖頂上有水無食，敵人其實不必攻山，數日之後，咱二人餓也餓死了。」垂頭喪氣的回到木婉清身前，說道：「可惜這山上沒果子，否則也好採幾枚來給你解飢。」

木婉清道：「這些廢話，說來有甚麼用？」過了一會，問道：「你怎麼識得鍾家小妞兒的？」段譽將如何在劍湖宮中初識鍾靈、自己如何受辱而承她相救等情一一說了。

木婉清一聲不響的聽完，冷笑道：「你不會武功，卻多管江湖上閒事，不是活得不耐煩了麼？」段譽歉然道：「我自作自受，也沒話好說，只是連累姑娘，心中好生不安。」

木婉清道：「你連累我甚麼？這些人的仇怨是我自己結下的，世上便沒你這個人，他們還不是一般的來圍攻我？只不過若沒有你，我便可以了無牽掛……殺個……殺個痛快，給他們亂刀分屍，也勝於在這荒山上餓死。」她說到「了無牽掛」四字，頓了一頓，覺得親口承認牽掛於他，大是不該，不由得臉上一陣發燒。只是面幕遮住了她臉，段譽全沒覺得，而她語音有異，段譽也沒留神，只道她傷後體弱，說話不暢，便安慰她道：「姑娘休息得幾天，待背上傷處好了，那時再衝殺出去，他們也未必攔得住你。」木婉清冷笑道：「你倒說得稀鬆平常，我這傷幾天之內怎好得了？對方好手著實不少……」

猛聽得對面崖上一聲厲嘯，只震得羣山鳴響。木婉清不禁全身一震，顫聲道：「那……那是誰？內功這等了得？」一伸手，抓住了段譽的手臂。只聽得嘯聲迴繞空際，久久不絕，羣山所發出的回聲來去衝擊，似乎羣鬼夜號，齊來索命。其時雖是天光白日，段譽於一刹那間好似眼前天也黑了下來。過了良久，嘯聲才漸漸止歇。

木婉清道：「這人武功厲害得緊，我說甚麼也是沒命的了。你……你快快想法子逃命去罷，不用再管我了。」段譽微笑道：「木姑娘，你把段譽看得忒也小了。姓段的雖然名譽極壞，也不至於是這樣的人。」

木婉清一雙妙目向他凝視半晌，目光中竟流露不勝淒婉之情，柔聲道：「『名譽極壞』甚麼的，是我跟你鬧著玩的，你別放在心上。你又何苦要陪著我一起死，那……那又有甚麼用？你逃得性命，有時能想念我一刻，也就是了。」

段譽從未聽過她說話如此溫柔，這嘯聲一起，她突然似乎變作了另一個人，只不過她惡狠狠、冷冰冰的說慣了，這些斯斯文文的話說來不免有些生硬，微笑道：「木姑娘，我喜歡聽你這麼說話，那才像是個斯文美貌的好姑娘。」

木婉清哼的一聲，突然厲聲道：「你怎麼知道我美貌？你見過我的相貌了，是不是？」手上一緊，便如一隻鐵箍般扣住了段譽的手臂。段譽嘆了口氣，道：「我拿水給你喝時，見到你一半臉孔。便只一半容貌，便是世上罕有的美人兒。」

木婉清雖然兇狠，終究是女孩兒家，得人稱讚，不免心頭竊喜，何況她長帶面幕，向來只聽別人稱讚自己武功了得，從沒讚她容貌的，心中一高興，便放鬆了手，道：「你快去找個山洞甚麼的躲了起來，不論見到甚麼，都不許出來。只怕那人頃刻間便要上來了。」

段譽吃了一驚，道：「不能讓他上來。」一跳起身來，奔到崖邊，突然間眼前一花，只見一個黃色人影快速無倫的正撲上山來。山坡極為陡削，那人卻登山如行平地，比之猿猴猶更矯捷。段譽心下駭然，叫道：「喂，你再上來，我要用石頭擲你了！」那人哈哈大笑，反而縱躍得更加快了。

段譽見他在這一笑之間，便又上升了丈許，無論如何不能讓他上山，但又不願再殺傷人命，便拾起一塊石頭在那人身旁幾丈外投了下去。石頭雖不甚大，但自高而落，呼呼聲響，勢道頗足驚人，段譽叫道：「喂，你瞧見了麼？要是我投在你身上，你便沒命了，快快退回去罷。」那人冷冷笑道：「臭小子，你不要狗命了？敢對我這等無禮！」

段譽見他又縱上數丈，情勢已漸危急，當下舉起幾塊石頭，對準他頭頂擲了下去。雙目一閉，不敢瞧他墮崖而亡的慘狀。只聽得呼呼兩聲，那人縱聲長笑。段譽心中奇怪，睜開眼來，但見幾塊石頭正向深谷中跌落，那人卻是絲毫無恙。段譽這一下可就急了，忙將石頭接二連三的向他擲去。

那人待石頭落到頭頂，伸掌推撥，石頭便即飛開，有時則輕輕一躍，避過石頭。段譽一口氣投了三十多塊石頭，只不過略阻他上躍之勢，卻損不到他毫髮。段譽眼見他越躍越近，再也奈何他不得，猙獰可怖的面目已隱約可辨，忙回身奔到木婉清身旁，叫道：「木……木姑娘，那……那人好生厲害，咱們快逃。」木婉清冷冷的道：「來不及啦。」

段譽還待再說，猛然間背心上一股大力推到，登時凌空飛出，一交摔入樹叢之中，只跌得昏天黑地，幸好著地之處長滿了矮樹，除了臉上擦破數處，並未受傷。他掙扎著爬起，只見那人已站在木婉清之前。

段譽快步奔前，擋在木婉清身前，問道：「尊駕是誰？為何出手傷人？」木婉清驚道：「你……你快逃，別在這裏。」

那人哈哈大笑，說道：「逃不了啦。老子是南海鱷神，武功天下第……第……嘿嘿，兩個小娃娃一定聽到過我的名頭，是不是？」

段譽心中怦怦亂跳，強自鎮定，向那人瞧去，第一眼便見到他一個腦袋大得異乎尋常，一張闊嘴中露出白森森的利齒，一對眼睛卻是又圓又小，便如兩顆豆子，然而小眼中光芒四射，向段譽臉上骨碌碌的一轉，段譽不由得打了一個寒噤。但見他中等身材，上身粗壯，下肢瘦削，頦下一叢鋼刷般的鬍子，根根似戟，卻瞧不出他年紀多大。身上一件黃袍，長僅及膝，袍子是上等錦緞，甚是華貴，下身卻穿著條粗布褲子，污穢襤褸，顏色難辨。十根手指又尖又長，宛如鷄爪。段譽初見時只覺此人相貌醜陋，但越看越覺他五官形相、身材四肢，甚而衣著打扮，盡皆不妥當到了極處。

木婉清道：「你過來，站在我身旁。」段譽道：「他……他會不會傷你？」木婉清冷笑道：「憑你這點點微末道行，能擋得住『南海鱷神』嗎？」但見他居然奮不顧身的來保護自己，卻也不禁感動。

段譽心想不錯，這怪人如要逐走自己，原只一舉手之勞，倒是別惹怒他才是，於是站到木婉清身畔，說道：「原來尊駕外號叫作『南海鱷神』，武功天下第……第……那個，久聞大名，如雷貫耳。在下這幾天來見識了不少英雄好漢，實以尊駕的武功最是厲害。我投了幾十塊石頭打你，居然一塊也打不著。尊駕武功高強，了不起之至。」心想：「我雖然大送高帽，可是他的確武功高強，這馬屁倒也不是違心之拍。」

南海鱷神聽段譽大讚他武功厲害，心下得意之極，乾笑了兩聲，道：「小子的本領稀鬆平常，眼光倒還不錯。你滾開罷，老子饒你性命。」段譽大喜，道：「那你老人家連木姑娘也一起饒了罷！」南海鱷神一雙圓眼一沉，一伸手，將段譽推得登登登接連退出幾步，沉聲道：「你走上一步，老子便不饒你了。」段譽心想：「這種江湖人物說得出，做得到，我還是站著不動的為妙。」

只見南海鱷神圓睜一雙小眼，不住向木婉清打量，問道：「『小煞神』孫三霸是你殺的，是不是？」木婉清道：「不錯。」南海鱷神道：「他是我心愛的弟子，你知不知道？」段譽暗暗叫苦：「糟糕，糟糕！木姑娘殺了他心愛的弟子，這事就不易善罷了。我就是給他連戴十頂高帽子，只怕也不管事。」木婉清道：「殺的時候不知道，過了幾天才知道。」南海鱷神道：「你怕我不怕？」木婉清道：「不怕！」

南海鱷神一聲怒吼，聲震山谷，喝道：「你膽敢不怕我？你……你好大的膽子！仗著誰的勢頭了？」

木婉清冷冷的道：「我便是仗了你的勢。」南海鱷神一呆，喝道：「胡說八道！你能仗我甚麼勢了？」木婉清道：「你位列『四大惡人』，這麼高的身分，這麼大的威名，豈能和一個身受重傷的女子動手？」這幾句話捧中有套，南海鱷神一怔之下，仰天哈哈大笑，說道：「這話倒也有理。」

段譽聽到「四大惡人」四字，心想原來他是鍾靈之父鍾萬仇請來的朋友，不妨拉拉鍾萬仇的交情，或許有點用處，待聽他說「這話倒也有理」，忙道：「江湖上到處都說南海鱷神是大大的英雄好漢，別說決不欺侮受了傷的女子，便是受了傷的男子也不打。大家又說，南海鱷神連單身男人也不打，對手越多，他打起來越高興，這才顯得他老人家武功高強。」

南海鱷神瞇著一對圓眼，笑吟吟的聽著，不住點頭，問道：「這話倒也有理。你聽誰說的？」段譽道：「無量劍東宗掌門左子穆，西宗掌門辛雙清，神農幫幫主司空玄，萬劫谷谷主『馬王神』鍾萬仇，他夫人『俏藥叉』甘寶寶，還有來自江南的瑞婆婆、平婆婆，嘿嘿，太多，太多，我也記不清那許多了。」

南海鱷神點頭道：「你這小子有意思。下次你聽到有誰說老子英雄了得，須得牢牢記住他姓名。」轉頭問木婉清道：「聽說你武功不錯啊，怎地會受了重傷，是給誰傷的？」

木婉清悻悻的道：「他們四個打我一個啊。倘若是你南海鱷神，當然不怕，敵人越多越好，我可不成了。」南海鱷神道：「這話倒也有理。四個人打一個姑娘，好不要臉。」段譽忙道：「是啊。真正的英雄好漢，連單打獨鬥也不幹，那有四個打一個之理？只可惜你老人家當時沒見到，否則你一手一個，登時便將他們打得筋折骨斷。」南海鱷神搖頭道：「不對！

不對！不對！」

他大腦袋一搖，說聲「不對」，段譽心中就是一跳，他連說三聲「不對」，段譽心中大跳了三下，不知甚麼地方說錯了，卻聽他道：「我不把人家打得筋折骨斷。我只這麼喀喇一聲，扭斷了他龜兒子的脖子。筋折骨斷，不一定死，那不好玩。扭斷脖子，龜兒子就活不成了。你要是不信，我就扭了你的脖子試試。」

段譽忙道：「我信，我信，那倒不用試了。」隨即記起，鍾萬仇的家人進喜兒接待「四大惡人」之一的岳老二，只因叫錯了一句「三老爺」，又說他是「大大的好人」，便給他扭斷了脖子，看來這人便是岳老二了，說道：「是啊，你是惡得不能再惡的大惡人，有人說你是岳老二，我說該當叫岳老大才是。你岳老大扭人脖子，那裏還能讓他活命？」

南海鱷神大喜，抓住了他雙肩連連搖晃，笑道：「對，對！你這小子真聰明，知道我是惡得不能再惡的大惡人。岳老大是不行，老二是不錯的。」

段譽只給他抓得雙肩疼痛入骨，仍然強裝笑容，說道：「誰說的？『岳老大』三字，當之無愧。」心中暗暗慚愧：「段譽啊段譽，你為了要救木姑娘，說話太也無恥，諂諛奉承，全無骨氣。聖賢之書，讀來何用？」又想：「倘若為我自己，那是半句違心之論也決計不說的，貪生怕死，算甚麼大丈夫了？只不過為了木姑娘，也只得委屈一下了。易彖曰：『柔順利貞，君子攸行』，就是以柔克剛的道理。」一言念及此，心下稍安。

南海鱷神放開段譽肩頭，向木婉清道：「岳老二是英雄好漢，不殺受了傷的女子……」段譽心想：「他始終不敢自居老大，不知那個老大更是何等惡人？」生怕得罪了他，不敢多問。只聽他續道：「……下次待你人多勢眾之時，我再殺你便了，今日不能殺你了。我且問你，我聽你說，你長年戴了面幕，不許別人見你容貌，倘若有人見到了，你如不殺他，便得嫁他，此言可真？」

段譽大吃一驚，只見木婉清點了點頭，不由得驚疑更甚。

南海鱷神道：「你幹麼立下這個怪規矩？」木婉清道：「這是我在師父跟前立下的毒誓，若非如此，師父便不傳我武藝。」南海鱷神問道：「你師父是誰？這等希奇古怪，亂七八糟，放屁，放屁！」木婉清傲然道：「我敬重你是前輩，尊你一聲老人家。你出言不遜，辱我師父，卻是不該。」

南海鱷神手起一掌，擊在身旁一塊大石之上，登時石屑紛飛，幾粒石屑濺到段譽臉上，彈得他甚是疼痛。段譽暗想：「一個人的武功竟可練到這般地步，如果擊上血肉之軀，別人還有命麼？」卻見木婉清目不稍瞬，渾不露畏懼之意。

南海鱷神向她瞪視半晌，道：「好，算你說得有理。你師父是誰？嘿嘿，這等……這等……嘿嘿。」木婉清道：「我師父叫做『幽谷客』。」南海鱷神沉吟道：「『幽谷客』？沒聽見過。沒有名氣！」木婉清道：「我師父隱居幽谷，才叫『幽谷客』啊！怎能與你這般大名鼎鼎的人物相比？」

南海鱷神點頭道：「這話倒也有理。」突然提高聲音，喝道：「我那徒兒孫三霸，是不是想看你容貌，因而給你害死？」木婉清冷冷的道：「你知道自己徒兒的脾氣。他只消學得你本事十成中的一成，我便殺他不了。」南海鱷神點頭道：「這話倒也有理。」但想到自己這一門的規矩，向來一徒單傳，孫三霸一死，十餘年傳功督導的心血化為烏有，越想越惱，大喝一聲：「他媽的！」

木婉清和段譽見他一張臉皮突轉焦黃，神情猙獰可怖，均是心下駭然，只聽他大聲道：「我要給徒兒報仇！」

段譽說道：「岳二爺，你說過不傷她性命的。再說，你的徒弟學不到你武功的一成，死了反而更好，免得活在世上，教你大失面子。」南海鱷神點頭道：「這話倒也有理。岳老二的面子是萬萬失不得的。」問木婉清道：「我徒兒看到了你容貌沒有？」木婉清咬牙道：「沒有！」南海鱷神道：「好！三霸這小子死不瞑目，讓我來瞧瞧你的相貌。看你到底是個醜八怪，還是個天仙般的美女。」

木婉清這一驚當真非同小可，自己曾在師父之前立下毒誓，倘若南海鱷神伸手來強揭面幕，自己自然無法殺他，難道能嫁給此人？忙道：「你是武林中的成名高人，豈能作這等卑鄙下流之事？」

南海鱷神冷笑道：「我是惡得不能再惡的大惡人，作事越惡越好。老子生平只有一條規矩，乃是不殺無力還手之人。此外是無所不為，無惡不作。你乖乖的自己除下面幕來，不必麻煩老子動手。」木婉清顫聲道：「你當真非看不可？」南海鱷神怒道：「你再囉裏囉唆，就不但除你面幕，連你全身衣衫也剝你媽個清光。老子不扭斷你脖子，卻扭斷你兩隻手、兩隻腳，這總可以罷？」

木婉清心道：「我殺他不得，惟有自盡。」向段譽使個眼色，叫他趕快逃生。段譽搖了搖頭，只見南海鱷神鋼髯抖動，「嘿」的一聲，伸出鷄爪般的五指，便去抓她面幕。

木婉清一揿袖中機括，噗噗噗，三枝短箭如閃電般激射而出，一齊射中南海鱷神小腹。那知跟著拍拍拍三聲響，三枝箭都落在地下，似乎他衣內穿著甚麼護身皮甲。木婉清身子一顫，又是三枝毒箭射出，兩枝奔向他胸膛，第三枝直射面門。射向他胸膛的兩枝毒箭仍是如中硬革，落在地下。第三枝箭將到面門，南海鱷神伸出中指，輕輕在箭桿上一彈，那箭登時飛得無影無蹤。

木婉清抽出長劍，便往自己頸中抹去，只是重傷之後，出手不快，南海鱷神一把搶過，擲在地下，嘿嘿兩聲冷笑，說道：「我的規矩，只是不殺無力還手之人，你射我六箭，那是向我先動手了。我要先看看你的臉蛋，再取你小命。這是你自己先動手的，可怪不得我壞了規矩。」

段譽叫道：「不對！」南海鱷神轉頭道：「怎麼？」段譽道：「你是英雄好漢，不能欺侮身受重傷的女子。」南海鱷神道：「她向我連射六枝毒箭，你沒瞧見麼？是身受重傷的女子欺侮英雄好漢，並不是英雄好漢欺侮身受重傷的女子。」段譽道：「這還是不對。」南海鱷神怒道：「怎麼還是不對？放屁！」段譽道：「你的規矩，乃是『不殺無力還手之人』這八個字，是不是？」南海鱷神圓睜豆眼，道：「不錯！」段譽道：「這八個字能不能改？」南海鱷神怒道：「老子的規矩定了下來，自然不能改。」段譽道：「一個字都不能改？」南海鱷神道：「半個字也不能改。」段譽道：「倘若改了，那是甚麼？」南海鱷神怒道：「那是烏龜兒子王八蛋！」

段譽道：「很好，很好！你沒有打木姑娘，木姑娘卻放箭射你，這並不是『還手』，這叫做『先下手為強』。倘若你出手打她，她重傷之下，決計沒有招架還手之力。因此她是有力偷襲，無力還手。你如殺她，那便是改了你的規矩，你如改了規矩，那便是烏龜兒子王八蛋。」他幼讀儒經佛經，於文義中的些少差異，辨析甚精，甚麼「是不為也，非不能也」，甚麼「白馬非馬，堅石非石」，甚麼「有相無性，非常非斷」，鑽研得一清二楚，當此緊急關頭，抓住了南海鱷神一句話，便跟他辯駁起來。

南海鱷神狂吼一聲，抓住了他雙臂，喝道：「你膽敢罵我是烏龜兒子王八蛋！」叉開五指，便要伸向他頭頸。

段譽道：「你如改了規矩，便是烏龜兒子王八蛋。倘若規矩不改，便不是烏龜兒子王八蛋。你愛不愛做烏龜兒子王八蛋，全瞧你改不改規矩。」

木婉清見他生死繫於一線，在這如此兇險的情境之下，仍是「烏龜兒子王八蛋」的罵個不休，心想南海鱷神必定狂性大發，扭斷了他脖子，心下一陣難過，眼淚奪眶而出，轉過了頭，不忍再看。

不料南海鱷神給他這幾句話僵住了，心想我如扭斷他的脖子，便是殺了一個無力還手之人，豈非成了烏龜兒子王八蛋？一對小眼瞪視著他，左手漸漸使勁。段譽的臂骨格格作響，幾欲斷折，痛得幾欲暈去，大聲道：「我無力還手，你快殺了我罷！」南海鱷神道：「我才不上你的當呢，你想叫我做烏龜兒子王八蛋，是不是？」說著提起他的身子，重重往地下摔落。段譽只跌得眼前一片昏黑，似乎五臟六腑都碎裂了。

南海鱷神喃喃的道：「我不上當！我不殺你這兩個小鬼。」一伸手，抓住木婉清身上所披的綠緞斗篷，嘶的一響，扯將下來。木婉清驚呼一聲，縮身向後。南海鱷神揚手揮出，那斗篷飛將起來，乘風飄起，宛似一張極大的荷葉，飄出山崖，落向瀾滄江上，飄飄蕩蕩的向下游飛去。南海鱷神獰笑道：「你不取下面幕，老子再剝你的衣衫！」

木婉清向段譽招了招手，道：「你過來。」段譽一跛一拐的走到她身前，悽然搖頭。木婉清轉頭向他，背脊向著南海鱷神，低聲道：「你是世上第一個見到我容貌的男子！」緩緩拉開了面幕。

段譽登時全身一震，眼前所見，如新月清暉，如花樹堆雪，一張臉秀麗絕俗，只是過於蒼白，沒半點血色，想是她長時面幕蒙臉之故，兩片薄薄的嘴唇，也是血色極淡，段譽但覺她楚楚可憐，嬌柔婉轉，那裏是一個殺人不眨眼的女魔頭？

木婉清放下面幕，向南海鱷神道：「你要看我面貌，須得先問過我丈夫。」

南海鱷神奇道：「你已嫁了人麼？你丈夫是誰？」

木婉清指著段譽道：「我曾立過毒誓，若有那一個男子見到了我臉，我如不殺他，便得嫁他。這人已見了我的容貌，我不願殺他，只好嫁他。」

段譽大吃一驚，道：「這……這個……」

南海鱷神一呆，轉過頭來。段譽見他一雙如蠶豆般的小眼向自己從上至下、又從下至上的細看，只給他瞧得心中發毛，背上發冷，只怕他狂怒之下，撲上來便扭斷自己脖子。

忽聽南海鱷神「嘖嘖嘖」的讚美數聲，臉現喜色，說道：「妙極，妙極！快快轉過身來！」段譽不敢違抗，轉過身來。南海鱷神又道：「妙極，妙極！你很像我，你很像我！」

不管他說甚麼話，都不及「你很像我」這四字令段譽與木婉清如此詫異，二人均想：「這話莫名其妙之至，你武功高強，容貌醜陋，像你甚麼啊？何況還加上一個『很』字？」

南海鱷神一跳，躍到了段譽身邊，摸摸他後腦，捏捏他手腳，又在他腰眼裏用力撳了幾下，裂開了一張嘴，哈哈大笑，道：「你真像我，真的像我！」拉住了他手臂，道：「跟我去罷！」段譽摸不著半點頭腦，問道：「你叫我去那裏？」南海鱷神道：「跟著我去便是。快快叩頭！求我收你為弟子。你一求，我立即答允。」

這一下當真大出段譽意料之外，囁嚅道：「這個……這個……」

南海鱷神手舞足蹈，似乎拾到了天下最珍貴的寶貝一般，說道：「你手長足長，腦骨後凸，腰脅柔軟，聰明機敏，年紀不大，又是男人，真是武學奇材。你瞧，我這後腦骨，不是跟你一般麼？」說著轉過身來。段譽摸摸自己後腦，果覺自己的後腦骨和他似乎生得相像，那料到他說「你很像我」，只不過是兩人的一塊腦骨相同。

南海鱷神笑吟吟的轉身，說道：「咱們南海一派，向來有個規矩，每一代都是單傳，只能收一個徒兒。我那死了的徒兒『小煞神』孫三霸，後腦骨遠沒你生得好，他學不到我一成本事，死得很好，一乾二淨，免得我親手殺他，以便收你這個徒兒。」

段譽不禁打了個寒噤，心想這人如此殘忍毒辣，只見到有人資質較好，便要殺了自己徒兒，以便另換弟子，別說自己不願學武，便是要學武功，也決計不肯拜這等人為師。但自己倘若拒絕，大禍便即臨頭，正當無計可施之際，南海鱷神忽然大喝：「你們鬼鬼祟祟的幹甚麼？都給我滾過來！」

只見樹叢之中鑽出十幾個人來，瑞婆婆、平婆婆、那使劍漢子都在其內。原來南海鱷神一上崖頂，段譽不能再擲石阻敵，這一干人便乘機攀了上來。

這些人伏在樹叢之中，雖都屏息不動，卻那裏逃得過南海鱷神的耳朵？他乍得段譽這等良材美質，心中高興，一時倒也不發脾氣，笑嘻嘻的向瑞婆婆等橫了一眼，喝道：「你們上來幹甚麼？是來恭喜我老人家收了個好徒兒麼？」

瑞婆婆向木婉清一指，說道：「我們是來捉拿這小賤人，給夥伴們報仇。」

南海鱷神怒道：「這小姑娘是我徒兒的老婆，誰敢拿她？他媽的，都給我滾開！」

眾人面面相覷，均感詫異。

段譽大著膽子道：「我不能拜你為師。我早有了師父啦。」南海鱷神大怒，喝道：「你師父是誰？他的本領還大得過我麼？」段譽道：「我師父的功夫，料想你半點也不會。這周易中的『卦象』、『繫辭』，你懂麼？這『明夷』、『未濟』的道理，你倒說給我聽聽。」南海鱷神搔了搔頭皮，甚麼「卦象」、「繫辭」，甚麼「明夷」、「未濟」，果然連聽也沒聽見過，可不知是甚麼神奇武功。

段譽見他大有為難之色，又道：「看來這些高深的本事你都是不會的了。因此老英雄的一番好意，我只有心領了，下次我請師父來跟你較量較量，且看誰的本事大。倘若你勝過了我師父，我再拜你為師不遲。」

南海鱷神怒道：「你師父是誰？我還怕了他不成？甚麼時候比武？」

段譽原是一時緩兵之計，沒料到他竟會真的訂約比武，正躊躇間，忽聽得遠處傳來一陣尖銳悠長的鐵哨聲，越過數個山峯，破空而至。這哨聲良久不絕，吹哨者胸中氣息竟似無窮無盡、永遠不需換氣一般。崖上眾人初聽之時，也不過覺得哨聲悽厲，刺人耳鼓，但越聽越是驚異，相顧差愕。

南海鱷神拍了拍自己後腦，叫道：「老大在叫我，我沒空跟你多說。你師父甚麼時候跟我比武？在甚麼地方？快說，快說！」

段譽吞吞吐吐的道：「這個……我可不便代我師父訂甚麼約會。你一走，這些人便將我們二人殺了，我怎能……怎能去告知我師父？」說著向瑞婆婆等人一指。

南海鱷神頭也不回，左手反手伸出，已抓住那使劍漢子的胸口，身向左側，右手五根手指揿住他頭蓋，左手右轉，右手左轉，雙手交叉一扭，喀喇一聲，將那漢子的脖子扭斷了。那人臉朝背心，一顆腦袋軟軟垂將下來。他右手已將長劍拔出了一半，出手也算極快，但劍未出鞘，便已身死。

這漢子先前與木婉清相鬥，身子矯捷，曾揮劍擊落她近身而發的毒箭，但在南海鱷神這猶似電閃的一扭之下，竟無半點施展餘地，旁觀眾人無不嚇得呆了。南海鱷神隨手一抖，將他屍身擲在一旁。瑞婆婆手下三名大漢齊聲虎吼，撲將上來。南海鱷神右足連踢三腳。三名大漢高高飛起，都摔入谷中去了。慘呼聲從谷中傳將上來，羣山迴響，段譽只聽得全身寒毛直豎。瑞婆婆等無不嚇得倒退。南海鱷神笑道：「喀喇一響，扭斷了脖子，好玩，好玩。老子扭一個脖子不夠，還要扭第二個。那一個逃得慢的，老子便扭斷他的脖子。」

瑞婆婆、平婆婆等嚇得魂飛魄散，飛快的奔到崖邊，紛紛攀援而下。

南海鱷神連聲怪笑，向段譽道：「你師父有這本事嗎？你拜我為師，我即刻教你這門本事。你老婆武功不錯，她如不聽你話，你喀喇一下，就扭斷了她的脖子……」

突然間鐵哨聲又作，這次卻是嘰嘰、嘰嘰的聲音短促，但仍是連續不絕。南海鱷神叫道：「來啦，來啦！你奶奶的，催得這麼緊。」向段譽道：「你乖乖的等在這裏，別走開。」急步奔出，往崖邊縱身跳了下去。

段譽又驚又喜：「他這一跳下去，可不是死了麼？」奔到崖邊看時，只見他正一縱一躍的往崖下直落，一墮數丈，便伸手在崖邊一按，身子躍起，又墮數丈，過不多時，已在谷口的白雲中隱沒。

段譽伸了伸舌頭，回到木婉清身邊，笑道：「幸虧姑娘有急智，將這大惡人騙倒了。」木婉清道：「甚麼騙倒了？」段譽道：「這個……姑娘說第一個見到你面貌的男子，你便得……便得……」

木婉清道：「誰騙人了？我立過毒誓，怎能不算？從今而後，你便是我的丈夫了。不過我不許你拜這惡人為師，學了他的本事來扭我脖子。」

段譽一呆，說道：「這是危急中騙騙那惡人的，如何當得真？我怎能做姑娘的……姑娘的……那個丈夫？」木婉清扶著巖壁，顫巍巍的站起身來，說道：「甚麼？你不要我麼？你嫌棄我，是不是？」

段譽見她惱怒之極，忙道：「姑娘身子要緊，這一時戲言，如何放在心上？」木婉清跨前一步，拍的一聲，重重打了他一個耳光，但腿上一軟，站立不住，一交摔在他懷中。段譽忙伸手摟住。

木婉清給他抱住了，想起他是自己丈夫，不禁全身一熱，怒氣便消了，說道：「快放開我。」

段譽扶著木婉清坐倒，讓她仍是靠在巖壁之上，心想：「她性子本已乖張古怪，重傷之後，只怕更是胡裏胡塗。眼下只有順著她些，她說甚麼，我便答應甚麼。這『困』卦中不是說『有言不信』嗎？既然遇『困』，也只好『有言不信』了。否則的話，我既做大惡人的徒弟，又做這惡姑娘的丈夫，我段譽豈不也成了小惡人了？」想到此處，不禁暗暗好笑，便柔聲慰道：「你別生氣，我來找些甚麼吃的。」

木婉清道：「這高崖光禿禿地，有甚麼可吃的？好在那些人都給嚇走了。待我歇一歇，養足力氣，揹你下山。」段譽連連搖手，說道：「這個……這個……這萬萬不可，你路也走不動，怎麼還能揹我？」

木婉清道：「你寧可自己性命不要，也不肯負我。郎君，我木婉清雖是個殺人不眨眼的女子，卻也願為自己丈夫捨了性命。」這幾句話說來甚是堅決。

段譽道：「多謝你啦，你養養神再說。以後你不要再戴面幕了，好不好？」木婉清道：「你叫我不戴，我便不戴。」說著拉下了面幕。

段譽見到她清麗的容光，又是一呆，突然之間，腹中一陣劇烈的疼痛，不由得「啊喲」

一聲，叫了出來。這陣疼痛便如一把小刀在肚腹中不住絞動，將他腸子一寸寸的割斷。段譽雙手按住肚子，額頭汗珠便如黃豆般一粒粒滲出來。

木婉清驚道：「你……你怎麼啦？」段譽呻吟道：「這……這斷腸散……斷腸散……」木婉清道：「啊喲，你沒服解藥嗎？」段譽道：「我服過了。」木婉清道：「只怕份量不夠。」從他懷中取出瓷瓶，倒些解藥給他服下，但見他仍是痛得死去活來，拉著他坐在自己身旁，安慰道：「現下好些了麼？」段譽只痛得眼前一片昏黑，呻吟道：「越來越痛……越痛了。這解藥只怕是假……假的。」

木婉清怒道：「這司空玄使假藥害人，待會咱們去把神農幫殺個乾乾淨淨。」段譽道：「咱們……咱們給他的也是……也是假藥。司空玄以直報怨，倒也……倒也怪他不得。」

木婉清怒道：「甚麼怪他不得？咱們給他假藥不打緊，他怎麼能給咱們假藥？」用袖子給他抹了抹汗，見他臉色慘白，不由得一陣心酸，垂下淚來，嗚咽道：「你……你不能就此死了！」將右頰湊過去貼住他左頰，顫聲道：「郎……郎君，你可別死！」

段譽的上身給她摟著，他一生之中，從未如此親近過一個青年女子，臉上貼的是嫩頰柔膩，耳中聽到的是「郎君、郎君」的嬌呼，鼻中聞到的是她身上的幽香細細，如何不令他神魂飄蕩？便在此時，腹中的疼痛恰好也漸漸止歇了。原來司空玄所給的並非假藥，只是這斷腸散實是霸道之極的毒藥，此時發作之期漸近，雖然服了解藥後毒性漸漸消除，腹中卻難免一陣陣時歇時作的劇痛。這情形司空玄自然知曉，只是當時不敢明言，生怕惹惱了靈鷲宮的聖使。

木婉清聽他不再呻吟，問道：「現下痛得好些了麼？」段譽道：「好一些了。不過……不過……」木婉清道：「不過怎樣？」段譽道：「如果你離開了我，只怕又要痛起來。」木婉清臉上一紅，推開他的身子，嗔道：「原來你是假裝的。」

段譽登時羞得滿臉通紅，無地自容，但腹中又是一陣劇痛，忍不住又呻吟起來。

木婉清握住了他手，說道：「郎君，如果你死了，我也不想活了。咱倆同到陰曹地府，再結夫妻。」段譽不願她為自己殉情，說道：「不，不！你得先替我報仇，然後每年來掃祭我的墳墓。我要你在我墳上掃祭三十年、四十年，我這才死得瞑目。」木婉清道：「你這人真怪，人死之後，還知道甚麼？我來掃墓，於你有甚麼好處？」

段譽道：「那你陪著我一起死了，我更加沒有好處。喏，我跟你說，你這麼美貌，如果年年來給我掃一次墓，我地下有知，瞧著你也開心。但如你陪著我一起死了，大家都變成了骷髏白骨，就沒這麼好看了。」

木婉清聽他稱讚自己，心下歡喜，但隨即想到，今日剛將自己終身託付於他，他轉眼卻便要死去，不由得珠淚滾滾而下。

段譽伸手摟住了她纖腰，只覺觸手溫軟，柔若無骨，心中又是一動，便低頭往她唇上吻去。他生平第一次親吻女子，不敢久吻，便即仰頭向後，痴痴的瞧著她美麗的臉龐，嘆道：「只可惜我命不久長，這樣美麗的容貌，沒多少時刻能見到了。」

木婉清給他一吻之後，一顆心怦怦亂跳，紅暈生頰，嬌羞無限，本來全無血色的臉上更增三分艷麗，說道：「你是世間第一個瞧見我面貌的男子，你死之後，我便劃破臉面，再也不讓第二個男子瞧見我的本來面目。」

段譽本想出言阻止，但不知如何，心中竟然感到一陣妒意，實不願別的男子再看到她這等容光艷色，勸阻之言到了口邊，竟然說不出來，卻問道：「你當年為甚麼要立這樣一個毒誓？這誓雖然古怪，倒也……倒也挺好！」

木婉清道：「你既是我夫郎，說了給你聽那也無妨。我是個無父無母之人，一生出來便給人丟在荒山野地，幸蒙我師父救了去。她辛辛苦苦的將我養大，教我武藝。我師父說天下男子個個負心，假使見了我的容貌，定會千方百計的引誘我失足，因此從我十四歲上，便給我用面幕遮臉。我活了十八年，一直跟師父住在深山裏，本來……」

段譽插口道：「嗯，你十八歲，小我一歲。」

木婉清點點頭，續道：「今年春天，我們山裏來了一個人，是師父的師妹『俏藥叉』甘寶寶派他送信來的……」段譽又插口道：「『俏藥叉』甘寶寶？那不是鍾靈的媽媽？」木婉清道：「是啊，她是我師叔。」突然臉一沉，道：「我不許你老是記著鍾靈這小鬼。你是我丈夫，就只能想著我一個。」段譽伸伸舌頭，做個鬼臉。

木婉清怒道：「你不聽嗎？我是你的妻子，也就只想著你一個，別的男子，我都當他們是豬、是狗、是畜生。」段譽微笑道：「我可不能。」木婉清伸手欲打，厲聲問道：「為甚麼？」段譽笑道：「我的媽媽，還有你的師父，那不都是『別的女子』嗎？我怎能當她們都是畜生？」木婉清愕然，終於點了點頭，說道：「但你不能老是想著鍾靈那小鬼。」段譽道：「我沒有老是想著她。你提到鍾夫人，我才想到鍾靈。你師叔的信裏說甚麼啊？」

木婉清道：「我不知道。師父看了那信，十分生氣，將那信撕得粉碎，對送信的人說：『我都知道了，你回去罷。』那人去後，師父哭了好幾天，飯也不吃，我勸她別煩惱，她只不理，也不肯說甚麼原因，只說有兩個女人對她不起。我說：『師父，你不用生氣。這兩個壞女人這樣害苦你，咱們就去殺了。』師父說：『對！』於是我師徒倆就下山來，要去殺這兩個壞女人。師父說，這些年來她一直不知，原來是這兩個壞女人害得她這般傷心，幸虧甘寶寶跟她說了，又告知她這兩個女人的所在。」

段譽心道：「鍾夫人好似天真爛漫、嬌嬌滴滴的，卻原來這般工於心計。這可是借刀殺人啊。她自已恨這兩個女子，卻要你師父去殺了她們。」

木婉清續道：「我們下山之時，師父命我立下毒誓，倘若有人見到了我的臉，我若不殺他，便須嫁他。那人要是不肯娶我為妻，或者娶我後又將我遺棄，那麼我務須親手殺了這負心薄倖之人。我如不遵此言，師父一經得知，便立即自刎。我師父說得出，做得到，可不是隨口嚇我。」

段譽暗暗心驚，尋思：「天下任何毒誓，總說若不如此，自己便如何身遭惡報。她師父卻以自刎作為要脅，這誓確是萬萬違背不得。」

木婉清又道：「我師父便似是我父母一般，待我恩重如山，我如何能不聽她的吩咐？何況她這番囑咐，全是為了我好。當時我毫不思索，便跪下立誓。我師徒下得山來，便先到蘇州去殺那姓王的壞女人。可是她住的地方十分古怪，岔來岔去的都是河濱港灣，我跟師父殺了那姓王壞女人的好些手下，卻始終見不到她本人。後來我師父說，咱二人分頭去找，一個月後倘若會合不到，便分頭到大理來，因為另一個壞女人住在大理。那知這姓王壞女人手下有不少武功了得的男女奴才，瑞婆婆和平婆婆這兩個老傢伙，便是這羣奴才的頭腦。我寡不敵眾，邊打邊逃的便來到大理，找到了甘師叔。她叫我在她萬劫谷外的莊子裏住，說等我師父到來，再一起去殺大理那個壞女人。不料我師父沒來，瑞婆婆這羣奴才卻先到了。以後的事，你就都知道了。」

她說得有些倦了，閉目養神片刻，又道：「我初時只道你便如師父所說，也像天下所有的男子一般，都是無情無義之輩。那知你借了我黑玫瑰去後，居然趕著回來向我報訊，這就不容易了。這羣奴才圍攻我，你不會武功，好心護著我。我……我又不是沒良心之人，心中自然感激。」段譽心道：「你將我拖在馬後，浸入溪水，動不動就打我耳光，原來是心中感激。對啦！倘若不是心中感激，早就一箭射死我了。」

木婉清又道：「你給我治傷，見到了我背心，我又見到了你的光屁股。我早在想，不嫁你只怕不行了。後來這南海鱷神苦苦相逼，我只好讓你看我的容貌。」說到這裏，轉頭向段譽凝視，妙目中露出脈脈柔情。

段譽心中一動：「難道，難道她真的對我生情了麼？」說道：「你見到我光……光甚麼的，不用放在心上。剛才為事勢所迫，你出於無奈，那也不用非遵守這毒誓不可。」

木婉清大怒，厲聲道：「我發過的誓，怎能更改？你的光屁股挺好看麼？醜也醜死了。你如不願娶我，乘早明言，我便一箭將你射死，以免我違背誓言。」

段譽欲待辯解，突然間腹中劇痛又生，他雙手按住了肚子，大聲呻吟。木婉清道：「快說，你肯不肯娶我為妻？」段譽道：「我……我肚子……肚子好痛啊！」木婉清道：「你到底願不願做我丈夫？」段譽心想反正這麼痛將下去，總是活不久長了，何必在身死之前又傷她的心，令她終身遺恨？便點頭道：「我……我願娶你為妻。」

木婉清手指本已扣住袖中發射毒箭的機括，聽他這麼說，登時歡喜無限，一張俏臉如春花初綻，手離機括，笑吟吟的摟住了他，說道：「好郎君，我跟你揉揉肚子。」段譽道：「不，不！咱倆還沒成婚！男女……男女授受不親……這個……這個使不得。」木婉清道：「呸，怎地剛才又親我了？」段譽道：「我見你生得太美，實在忍不住，可對不住了。」木婉清笑道：「也不用說對不住，你親我，我也很歡喜呢。」段譽心道：「她天真無邪，才是真的，鍾夫人可是假的。鍾靈年紀小，也是真的。」

木婉清道：「是了！你餓得太久，痛起來加倍厲害些。我去割些這傢伙的肉給你吃。」說著扶住石壁站起，要去割那給南海鱷神扭斷了脖子的使劍漢子屍體上的肉。

段譽大吃一驚，登時忘了腹中疼痛，大聲道：「人肉吃不得的，我寧死也不吃。」木婉清奇道：「為甚麼不能吃？我跟師父在山裏之時，老虎肉也吃，豹子肉也吃，依你說都吃不得麼？」段譽道：「老虎豹子自然能吃，人肉卻吃不得！」木婉清道：「人肉有毒麼？我倒不知道。」段譽道：「不是有毒。你是人，我是人，這漢子也是人。人肉不能吃的。」木婉清道：「為甚麼？我見豺狼餓了，就吃另外的豺狼。」段譽嘆道：「是啊，倘若人也吃人，那不是跟豺狼一樣了嗎？」

木婉清自幼只跟師父在一起，從未和第三人相處，她師父性情怪僻，向來不跟她說起世事，是以她於世間的道德規矩、禮義律法，甚麼都不知道，這時聽段譽說「人不能吃人」，只是將信將疑，睜大一雙俏眼，頗感詫異。

段譽道：「你胡亂殺人，也是不對的。子曰：『己所不欲，勿施於人。』你不想給人殺了，也就不該殺人。別人有了危難苦楚，該當出手幫助，才是做人的道理。」

木婉清道：「那麼我逢到危難苦楚，別人也來幫我麼？為甚麼我遇見的人，除了師父和你之外，個個都是想殺我、害我、欺侮我，從來不好好待我？老虎豹子要咬我、吃我，我便將牠殺了。那些人要害我、殺我，我自然也將他們殺了。那有甚麼不同？」

這幾句話只問得段譽啞口無言，只得道：「原來世間的事情，你一點兒也不懂。」木婉清道：「你不會武功，卻來理武林中的事，我看世間的事情，你也懂不了多少。」段譽點點頭苦笑，道：「這話倒也有理。」

木婉清哼了一聲，說道：「甚麼『這話倒也有理』？你還沒拜師父，倒已學會了師父的話。」段譽笑道：「南海鱷神還明白有理無理，那也就沒算惡得到家……」

忽聽得木婉清「啊」的一聲驚呼，撲入段譽懷中，叫道：「他……他又來了……」段譽轉過頭來，只見崖邊黃影一晃，南海鱷神躍了上來。

他見到段譽，裂嘴笑道：「你還沒磕頭拜師，我放心不下，生怕給那一個不要臉的傢伙搶先收了去做徒兒。老大說，天下甚麼都是先下手為強，後下手遭殃，好東西拿到了手才是你的，給人家搶去之後，再要搶回來就不容易了。老大的話總是不錯的，我打他不過，就得聽他的話。喂，小子，快快磕頭拜師罷。」

段譽心想此人要強好勝，愛戴高帽，但輸給老大卻是直言不諱，眼見他左眼腫起烏青，嘴角邊也裂了一大塊，定是給那個老大打的，世上居然還有武功勝於他的，倒也奇了，拜師是決計不拜的，只有跟他東拉西扯，說道：「剛才老大吹哨子叫你去，跟你打了一架？」南海鱷神道：「是啊。」段譽道：「你一定打贏了，老大給你打得落荒而逃，是不是？」

南海鱷神搖頭道：「不是，不是！他武功還是比我強得多。多年不見，我只道這次就算仍然打他不過，搶不到『四大惡人』中的老大，至少也能跟他鬥上一二百個回合，那知道三拳兩腳，就給他打得躺在地下爬不起來。老大仍是他做，我做老二便了。不過我倒也在他胯上重重踢了一腳。他說：『岳老三，你武功很有長進了啊。』老大讚我武功很有長進，老大的話總是不錯的。」

段譽道：「你是岳老二，不是岳老三。」南海鱷神臉有慚色，道：「多年不見，老大隨口亂叫，他忘記了。」段譽道：「老大的話總是不錯的。不會叫錯了你排行罷？」

不料這句話正踏中了南海鱷神的痛腳，他大吼一聲，怒道：「我是老二，不是老三。你快跪在地下，苦苦求我收你為徒，我假裝不肯，你便求之再三，大磕其頭，我才假裝勉強答允，其實心中卻十分歡喜。這是我南海派的規矩，以後你收徒兒，也該這樣，不可忘了。」段譽道：「這規矩能不能改？」南海鱷神道：「當然不能。」段譽道：「倘若改了，你便又是烏龜兒子王八蛋了？」南海鱷神道：「正是。」

段譽道：「這規矩倒是挺好，果然萬萬不能改，一改便是烏龜兒子王八蛋了。」南海鱷神道：「很好，快跪下求我罷。」

段譽搖頭道：「我不跪在地下大磕其頭，也不苦苦求你收我為徒。」

南海鱷神怒極，一張臉又轉成焦黃，裂開了闊嘴，露出滿口利齒，便如要撲上來咬人一般，叫道：「你不磕頭求我？」段譽道：「不磕頭，不求你。」南海鱷神踏上一步，喝道：「我扭斷你的脖子！」段譽道：「你扭好了，我無力還手！」南海鱷神左手一探，抓住他胸膛，右手已揿住他頭蓋。段譽道：「我無力還手，你殺了我，你便是甚麼？」南海鱷神道：「我便是烏龜兒子王八蛋。」段譽道：「不錯。」

南海鱷神無法可施，心想：「我既不能殺他，他又不肯求我，這就難了。」一瞥眼，見木婉清滿臉關切的神色，靈機一動，猛地縱身過去，抓住她後領，將她身子高高提起，反身幾下跳躍，已到了崖邊，左足翹起，右足使招「金鷄獨立」勢，在那千仞壁立的高崖上搖搖晃晃，便似要和木婉清一齊摔將下去。

段譽不知他是在賣弄武功，生怕傷害了木婉清性命，驚叫：「小心，快過來！你……你快放手！」

南海鱷神獰笑道：「小子！你很像我，我非收你做徒兒不可。我要到那邊山頭上去等幾個人……」說著向遠處一座高峯一指，續道：「沒功夫在這裏跟你乾耗。你快來求我收為徒兒，我便饒了你老婆的性命，否則的話，哼哼！契里格拉，刻！」雙手作個扭斷木婉清頭頸的手勢，突然一個轉身，向下躍落，右掌貼住山壁，帶著木婉清便溜了下去。

段譽大叫：「喂，喂，小心！」奔到崖邊，只見他已提著木婉清溜了十餘丈。段譽頹然坐倒，腹中又大痛起來。

木婉清被南海鱷神抓住背心，在高崖上向下溜去，只見他左掌貼住崖壁，每當下溜之勢過快，兩人的身子便會微微一頓，想是他以掌力阻住下溜。此時木婉清別說無力反抗，縱是有力，也決不敢身在半空而稍有掙扎。到得後來，她索性閉上了眼，過了一會，身子突然向上一彈，已然著地。南海鱷神絲毫沒有躭擱，著地即行。他是中等個子，木婉清在女子之中算是長挑身材，兩人倘若並肩而立，差不多齊頭，但南海鱷神抬臂將她提起，如舉嬰兒，竟似絲毫不費力氣。

他在亂石嶙峋、水氣濛濛的谷底縱躍向前，片刻間便已穿過谷底，到了山谷彼端。大聲說道：「你是我徒兒的老婆，暫且不來難為於你。這小子若不來拜我為師，嘿嘿，那時他不是我徒兒，你也不是我徒兒的老婆了。南海鱷神見了美貌的娘兒們，向來先姦後殺，那是決不客氣的。」

木婉清不自禁的打了一個寒戰，說道：「我丈夫不會武功，在那高崖頂上如何下來？他念我心切，勢必捨命前來拜你為師，一個失足，便跌得粉身碎骨，那時你便沒徒兒了。這般像得你十足的人才，你一生一世再也找不到了。」

南海鱷神點頭道：「這話倒也有理。我沒想到這小子不會下山。」突然間長嘯一聲。過不多時，山坡邊轉出兩名黃袍漢子來，躬身向南海鱷神行禮。南海鱷神大聲道：「到那邊高崖頂上，瞧著那小子。他如肯來拜我為師，立刻揹他來見我。他要是不肯，就跟他耗著，可別傷了他。那是老子揀定了的徒兒，千萬不可讓他拜別人為師。」那兩名漢子應道：

「是！」

南海鱷神一吩咐完畢，提著木婉清又走。木婉清心下略慰，情知段譽到來之前，自己當無危險，只是這郎君執拗無比，要他拜南海鱷神這等兇殘之人為師，只怕寧死不屈，又想：「他對我似乎頗有俠義心腸，卻無夫妻情意，未必肯為了我而作此惡人門徒。唉，只盼他平安無恙，別從崖上摔下來才好。又不知他肚子痛得怎樣了？」

她心頭思潮起伏，南海鱷神已提著她上了山峯。這人的內力當真充沛悠長，上山後也不休憩，足不停步的便即下山，接連翻過四個山頭，才到了四周羣山中的最高峯上。

他放下木婉清，拉開褲子，便對著一株大樹撒尿。木婉清心想此人粗鄙無禮之極，急忙轉身走開，取出面幕，罩在臉上，心想自己容貌嬌美，如果給他多瞧上幾眼，只怕他獸性大發，甚麼師父門徒全都不顧了，當下坐在一塊大巖石旁，閉目養神。

南海鱷神撒完尿後拉好褲子，走到她身前，說道：「你罩上面幕，那就很好，否則給我多看上一會兒，只怕大大不妥。」木婉清心想：「你倒也有幾分自知之明。」南海鱷神道：「你怎麼不說話？又閉上了眼假裝睡著，你瞧我不起，是不是？」

木婉清搖搖頭，睜開眼來，說道：「岳老前輩，你的名字叫作甚麼？日後我丈夫做了你徒兒，我須得知道你名字才是。」南海鱷神道：「我叫岳……岳……他奶奶的，我的名字是我爸爸給取的，名字不好聽。我爸爸沒做一件好事，簡直是狗屁王八蛋！」

木婉清險些笑出聲來，心道：「你爸爸是狗屁王八蛋，你自己是甚麼？連自己爸爸也罵，真是枉稱為人了。」但隨即想起自己也不知道父親是誰，師父只說他是個負心漢子，只怕比南海鱷神也好不了多少，心下又是黯然神傷。

只見他向東走幾步，又向西走幾步，沒片刻兒安靜，木婉清只瞧得心煩意亂，又閉上了眼，但腳步聲仍是響個不停，說道：「你剛才上山下山，卻不累麼？幹麼不坐下來歇歇？」南海鱷神喝道：「你別多管閒事！老子就是不愛坐。」木婉清只好不去理他，隨即又想起了段譽，心中只覺一陣甜蜜，一陣淒涼。

突然間半空中飄來有如遊絲般的輕輕哭聲，聲音甚是淒婉，隱隱約約似乎是個女子在哭叫：「我的兒啊，我的兒啊！」南海鱷神「呸」的一聲，在地下吐了口痰，說道：「哭喪的來啦！」提高聲音叫道：「哭甚麼喪？老子在這兒等得久了。」那聲音仍是若有若無的叫道：「我的兒啊，為娘的想得你好苦啊！」

木婉清奇道：「是你媽媽來了嗎？」南海鱷神怒道：「甚麼我的媽媽？胡說八道！這婆娘是『無惡不作』葉二娘，『四大惡人』之一。她這個『惡』字排在第二。總有一日，我這『兇神惡煞』的外號要跟她對調過來。」

木婉清恍然大悟：「原來外號中那『惡』字排在第二的，便是天下第二惡人。」問道：「那麼第一惡人的外號叫甚麼？第四的又叫甚麼？」

南海鱷神狠霸霸的道：「你少問幾句成不成？老子不愛跟你說。」

忽然一個女子聲音幽幽說道：「老大叫『惡貫滿盈』，老四叫『窮兇極惡』。」

木婉清那想得到這葉二娘說到便到，悄沒聲的已欺上峯來，不由得吃了一驚，忙轉頭往她看去。只見她身披一襲淡青色長衫，滿頭長髮，約莫四十來歲年紀，相貌頗為娟秀，但兩邊面頰上各有三條殷紅血痕，自眼底直劃到下頦，似乎剛被人用手抓破一般。她手中抱著個兩三歲大的男孩，肥頭胖腦的甚是可愛。

木婉清本想這「無惡不作」葉二娘既排名在「兇神惡煞」南海鱷神之上，必定是個狠惡可怖之極的人物，那知居然頗有姿色，不由得又向她瞧了幾眼。葉二娘向她嫣然一笑，木婉清全身一顫，只覺她這笑容之中似乎隱藏著無窮愁苦、無限傷心，自己忍不住便要流淚，忙轉過了頭，不敢看她。

南海鱷神道：「三妹，老大、老四他們怎麼還不來？」葉二娘幽幽的道：「瞧你這副鼻青目腫的模樣，早就給老大狠狠揍過一頓了，居然還老起臉皮，假裝問老大為甚麼還不來。你明明是老三，一心一意要爬過我的頭去。你再叫一聲三妹，做姊姊的可不跟你客氣了。」南海鱷神怒道：「不客氣便不客氣，你是不是想打上一架？」葉二娘淡淡一笑，說道：「你要打架，隨時奉陪。」

她手中抱著的小兒忽然哭叫：「媽媽，媽媽，我要媽媽！」葉二娘拍著他哄道：「乖孩子，我是你媽媽。」那小兒越哭越響，叫道：「我要媽媽，我要媽媽，你不是我媽媽。」葉二娘輕輕搖晃他身子，唱起兒歌來：「搖搖搖，搖到外婆橋，外婆叫我好寶寶……」那小兒仍是哭叫不休。

南海鱷神聽得甚是煩躁，喝道：「你哄甚麼？要弄死他，乘早弄死了罷。」

葉二娘臉上笑咪咪地，不停口的唱歌：「……糖一包，果一包，吃了還要留一包。」

木婉清只聽得毛骨悚然，越想越怕。聽南海鱷神之言，葉二娘竟是要弄死小兒，不由得又是憤怒，又是害怕，聽著葉二娘不斷哄那小兒：「乖寶寶，媽媽拍乖寶，乖寶快睡覺。」語氣中充滿了慈愛，心想南海鱷神之言未必是真。

南海鱷神怒道：「你每天要害死一個嬰兒，卻這般裝腔作勢，真是不要臉之至！」葉二娘柔聲道：「你別大聲吆喝，嚇驚了我的乖孩兒。」

南海鱷神猛地伸手，疾向那小兒抓去，想抓過來摔死了，免得他啼哭不休，亂人心意。那知他出手極快，葉二娘卻比他更快，身如鬼魅般一轉，南海鱷神這一抓便落了空。葉二娘嗲聲嗲氣的道：「啊喲，三弟，你平白無端的欺侮我孩兒作甚？」南海鱷神喝道：「我要摔死這小鬼。」葉二娘柔聲哄那小兒道：「心肝寶貝，乖孩兒，媽媽疼你惜你，別怕這個醜八怪三叔，他鬥不過你媽。你白白胖胖的，多麼有趣，媽媽要玩到你晚上，這才弄死你，這會兒可還捨不得。」

木婉清聽了這幾句，忍不住要作嘔，心想：「葉二娘確應排名在南海鱷神之上。這岳老三注定了要做『兇神惡煞』，一輩子也別想爬過她頭去。」

南海鱷神一抓不中，似知再動手也是無用，不住的走來走去，喃喃咒罵，突然大聲喝道：「滾過來！那小子呢？怎不帶他來拜我為師？」

兩名黃衣漢子從山巖後畏畏縮縮的出來，遠遠站定，正是南海鱷神吩咐他們去揹段譽前來的那兩人。一人結結巴巴的道：「小……小人上得那邊山崖，不……不見有人。到處……到處都找不到。」

木婉清大吃一驚：「難道他……他竟然摔死了？」

只聽南海鱷神喝道：「是不是你們去得遲了，那小子沒福，在山谷中摔死了？」那兩人不敢走近，另一人道：「小人兩個在山……山谷中仔細看過，沒見到他屍首。」南海鱷神喝道：「他還會飛上天去了不成？你們這兩個鬼東西膽敢騙我？」兩人立即跪下，砰砰砰的大力磕頭，哀求饒命。只聽得呼呼兩聲，南海鱷神擲了兩塊大石過去，登時將兩人砸死。

這兩人找不著段譽，木婉清也早已恨極他們誤事，南海鱷神將他們砸死，她只覺一陣痛快，霎時之間心思如潮：「他不在崖上，山谷中又無屍首，卻到那裏去了呢？定是摔在偏僻之處，那兩人找尋不到，又或是那兩人明明見到屍首，卻不敢直說？」她早已拿定了主意，段譽若死，她也決不能活，何況自己落在南海鱷神手中，倘若不死，不知要受盡多少折磨荼毒。但不見段譽的屍首，總還存著一線指望，卻也不肯就此胡裏胡塗的死去。

南海鱷神煩惱已極，不住咒罵：「老大、老四這兩個龜兒子到這時候還不來，我可不耐煩再等了。」葉二娘道：「你膽敢不等老大？」南海鱷神道：「老大叫我跟你說，咱們在這山頂上等他，要等足七天，七天之後他倘若仍然不來，便叫咱們到萬劫谷鍾萬仇家裏等他，不見不散。」葉二娘淡淡的道：「我早說你給老大狠狠的揍過了，這可不能賴了罷？」南海鱷神怒道：「誰賴了？我打不過老大，那不錯，給他揍了，那也不錯，卻不是狠狠的。」

葉二娘道：「原來不是狠狠的揍……乖寶別哭，媽媽疼你……嗯，是輕輕的揍了一頓……乖寶心肝肉……」

南海鱷神悻悻的道：「也不是輕輕的揍。你小心些，老大要揍你，你也逃不了。」葉二娘道：「我又不想做葉大娘，老大幹麼會跟我過不去？乖寶心肝……」南海鱷神怒道：「你別叫他媽的乖寶心肝了，成不成？」

葉二娘笑道：「三弟你別發脾氣，你知不知道老四昨兒在道上遇到了對頭，吃虧著實不小。」南海鱷神奇道：「甚麼？老四遇上了對頭，是誰？」

葉二娘道：「這小丫頭的模樣兒不對，她心裏在罵我不該每天弄死一個孩子。你先宰了她，我再說給你聽。」南海鱷神道：「她是我徒兒的老婆，我如宰了她，我徒兒就不肯拜師了。」葉二娘道：「你徒兒不是在山谷中摔死了嗎？」南海鱷神道：「那也未必，倘若摔死了，總有屍首。多半他躲了起來，過一會便來苦苦求我收他為徒。」

葉二娘笑道：「那麼我來動手罷，叫你徒兒來找我便是。她這對眼睛生得太美，叫人見了好生羨慕，恨不得我也生上這麼一對，我先挖出她的眼珠子。」木婉清背上冷汗淋漓，卻聽南海鱷神道：「不成！我點了她昏睡穴，讓她睡這他媽的一天兩晚。」不待葉二娘答話，便伸指在木婉清腰間和脅下連點兩指。木婉清只感頭腦一陣昏眩，登時不省人事。

木婉清昏迷中不知時刻之過，待得神智漸復，只覺得身上極冷，耳中卻聽到一陣桀桀笑聲，這笑聲雖說是笑，其中卻無半分笑意，聲音忽爾尖，忽爾粗，難聽已極，木婉清知道自己只要稍有動彈，對方立時發覺，難免便有暴虐手段來對付自己，雖感四肢麻木，卻不敢運氣活血。

只聽南海鱷神道：「老四，你不用胡吹啦，三妹說你吃了人家的大虧，你還抵賴甚麼？

到底有幾個敵人圍攻你？」那聲音忽尖忽粗的人道：「七個傢伙打我一個，個個都是第一流高手。我本領再強，也不能將這七大高手一古腦兒殺得精光啊。」木婉清心道：「原來老四『窮兇極惡』到了。」很想瞧瞧這「窮兇極惡」是怎麼樣一號人物，卻不敢轉頭睜眼。

只聽葉二娘道：「老四就愛吹牛，對方明明只有兩人，另外又從那裏鑽出五個高手來？天下高手真有這麼多？」老四怒道：「你怎麼又知道了，你是親眼瞧見的麼？」葉二娘輕輕一笑，道：「若不是我親眼瞧見，我自然不會知道。那兩人一個使根釣魚桿兒，另一個使一對板斧，是也不是？嘻嘻，你揑造出來的另外那五個人，可又使甚麼兵刃了？」老四大聲說道：「當時你既在旁，怎麼不來幫我？你要我死在人家手裏才開心，是不是？」葉二娘笑道：「『窮兇極惡』雲中鶴，誰不知你輕功了得？鬥不過人家，難道還跑不過人家麼？」

木婉清心道：「原來老四叫作雲中鶴。」

雲中鶴更是惱怒，聲音越提越高，說道：「我老四栽在人家手下，你又有甚麼光采？咱們『四大惡人』這次聚會，所為何來？難道還當真是給鍾萬仇那膿包蛋賣命？他又沒送老婆女兒陪我睡覺。老大跟大理皇府仇深似海，他叫咱們來，大夥兒就聯手齊上，我出師不利，你卻隔岸看火燒，幸災樂禍，瞧我跟不跟老大說？」

葉二娘輕輕一笑，說道：「四弟，我一生之中，可從來沒見過似你這般了得的輕功，雲中一鶴，當真是名不虛傳。逝如輕煙，鴻飛冥冥，那兩個傢伙固然望塵莫及，連我做姊姊的也追趕不上。否則的話，我豈有袖手旁觀之理？」似乎她怕雲中鶴向老大告狀，忙說些討好的言語。雲中鶴哼了一聲，似乎怒氣便消了。

南海鱷神問道：「老四，跟你為難的到底是誰？是皇府中的狗腿子麼？」雲中鶴怒道：「九成是皇府中的人。我不信大理境內，此外還有甚麼了不起的能人。」葉二娘道：「你兩個老說甚麼大鬧皇府不費吹灰之力，要割大理皇帝的狗頭，猶似探囊取物，我總說別把事情瞧得太容易了，這會兒可信了罷？」

雲中鶴忽道：「老大到這時候還不到，約會的日期已過了三天，他從來不是這樣子的，莫非……莫非……」葉二娘道：「莫非也出了甚麼岔子？」南海鱷神怒道：「呸！老大叫咱們等足七天，還有整整四天，你心急甚麼？老大是何等樣的人物，難道也跟你一樣，打不過人家就跑？」葉二娘道：「打不過就跑，這叫做識時務者為俊傑。我是擔心他真的受到七大高手、八大好漢圍攻，縱然力屈，也不服輸，當真應了他的外號，來個『惡貫滿盈』。」

南海鱷神連吐唾涎，說道：「呸！呸！呸！老大橫行天下，怕過誰來？在這小小的大理國又怎會失手？他奶奶的，肚子又餓了！」拿起地下的一條牛腿，在身旁的一堆火上烤了起來，過不多時，香氣漸漸透出。

木婉清心想：「聽他們言語，原來我在這山峯上已昏睡了三天。段郎不知有何訊息？」她已四日不食，腹中饑餓已極，聞到燒烤牛肉的香氣，肚中不自禁的發出咕咕之聲。

葉二娘笑道：「小妹妹肚子餓了，是不是？你早已醒啦，何必裝腔作勢的躺著不動？你想不想瞧瞧咱們『窮兇極惡』雲老四？」

南海鱷神知道雲中鶴好色如命，一見到木婉清的姿容，便是性命不要，也圖染指，不像自己是性之所至，這才強姦殺人，忙撕了一大塊半生不熟的牛腿，擲到木婉清身前，喝道：

「你到那邊去，給我走得遠遠的，別偷聽我們說話。」

木婉清放粗了喉嚨，將聲音逼得十分難聽，問道：「我丈夫來過了麼？」

南海鱷神怒道：「他媽的，我到那邊山崖和深谷中親自仔細尋過，不見這小子的絲毫蹤跡。這小子定是沒死，不知給誰救去了。我在這兒等了三天，再等他四天，七天之內這小子若是不來，哼哼，我將你烤來吃了。」

木婉清心下大慰，尋思：「這南海鱷神非是等閒之輩，他既去尋過，認定段郎未死，定然不錯。唉，可不知他是否會將我掛在心上，到這兒來救我？」當即撿起地下的牛肉，慢慢走向山巖之後。她久餓之餘，更覺疲乏，但靜臥了三天，背上的傷口卻已愈合。

只聽葉二娘問道：「那小子到底有甚麼好？令你這般愛才？」南海鱷神笑道：「這小子真像我，學我南海一派武功，多半能青出於藍。嘿嘿，天下四大惡人之中，我岳老……岳老二雖甘居第二，說到門徒傳人，卻是我的徒弟排定了第一，無人可比。」

木婉清漸走漸遠，聽得南海鱷神大吹段譽資質之佳，世間少有，心中又是歡喜，又是愁苦，又有幾分好笑：「段郎書獃子一個，會甚麼武功？除了膽子不小之外，甚麼也不行。南海鱷神如果收了這個寶貝徒兒，南海派非倒大霉不可。」在一塊大巖下找了一個隱僻之處，坐下來撕著牛腿便吃，雖然餓得厲害，但這三四斤重的大塊牛肉，只吃了小半斤也便飽了。暗自尋思：「等到第七天上，段郎若真負心薄倖，不來尋我，我得設法逃命。」想到此處，心中一酸：「我就算逃得性命，今後的日子又怎麼過？」

如此心神不定，一晃又是數日。度日如年的滋味，這幾天中當真嘗得透了。日日夜夜，只盼山峯下傳上來一點聲音，縱使不是段譽到來，也勝於這般苦挨茫茫白日、漫漫長夜。每過一個時辰，心中的淒苦便增一分，心頭翻來覆去的只是想：「你若當真有心前來尋我，就算翻山越嶺不易，第二天、第三天也必定來了，直到今日仍然不來，決無更來之理。你雖不肯拜這南海鱷神為師，然而對我真是沒絲毫情義麼？那你為甚麼又來吻我抱我？答應娶我為妻？」

越等越苦，師父所說「天下男子無不負心薄倖」之言儘在耳邊響個不住，自己雖說「段郎未必如此」，終於也知只是自欺而已。幸好這幾日中，南海鱷神、葉二娘和雲中鶴並沒向她囉唕。

那三人等候「惡貫滿盈」這天下第一惡人到來，心情之焦急雖然及不上她，可也是有如熱鍋上螞蟻一般，萬分煩躁。木婉清和三人相隔雖遠，三人大聲爭吵的聲音卻時時傳來。

到得第六天晚間，木婉清心想：「明日是最後一天，這負心郎是決計不來的了。今晚乘著天黑，須得悄悄逃走才是。否則一到天明，可就再也難以脫身。」她站起身來，活動了一下身子，將養了六日六夜之後，雖然精神委頓，傷處卻仗著金創藥靈效已好了七八成，尋思：「最好是待他們三人吵得不可開交之時，我偷偷逃出數十丈，找個山洞甚麼的躲了起來。這三人定往遠處追我，說不定會追出數十里外，決不會想到我仍是在此峯上。待三人追遠，我再逃走。」

轉念又想：「唉，他們跟我無冤無仇，追我幹甚麼？我逃走也好，不逃也好，他們又怎會放在心上？」

幾次三番拔足欲行，總是牽掛著段譽：「倘若這負心郎明天來找我呢？明天如不能和他相見，此後便永無再見之日。他決意來和我同生共死，我卻一走了之，要是他不肯拜師，因而被南海鱷神殺死，豈不是我對他不起麼？」

思前想後，柔腸百轉，直到東方發白，仍是下不了決心。

五

微步縠紋生

郁光標全身如欲虛脫，駭極大叫：

「吳師弟，吳光勝！快來，快來！」

吳光勝正在上茅廁，聽他叫聲惶急，雙手提著褲子趕來。

天色一明，倒為她解開了難題，反正逃不走的了，「這負心郎來也罷，不來也罷，我在這裏等死便是。」正想到淒苦處，忽聽得拍的一聲，數十丈外從空落下一物，跌入了草叢。木婉清心想：「那是甚麼？」當即伏下，聽草叢中再無聲響發出，悄悄爬將過去，要瞧個究竟。

爬到草叢邊上，撥開長草向前看時，不由得全身寒毛直豎。只見草叢中丟著六個嬰兒的屍身，有的仰天，有的側臥，日前所見葉二娘手中所抱那個肥胖男嬰也在其內，心下又驚又怒：「這無惡不作葉二娘，果真每天要害死一個嬰兒。卻不知為了甚麼？她在峯上六天，已殺了六個嬰兒。」瞧六個死嬰兒身上都無傷痕血漬，也不知那惡婆葉二娘是用甚麼法子弄死的，其中只一個死嬰衣著光鮮，其餘五個都是穿的農家粗布衣衫，想必便是從無量山中農家盜來的。木婉清此番隨師出山，殺人不少，但所殺者盡是心懷不善的江湖豪客，這等全沒來由的殘害嬰兒，教她親眼得見，不禁全身發抖。

忽然眼前青影閃動，一個人影捷如飛鳥般向山下馳去，一起一落，形如鬼魅，正是「無惡不作」葉二娘。木婉清見她這等奔行神速，縱是師父也是遠遠不及，霎時間百感叢生，千愁並至，雙腿一軟，坐倒在地。

她呆了一陣，將六具童屍並排放在一起，捧些石子泥沙，掩蓋在屍首之上。驀地裏覺到背後微有涼氣侵襲，她左足急點，向前竄出。只聽一陣忽尖忽粗的笑聲自身後發出，一人說道：「小姑娘，你老公撇下你不要了，不如跟了我罷。」正是「窮兇極惡」雲中鶴。

他人隨聲到，手爪將要搭到木婉清肩膀，斜刺裏一掌拍到，架開他手，卻是南海鱷神。

他哇哇怒吼，喝道：「老四，我南海派門下，決不容你欺侮。」雲中鶴幾個起落，已避在十餘丈外，笑道：「你徒兒收不成，這姑娘便不是南海派門下。」木婉清見這人身材極高，卻又極瘦，便似是根竹桿，一張臉也是長得嚇人。

南海鱷神喝道：「你怎知我徒兒不來？是你害死了他，是不是？是了，定是你瞧我徒兒資質太好，將他捉拿了去，想要收他為徒。你壞我大事，先揑死了你再說。」這人也真橫蠻到了極處，也不問雲中鶴是否真的暗中作了手腳，便向他撲將過去。

雲中鶴叫道：「你徒兒是方是圓，是尖是扁，我從來沒見過，怎說是我收了起來？」說著迅捷之極的連避南海鱷神兩下閃電似的撲擊。南海鱷神罵道：「放屁！誰信你的話？你定是打架輸了，一口冤氣出在我徒兒身上。」雲中鶴道：「你徒兒是男的還是女的？」南海鱷神道：「自然是男的，我收女徒弟幹麼？」雲中鶴道：「照啊！我雲中鶴只搶女人，從來不要男人，難道你不知麼？」

南海鱷神本已撲在空中，聽他這話倒也有理，猛使個「千斤墜」，落將下來，右足踏上一塊巖石，喝道：「那麼我徒兒那裏去了？為甚麼到這時候還不來拜師？」雲中鶴笑道：「嘿嘿，你南海派的事，我管得著麼？」南海鱷神苦候段譽，早已焦躁萬分，一腔怒火無處發洩，喝道：「你膽敢譏笑我？」

木婉清心想：「若能挑撥這兩個惡人鬥個兩敗俱傷，實有莫大的好處。」當即大聲道：「不錯，你徒兒定是給這雲中鶴害了，否則他在那高崖之上，自己如何能夠下來？這雲中鶴輕功了得，定是竄到崖上，將你徒兒帶到隱僻之處殺了，以免南海派中出一個厲害人物，否則怎麼連屍首也找不到？」

南海鱷神伸手一拍自己腦門，對雲中鶴道：「你瞧，我徒弟的媳婦兒也這麼說，難道還會冤枉你麼？」

木婉清道：「我丈夫言道，他能拜到你這般了不起的師父，真是三生有幸，定要用心習藝，光大南海派的門楣，使你南海鱷神的名頭更加威震天下，讓甚麼『惡貫滿盈』、『無惡不作』，都瞧著你羨慕得不得了。那知道雲中鶴起了毒心，害死了你的好徒兒，從今以後，你再也找不到這般像你的人來做徒兒啦！」她說一句，南海鱷神拍一下腦門。木婉清又道：「我丈夫的後腦骨長得跟你一模一樣，天資又跟你一模一樣的聰明，像這樣十全十美的南海派傳人，世間再也沒第二個了。這雲中鶴偏偏跟你為難，你還不替你的乖徒兒報仇？」

南海鱷神聽到這裏，目中兇光大盛，呼的一聲，縱身向雲中鶴撲去。雲中鶴明知他是受了木婉清的挑撥，但一時說不明白，自知武功較他稍遜，見他撲到，拔足便逃。南海鱷神雙足在地下一點，又撲了過去。

木婉清叫道：「他逃走了，那便是心虛。若不是他殺了你徒兒，何必逃走？」南海鱷神吼道：「對，對！這話有理！還我徒兒的命來！」兩人一追一逃，轉眼間便繞到了山後。木婉清暗暗歡喜，片刻之間，只聽得南海鱷神吼聲自遠而近，兩人從山後追逐而來。

雲中鶴的輕功比南海鱷神高明得多，他一個竹桿般的瘦長身子搖搖擺擺，東一晃，西一飄，南海鱷神老是跟他相差了一大截。兩人剛過木婉清眼前，剎那間又已轉到了山後。待得第二次追逐過來，雲中鶴猛地一個長身，飄到木婉清身前，伸手便往她肩頭抓去。木婉清大吃一驚，右手急揮，嗤的一聲，一枝毒箭向他射去。雲中鶴向左挪移半尺，避開毒箭，也不知他身形如何轉動，長臂竟抓到了木婉清面門。木婉清急忙閃避，終於慢了一步，臉上斗然一涼，面幕已被他抓在手中。

雲中鶴見到她秀麗的面容，不禁一呆，淫笑道：「妙啊，這小娘兒好標致。只是不夠風騷，尚未十全十美……」說話之間，南海鱷神已然追到，呼的一掌，向他後心拍去。雲中鶴右掌運氣反擊，蓬的一聲大響，兩股掌風相碰，木婉清只覺一陣窒息，氣也透不過來，丈餘方圓之內，塵沙飛揚。雲中鶴借著南海鱷神這一掌之力，向前縱出二丈有餘。南海鱷神吼道：「再吃我三掌。」雲中鶴笑道：「你追我不上，我也打你不過。再鬥一天一晚，也不過是如此。」

兩人追逐已遠，四周塵沙兀自未歇，木婉清心想：「我須得設法攔住這雲中鶴，否則兩人永遠動不上手。」等兩人第三次繞山而來，木婉清縱身而上，嗤嗤嗤響聲不絕，六七枝毒箭向雲中鶴射去，大聲叫道：「還我夫君的命來。」雲中鶴聽著短箭破空之聲，知道厲害，竄高伏低，連連閃避。木婉清挺起長劍，刷刷兩劍向他刺去。雲中鶴知她心意，竟不抵敵，飄身閃避。但這樣一阻，南海鱷神雙掌已左右拍到，掌風將他全身圈住。

雲中鶴獰笑道：「老三，我幾次讓你，只是為了免傷咱們四大惡人的和氣，難道我當真怕了你不成？」雙手在腰間一掏，兩隻手中各已握了一柄鋼抓，這對鋼抓柄長三尺，抓頭各有一隻人手，手指箕張，指頭發出藍汪汪的閃光，左抓向右，右抓向左，封住了身前，擺著個只守不攻之勢。

南海鱷神喜道：「妙極，七年不見，你練成了一件古怪兵刃，瞧老子的！」解下背上包袱，取了兩件兵刃出來。

木婉清情知自已倘若加入戰團，徒勞無益，當即退開幾步。只見南海鱷神右手握著一把短柄長口的奇形剪刀，剪口盡是鋸齒，宛然是一隻鱷魚的嘴巴，左手拿著一條鋸齒軟鞭，成鱷魚尾巴之形。

雲中鶴斜眼向這兩件古怪兵刃瞧了一眼，右手鋼抓挺出，驀地向南海鱷神面門抓去。南海鱷神左手鱷尾鞭翻起，拍的一聲，將鋼抓盪開。雲中鶴出手快極，右手鋼抓尚未縮回，左手鋼抓已然遞出。只聽得喀喇一聲響，鱷嘴剪伸將上來，挾住他鋼抓一絞。這鋼抓是純鋼打就，但鱷嘴剪的剪口不知是何物鑄成，竟將鋼抓的五指剪斷了兩根。總算雲中鶴縮手得快，保住了鋼抓上另外的三指，但他所練抓法，十根手指每一指都有功用，少了兩指，威力登時減弱，心下甚是懊喪。南海鱷神狂笑聲中，鱷尾鞭疾捲而上。

突然間一條青影從二人之間輕飄飄的插入，正是葉二娘到了。她左掌橫掠，貼在鱷尾鞭上，斜向外推，雲中鶴已乘機躍開。葉二娘道：「老三、老四，幹甚麼動起傢伙來啦？」一轉眼看到木婉清的容貌，臉色登時一變。

木婉清見她手中又抱著一個男嬰，約莫三四歲年紀，錦衣錦帽，唇紅面白，甚是可愛，才知她適才下山，原來去尋覓嬰兒。木婉清見到她眼中發出異樣光芒，忙轉過頭不敢看她，只聽得那嬰兒大聲叫道：「爸爸！爸爸！山山要爸爸。」葉二娘柔聲道：「山山乖，爸爸待會兒就來啦。」木婉清想到草叢中那六具童屍的可怖情狀，再聽到她這般慈愛親切的撫慰言語，登時打個寒戰。

雲中鶴笑道：「二姊，老三新練成的鱷嘴剪和鱷尾鞭可了不起啊。適才我跟他練了幾手玩玩，當真難以抵擋。這七年來你練了甚麼功夫？能敵得過老三這兩件厲害傢伙嗎？只怕你也不成罷。」他不提南海鱷神冤枉自己害死了他門徒，輕描淡寫的幾句話，便想引得葉二娘和南海鱷神動手。

葉二娘上峯之時，早已看到二人實是性命相搏，決非練武拆招，當下淡淡一笑，說道：「這七年來我勤修內功，兵刃拳腳上都生疏了，定然不是老三和你的對手。」

忽聽得山腰中一人長聲喝道：「兀那婦人，你搶去我兒子幹麼？快還我兒子來！」聲音甫歇，人已竄到峯上，身法甚是利落。這人四十來歲年紀，身穿古銅色緞袍，手提長劍。

南海鱷神喝道：「你這傢伙是誰？到這裏來大呼小叫。我的徒兒是不是你偷了去？」葉二娘笑道：「這位老師是『無量劍』東宗掌門人左子穆先生。劍法倒也罷了，生個兒子卻挺肥白可愛。」

木婉清登即恍然：「原來葉二娘在無量山中再也找不到小兒，竟將無量劍掌門人的小兒擄了來。」

葉二娘道：「左先生，令郎生得真有趣，我抱來玩玩，明天就還給你。你不用著急。」說著在山山的臉頰上親了親，輕輕撫摸他頭髮，顯得不勝愛憐。左山山見到父親，大聲叫喚：「爸爸，爸爸！」左子穆伸出左手，走近幾步，說道：「小兒頑劣不堪，沒甚麼好玩的，請即賜還，在下感激不盡。」他見到兒子，說話登時客氣了，只怕這女子手上使勁，當下便捏死了他兒子。

南海鱷神笑道：「這位『無惡不作』葉三娘，就算是皇帝的太子公主到了她手中，那也是決計不還的。」

左子穆身子一顫，道：「你……你是葉三娘？那麼葉二娘……葉二娘是尊駕何人？」他曾聽說「四大惡人」中有個排名第二的女子葉二娘，每日清晨要搶一名嬰兒來玩弄，弄到傍晚便弄死了，只怕這「葉三娘」和葉二娘乃是姊妹妯娌之屬，性格一般，那可糟了。

葉二娘格格嬌笑，說道：「你別聽他胡說八道的，我便是葉二娘，世上又有甚麼葉三娘了？」

左子穆一張臉霎時之間全無人色。他一發覺幼兒被擒，便全力追趕而來，途中已覺察她武功遠在自己之上，初時還想這婦人素不相識，與自己無怨無仇，不見得會難為了兒子，一聽到她竟然便是「無惡不作」葉二娘，又想喝罵、又想求懇的言語塞在咽喉之中，竟然說不出口來。

葉二娘道：「你瞧這孩兒皮光肉滑，養得多壯！血色紅潤，晶瑩透明，畢竟是武學名家的子弟，跟尋常農家的孩兒大不相同。」一面說，一面拿起孩子的手掌對著太陽，察看他血色，嘖嘖稱讚，便似常人在菜市購買雞鴨魚羊、揀精揀肥一般。

左子穆見她一副饞涎欲滴的模樣，似乎轉眼便要將自己的兒子吃了，如何不驚怒交迸？明知不敵，也得拚命，當下使招「白虹貫日」，劍尖向她咽喉刺去。

葉二娘淺笑一聲，將山山的身子輕輕移過，左子穆這一劍倘若繼續刺去，首先便刺中了愛兒。幸好他劍術精湛，招數未老，陡然收勢，劍尖在半空中微微一抖，一個劍花，變招斜刺葉二娘右肩。葉二娘仍不閃避，將山山的身子一移，擋在身前。霎時之間，左子穆上下左右連刺四劍，葉二娘以逸待勞，只將山山略加移動，這四下凌厲狠辣的劍招便都只使得半招而止。山山卻已嚇得放聲大哭。

雲中鶴給南海鱷神追得繞山三匝，鋼抓又斷了二指，一口憤氣無處發洩，突然間縱身而上，左手鋼抓疾往左子穆頭頂抓落。左子穆長劍上掠，使招「萬卉爭艷」，劍光亂顫，牢牢將上盤封住。噹的一聲輕響，兩件兵刃相交，左子穆一招「順水推舟」，劍鋒正要乘勢向敵人咽喉推去，驀地裏鋼抓手指合攏，竟將劍刃抓住。

左子穆大吃一驚，卻不肯就此撤劍，急運內力回奪，噗的一下，雲中鶴右手鋼抓已插入他肩頭。幸好這柄鋼抓的五根手指已被南海鱷神削去了兩根，左子穆所受創傷稍輕，但也已鮮血迸流，三根鋼指拿住了他肩骨牢牢不放。雲中鶴上前補了一腳，將他踢倒，這幾下兔起鶻落，一個名門大派的掌門人竟無招架餘地。

南海鱷神讚道：「老四，這兩下子不壞，還不算丟臉。」

葉二娘笑吟吟的道：「左大掌門，你見到我們老大沒有？」左子穆右肩骨被鋼指抓住，絲毫動彈不得，強忍痛楚，說道：「你老大是誰？我沒見過。」南海鱷神也問：「你見過我徒兒沒有？」左子穆又道：「你徒兒是誰？我沒見過。」南海鱷神怒道：「你既不知我徒兒是誰，怎能說沒有見過？放你媽的狗臭屁！三妹，快將他兒子吃了。」葉二娘道：「你二姊是不吃小孩兒的。左大掌門，你去罷，我們不要你的性命。」

左子穆道：「既是如此。葉……葉二娘，請你還我兒子，我去另外給你找三四個小孩兒來。左某永感大德。」葉二娘笑咪咪的道：「那也好！你去找八個孩兒來。我們這裏一共四人，每人抱兩個，夠我八天用的了。老四，你放了他。」

雲中鶴微微一笑，鬆了機括，鋼指張開。左子穆咬牙站起身來，向葉二娘深深一揖，伸手去抱孩兒。葉二娘笑道：「你也是江湖上的人物，怎地不明規矩？沒八個孩兒來換，我隨隨便便就將你孩子還你？」

左子穆見兒子被她摟在懷裏，雖是萬分不願，但格於情勢，只得點頭道：「我去挑選八個最肥壯的孩子給你，望你好好待我兒子。」葉二娘不再理他，口中又低聲哼起兒歌來，只道：「乖孫子，你奶奶疼你。」左子穆既在眼前，她就不肯叫孩子為「孩兒」了。

左子穆聽這稱呼，她竟是要做自己老娘，當真啼笑皆非，向兒子道：「山山，乖孩子，爸爸馬上就回來抱你。」山山大聲哭叫，掙扎著要撲到他的懷裏。左子穆戀戀不捨的向兒子瞧了幾眼，左手按著肩頭傷處，轉過頭來，慢慢向崖下走去。

突然間山峯後傳來一陣尖銳的鐵哨子聲，連綿不絕。南海鱷神和雲中鶴同時喜道：「老大到了！」兩人縱身而起，一溜煙般向鐵哨聲來處奔去，片刻間便已隱沒在巖後。

葉二娘卻漫不在乎，仍是慢條斯理的逗弄孩兒，向木婉清斜看一眼，笑道：「木姑娘，你這對眼珠子挺美啊，生在你這張美麗的臉上，更加不得了。左大掌門，你給我幫個忙，去挖了這小姑娘的眼珠。」

左子穆兒子在人掌握，不得不聽從吩咐，說道：「木姑娘，你還是順從葉二娘的話罷，也免得多吃苦頭。」說著挺劍便向木婉清刺去。木婉清叱道：「無恥小人！」仗劍反擊，劍尖直指左子穆的左肩，三招過去，身子斜轉，突然間左手向後微揚，嗤嗤嗤，三枝毒箭向葉二娘射去，要攻她個出其不意。左子穆大叫：「別傷我孩兒。」

不料這三箭去得雖快，葉二娘左手衫袖一拂，已捲下三枝短箭，甩在一旁，隨手除了山山右腳的一隻小鞋，向她後心擲去。木婉清聽到風聲，回劍擋格，但重傷之餘，出劍不準，鞋子順著劍鋒滑溜而前，噗的一聲，打在她右腰。葉二娘在鞋上使了陰勁，木婉清急運內力相抗，但一口氣提不上來，登時半身酸麻，長劍嗆啷落地，便在此時，山山的第二隻鞋子又已擲到，這一次正中胸口。她眼前一黑，再也支持不住，一交坐倒。左子穆劍尖斜處，已抵住她胸口，左手便去挖她右眼。

木婉清低叫一聲：「段郎！」身子前撲，往劍尖上迎去，寧可死在他劍下，勝於受這挖目之慘。

左子穆縮劍向後，猛地裏手腕一緊，長劍把揑不住，脫手上飛，勢頭帶得他向後跌了兩步。三人都是一驚，不約而同抬頭向長劍瞧去。只見劍身被一條細長軟索捲住，軟索盡頭是根鐵桿，持在一個身穿黃衣的軍官手中。這人約莫三十來歲年紀，臉上英氣逼人，不住的嘿嘿冷笑。葉二娘認得他是七日前與雲中鶴相鬥之人，武功頗為不弱，然而比之自己尚差了一籌，也不去懼他，只不知他的同伴是否也到了，斜目瞧去，果見另一個黃衣軍官站在左首，這人腰間插著一對板斧。

葉二娘正要開言，忽聽得背後微有響動，當即轉身，只見東南和西南兩邊角上，各自站著一人，所穿服色與先前兩人相同，黃衣褚幞頭，武官打扮。東南角上的手執一對判官筆，西南角上的則手執熟銅齊眉棍，四人分作四角，隱隱成合圍之勢。

左子穆朗聲道：「原來宮中褚、古、傅、朱四大護衛一齊到了，在下無量劍左子穆這廂有禮。」說著向四人團團一揖。那持判官筆的護衛朱丹臣抱拳還禮，其餘三人卻並不理會。

那最先趕到的護衛褚萬里抖動鐵桿，軟索上所捲的長劍在空中不住晃動，陽光照耀下閃閃發光。他冷笑一聲，說道：「『無量劍』在大理也算是個名門大派，沒想到掌門人竟是這麼一個卑鄙之徒。段公子呢？他在那裏？」

木婉清本已決意一死，忽來救星，自是喜出望外，聽他問到段公子，更是情切關心。

左子穆道：「段……段公子？是了，數日之前，曾見過段公子幾面……現今卻不知……卻不知到那裏去了。」

木婉清道：「段公子已給這婆娘的兄弟害死了。」說著手指葉二娘，又道：「那人叫做甚麼『窮兇極惡』雲中鶴，身材又高又瘦，好似竹桿模樣……」

褚萬里大吃一驚，喝道：「當真？便是那人？」那手持熟銅棍的護衛傅思歸聽得段譽被人害死，悲怒交集，叫道：「段公子，我給你報仇。」熟銅棍向葉二娘當頭砸落。

葉二娘閃身避開，叫道：「啊喲，大理國褚古傅朱四大護衛我的兒啊，你們短命而死，我做娘的好不傷心！你們四個短命的小心肝，黃泉路上，等一等你的親娘葉二娘啊。」褚、古、傅、朱四人年紀也小不了她幾歲，她卻自稱親娘，「我的兒啊」、「短命的小心肝啊」叫將起來。

傅思歸大怒，一根銅棍使得呼呼風響，霎時間化成一團黃霧，將她裹在其中。葉二娘雙手抱著左子穆的幼兒，在銅棍之間穿來插去的閃避，銅棍始終打她不著。那孩兒大聲驚叫哭喊。左子穆急叫：「兩位停手，兩位停手！」

另一個護衛從腰間抽出板斧，喝道：「『無惡不作』葉二娘果然名不虛傳，待我古篤誠領教高招。」人隨聲到，著地捲去，出手便是「盤根錯節十八斧」絕招，左一斧，右一斧的砍她下盤。葉二娘笑道：「這孩子礙手礙腳，你先將他砍死了罷。」將手中孩子往下一送，向斧頭上迎去。古篤誠吃了一驚，急忙收斧，不料葉二娘裙底一腿飛出，正中他肩頭，幸好他軀體粗壯，挨了這一腿只略一踉蹌，並未受傷，立即撲上又打。葉二娘以小孩為護符，古篤誠和傅思歸兵刃遞出去時便大受牽制。

左子穆急叫：「小心孩子！這是我的小兒，小心，小心！傅兄，你這一棍打得偏高了。古兄，你的斧頭別……別往我孩兒身上招呼。」

正混亂間，山背後突然飄來一陣笛聲，清亮激越，片刻間便響到近處，山坡後轉出一個寬袍大袖的中年男子，三綹長鬚，形貌高雅，雙手持著一枝鐵笛，兀自湊在嘴邊吹著。朱丹臣快步上前，走到他身邊，低聲說了幾句。那人吹笛不停，曲調悠閒，緩步向正自激鬥的三人走去。猛地裏笛聲急響，只震得各人耳鼓中都是一痛。他十根手指一齊按住笛孔，鼓氣疾吹，鐵笛尾端飛出一股勁風，向葉二娘臉上撲去。葉二娘一驚之下轉臉相避，鐵笛一端已指向她咽喉。

這兩下快得驚人，饒是葉二娘應變神速，也不禁有些手足無措，百忙中腰肢微擺，上半身硬硬生生的向後讓開尺許，將左山山往地下一拋，伸手便向鐵笛抓去。寬袍客不等嬰兒落地，大袖揮出，已捲起了嬰兒。葉二娘剛抓到鐵笛，只覺笛上燙如紅炭，吃了一驚：「笛上敷有毒藥？」急忙撒掌放笛，躍開幾步。寬袍客大袖揮出，將山山穩穩的擲向左子穆。

葉二娘一瞥眼間，見到寬袍客左掌心殷紅如血，又是一驚：「原來笛上並非敷有毒藥，乃是他以上乘內力，燙得鐵笛如同剛從鎔爐中取出來一般。」不由自主的又退了數步，笑道：「閣下武功好生了得，想不到小小大理，竟有這樣的高人。請問尊姓大名？」

那寬袍客微微一笑，說道：「葉二娘駕臨敝境，幸會，幸會。大理國該當一盡地主之誼才是。」左子穆抱住了兒子，正自驚喜交集，衝口而出：「尊駕是高……高君侯麼？」那寬袍客微笑不答，問葉二娘道：「段公子在那裏？還盼見告。」

葉二娘冷笑道：「我不知道，便是知道，也不會說。」突然縱身而起，向山峯飄落。寬袍客道：「且慢！」飛身追去，驀地裏眼前亮光閃動，七八件暗器連珠般擲來，分打他頭臉數處要害。寬袍客揮動鐵笛，一一擊落。只見她一飄一晃，去得已遠，再也追不上了。再瞧落在地下的暗器時，每一件各不相同，均是懸在小兒身上的金器銀器，或為長命牌，或為小鎖片，他猛地想起：「這都是被她害死的眾小兒之物。此害不除，大理國中不知更將有多少小兒喪命。」

褚萬里一揮鐵桿，軟索上捲著的長劍托地飛出，倒轉劍柄，向左子穆飛去。左子穆伸手挽住，滿臉羞慚，無言可說。褚萬里轉向木婉清，問道：「到底段公子怎樣了？是真的為雲中鶴所害麼？」

木婉清心想：「這些人看來都是段郎的朋友，我還是跟他們說了實話，好一齊去那邊山崖上仔細尋訪。」正待開言，忽聽得半山裏有人氣急敗壞的大叫：「木姑娘……木姑娘……你還在這兒麼？南海鱷神，我來了，你千萬別害木姑娘！拜不拜師父，咱們慢慢商量……木姑娘，木姑娘，你沒事罷？」

寬袍客等一聽，齊聲歡呼：「是公子爺！」

木婉清苦等他七日七夜，早已心力交瘁，此刻居然聽到他的聲音，驚喜之下，只覺眼前一黑，便即暈了過去。

昏迷之中，耳邊只聽有人低呼：「木姑娘，木姑娘，你，你快醒來！」她神智漸復，覺得自己躺在一人懷中，被人抱著肩背，便欲跳將起來，但隨即想到：「是段郎來了。」心中又是甜蜜，又是酸苦，緩緩睜開眼來，眼前一雙眼睛清淨如秋水，卻不是段譽是誰？只聽他喜道：「啊，你終於醒轉了。」木婉清淚水滾滾而下，反手一掌，重重打了他個耳光，身子卻仍躺在他懷裏，一時無力掙扎躍起。

段譽撫著自己臉頰，笑道：「你動不動的便打人，真夠橫蠻的了！」問道：「南海鱷神呢？他不在這裏等我麼？」木婉清道：「人家已等了你七日七夜，還不夠麼？他走啦。」段譽登時神采煥發，喜道：「妙極，妙極！我正好生擔心。他若硬要逼我拜他為師，可不知如何是好了。」

木婉清道：「你既不願做他徒兒，又到這兒來幹麼？」段譽道：「咦！你落在他手中，我若不來，他定要難為你，那怎麼得了？」木婉清心頭一甜，道：「哼！你這人良心壞極，我恨不得一劍殺了你。幹麼你遲不來，早不來，直等他走了，你到了幫手，這才來充好人？這七天七晚之中，你又不來尋我？」

段譽嘆了口氣，道：「我一直為人所制，動彈不得，日夜牽掛著你，真是焦急死了。我一得脫身，立即趕來。」

那日南海鱷神擄了木婉清而去，段譽獨處高崖，焦急萬狀：「我若不趕去求這惡人收我為徒，木姑娘性命難保。可是要我拜這惡人為師，學那喀喇一聲、扭斷脖子的本事，終究是幹不得的。他教我這套功夫之時，多半還要找些人來讓我試練，試了一個又一個，那可糟糕之極。好在這惡人雖然兇惡之至，倒也講理，我怎地跟他辯駁一場，叫他既放了木姑娘，又不必收我為徒。」

在崖邊徘徊徬徨，肚中又隱隱痛將起來，突然想到：「啊喲，不好，胡塗透頂，我怎地忘了？我在那山洞之中，早已拜了神仙姊姊為師，已算是『逍遙派』的門徒。『逍遙派』的弟子，又怎能改投南海鱷神門下？對了，我這就跟這惡人說去，理直氣壯，諒他非連說『這話倒也有理』不可。」

轉念又想：「這惡人勢必叫我露幾手『逍遙派』的武功來瞧瞧，我一點也不會，他自然不信我是『逍遙派』弟子。」跟著想起：「神仙姊姊吩咐，叫我每天朝午晚三次，練她那個卷軸中的神功，這幾天搞得七葷八素，可半次也沒練過，當真該死之至。」心下歉疚，正要伸手入懷去摸那卷軸，忽聽得身後腳步聲響，他轉過身來，吃了一驚，只見崖邊陸陸續續的上來數十人。

當先一人便是神農幫幫主司空玄，其後卻是無量劍東宗掌門左子穆、西宗掌門辛雙清，此外則是神農幫幫眾，無量劍東西宗的弟子，數十人混雜在一起。段譽心道：「怎地雙方不打架了？化敵為友，倒也很好。」只見這數十人分向兩旁站開，恭恭敬敬的躬身，顯是靜候甚麼大人物上來。

片刻間綠影晃動，崖邊竄上八個女子，一色的碧綠斗篷，斗篷上繡著黑鷲。段譽暗暗叫苦：「我命休矣！」這八個女子四個一邊的站在兩旁，跟著又有一個身穿綠色斗篷的女子走上崖來。這女子二十來歲年紀，容貌清秀，眉目間卻隱含煞氣，向段譽瞪眼道：「你是甚麼人？在這裏幹甚麼？」

段譽一聽此言，心中大喜：「她不知我和木姑娘殺過她四個姊妹，又冒充過甚麼靈鷲宮聖使。幸好我的斗篷已裹在那胖老太婆平婆婆身上，木姑娘的斗篷又飄入了瀾滄江。死無對證，跟她推個一乾二淨便了。」說道：「在下大理段譽，跟著朋友到這位左先生的無量宮中作客……」

左子穆插口道：「段朋友，無量劍已歸附天山靈鷲宮麾下，無量宮改稱『無量洞』，那無量宮三字，今後是不能叫的了。」

段譽心道：「原來你打不過人家，認輸投降了，這主意倒也高明。」說道：「恭喜，恭喜。左先生棄暗投明，好得很啊。」

左子穆心想：「我本來有甚麼『暗』？現下又有甚麼『明』了？」但這話自然是不能說的，惟有苦笑。

段譽續道：「在下見到司空幫主跟左先生有點誤會，一番好意想上前勸解，卻不料弄得一團糟。本是奉司空幫主之命去取解藥，豈知卻遇上一個大惡人，叫作南海鱷神岳老三，說我資質不錯，要收我為徒。我說我不學武功，可是這南海鱷神不講道理，將我抓到了這裏，高高擱起，要我非拜他為師不可。在下手無縛雞之力。」說著雙手一攤，又道：「這般高峯險崖，那說甚麼也下不去的。姑娘問我在這裏幹甚麼？那便是等死了。」他這番話倒無半句虛言，前段屬實，後段也不假，只不過中間漏去了一大段，心想：「孔夫子筆削『春秋』，述而不作。刪削刪削，不違聖人之道，撒謊便非君子了。」

那女子「嗯」了一聲，說：「四大惡人果是到了大理。岳老三要收你為徒，你的資質有甚麼好？」也不等段譽回答，眼光向司空玄與左子穆兩人掃去，問道：「他的話不假罷？」

左子穆道：「是。」司空玄道：「啟稟聖使，這小子不會半點武功，卻老是亂七八糟的瞎搗亂。」

那女子道：「你們說見到那兩個冒充我姊妹的賤人逃到了這山峯上，卻又在那裏？段相公，你可見到兩個身穿綠色斗篷、跟我們一樣打扮的女子沒有？」

段譽道：「沒有啊，沒見到兩個跟姊姊一樣打扮的女子。」心道：「穿了綠色斗篷冒充你們的，是一個男子和一個女子。我沒照鏡子，瞧不見自己；木姑娘是『一個女子』，不是

『兩個女子』。」

那女子點點頭，轉頭問司空玄道：「你在靈鷲宮屬下，時候不少了罷？」司空玄戰戰兢兢的道：「有……有八年啦。」那女子道：「連我們姊妹也認不出，這麼胡塗，還能給童姥她老人家辦甚麼事？今年生死符的解藥，不用指望了罷。」司空玄臉如土色，跪倒在地，不住磕頭，求道：「聖使開恩，聖使開恩。」

段譽心想：「這山羊鬍子倒還沒死，難道木姑娘給他的假解藥管用，還是靈鷲宮給了他甚麼靈丹妙藥？那『生死符的解藥』，卻又是甚麼東西？」

那女子對司空玄不加理睬，對辛雙清道：「帶了段相公下去。四大惡人若來囉唣，叫他們上縹緲峯靈鷲宮來找我。擒拿那兩個冒牌小賤人的事，著落在你們無量洞頭上。哼哼，好大的膽子！還有，干光豪、葛光珮兩個叛徒，務須抓回來殺了。見到我那四位姊妹，說我叫她們逕行回靈鷲宮，我不等她們了。」她說一句，辛雙清答應一句，眼光竟不敢和她相接。那女子說罷，再也不向眾人多瞧一眼，逕自下峯，她屬下八名女子跟隨在後。

司空玄一直跪在地下，見九女下峯，忙躍起身來奔到崖邊，叫道：「符聖使，請你上覆童姥，司空玄對不起她老人家。」一奔向高崖的另一邊，湧身向瀾滄江中跳了下去。

眾人齊聲驚呼。神農幫幫眾紛紛奔到崖邊，但見濁浪滾滾，洶湧而過，幫主早已不知去向，有的便搥胸哭出聲來。

無量劍眾人見司空玄落得如此下場，面面相覷，盡皆神色黯然。

段譽心道：「這位司空玄幫主之死，跟我的干係可著實不小。」心下甚是歉疚。

辛雙清指著無量劍東宗的兩名男弟子道：「你們照料著段相公下去。」那兩人一個叫郁光標，一個叫吳光勝，一齊躬身答應。

段譽在郁吳二人攙扶拖拉之下，好不辛苦的來到山腳，吁了一口長氣，向左子穆和辛雙清拱手道：「多承相救下山，這就別過。」一眼望南海鱷神先前所指的那座高峯，心想：「要上這座小峯，可比適才下峯加倍艱難，看來無量劍的人也不會這麼好心，又將我拉上峯去。為了相救木姑娘，那也只有拚命了。」

不料辛雙清道：「你不忙走，跟我一起去無量洞。」段譽忙道：「不，不。在下有要事在身，不能奉陪。恕罪，恕罪。」辛雙清哼了一聲，做個手勢。郁吳兩人各伸一臂，挽住了段譽雙臂，逕自前行。段譽叫道：「喂，喂，辛掌門，左掌門，我段譽可沒得罪你們啊。剛才那位聖使姊姊吩咐你們帶我下山，現今山已下了，我也已謝過了你們，又待怎地？」辛雙清和左子穆均不理會。段譽在郁吳兩人左右挾持之下，抗拒不得，只有跟著他們來到無量洞。

郁吳兩人帶著他經過五進屋子，又穿過一座大花園，來到三間小屋之前。吳光勝打開房門，郁光標在他背上重重一推，推進門內，隨即關上木門，只聽得喀喇一聲響，外面已上了鎖。

段譽大叫：「你們無量劍講理不講？這可不是把我當作了犯人嗎？無量劍又不是官府，怎能胡亂關人？」可是外面聲息闃然，任他大叫大嚷，沒一人理會。

段譽嘆了口長氣，心想：「既來之，則安之。那也只有聽天由命了。」適才下峯行路，實已疲累萬分，眼見房中有床有桌，躺在床上放頭便睡。

睡不多久，便有人送飯來，飯菜倒也不惡。段譽向送飯的僕役道：「你去稟告左辛兩位掌門，說我有話……」一句話沒說完，郁光標在門外粗聲喝道：「姓段的，你給我安安靜靜的，坐著也罷，躺著也罷，再要吵吵嚷嚷，莫怪我們不客氣。你再開口說一句話，我就打你一個耳括子。兩句話，兩個耳光，三句三個。你會不會計數？」

段譽當即住口，心想：「這些粗人說得出，做得到。給木姑娘打幾個耳光，痛在臉上，甜在心裏。給你老兄打上幾掌，滋味可大不相同。」吃了三大碗飯，倒在床上又睡，心想：「木姑娘這會兒不知怎麼樣了？最好是她放毒箭射死了那南海鱷神，脫身逃走，再來救我出去。唉，我怎地盼望她殺人？」胡思亂想一會，便睡著了。

這一覺睡到次日清晨才醒，只見房中陳設簡陋，窗上鐵條縱列，看來竟然便是無量劍關人的所在，只是空間寬敞，倒無局促之感，心想第一件事，須得遵照神仙姊姊囑咐，練她的「北冥神功」，於是從懷中摸出卷軸，放在桌上，一想到畫中的裸像，一顆心便怦怦亂跳，面紅耳赤，急忙正襟危坐，心中默告：「神仙姊姊，我是遵你吩咐，修習神功，可不是想偷看你的貴體，褻瀆莫怪。」

緩緩展開，將第一圖後的小字看了幾遍。這等文字上的功夫，在他自是猶如家常便飯一般，看一遍即已明白，第二遍已然記住，讀到第三遍後便有所會心。他不敢多看圖中女像，記住了像上的經脈和穴位，便照著卷軸中所記的法門練了起來。

文中言道：本門內功，適與各家各派之內功逆其道而行，是以凡曾修習內功之人，務須盡忘已學，專心修習新功，若有絲毫混雜岔亂，則兩功互衝，立時顛狂嘔血，諸脈俱廢，最是凶險不過。文中反覆致意，說的都是這個重大關節。段譽從未練過內功，於這最艱難的一關竟可全然不加措意，倒也方便。

只小半個時辰，便已依照圖中所示，將「手太陰肺經」的經脈穴道存想無誤，只是身上內息全無，自也無法運息通行經脈。跟著便練「任脈」，此脈起於肛門與下陰之間的「會陰穴」，自曲骨、中極、關元、石門諸穴直通而上，經腹、胸、喉，而至口中下齒縫間的「斷基穴」。任脈穴位甚多，經脈走勢卻是筆直一條，十分簡易，段譽頃刻間便記住了諸穴的位置名稱，伸手在自己身上一個穴道、一個穴道的摸過去。此脈仍是逆練，由斷基、承漿、廉泉、天突一路向下至會陰而止。

圖中言道：「手太陰肺經暨任脈，乃北冥神功根基，其中拇指之少商穴，及兩乳間之膻中穴，尤為要中之要，前者取，後者貯。人有四海：胃者水穀之海，衝脈者十二經之海，膻中者氣之海，腦者髓之海是也。食水穀而貯於胃，嬰兒生而即能，不待練也。以少商取人內力而貯之於我氣海，惟逍遙派正宗北冥神功能之。人食水穀，不過一日，盡洩諸外。我取人內力，則取一分，貯一分，不洩無盡，愈積愈厚，猶北冥天池之巨浸，可浮千里之鯤。」

段譽掩卷凝思：「這門功夫純係損人利己，將別人辛辛苦苦練成的內力，取來積貯於自身，豈不是如同食人之血肉？又如盤剝重利，搜刮旁人錢財而據為己有？我已答應了神仙姊姊，不練是不成的了，但我此生決不取人內力。」

轉念又想：「伯父常說，人生於世，不衣不食，無以為生，而一粥一飯，半絲半縷，盡皆取之於人。取人之物，殆無可免，端在如何報答。取之者寡而報之者厚，那就是了。取於為富不仁之徒，用於貧困無依之輩，非但無愧於心，且是仁人義士的慈悲善舉，儒家佛家，其理一般。取民脂民膏以供奉一己之窮奢極欲，是為殘民以逞；以之兼善天下，普施於眾，則為萬家生佛。是以不在取與不取，而在用之為善為惡。」想明白了此節，倒也不覺修習這門功夫是如何不該了。

心下坦然之餘，又想：「總而言之，我這一生要多做好事，不做壞事。巨象可負千斤，螻蟻僅曳一芥，力大則所做好事亦大，做起壞事來也厲害。以南海鱷神的本領，若是專做好事，豈非造福不淺？」想到這裏，覺得就算拜了南海鱷神為師，只要專扭壞人的脖子，似乎「這話倒也有理」。

卷軸中此外諸種經脈修習之法甚多，皆是取人內力的法門，段譽雖然自語寬解，總覺習之有違本性，單是貪多務得，便非好事，當下暫不理會。

捲到卷軸末端，又見到了「凌波微步」那四字，登時便想起「洛神賦」中那些句子來：「凌波微步，羅襪生塵……轉盼流精，光潤玉顏。含辭未吐，氣若幽蘭。華容婀娜，令我忘餐。」曹子建那些千古名句，在腦海中緩緩流過：「穠纖得衷，修短合度，肩若削成，腰如約素，延頸秀項，皓質呈露，芳澤無加，鉛華弗御。雲髻峨峨，修眉連娟。丹唇外朗，皓齒內鮮。明眸善睞，輔靨承權。瓌姿艷逸，儀靜體閒。柔情綽態，媚於語言……」想到神仙姊姊的姿容體態，「皎若太陽升朝霞，灼若芙蓉出綠波」，但覺依她的吩咐行事，實是人生至樂，當真百死不辭，萬劫無悔，心想：「我先來練這『凌波微步』，此乃逃命之妙法，非害人之本領也，練之有百利而無一害。」

卷軸上既繪明步法，又詳註易經六十四卦的方位，他熟習易經，學起來自不為難。但有時卷軸上步法甚怪，走了上一步後，無法接到下一步，直至想到須得憑空轉一個身，這才極巧妙自然的接上了；有時則須躍前縱後、左竄右閃，方合於卷上的步法。他書獃子的勁道一發，遇到難題便苦苦鑽研，一得悟解，樂趣之大，實是難以言宣，不禁覺得：「武學之中，原來也有這般無窮樂趣，實不下於讀書誦經。」

如此一日過去，卷上的步法已學得了兩三成，晚飯過後，再學了十幾步，便即上床。迷迷糊糊中似睡似醒，腦子中來來去去的不是少商、膻中、關元、中極諸穴道，便是同人、大有、歸妹、未濟等易卦。

睡到中夜，猛聽到江昂、江昂、江昂、江昂幾下巨吼，登時驚醒，過不多久，又聽得江昂、江昂、江昂幾下大吼，聲音似是牛吽，卻又多了幾分淒厲之意，不知是甚麼猛獸。他知無量山中頗多毒蟲怪獸，聽得吼聲停歇，便也不以為意，著枕又睡。

卻聽得隔室有人說道：「這『莽牯朱蛤』已好久沒出現了，今晚忽然鳴叫，不知主何吉凶？」另一人道：「咱們東宗落到這步田地，吉是吉不起來的，只要不凶到家，就已謝天謝地了。」段譽知是那兩名男弟子郁光標與吳光勝，料來他們睡在隔壁，奉命監視，以防自己逃走。

只聽那吳光勝道：「咱們無量劍歸屬了靈鷲宮，雖然從此受制於人，不得自由，卻也得

了個大靠山，可說好壞參半。我最氣不過的，西宗明明不及我們東宗，幹麼那位符聖使卻要

辛師叔作無量洞之主，咱們師父反須聽她號令。」郁光標道：「誰教靈鷲宮中自天山童姥以

下個個都是女人哪？她們說天下男子沒一個靠得住。聽說這位符聖使倒是好心，派辛師叔做

了咱們頭兒，靈鷲宮對無量洞就會另眼相看。你瞧，符聖使對神農幫司空玄何等辣手，對辛

師叔的臉色就好得多。」吳光勝道：「郁師哥，這個我可又不明白了。符聖使對隔壁那小子

怎地又客客氣氣？甚麼『段相公』、『段相公』的，叫得好不親熱。」

段譽聽他們說到自己，更加凝神傾聽。

郁光標笑道：「這幾句話哪，咱們可只能在這裏悄悄的說。一個年輕姑娘，對一個小白臉客客氣氣，『段相公』、『段相公』的叫……」他說到「段相公」三字時，壓緊了嗓子，學著那靈鷲宮姓符聖使的腔調，自行再添上幾分嬌聲嗲氣，「……你猜是甚麼意思？」吳光勝道：「難道符聖使瞧中了這小白臉？」郁光標道：「小聲些，別吵醒了小白臉。」接著笑道：「我又不是符聖使肚裏的聖蛔蟲，又怎明白她老人家的聖意？我猜辛師叔也是想到了這一著，因此叫咱們好好瞧著他，別讓他走了。」吳光勝道：「那可要關他到幾時啊？」郁光標道：「符聖使在山峯上說：『辛雙清，帶了段相公下去，四大惡人若來囉唕，叫他們上縹緲峯靈鷲宮找我。』……」這幾句話又是學著那綠衣女子的腔調，「……可是帶了段相公下山怎麼樣？她老人家不說，別人也就不敢問。要是符聖使有一天忽然派人傳下話來：『辛雙清，把段相公送上靈鷲宮來見我。』咱們卻已把這姓段的小白臉殺了，放了，豈不是糟天下之大糕？」吳光勝道：「要是符聖使從此不提，咱們難道把這小白臉在這裏關上一輩子，以

便隨時恭候符聖使號令到來？」郁光標笑道：「可不是嗎？」

段譽心裏一連串的只叫：「苦也！苦也！」心道：「這位姓符的聖使姊姊尊稱我一聲『段相公』，只不過見我是讀書人，客氣三分，你們歪七纏八，又想到那裏去啦？你們就把我關到鬍子白了，那位聖使姊姊也決不會再想到我這個老白臉。」

正煩惱間，只聽吳光勝道：「咱二人豈不是也要……」突然江昂、江昂、江昂三響，那「莽牯朱蛤」又吼了起來。吳光勝立即住口。隔了好一會，等莽牯朱蛤不再吼叫，他才又說道：「莽牯朱蛤一叫，我總是心驚肉驚，瘟神爺不知這次又要收多少條人命。」郁光標道：「大家說莽牯朱蛤是瘟神爺的坐騎，那也是說說罷啦。文殊菩薩騎獅子，普賢菩薩騎白象，太上老君騎青牛，這莽牯朱蛤是萬毒之王，神通廣大，毒性厲害，故老相傳，就說牠是瘟菩薩的坐騎，其實也未必是真的。」

吳光勝道：「郁師兄，你說這莽牯朱蛤到底是甚麼樣兒。」郁光標笑道：「你想不想瞧瞧。」吳光勝笑道：「那還是你瞧過之後跟我說罷。」郁光標道：「我一見到莽牯朱蛤，毒氣立時沖瞎了眼睛，跟著毒質入腦，只怕也沒功夫來跟你說這萬毒之王的模樣兒了。還是咱哥兒倆一起去瞧瞧罷。」說著只聽得腳步聲響，又是拔下門閂的聲音。

吳光勝忙道：「別……別開這玩笑。」話聲發顫，搶過去上回門閂，郁光標笑道：「哈哈，我難道真有這膽子去瞧？瞧你嚇成了這副德性。」吳光勝道：「這種玩笑還是別開的為妙，莫要當真惹出甚麼事來。太太平平的，這就睡罷！」

郁光標轉過話題，說道：「你猜干光豪跟葛光珮這對狗男女，是不是逃得掉？」吳光勝道：「隔了這麼久還是不見影蹤，只怕當真給他們逃掉了。」郁光標道：「干光豪有多大本事，我可知道得一清二楚，這人貪懶好色，練劍又不用心，就只甜嘴蜜舌的騙女人倒有幾下散手。大夥兒東南西北都找遍了，連靈鷲宮的聖使也親自出馬，居然仍是給他們溜了，老子就是不信。」吳光勝道：「你不信可也得信啊。」

郁光標道：「我猜這對狗男女定是逃入深山，撞上了莽牯朱蛤。」吳光勝「啊」的一聲，大有驚懼之意。郁光標道：「這二人定是儘揀荒僻的地方逃去，一見到莽牯朱蛤，毒氣入腦，全身化為一灘膿血，自然影蹤全無。」吳光勝道：「你猜的倒也有幾分道理。」郁光標道：「甚麼幾分道理？若不是遇上了莽牯朱蛤，那就豈有此理。」吳光勝道：「說不定他二人耐不住啦，就在荒山野嶺裏這個那個起來，昏天黑地之際，兩人來一招『鯉魚翻身』，啊喲，乖乖不得了，掉入了萬丈深谷。」兩人都吃吃的淫笑起來。

段譽尋思：「木姑娘在那小飯鋪中射死了干葛二人，無量劍的人不會查不到啊。嗯，是了，定是那飯鋪老闆怕惹禍，快手快腳的將兩具屍身埋了。無量劍的人去查問，市集上的人見到他們手執兵器，兇神惡煞的模樣，誰也不敢說出來。」

只聽吳光勝道：「無量劍東西宗逃走了一男一女兩個弟子，也不是甚麼大事。皇帝不急太監急，靈鷲宮的聖使又幹麼這等著緊，非將這二人抓回來不可？」郁光標道：「這你就得動動腦筋，想上一想了。」吳光勝沉默半晌，道：「你知道我的腦筋向來不靈，動來動去，動不出甚麼名堂來。」

郁光標道：「我先問你：靈鷲宮要佔咱們的無量宮，那為了甚麼？」吳光勝道：「聽唐師哥說，多半是為了後山的無量玉壁。符聖使一到，三番四次的，就是查問無量玉壁上的仙影啦、劍法啦這些東西。對啦！咱們都遵照符聖使的吩咐，立下了毒誓，玉壁仙影的事，以後誰也不敢洩漏，可是干光豪與葛光珮呢，他們可沒立這個誓，既然叛離了本派，那還有不說出去的？」吳光勝一拍大腿，叫道：「對，對！靈鷲宮是要殺了這兩個傢伙滅口。」

郁光標低聲喝道：「別這麼嚷嚷的，隔壁屋裏有人，你忘了嗎？」吳光勝忙道：「是，是。」停了一會，說道：「干光豪這傢伙倒是艷福不淺，把葛光珮這白白嫩嫩的小麻皮摟在懷裏，這麼剝得她白羊兒似的，嘖嘖嘖……他媽的，就算後來化成了一灘膿血，那也……那也……嘿嘿。」

兩人此後說來說去，都是些猥褻粗俗的言語，段譽便不再聽，可是隔牆的淫猥笑話不絕傳來，不聽卻是不行，於是默想「北冥神功」中的經脈穴道，過不多時，便潛心內想，隔牆之言說得再響，卻一個字也聽不到了。

次日他又練那「凌波微步」，照著卷中所繪步法，一步步的試演。這步法左歪右斜，沒一步筆直進退，雖在室中，只須挪開了桌椅，也儘能施展得開，又學得十來步，驀地心想：「待會送飯之人進來，我只須這麼斜走歪步，立時便繞過了他，搶出門去，他未必能抓得我著。豈不是立刻便可逃走，不用在這屋裏等到變成老白臉了？」想到此處，喜不自勝，心道：「我可要練得純熟無比，只要走錯了半步，便給他一把抓住。說不定從此在我腳上加一副鐵鐐，再用根鐵鍊鎖住，那時凌波微步再妙，步來步去總是給鐵鍊拉住了，欲不為老白臉亦不可得矣。」說著腦袋擺了個圈子。

當下將已學會了的一百多步從頭至尾默想一遍，心道：「我可要想也不想，舉步便對。唉，我段譽這樣一個臭男子，卻去學那洛神宓妃嫋嫋娜娜的凌波微步，我又有甚麼『羅襪生塵』了？光屁股生塵倒是有的。」哈哈一笑，左足跨出，既踏「中孚」，立轉「既濟」。不料甫上「泰」位，一個轉身，右腳踏上「蠱」位，突然間丹田中一股熱氣衝將上來，全身麻痺，向前撞出，伏在桌上，再也動彈不得。

他一驚之下，伸手撐桌，想站起身來，不料四肢百骸沒一處再聽使喚，便要移動一根小指頭兒也是不能，就似身處夢魘之中，愈著急，愈使不出半點力道。

他可不知這「凌波微步」乃是一門極上乘的武功，所以列於卷軸之末，原是要待人練成「北冥神功」，吸人內力，自身內力已頗為深厚之後再練。「凌波微步」每一步踏出，全身行動與內力息息相關，決非單是邁步行走而已。段譽全無內功根基，走一步，想一想，退一步，又停頓片刻，血脈有緩息的餘裕，自無阻礙。他想熟之後，突然一氣呵成的走將起來，體內經脈錯亂，登時癱瘓，幾乎走火入魔。幸好他沒跨得幾步，步子又不如何迅速，總算沒到絕經斷脈的危境。

他驚惶之中，出力掙扎，但越使力，胸腹間越難過，似欲嘔吐，卻又嘔吐不出。他長嘆一聲，只有不動，這一任其自然，煩惡之感反而漸消。當下便這麼一動不動的伏在桌上，眼見那個卷軸兀自展在面前，百無聊賴之中，再看卷上未學過的步法，心中虛擬腳步，一步步的想下去。大半個時辰後，已想通了二十餘步，胸口煩惡之感竟然大減。

未到正午，所有步法已盡數想通。他心下默念，將卷軸上所繪的六十四卦步法，自「明夷」起始，經「賁」、「既濟」、「家人」，一共踏遍六十四卦，恰好走了一個大圈而至「无妄」，自知全套步法已然學會，大喜之下，跳起身來拍手叫道：「妙極，妙極！」這四個字一出口，才知自身已能活動。原來他內息不知不覺的隨著思念運轉，也走了一個大圈，膠結的經脈便此解開。

他又驚又喜，將這六十四卦的步法翻來覆去的又記了幾遍，生怕重蹈覆轍，極緩慢的一步步踏出，踏一步，呼吸幾下，待得六十四卦踏遍，腳步成圓，只感神清氣爽，全身精力瀰漫，再也忍耐不住，大叫：「妙極，妙極，妙之極矣！」

郁光標在門外粗聲喝道：「大叫小呼的幹甚麼？老子說過的話，沒有不算數的，你說一句話，吃一個耳光。」說著開鎖進門，說道：「剛才你連叫三聲，該吃三個耳光。姑念初犯，三折一，讓你吃一個耳光算了。」說著踏上兩步，右掌便往段譽臉上打去。

這一掌並非甚麼精妙招數，但段譽仍無法擋格，腦袋微側，足下自然而然的自「井」位斜行，踏到了「訟」位，竟然便將這一掌躲開了。郁光標大怒，左拳迅捷擊出。段譽步法未熟，待得要想該走那一步，砰的一聲，胸口早著，一拳正中「膻中穴」。

那「膻中」是人身大穴，郁光標一拳既出，便覺後悔，生怕出手太重，闖出禍來，不料拳頭打在段譽身上，手臂立時酸軟無力，心中更有空空蕩蕩之感，但微微一怔，便即無事，見段譽沒有受傷，登即放心，說道：「你躲過耳光，胸口便吃一拳好的，一般算法！」反身出門，又將門鎖上了。

段譽給他一拳打中，聲音甚響，胸口中拳處卻全無所感，不禁暗自奇怪。他自不知郁光標這一拳所含的內力，已盡數送入了他的膻中氣海，積貯了起來。

那也是事有湊巧，這一拳倘若打在別處，他縱不受傷，也必疼痛非凡，膻中氣海卻正是積貯「北冥真氣」的所在。他修習神功不過數次，可說全無根基，要他以拇指的少商穴去吸人內力，經「手太陰肺經」送至任脈的天突穴，再轉而送至膻中穴貯藏，莫說他絕無這等能為，縱然修習已成，也不肯如此吸他人內力以為己有。但對方自行將內力打入他的膻中穴，他全無抗拒之能，一拳中體，內力便入，實是自天外飛到他袋中的橫財，他自己卻兀自渾渾噩噩，全不知情，只想：「此人好生橫蠻，我說幾句『妙極』，又礙著他甚麼了？平白無端的便打我一拳。」

這一拳的內力在他氣海中不住盤旋抖動，段譽登覺胸口窒悶，試行存想任脈和手太陰肺經兩路經脈，只覺有一股淡淡的暖氣在兩處經脈中巡行一周，又再回入膻中穴，窒悶之感便消。他自不知只這麼短短一個小周天的運行，這股內力便已永存體內，再也不會消失了。段譽自全無內力而至微有內力，便自胸口給郁光標這麼猛擊一拳而始。

也幸得郁光標內力平平，又未曾當真全力以擊，倘若給南海鱷神這等好手一拳打在膻中要穴，段譽全無內力根基，膻中氣海不能立時容納，非經脈震斷、嘔血身亡不可。郁光標內力所失有限，也就未曾察覺。

午飯過後，段譽又練「凌波微步」，走一步，吸一口氣，走第二步時將氣呼出，六十四卦走完，四肢全無麻痺之感，料想呼吸順暢，便無害處。第二次再走時連走兩步吸一口氣，再走兩步始行呼出。這「凌波微步」是以動功修習內功，腳步踏遍六十四卦一個周天，內息自然而然的也轉了一個周天。因此他每走一遍，內力便有一分進益。

他卻不知這是在修練內功，只盼步子走得越來越熟，越走越快，心想：「先前那郁老兄打我臉孔，我從『井』位到『訟』位，這一步是不錯的，躲過了一記耳光，跟著便該斜踏『蠱』位，胸口那一拳也就可避過了。可是我只想上一想，沒來得及跨步，對方拳頭便已打到。這『想上一想』，便是功夫未熟之故。要憑此步法脫身，不讓他們抓住，務須練得純熟無比，出步時想也不想。『想也不想』與『想上一想』，兩字之差，便有生死之別。」

當下專心致志的練習步法，每日自朝至晚，除了吃飯睡覺，大便小便之外，竟是足不停步。有時想到：「我努力練這步法，只不過想脫身逃走，去救木姑娘，並非遵照神仙姊姊的囑咐，練她的『北冥神功』。」想想過意不去，就練一練手太陰肺經和任脈，敷衍了事，以求心之所安，至於別的經脈，卻暫行擱在一邊了。

這般練了數日，「凌波微步」已走得頗為純熟，不須再數呼吸，縱然疾行，氣息也已無所窒滯。心意既暢，跨步時漸漸想到「洛神賦」中那些與「凌波微步」有關的句子：「髣髴兮若輕雲之蔽月，飄飄兮若流風之回雪」，「忽焉縱體，以遨以嬉」，「神光離合，乍陰乍陽」，「竦輕軀以鶴立，若將飛而未翔」，「體迅飛鳧，飄忽若神」，「動無常則，若危若安。進止難期，若往若還」。

尤其最後這十六個字，似乎更是這套步法的要旨所在，只是心中雖然領悟，腳步中要做到「動無常則，若危若安，進止難期，若往若還」，可不知要花多少功夫的苦練，何年何月方能臻此境地了。以此刻的功夫，敵人伸手抓來，是否得能避過，卻半點也無把握，有心再練上十天半月，以策萬全，但屈指算來和木婉清相別已有七日，懸念她陪著南海鱷神度日如年的苦處，決意今日闖將出去，心想那送飯的僕人無甚武功，要避過他料來也不甚難。

坐在床沿，心中默想步法，耐心等候。待聽得鎖啟門開，腳步聲響，那僕人托著飯盤進來，段譽慢慢走過去，突然在飯盤底下一掀，飯碗菜碗登時乒乒乓乓的向他頭上倒去。那僕人大叫：「啊喲！」段譽三腳兩步，搶出門去。

不料郁光標正守在門外，聽到僕人叫聲，急奔進門。門口狹隘，兩人登時撞了個滿懷。段譽自「豫」位踏「觀」位，正待閃身從他身旁繞過，不料左足這一步卻踏在門檻之上。

這一下大出他意料之外，「凌波微步」的注釋之中，可沒說明「要是踏上門檻，腳下忽高忽低，那便如何？」一個踉蹌，第三步踏向「比」位這一腳，竟然重重踹上了郁光標的足背，「要是踏上別人足背，對方哇哇叫痛，沖沖大怒，那便如何？」這個法門，卷軸的步法秘訣中更無記載，料想那洛神「翩若驚鴻、婉若遊龍」的在洛水之中凌波微步，多半也不會踏上門檻，踹人腳背。段譽慌張失措之際，只覺左腕一緊，已被郁光標抓住，拖進門來。

數日計較，不料想事到臨頭，如意算盤竟打得粉碎。他心中連珠價叫苦，忙伸右手去扳郁光標的手指，同時左手出力掙扎。但郁光標五根手指牢牢抓住了他左腕，又怎扳得開？

突然間郁光標「咦」的一聲，只覺手指一陣酸軟，忍不住便要鬆手，急忙運勁，再行緊握，但立時又即酸軟。他罵道：「他媽的！」再加勁力，轉瞬之間，連手腕、手臂也酸軟起來。他自不知段譽伸手去扳他手指，恰好是以大拇指去扳他大拇指，以少商穴對準了他少商穴，他正用力抓住段譽左腕，這股內力卻源源不絕的給段譽右手大拇指吸了過去。他每催一次勁，內力便消失一分。

段譽自也絲毫不知其中緣故，但覺對方手指一陣鬆、一陣緊，自己只須再加一把勁，似乎便可扳開他手指而脫身逃走，當此緊急關頭，插在他拇指與自己左腕之間的那根大拇指，又如何肯抽將出來？

郁光標那天打他一拳，拳上內力送入了他膻中氣海。單是這一拳，內力自也無幾，但段譽以此為引，走順了手太陰肺經和任脈間的通道。此時郁光標身上的內力，便順著這條通道緩緩流入他的氣海，那正是「北冥神功」中百川匯海的道理。兩人倘若各不使勁，兩個大拇指輕輕相對，段譽不會「北冥神功」，自也不能吸他內力。但此時兩人各自拚命使勁，又已和郁光標早幾日打他一拳的情景相同，以自身內力硬生生的逼入對方少商穴中，有如酒壺斟酒，酒杯欲不受而不可得。

初時郁光標的內力尚遠勝於他，倘若明白其中關竅，立即鬆手退開，段譽也不過奪門而出、逃之夭夭而已。但郁光標奉命看守，豈能讓這小白臉脫身？手臂酸軟，便即催勁，漸覺一隻手臂抓他不住，於是左臂也伸過去抓住了他左臂。這一來，內力流出更加快了，不多時全身內力竟有一半轉到了段譽體內。

僵持片刻，此消彼長，勁力便已及不上段譽，內力越流越快，到後來更如江河決堤，一瀉如注，再也不可收拾，只盼放手逃開，但拇指被段譽五指抓住了，掙扎不脫。此時已成反客為主之勢，段譽卻絲毫不知，還是在使勁扳他手指，慌亂之中，渾沒想到「扳開他手指」早已變成了「抓住他手指」。

郁光標全身如欲虛脫，駭極大叫：「吳師弟，吳光勝！快來，快來！」吳光勝正在上茅廁，聽得郁師兄叫聲惶急，雙手提著褲子趕來。郁光標叫道：「小子要逃。我……我按他不住。」吳光勝放脫褲子，待要撲將上去幫同按住段譽。郁光標叫道：「你先拉開我！」叫聲幾乎有如號哭。

吳光勝應道：「是！」伸手扳住他雙肩，要將他從段譽身上拉起，同時問道：「你受了傷嗎？」心想以郁師兄的武功，怎能奈何不了這文弱書生。他一句話出口，便覺雙臂一酸，好似沒了力氣，忙催勁上臂，立即又是一陣酸軟。原來此時段譽已吸乾了郁光標的內力，跟著便吸吳光勝的，郁光標的身子倒成了傳遞內力的通路。

段譽既見對方來了幫手，郁光標抓住自己左腕的指力又忽然加強，心中大急，更加出力去扳他手指。吳光勝只覺手酸腳軟，連叫：「奇怪，奇怪！」卻不放手。

那送飯的僕役見三人纏成一團，郁吳二人臉色大變，似乎勢將不支，忙從三人背上爬出門去，大叫：「快來人哪，那姓段的小白臉要逃走啦！」

無量劍弟子聽到叫聲，登時便有二人奔到，接著又有三人過來，紛紛呼喝：「怎麼啦？那小子呢？」段譽給郁吳二人壓在身底，新來者一時瞧他不見。

郁光標這時已然上氣不接下氣，再也說不出話來。吳光勝的內力也已十成中去了八成，氣喘吁吁的道：「郁師兄給……給這小子抓住了，快……快來幫手。」

當下便有兩名弟子撲上，分別去拉吳光勝的手臂，只一拉之下，手臂便即酸軟，兩人的內力又自吳光勝而郁光標、再自郁光標注入了段譽體內。其時段譽膻中穴內已積貯了郁吳二人的內力，再加上新來二人的部分內力，已勝過那二人合力。那二人一覺手臂酸軟無力，自然而然的催勁，一催勁便成為硬送給段譽的禮物。段譽體內積蓄內力愈多，吸引對方內力便愈快，內力的傾注初時點點滴滴，漸而涓涓成流。

餘下三人大奇。一名弟子笑道：「你們鬧甚麼把戲？疊羅漢嗎？」伸手拉扯，只拉得兩下，手臂也似黏住了一般，叫道：「邪門，邪門！」其餘兩名弟子同時去拉他。三人一齊使力，剛拉得鬆動了些，隨即臂腕俱感乏力。

無量劍七名弟子重重疊疊的擠在一道窄門內外，只壓得段譽氣也透不過來，眼見難以逃脫，只有認輸再說，叫道：「放開我，我不走啦！」對方的內力又源源湧來，只塞得他膻中穴內鬱悶難當，胸口如欲脹裂。他已不再去扳郁光標的拇指，可是拇指給他的拇指壓住了，難以抽動，大叫：「壓死我啦，壓死我啦！」

郁光標和吳光勝此時固已氣息奄奄，先後趕來的五名弟子也都倉皇失措，驚駭之下拚命使勁，但越是使勁，內力湧出越快。

八個人疊成一團，六個人大聲叫嚷，誰也聽不見旁人叫些甚麼。過得一會，變成四個人呼叫，接著只賸下三人。到後來只有段譽一人大叫：「壓死我啦，快放開我，我不逃了。」他每呼叫一聲，胸口鬱悶便似稍減，當下不住口的呼叫，聲雖嘶而力不竭，越叫越響亮。

忽聽得有人大聲叫道：「那婆娘偷了我孩兒去啦，大家快追！你們四人截住大門，你們三人上屋守著，你們四人堵住東邊門，你們五個堵住西邊門。別……別讓這婆娘抱我孩子走了！」雖是發號施令，語音中卻充滿著驚惶。

段譽依稀聽得似是左子穆的聲音，腦海中立時轉過一個念頭：「甚麼女人偷了他的孩兒去啦？啊，是木姑娘救我來啦，偷了他兒子，要換她的丈夫。來個走馬換將，這主意倒是不錯。」當即住口不叫。一定神間，便覺郁光標抓住他手腕的五指已然鬆了，用力抖了幾下，壓在他身上的七人紛紛跌開。

他登時大喜：「他們師父兒子給木姑娘偷了去，大家心慌意亂，再也顧不得捉我了。」當即從人堆上爬了出來，心下詫異：「怎地這些人爬在地下不動？是了，定是怕他們師父責罰，索性假裝受傷。」一時也無暇多想這番推想太也不合情理，拔足便即飛奔，做夢也想不到，七名無量劍弟子的內力已盡數注入他的體內。

段譽三腳兩步，便搶到了屋後，甚麼「既濟」、「未濟」的方位固然盡皆拋到了腦後，「輕雲蔽月，流風回雪」的神姿更加只當是曹子建的滿口胡柴，當真是急急如喪家之犬，忙忙似漏網之魚，眼見無量劍羣弟子手挺長劍，東奔西走，大叫：「別讓那婆娘走了！」「快奪回小師弟回來！」「你去那邊，我向這邊追！」心想：「木姑娘這『走馬換將』之計變成了『調虎離山』，更加妙不可言。我自然要使那第三十六計了。」當下鑽入草叢，爬出十餘丈遠，心道：「我這般手腳同時落地，算是『凌波微爬』，還是甚麼？」

耳聽得喊聲漸遠，無人追來，於是站起身來，向後山密林中發足狂奔。奔行良久，竟絲毫不覺疲累，心下暗暗奇怪，尋思：「我可別怕得很了，跑脫了力。」於是坐在一棵樹下休息，可是全身精力充沛，惟覺力氣太多，又用得甚麼休息？

心道：「人逢喜事精神爽，到後來終究會支持不住的。『震』卦六二：『勿逐，七日得。』今天可不正是我被困的第七日嗎？『勿逐』兩字，須得小心在意。」當下將積在膻中穴的內力緩緩向手太陰肺經脈送去，但內力實在太多，來來去去，始終不絕，運到後來，不禁害怕起來：「此事不妙，只怕大有凶險。」反正胸口窒悶已減，便停了運息，站起身來又走，只想：「我怎地去和木姑娘相會，告知她我已脫險？左子穆的孩兒可以還他了，也免得他掛念兒子，提心吊膽。」

行出里許，乍聽得吱吱兩聲，眼前灰影晃動，一隻小獸迅捷異常的從身前掠過，依稀便是鍾靈的那隻閃電貂，只是牠奔得實在太快，看不清楚，但這般奔行如電的小獸，定然非閃電貂不可。段譽大喜，心道：「鍾姑娘到處找你不著，原來你這小傢伙逃到了這裏。我抱你去還給你主人，她一定喜歡得不得了。」學著鍾靈吹口哨的聲音，噓溜溜的吹了幾下。

灰影一閃，一隻小獸從高樹上急速躍落，蹲在他身前丈許之處，一對亮晶晶的小眼骨碌碌地轉動，瞪視著他，正便是那隻閃電貂。段譽又噓溜溜的吹了幾下，閃電貂上前兩步，伏在地下不動。

段譽叫道：「乖貂兒，好貂兒，我帶你去見你主人。」吹幾下口哨，走上幾步，閃電貂仍是不動。段譽曾摸過牠的背脊，知牠雖然來去如風，齒有劇毒，但對主人卻十分順馴，見牠靈活的小眼轉動不休，甚是可愛，吹幾下口哨，又走上幾步，慢慢蹲下，說道：「貂兒真乖。」緩緩伸手去撫牠背脊，閃電貂仍然伏著不動。段譽輕撫貂背柔軟光滑的皮毛，柔聲道：「乖貂兒，咱們回家去啦！」左手伸過去將貂兒抱了起來。

突然之間，雙手一震，跟著左腿一下劇痛，灰影閃動，閃電貂已躍在丈許之外，仍是蹲在地下，一雙小眼光溜溜的瞪著他。段譽驚叫：「啊喲！你咬我。」只見左腿褲腳管破了一個小孔，急忙捋起褲筒，見左腿內側給咬出了兩排齒印，鮮血正自滲出。

他想起神農幫幫主司空玄自斷右臂的慘狀，只嚇得魂不附體，只叫：「你……你……怎麼不講道理？我是你主人的朋友啊！哎唷！」左腿一陣酸麻，跪倒在地，雙手忙牢牢按住傷口上側，想阻毒質上延，但跟著右腿酸麻，登時摔倒。他大驚之下，雙手撐地，想要站起，可是手臂也已麻木無力。他向前爬了幾步，閃電貂仍一動不動的瞧著他。

段譽暗暗叫苦，心想：「我可實在太也鹵莽，這貂兒是鍾姑娘養熟了的，只聽她一人的話。我這口哨多半也吹得不對。這……這可如何是好？」明知給閃電貂一口咬中，該當立即學司空玄的榜樣，揮刀斬斷左腿，但手邊既無刀劍，也沒司空玄這般當機立斷的剛勇，再者剛學會了「凌波微步」，少了一腿，只能施展「凌波獨腳跳」，那可無味得緊了。

只自怨自艾得片刻，四肢百骸都漸漸僵硬，知道劇毒已延及全身，到後來眼睛嘴巴都合不攏來，神智卻仍然清明，心想：「我這般死法，模樣實在太不雅觀，這般張大了口，是白痴鬼還是饞鬼？不過百害之中也有一利，木姑娘見到我這個光屁股大嘴殭屍鬼，心中作嘔，悲戚思念之情便可大減，於她身子頗有好處。」

猛聽得江昂、江昂、江昂三聲大吼，跟著噗、噗、噗聲響，草叢中躍出一物，段譽大驚：「啊喲，萬毒之王『莽牯朱蛤』到了。那兩人說一見此物，全身便化為膿血，那便如何是好？」跟著便想：「胡塗東西？一灘膿血跟光屁股大口殭屍相比，那個模樣好看些？當然是寧為膿血，毋為醜屍。」但聽江昂、江昂叫聲不絕，只是那物在己之右，頭頸早已僵直，無法轉頭去看，卻是欲化膿血而不可得。好在噗、噗、噗響聲又作，那物向閃電貂躍去。

段譽一見，不禁詫異萬分，躍過來的只是一隻小小蛤蟆，長不逾兩寸，全身殷紅勝血，眼睛卻閃閃發出金光。牠嘴一張，頸下薄皮震動，便是江昂一聲牛鳴般的吼叫，如此小小身子，竟能發出偌大鳴叫，若非親見，說甚麼也不能相信，心想：「這名字取得倒好，聲若牯牛，全身朱紅，果然是莽牯朱蛤。但既然如此，一見之下化為膿血的話便決計不對。『莽牯朱蛤』這個名字，定是見過牠的人給取的。一灘膿血又怎能想出這個貼切的名字來？」

閃電貂見到朱蛤，似乎頗有畏縮之意，轉頭想逃，卻又不敢逃，突然間縱身撲起。朱蛤嘴一張，江昂一聲叫，一股淡淡的紅霧向閃電貂噴去，閃電貂正躍在空中，給紅霧噴中，當即翻身摔落，一撲而上咬住了朱蛤的背心。段譽心道：「畢竟還是貂兒厲害。」不料心中剛轉過這個念頭，閃電貂已仰身翻倒，四腿挺了幾下，便即一動不動了。

段譽心中叫聲「啊喲！」這閃電貂雖然咬「死」了他，他卻知純係自己不會馴貂、鹵莽而為之故，倒也沒怨怪這可愛的貂兒，眼見牠斃命，心下痛惜：「唉，鍾姑娘倘若知道了，可不知有多難過。」

只見朱蛤躍上閃電貂屍身，在牠頰上吮吸，吸了左頰，又吸右頰。段譽心道：「莽牯朱蛤號稱萬毒之王，倒是名不虛傳。貂兒齒有劇毒，咬在牠身上反而毒死了自己，現下這朱蛤又去吮吸貂兒毒囊中的毒質。閃電貂固然活潑可愛，莽牯朱蛤紅身金眼，模樣也美麗之極，誰又想得到外形絕麗，內裏卻具劇毒。神仙姊姊，我可不是說你。」

那朱蛤從閃電貂身上跳下，江昂、江昂的叫了兩聲。草叢中簌簌聲響，遊出一條紅黑斑斕的大蜈蚣來，足有七八寸長。朱蛤撲將上去，那蜈蚣遊動極快，迅速逃命。朱蛤接連追撲幾下，竟沒撲中，牠江昂一聲叫，正要噴射毒霧，那蜈蚣忽地筆直對準了段譽的嘴巴遊來。

段譽大驚，苦於半點動彈不得，連合攏嘴巴也是不能，心中只叫：「喂，這是我嘴巴，老兄可莫弄錯了，當作是蜈蚣洞……」簌簌細響，那蜈蚣竟然老實不客氣的爬上他舌頭。段譽嚇得幾欲暈去，但覺咽喉、食道自上向下的麻癢落去，蜈蚣已鑽入了他肚中。

豈知禍不單行，莽牯朱蛤縱身一跳，便也上了他舌頭，但覺喉頭一陣冰涼，朱蛤竟也鑽入他肚中追逐蜈蚣去了，朱蛤皮膚極滑，下去得更快。段譽聽得自己肚中隱隱發出江昂、江昂的叫聲，但聲音鬱悶，只覺天下悲慘之事，無過於此，而滑稽之事亦無過於此，只想放聲大哭，又想縱聲大笑，但肌肉僵硬，又怎發得出半點聲音？眼淚卻滾滾而下，落在土上。

頃刻之間，肚中便翻滾如沸，痛楚難當，也不知朱蛤捉住了蜈蚣沒有，心中只叫：「朱蛤仁兄，快快捉住蜈蚣，爬出來罷，在下這肚子裏可沒甚麼好玩。」過了一會，肚中居然不再翻滾，江昂、江昂的叫聲也不再聽到，疼痛卻更是厲害。

又過半晌，他嘴巴突然合攏，牙齒咬住了舌頭，一痛之下，舌頭便縮進嘴裏。他又驚又喜，叫道：「朱蛤仁兄，快快出來。」張大了嘴讓牠出來，等了良久，全無動靜。他張口大叫：「江昂、江昂、江昂！」想引朱蛤爬出。豈知那朱蛤不知是聽而不聞，還是聽得叫聲不對，不肯上當，竟然在他肚中全不理睬。

段譽焦急萬狀，伸手到嘴裏去挖，又那裏挖得著，但挖得幾下，便即醒覺：「咦，我的手能動了。」一挺腰便即站起，全身四肢麻木之感不知已於何時失去。他大叫：「奇怪，奇怪！」心想：「這位萬毒之王在我肚裏似有久居之計，這般安居樂業起來，如何了得？非請牠來個喬遷之喜不可。」當下雙手撐地，頭下腳上的倒轉過來，兩隻腳撐在一株樹上，張大了嘴巴，猛力搖動身子，搖了半天，莽牯朱蛤全無動靜，竟似在他肚中安土重遷，打定主意要老死是鄉了。

段譽無法可施，隱隱也已想到：「多半這位萬毒之王和那條蜈蚣均已做到了我肚中的食物，以毒攻毒，反而解了我身上的貂毒。我吃了這般劇毒之物，居然此刻肚子也不痛了，當真希奇古怪。」他可不知一般毒蛇毒蟲的毒質混入血中，立即致命，若是吃在肚裏，只須口腔、喉頭、食道和腸胃並無內傷，那便全然無礙，是以人被毒蛇咬中，可用口吮出毒質。只是天下毒質千變萬化，自不能一概而論。這莽牯朱蛤雖具奇毒，入胃也是無礙，反而自身為段譽的胃液所化。就這朱蛤而言，段譽的胃液反是劇毒，竟將牠化成了一團膿血。

段譽站直身子，走了幾步，忽覺肚中一團熱氣，有如炭火，不禁叫了聲：「啊喲！」這團熱氣東衝西突，無處宣洩，他張口想嘔它出來，但說甚麼也嘔它不出，深深吸一口氣，用力噴出，只盼莽牯朱蛤化成的毒氣隨之而出，那知一噴之下，這團熱氣竟化成一條熱線，緩緩流入了他的任脈，心想：「好罷，咱們一不做，二不休，朱蛤老兄你陰魂不散，纏上了區區在下，我的膻中氣海便作了你的葬身之地罷。你想幾時毒死我，段譽隨時恭候便了。」依法呼納運息，暖氣果然順著他運熟了的經脈，流入了膻中氣海，就此更無異感。

鬧了這半天，居然毫不疲累，當下捧些土石，蓋在閃電貂的屍身之上，默默禱祝：「閃電貂小弟弟，下次我帶你主人鍾姑娘，來你墳前祭奠，捉幾條毒蛇給你上供。你剛才咬了我一口，出於無心，這事我不會跟你主人說，免得她怪你，你放心好啦。」

出得林來，不多時見到左子穆仗劍急奔，心想：「他是在追木姑娘，我可不能置身事外。」當下悄悄跟隨在後。此時他身上已有七名無量劍弟子的內力，毫不費力的便跟著他一路上峯。左子穆掛念兒子安危，也沒留神有人跟隨。段譽怕他轉身動蠻，又抓住自己來跟木婉清「走馬換將」，和他相距甚遠，來到半山腰時，想到即可與木婉清相會，心中熱切，又怕南海鱷神久等不耐，傷害了她，忍不住縱聲大呼。

六　誰家子弟誰家院

南海鱷神一驚之下，急運內力掙扎，
突覺內力自膻中穴急瀉而出，
全身便似脫力一般，更是驚惶無已。
段譽已將他身子倒舉起來，
頭下腳上的摔落，騰的一聲，
南海鱷神一個禿禿的大腦袋撞在地下。

段譽將木婉清摟在懷裏，又是歡喜，又是關心，只問：「木姑娘，你傷處好些了麼？那惡人沒欺侮你罷？」木婉清嗔道：「我是你甚麼人？還是木姑娘、木姑娘的叫我。」

段譽見她輕嗔薄怒，更增三分麗色，這七日來確是牽記得她好苦，雙臂一緊，柔聲道：「婉妹，婉妹！我這麼叫你好不好？」說著低下頭來，去吻她嘴唇。木婉清「啊」的一聲，滿臉飛紅的跳將起來，道：「有旁人在這兒，你，你……怎麼可以？噫！那些人呢？」四周一看，只見那寬袍客和褚、古、傅、朱四人都已影蹤不見，左子穆也已抱著兒子走了，周圍竟是一個人也無。

段譽道：「有誰在這裏？是南海鱷神麼？」眼光中又流露出驚恐之色。木婉清問道：「你來了有多久啦？」段譽道：「剛只一會兒。我上得峯來，見你暈倒在地，此外一個人也沒有。婉妹，咱們快走，莫要給南海鱷神追上來。」木婉清道：「好！」自言自語道：「真奇怪，怎麼這些人片刻間走了個乾乾淨淨。」

忽聽得巖後一人長聲吟道：「仗劍行千里，微軀敢一言。」高吟聲中，轉出一個人來，正是那四大護衛之一的朱丹臣。段譽喜叫：「朱兄！」朱丹臣搶前兩步，躬身行禮，喜道：「公子爺，天幸你安然無恙，剛才這位姑娘那幾句話，真嚇得我們魂不附體。」段譽拱手還禮，道：「原來你們已見過了？你……你怎麼到這兒來啦？真是巧極。」

朱丹臣微笑道：「我們四兄弟奉命來接公子爺回去，倒不是巧合。公子爺，你可也忒煞大膽，孤身闖蕩江湖。我們尋到了馬五德家中，又趕到無量山來，這幾日可教大夥兒擔心得夠了。」段譽笑道：「我也吃了不少苦頭。伯父和爹爹大發脾氣了，是不是？」朱丹臣道：

「那自然是很不高興了。不過我們出來之時，兩位爺台的脾氣已發過了，這幾日定是掛念得緊。後來善闡侯得知四大惡人同來大理，生怕公子爺撞上了他們，親自趕了出來。」

段譽道：「高叔叔也來尋我了麼？這如何過意得去？他在那裏？」朱丹臣道：「適才我們都在這兒。高侯爺出手趕走了一個惡女人，聽到公子爺的叫聲，他們都放了心，命我在這兒等公子爺。他們追蹤那惡女人去了。公子爺，咱們這就回府去罷，免得兩位爺台多有牽掛。」段譽道：「原來你……你一直在這兒。」想到自己與木婉清言行親密，都給他瞧見聽見了，不禁滿臉通紅。

朱丹臣道：「適才我坐在巖石之後，誦讀王昌齡詩集，他那首五絕『仗劍行千里，微軀敢一言。曾為大梁客，不負信陵恩。』寥寥二十字之中，倜儻慷慨，真乃令人傾倒。」說著從懷中取出一卷書來，正是「王昌齡集」。段譽點頭道：「王昌齡以七絕見稱，五絕似非其長。這一首卻果是佳構。另一首『送郭司倉』，不也綢繆雅致麼？」隨即高吟道：「映門淮水綠，留騎主人心。明月隨良掾，春潮夜夜深。」朱丹臣一揖到地，說道：「多謝公子。」

段譽和木婉清適才一番親密之狀、纏綿之意，朱丹臣盡皆知聞，只是見段譽臉嫩害羞，便用王昌齡的詩句岔開了。他所引「曾為大梁客」云云，是說自當如侯嬴、朱亥一般，以死相報公子。段譽所引王昌齡這四句詩，卻是說為主人者對屬吏深情誠厚，以友道相待。兩人相視一笑，莫逆於心。

木婉清不通詩書，心道：「這書獃子忘了身在何處，一談到詩文，便這般津津有味。這個武官卻也會拍馬屁，隨身竟帶著本書。」她可不知朱丹臣文武全才，平素躭讀詩書。

段譽轉過身來，說道：「木……木姑娘，這位朱丹臣朱四哥，是我最好的朋友。」朱丹臣恭恭敬敬的行禮，說：「朱丹臣參見姑娘。」

木婉清還了一禮，見他對己恭謹，心下甚喜，叫了聲：「朱四哥。」

朱丹臣笑道：「不敢當此稱呼。」心想：「這姑娘相貌美麗，剛才出手打公子耳光，手法靈動，看來武功也頗了得。公子爺吃了個耳光，竟笑嘻嘻的不以為意。他為了這個姑娘，竟敢離家這麼久，可見對她已十分迷戀。不知這女子是甚麼來歷。公子爺年輕，不知江湖險惡，別要惑於美色，鬧了個身敗名裂。」笑嘻嘻的道：「兩位爺台掛念公子，請公子即回府去。木姑娘若無要事，也請到公子府上作客，盤桓數日。」他怕段譽不肯回家，但若能邀得這位姑娘同歸，多半便肯回去了。

段譽躊躇道：「我怎……怎麼對伯父、爹爹說？」木婉清紅暈上臉，轉過了頭。

朱丹臣道：「那四大惡人武功甚高，適才善闡侯雖逐退了葉二娘，那也是攻其無備，帶著三分僥倖。公子爺千金之體，不必身處險地，咱們快些走罷。」段譽想起南海鱷神的兇惡情狀，也是不寒而慄，點頭道：「好，咱們就走。朱四哥，對頭既然厲害，你還是去幫高叔叔罷。我陪同木姑娘回家去。」朱丹臣笑道：「好容易找到了公子爺，在下自當護送公子回府。木姑娘武功卓絕，只是瞧姑娘神情，似乎受傷後未曾復元，途中假如邂逅強敵，多有未便，還是讓在下稍效綿薄的為是。」

木婉清哼了一聲，道：「你跟我說話，不用嘰哩咕嚕的掉書包，我是個山野女子，沒唸過書。你文謅謅的話哪，我只懂得一半。」朱丹臣笑道：「是，是！在下雖是武官，卻偏要冒充文士，酸溜溜的積習難除，姑娘莫怪。」

段譽不願就此回家，但既給朱丹臣找到了，料想不回去也是不行，只有途中徐謀脫身之計，當下三人偕行下峯。木婉清一心想問他這七日七夜之中到了何處，但朱丹臣便在近旁，說話諸多不便，只有強自忍耐。朱丹臣身上攜有乾糧，取出來分給兩人吃了。

三人到得峯下，又行數里，只見大樹旁繫著五匹駿馬，原來是古篤誠等一行騎來的。朱丹臣走去牽過三匹，讓段譽與木婉清上了馬，自己這才上馬，跟隨在後。當晚三人在一處小客店中宿歇，分佔三房。朱丹臣去買了一套衫褲來，段譽換上之後，始脫「臀無褲」之困。

木婉清關上房門，對著桌上一枝紅燭，支頤而坐，心中又喜又愁，思潮起伏：「段郎不顧危難，前來尋我，足見他對我情意深重。這幾天來我心中不斷痛罵他負心薄倖，那可是錯怪他了。瞧那朱丹臣對他如此恭謹，看來他定是大官的子弟。我一個姑娘兒家，雖與他訂下了婚姻，但這般沒來由的跟著到他家裏，好不尷尬。似乎他伯父和爹爹待他很兇，他們倘若對我輕視無禮，那便如何？哼哼，我放毒箭將他全家一古腦兒都射死了，只留段郎一個。」正想到兇野處，忽聽得窗上兩下輕輕彈擊之聲。

木婉清左手一揚，搧滅了燭火，只聽得窗外段譽的聲音說道：「是我。」木婉清聽他深夜來尋自己，一顆心怦怦亂跳，黑暗中只覺雙頰發燒，低聲問：「幹甚麼？」段譽道：「你開了窗子，我跟你說。」木婉清道：「我不開。」她一身武藝，這時候居然怕起這個文弱書生來，自己也覺奇怪。段譽不明白她為甚麼不肯開窗，說道：「那麼你快出來，咱們趕緊得走。」木婉清伸指刺破窗紙，問道：「為甚麼？」段譽道：「朱四哥睡著了，別驚醒了他。

我不願回家去。」

木婉清大喜，她本在為了要見到段譽父母而發愁，當下輕輕推開窗子，跳了出去。段譽低聲道：「我去牽馬。」木婉清搖了搖手，伸臂托住他腰，提氣一縱，上了牆頭，隨即帶著他輕輕躍到牆外，低聲道：「馬蹄聲一響，你朱四哥便知道了。」段譽低聲笑道：「多虧你想得周到。」

兩人手攜著手，逕向東行。走出數里，沒聽到有人追來，這才放心。木婉清道：「你幹麼不願回家？」段譽道：「我這一回家，伯父和爹爹定會關著我，再也不能出來。只怕再見你一面也不容易。」木婉清心中甜甜的甚是喜歡，道：「不到你家去最好。從此咱兩人浪蕩江湖，豈不逍遙快活？咱們這會兒到那裏去？」段譽道：「第一別讓朱四哥、高叔叔他們追到。第二須得躲開那南海鱷神。」木婉清點頭道：「不錯。咱們往西北方去。最好是找個鄉下人家，先避避風頭，躲他個十天半月，待我背上的傷全好，那就甚麼都不怕了。」當下兩人向西北方而行，路上也不敢逗留說話，只盼離無量山越遠越好。

行到天明，木婉清道：「姑蘇王家那批奴才定然還在找我。白天趕道，惹人眼目，咱們得找個歇宿之處。日間吃飯睡覺，晚上行路。」段譽於江湖上的事甚麼也不懂，道：「任憑你拿主意便是。」木婉清道：「待會吃過飯後，你跟我好好的說，七日七夜中到那裏去了，若有半句虛言，小心你的……」一言未畢，忽然「咦」的一聲。

只見前面柳蔭下繫著三匹馬，一人坐在石上，手中拿著一卷書，正自搖頭搖腦的吟哦，卻不是朱丹臣是誰？段譽也見到了，吃了一驚，拉著木婉清的手，急道：「快走！」

木婉清心中雪亮，知道昨晚兩人悄悄逃走，全給朱丹臣知覺了，他料得段譽不會輕功，定然行走不快，辨明了二人去路，便乘馬繞道，攔在前路，當下皺眉道：「傻子，給他捉住了，還逃得了麼？」便迎將上去，說道：「哼！大清早便在這兒讀書，想考狀元嗎？」

朱丹臣一笑，向段譽道：「公子，你猜我是在讀甚麼詩？」跟著高聲吟道：「古木鳴寒鳥，空山啼夜猿。既傷千里目，還驚九折魂。豈不憚艱險？深懷國士恩。季布無二諾，侯嬴重一言。人生感意氣，功名誰復論？」

段譽道：「這是魏徵的『述懷』罷？」朱丹臣笑道：「公子爺博覽羣書，佩服佩服。」段譽明白他所以引述這首詩，意思說我半夜裏不辭艱險的追尋於你，為的是受了你伯父和父親大恩，不敢有負託付；下面幾句已在隱隱說他既已答允回家，說過了的話可不能不算。

木婉清過去解下馬匹韁繩，說道：「到大理去，不知我們走的路對不對？」朱丹臣道：「左右無事，向東行也好，向西行也好，終究會到大理。」昨日他讓段譽乘坐三匹馬中腳力最佳的一匹，這時他卻拉到自己身邊，以防段木二人如果馳馬逃走，自己盡可追趕得上。

段譽上鞍後，縱馬向東。朱丹臣怕他著惱，一路上跟他說些詩詞歌賦，只可惜不懂「易經」，否則更可投其所好。但段譽已是興高采烈，大發議論。木婉清卻一句話也插不進去。不久上了大路，行到午牌時分，三人在道旁一家小店中吃麵。

忽然人影一閃，門外走進個又高又瘦的人來，一坐下，便伸掌在桌上一拍，叫道：「打兩角酒，切兩斤熟牛肉，快，快！」

木婉清不用看他形相，只聽他說話聲音忽尖忽粗，十分難聽，便知是「窮兇極惡」雲中鶴到了，幸好她臉向裏廂，沒與他對面朝相，當即伸指在麵湯中一蘸，在桌上寫道：「第四惡人」。朱丹臣蘸湯寫道：「快走，不用等我。」木婉清一扯段譽衣袖，兩人走向內堂。朱丹臣閃入了屋角暗處。

雲中鶴來到店堂後，一直眼望大路，聽到身後有人走動，回過頭來，見到木婉清的背影剛在壁櫃後隱沒，喝道：「是誰，給我站住了！」離座而行，長臂伸出，便向木婉清背後抓來。

朱丹臣捧著一碗麵湯，從暗處突然搶出，叫聲：「啊喲！」假裝失手，一碗滾熱的麵湯夾臉向他潑去。兩人相距既近，朱丹臣潑得又快，小小店堂中實無迴旋餘地，雲中鶴立即轉身，一碗熱湯避開了一半，餘下一半仍是潑上了臉，登時眼前模糊一片，大怒之下，伸手疾向朱丹臣抓去，準擬抓他個破胸開膛。但朱丹臣湯碗一脫手，隨手便掀起桌子，桌上碗碟杯盤，齊向雲中鶴飛去。噗的一聲響，雲中鶴五指插入桌面，碗碟杯盤隨著一股勁風襲到。

客店中倉卒遇敵，饒是他武功高強，也鬧了個手忙腳亂，急運內勁布滿全身，碗碟之類撞將上去，一一反彈出來，但汁水淋漓，不免狼狽萬狀。只聽得門外馬蹄聲響，已有兩人乘馬向北馳去。雲中鶴伸袖抹去眼上的麵湯，猛覺風聲颯然，有物點向胸口。他吸一口氣，胸口陡然縮了半尺，左掌從空中直劈下來，反掌疾抓，四根手指已抓住了敵人點來的判官筆。朱丹臣急忙運勁還奪。他內力差了一籌，這一奪原本無法奏功，一件心愛的兵刃勢要落入敵手，幸好雲中鶴滿手湯汁油膩，手指滑溜，拿揑不緊，竟被他抽回兵刃。

數招一過，朱丹臣已知敵人應變靈活，武功厲害，大叫：「使鐵桿子的，使板斧的，快快堵住了門，竹篙子逃不走啦。」他曾聽褚萬里和古篤誠說過，那晚與一個形如竹篙的人相遇，兩人合力，才勉強取勝，是以虛張聲勢的叫將起來。雲中鶴不知是計，心道：「糟糕，使鐵桿子和板斧的兩個傢伙原來埋伏在外，我以一敵三，更非落敗不可。」當下無心戀戰，衝入後院，越牆而走。朱丹臣大叫：「竹篙子逃走啦，快追，這一次可不能再讓他溜掉！」奔到門外，翻身上馬，追趕段譽去了。

段譽和木婉清馳出數里，便收韁緩行，過不多時，聽得馬蹄聲響，朱丹臣騎馬追來。兩人勒馬相候，正待詢問，木婉清忽道：「不好！那人追來了！」只見大道上一人一晃一飄，一根竹篙般冉冉而來。

朱丹臣駭然道：「這人輕功如此了得。」揚鞭在段譽的坐騎臀上抽了一記，三匹馬十二隻馬蹄上下翻飛，頃刻間將雲中鶴遠遠拋在後面。奔了數里，木婉清聽得坐騎氣喘甚急，只得收慢，但就這麼一停，雲中鶴又已追到。此人短程內的衝刺雖不如馬匹，長力卻是綿綿不絕。

朱丹臣知道詭計被他識破，虛聲恫嚇已不管用，看來二十里路之內，非給他追及不可。只要到得大理城去，自然天大的事也不必怕，但三匹馬越奔越慢，情勢漸急。又奔出數里，段譽的坐騎突然前腿一跪，將他摔了下來。木婉清飛身下鞍，搶上前去，不等段譽著地，已一把抓住他後心，正好她的坐騎奔到身旁，她左手在馬鞍上一按，帶著段譽一同躍上馬背。朱丹臣遙遙在後，以便阻擋敵人，段譽這一墮馬，便無法相救，見木婉清及時出手，不禁脫口叫道：「好身法！」一聲甫畢，突然腦後風響，兵器襲到，朱丹臣回過判官筆，噹的一聲格開鋼抓。雲中鶴乘勢拖落，五根鋼鑄的手指只抓得馬臀上鮮血淋漓。那馬吃痛，一聲悲嘶，奔得反而更加快了，不多時和雲中鶴便相距甚遠。但這麼一來，一馬雙馱，一馬受傷，無論如何難以持久，朱丹臣和木婉清都暗暗焦急。

段譽卻不知事情凶險，問道：「這人很厲害麼？難道朱四哥打他不過？」木婉清搖頭道：「只可惜我受了傷，使不出力氣，不能相助朱四哥跟這惡人一拚。」突然心生一計，說道：「我假裝墮馬受傷，躺在地下，冷不防射他兩箭，或許能得手。你騎了馬只管走，不用等待。」段譽大急，反轉雙臂，左手勾住她頭頸，右手抱住她腰，連叫：「使不得，使不得！我不能讓你冒險！」木婉清羞得滿面通紅，嗔道：「獃子，快放開我。給朱四哥瞧在眼裏，成甚麼樣子？」段譽一驚，道：「對不起！你別見怪。」木婉清道：「你是我丈夫，又有甚麼對不起了？」

說話之間，回頭又已望見雲中鶴冉冉而來，朱丹臣連連揮手，催他們快逃，跟著躍下馬來，攔在道中，雖然明知鬥他不過，也要多擋他一時刻，免得他追上段譽。不料雲中鶴一心要追上木婉清，陡然間斜向衝入道旁田野，繞過了朱丹臣，疾向段木二人追來。

木婉清用力鞭打坐騎，那馬口吐白沫，已在挨命。段譽道：「倘若咱們騎的是你那黑玫瑰，料想這惡人再也追趕不上。」木婉清道：「那還用你說？」

那馬轉過了一個山岡，迎面筆直一條大道，並無躲避之處，只見西首綠柳叢中，小湖旁有一角黃牆露出。段譽喜道：「好啦！咱們向那邊去。」木婉清道：「不行！那是死地，無路可走！」段譽道：「你聽我的話便不錯。」拉韁撥過馬頭，向綠柳叢中馳去。

奔到近處，木婉清見那黃牆原來是所寺觀，匾額上寫的似乎是「玉虛觀」三字，心下飛快盤算：「這獃子逃到了這裏，前無去路。我且躲在暗處，射這竹篙子一箭。」轉眼間坐騎已奔到觀前，猛聽得身後一人哈哈大笑，正是雲中鶴的聲音，相距已不過數丈。

只聽得段譽大叫：「媽媽，媽媽，快來啊！媽！」木婉清心下惱怒，喝道：「獃子，住口！」雲中鶴笑道：「這當兒便叫奶奶爺爺，也不中用了。」縱身撲上。木婉清左掌貼在段譽後心，運勁推出，叫道：「逃進觀裏去！」同時右臂輕揮，一箭向後射出。雲中鶴縮頭閃開，見木婉清躍離馬鞍，左手鋼抓倏地遞出，搭向她肩頭。木婉清身子急縮，已鑽到了馬腹之下，颼颼颼連射三箭。雲中鶴東閃西晃，後躍相避。

便在此時，觀中走出一個道姑，見段譽剛從地下哎唷連聲的爬起身來，便上前伸臂攬住了他，笑道：「又在淘甚麼氣了，這麼人呼小叫的？」

木婉清見這道姑年紀雖較段譽為大，但容貌秀麗，對段譽竟然如此親熱，而段譽伸右臂圍住了那道姑的腰，更是一臉的喜歡之狀，不由得醋意大盛，顧不得強敵在後，縱身過去，發掌便向那道姑迎面劈去，喝道：「你攬著他幹麼？快放開！」段譽急叫：「婉妹，不得無禮！」木婉清聽他迴護那道姑，氣惱更甚，腳未著地，掌上更增了三分內勁。那道姑拂塵一揮，塵尾在半空中圈了一個小圈，已捲住她手腕。木婉清只覺拂塵上的力道著實不小，跟著被拂塵一扯，不由自主的往旁衝出幾步，這才站定，又急又怒的罵道：「你是出家人，也不怕醜！」

雲中鶴初時見那道姑出來，姿容美貌，心中一喜：「今日運道來了，一箭雙鵰，兩個娘兒一併擄了去。」待見那道姑拂塵一出手，便將木婉清攻勢凌厲的一掌輕輕化開，知道這道姑武功了得，便縱身上了馬鞍，靜觀其變，心道：「兩個娘兒都美，隨便搶到一個，也就罷了。」

那道姑怒道：「小姑娘，你胡說八道些甚麼？你……你是他甚麼人？」

木婉清道：「我是段郎的妻子，你快放開他。」

那道姑一呆，忽然眉花眼笑，拉著段譽的耳朵，笑道：「是真是假？」段譽笑道：「也可說是真，也可說是假。」那道姑伸手在他面頰上重重扭了一把，笑道：「沒學到你爹半分武功，卻學足了爹爹的風流胡鬧，我不打斷你的狗腿才怪。」側頭向木婉清上下打量，說道：「嗯，這姑娘也真美，就是太野，須得好好管教才成。」

木婉清怒道：「我野不野關你甚麼事？你再不放開他，我可要放箭射你了。」那道姑笑道：「你倒射射看。」段譽大叫：「婉妹，不可！你知道她是誰？」說著伸手摟住了那道姑的項頸。木婉清更是惱怒欲狂，手腕一揚，颼颼兩聲，兩枝毒箭向那道姑射去。

那道姑本來滿臉笑容，驀地見到小箭，臉色立變，拂塵揮出，裹住了兩枝小箭，厲聲喝道：「『修羅刀』秦紅棉是你甚麼人？」木婉清道：「甚麼『修羅刀』秦紅棉？沒聽見過。快放開我段郎。」她明明見到此刻早已是段郎摟住道姑，而非道姑摟住段郎，還覺仍是這道姑不好。

段譽見那道姑氣得臉色慘白，勸道：「媽，你別生氣。」「媽，你別生氣」這五字鑽入了木婉清的耳中，不由得她不大吃一驚，幾乎不信自己的耳朵，叫道：「甚麼，她……她是你媽媽？」

段譽笑道：「剛才我大叫『媽媽』，你沒聽見麼？」轉頭向那道姑道：「媽，她是木婉清木姑娘，兒子這幾日連遇凶險，很受悲人的欺侮，虧得木姑娘幾次救了兒子性命。」

忽聽得柳樹叢外有人大叫：「玉虛散人！千萬小心了，這是四大惡人之一！」跟著一人急奔而至，正是朱丹臣。他見那道姑神色有異，還道她已吃了雲中鶴的虧，顫聲道：「你……你和他動過了手麼？」

雲中鶴朗聲笑道：「這時動手也還不遲。」一句話剛說完，雙足已站上馬鞍，便如馬背上豎了一根旗桿，突然身子向前伸出，右足勾住馬鞍，兩柄鋼抓同時向那道姑抓去。那道姑斜身欺到馬左，拂塵捲著的兩枝小箭激飛而出。雲中鶴閃身避過。那道姑搶上揮拂塵擊他左腿，雲中鶴竟不閃避，左手鋼抓勾向她背心。那道姑側身避過，拂塵迴擊。雲中鶴向前邁了一步，左足踏上了馬頭，居高臨下，右手鋼抓橫掃而至。

朱丹臣喝道：「下來。」一縱身躍上馬臀，左判官筆點向他左腰。雲中鶴左手鋼抓一擋，以長攻短，反擊過去。玉虛散人拂塵抖處，又襲向他的下盤。雲中鶴雙手鋼抓飛舞，以一敵二，竟然不落下風。木婉清見他站在馬上，不必守護胸腹，頗佔便宜，颼的一箭射出，穿入那馬左眼。那馬身子一聲慘嘶，便即跪倒。玉虛散人拂塵圈轉，已纏住了雲中鶴右手鋼抓的手指。朱丹臣奮身而上，連攻三招。玉虛散人和雲中鶴同時奮力回奪。

雲中鶴內力雖然強得多，但分了半力去擋架朱丹臣的判官筆，又要防備木婉清的毒箭，只感手臂一震，拂塵和鋼抓同時脫手，直飛上天。他料知今日已討不了好去，罵道：「大理國的傢伙，專會倚多取勝。」雙足在馬鞍一登，身子如箭般飛出，左手鋼抓勾住一株大柳樹的樹枝，一個翻身，已在數丈之外。木婉清一箭射去，拍的一聲，短箭釘在柳樹上，雲中鶴卻鴻飛冥冥，已然不知所蹤。跟著嗤嗤嗤一聲響亮，拂塵和鋼抓同時落在地下。

朱丹臣躬身向玉虛散人拜倒，恭恭敬敬的行禮，說道：「丹臣今日險些性命難保，多蒙相救。」玉虛散人微微一笑，道：「十多年沒動兵刃，功夫全擱下了。朱兄弟，這人是甚麼來歷？」朱丹臣道：「聽說四大惡人齊來大理。這人位居四大惡人之末，武功已如此了得，其餘三人可想而知。請……請你還是到王府中暫避一時，待料理了這四個惡人之後再說。」

玉虛散人臉色微變，慍道：「我還到王府中去幹甚麼？四大惡人齊來，我敵不過，死了也就是了。」朱丹臣不敢再說，向段譽連使眼色，要他出言相求。

段譽拾起拂塵，交在母親手裏，把雲中鶴的鋼抓拋入了小湖，說道：「媽，這四個惡人委實兇惡得緊，你既不願回家，我陪你去伯父那裏。」玉虛散人搖頭道：「我不去。」眼圈一紅，似乎便要掉下淚來。段譽道：「好，你不去，我就在這兒陪你。」轉頭向朱丹臣道：「朱四哥，煩你去稟報我伯父和爹爹，說我母子倆在這兒合力抵擋四大惡人。」

玉虛散人笑了出來，道：「虧你不怕羞，你有甚麼本事，跟我合力抵擋四大惡人？」她雖給兒子引得笑了出來，但先前存在眼眶中的淚水終於還是流下臉頰，她背轉了身，舉袖抹拭眼淚。

木婉清暗自詫異：「段郎的母親怎地是個出家人？眼看雲中鶴這一去，勢必會同其餘三個惡人聯手來攻，他母親如何抵敵？她為甚麼一定堅執不肯回家躲避？啊，是了！天下男子負心薄倖的為多，段郎的父親定是另有愛寵，以致他母親著惱出家。」這麼一想，對她大起同情之意，說道：「玉虛散人，我幫你禦敵。」

玉虛散人細細打量她相貌，突然厲聲道：「你給我說實話，到底『修羅刀』秦紅棉是你甚麼人？」木婉清也氣了，說道：「我早跟你說過了，我從來沒聽見過這名字。秦紅棉是男是女，是人是畜生，我全不知情。」

玉虛散人聽她說到「是人是畜生」，登時釋然，尋思：「她若是修羅刀的後輩親人，決不會說『畜生』兩字。」雖聽她出言頂撞，臉色反而溫和了，笑道：「姑娘莫怪！我適才見你射箭的手法姿式，很像我所識的一個女子，甚至你的相貌也有三分相似，以致起疑。木姑娘，令尊、令堂的名諱如何稱呼？你武功很好，想必是名門之女。」木婉清搖頭道：「我從小沒爹沒娘，是師父養大我的。我不知爹爹、媽媽叫甚麼名字。」玉虛散人道：「那麼尊師是那一位？」木婉清道：「我師父叫作『幽谷客』。」玉虛散人沉吟道：「幽谷客？幽谷客？」向著朱丹臣，眼色中意示詢問。

朱丹臣搖了搖頭，說道：「丹臣僻處南疆，孤陋寡聞，於中原前輩英俠，多有未知。這『幽谷客』前輩，想必是位隱逸山林的高士。」這幾句話，便是說從來沒聽見過「幽谷客」的名字。

說話之間，忽聽得柳林外馬蹄聲響，遠處有人呼叫：「四弟，公子爺無恙麼？」朱丹臣叫道：「公子爺在這兒，平安大吉。」片刻之間，三乘馬馳到觀前停住，褚萬里、古篤誠、傅思歸三人下馬走近，拜倒在地，向玉虛散人行禮。

木婉清自幼在山野之中長大，見這些人禮數囉唆，頗感厭煩，心想：「這幾個人武功都很高明，卻怎地見人便拜？」

玉虛散人見這三人情狀狼狽，傅思歸臉上受了兵刃之傷，半張臉裹在白布之中，古篤誠身上血跡斑斑，褚萬里那根長長的鐵桿子只剩下了半截，忙問：「怎麼？敵人很強麼？思歸的傷怎樣？」傅思歸聽她問起，又勾起了滿腔怒火，大聲道：「思歸學藝不精，慚愧得緊，倒勞王妃掛懷了。」玉虛散人幽幽的道：「你還叫我甚麼王妃？你記心須得好一點才是。」傅思歸低下了頭，說道：「是！請王妃恕罪。」他說的仍是「王妃」，當是以往叫得慣了，不易改口。

朱丹臣道：「高侯爺呢？」褚萬里道：「高侯爺受了點兒內傷，不便乘馬快跑，這就來了。」玉虛散人輕輕「啊」的一聲，道：「高侯爺也受了傷？不……不要緊麼？」褚萬里道：「高侯爺和南海鱷神對掌，正鬥到激烈處，葉二娘突然自後偷襲，侯爺無法分手，背心上給這婆娘印了一掌。」玉虛散人拉著段譽的手，道：「咱們瞧瞧高叔叔去。」娘兒倆一齊走出柳林，木婉清也跟著出去。褚萬里等將坐騎繫在柳樹上，跟隨在後。

遠處一騎馬緩緩行來，馬背上伏著一人。玉虛散人等快步迎上，只見那人正是高昇泰。段譽快步搶上前去，問道：「高叔叔，你覺得怎樣？」高昇泰道：「還好。」抬起頭來，見到了玉虛散人，掙扎著要下馬行禮。玉虛散人道：「高侯爺，你身上有傷，不用多禮。」但高昇泰已然下馬，躬身說道：「高昇泰敬問王妃安好。」玉虛散人回禮，說道：「譽兒，你扶住高叔叔。」

木婉清滿腹疑竇：「這姓高的武功著實了得，一枝鐵笛，數招間便驚退了葉二娘，怎地見了段郎的母親卻也這般恭敬？也稱她為『王妃』，難道……段郎……段郎他……竟是甚麼王子麼？可是這書獃子行事莫名其妙，那裏像甚麼王子了？」

玉虛散人道：「侯爺請即回大理休養。」高昇泰道：「是！四大惡人同來大理，情勢極是兇險，請王妃暫回王府。」玉虛散人嘆了口氣，說道：「我這一生一世，那是決計不回去的了。」高昇泰道：「既是如此，我們便在玉虛觀外守衛。」向傅思歸道：「思歸，你即速回去稟報。」傅思歸應道：「是！」快步奔向繫在玉虛觀外的坐騎。

玉虛散人道：「且慢！」低頭凝思。傅思歸便即停步。

木婉清見玉虛散人臉色變幻，顯是心中疑難，好生不易決斷。午後日光斜照在她面頰之上，晶瑩華彩，雖已中年，芳姿不減，心道：「段郎的媽媽美得很啊，這模樣挺像是畫中的觀音菩薩。」

過了半晌，玉虛散人抬起頭來，說道：「好，咱們一起回大理去，總不成為我一人，叫大夥冒此奇險。」段譽大喜，跳了起來，摟住她頭頸，叫道：「這才是我的好媽媽呢！」傅思歸道：「屬下先去報訊。」奔回去解下坐騎，翻身上馬，向北急馳而去。褚萬里牽過馬來，讓玉虛散人、段譽、木婉清三人乘坐。

一行人首途前赴大理，玉虛散人、木婉清、段譽、高昇泰四人乘馬，褚萬里、古篤誠、朱丹臣三人步行相隨。行出數里，迎面馳來一小隊騎兵。褚萬里快步搶在頭裏，向那隊長說了幾句話。那隊長一聲號令，眾騎兵一齊躍下馬背，拜伏在地。段譽揮了揮手，笑道：「不必多禮。」那隊長下令讓出三匹馬來，給褚萬里等乘坐，自己率領騎兵，當先開路。鐵蹄錚錚，向大道上馳去。

木婉清見了這等聲勢，料知段譽必非常人，忽生憂慮：「我還道他只是個落魄江湖的書生，因此上要嫁便嫁。瞧這小子的排場不小，倘若他是甚麼皇親國戚，或是朝中大官，說不定瞧不起我這山野女子。師父言道，男人越富貴，越沒良心，娶妻子要講究甚麼門當戶對。哼哼，他好好娶我便罷，倘若三心兩意，推三阻四，我不砍他幾劍才怪。我才不理他是多大的來頭呢？」一想到這事，心裏再也藏不住，縱馬馳到段譽身邊，問道：「喂，你到底是甚麼人？咱們在山頂上說過的話，算數不算？」

段譽見馬前馬後都是人，她忽然直截了當的問起婚姻大事，不禁頗為尷尬，笑道：「到了大理城內，我慢慢跟你說。」木婉清道：「你若是負……負心……我……我……」說了兩個「我」字，終於說不下去了。段譽見她脹紅了粉臉，眼中淚水盈盈，更增嬌艷，心中愛念大盛，低聲道：「我是求之不得，你放心，我媽媽也很喜歡你呢。」

木婉清破涕為笑，低聲道：「你媽媽喜不喜歡我，我又理她作甚？」言下之意自是說：「只要你喜歡我，那就成了。」

段譽心中一蕩，眼光轉處，只見母親正似笑非笑的望著自己兩人，不由得大窘。

申牌時分，離大理城尚有二三十里，迎面塵頭大起，成千名騎兵列隊馳來，兩面杏黃旗迎風招展，一面旗上繡著「鎮南」兩個紅字，另一面旗上繡著「保國」兩個黑字。段譽叫道：「媽，爹爹親自迎接你來啦。」玉虛散人哼了一聲，勒停了馬。高昇泰等一干人一齊下馬，讓在道旁。段譽縱馬上前，木婉清略一猶豫，也縱馬跟了上去。

片刻間雙方馳近，段譽大叫：「爹爹，媽回來啦。」

兩名旗手向旁讓開，一個紫袍人騎著一匹大白馬迎面奔來，喝道：「譽兒，你當真胡鬧之極，累得高叔叔身受重傷，瞧我不打斷你的兩腿。」

木婉清吃了一驚，心道：「哼，你要打斷段郎的雙腿，就算你是他的父親，那也決計不成。」只見這紫袍人一張國字臉，神態威猛，濃眉大眼，肅然有王者之相，見到兒子無恙歸來，三分怒色之外，倒有七分喜歡。木婉清心道：「幸好段郎的相貌像他媽媽，不像你。否則似你這般兇霸霸的模樣，我可不喜歡。」

段譽縱馬向前，笑道：「爹爹，你老人家身子安好。」那紫袍人佯怒道：「好甚麼？總算沒給你氣死。」段譽笑道：「這趟若不是兒子出去，也接不到娘回來。兒子所立的這場汗馬功勞，著實了不起。咱們就將功折罪，爹，你別生氣罷。」紫袍人哼了一聲，道：「就算我不揍你，你伯父也饒你不過。」雙腿一挾，白馬行走如飛，向玉虛散人奔去。

木婉清見那隊騎兵身披錦衣，甲胄鮮明，兵器擦得閃閃生光，前面二十人手執儀仗，一面朱漆牌上寫著「大理鎮南王段」六字，另一面虎頭牌上寫著「保國大將軍段」六字。她雖是天不怕、地不怕的性兒，見了這等威儀排場，心下也不禁肅然，問段譽道：「喂，這鎮南王，保國大將軍，就是你爹爹麼？」

段譽笑著點頭，低聲道：「那就是你公公了。」

木婉清勒馬呆立，霎時間心中一片茫然。她呆了半晌，縱馬又向段譽身邊馳去。大道上前後左右都是人，她心中突然只覺說不出的孤寂，須得靠近段譽，才稍覺平安。

鎮南王在玉虛散人馬前丈餘處勒定了馬，兩人你望我一眼，我望你一眼，誰都不開口。段譽道：「媽，爹爹親自接你來啦。」玉虛散人道：「你去跟伯母說，我到她那裏住幾天，打退了敵人之後，我便回玉虛觀去。」鎮南王陪笑道：「夫人，你的氣還沒消嗎？咱們回家之後，我慢慢跟你陪禮。」玉虛散人沉著臉道：「我不回家，我要進宮去。」

段譽道：「很好，咱們先進宮去，拜見了伯父、伯母再說。媽，這次兒子溜到外面去玩，伯父一定生氣，爹爹多半是不肯給我說情的了。還是你幫兒子去說幾句好話罷。」玉虛散人道：「你越大越不成話了，須得讓伯父重重打一頓板子才成。」段譽笑道：「打在兒身上，痛在娘心裏，還是別打的好。」玉虛散人給他逗得一笑，道：「呸！打得越重越好，我才不可憐呢。」

鎮南王和玉虛散人之間本來甚是尷尬，給段譽這麼插科打諢，玉虛散人開顏一笑，僵局便打開了。段譽道：「爹，你的馬好，怎地不讓給媽騎？」玉虛散人說道：「我不騎！」向前直馳而去。

段譽縱馬追上，挽住母親坐騎的轡頭。鎮南王已下了馬，牽過自己的馬去。段譽嘻嘻直笑，抱起母親，放在父親的白馬鞍上，笑道：「媽，你這麼一位絕世無雙的美人兒，騎了這匹白馬，更加好看了。可不真是觀世音菩薩下凡嗎？」玉虛散人笑道：「你那木姑娘才是絕世無雙的美人兒，你取笑媽這老太婆麼？」

鎮南王轉頭向木婉清看去。段譽道：「她……她是木姑娘，是兒子結交的……結交的好朋友。」鎮南王見了兒子神色，已知其意，見木婉清容顏秀麗，暗暗喝采：「譽兒眼光倒是不錯。」見木婉清眼光中野氣甚濃，也不過來拜見，心道：「原來是個不知禮數的鄉下女孩兒。」心中記掛著高昇泰的傷勢，快步走到他身邊，說道：「泰弟，你內傷怎樣？」伸指搭他腕脈。高昇泰道：「我督脈上受了些傷，並不礙事，你……你不用損耗功力……」一言未畢，鎮南王已伸出右手食指，在他後頸中點了三指，左掌按住他腰間。

鎮南王頭頂冒出絲絲白氣，過了一盞茶時分，才放開左掌。高昇泰道：「淳哥，大敵當前，你何苦在這時候為我耗損內力？」鎮南王笑道：「你內傷不輕，早治一刻好一刻。待得見了大哥，他就不讓我動手，自己要出指了。」

木婉清見高昇泰本來臉色白得怕人，但只這片刻之間，雙頰便有了紅暈，心道：「原來段郎的爹爹內功深厚之極，怎地段郎他……他卻又全然不會武功？」

褚萬里牽過一匹馬來，服侍鎮南王上馬。鎮南王和高昇泰並騎徐行，低聲詢問敵情。段譽與母親有說有笑，在鐵甲衛士前後擁衛之下向大理城馳去，卻不免將木婉清冷落了。

黃昏時分，一行人進了大理城南門。「鎮南」、「保國」兩面大旗所到之處，眾百姓大聲歡呼：「鎮南王爺千歲！」「大將軍千歲！」鎮南王揮手作答。

木婉清見大理城內人煙稠密，大街上青石平鋪，市肆繁華。過得幾條街道，眼前筆直一條大石路，大路盡頭聳立著無數黃瓦宮殿，夕陽照在琉璃瓦上，金碧輝煌，令人目為之眩。一行人來到一座牌坊之前，一齊下馬。木婉清見牌坊上寫著四個大金字「聖道廣慈」，心想：「這定是大理國的皇宮了。段郎的伯父竟住在皇宮之中，想必位居高官，也是個甚麼王爺、大將軍之流。」

一行人走過牌坊，木婉清見宮門上的匾額寫著「聖慈宮」三個金字。一個太監快步走將出來，說道：「啟稟王爺：皇上與娘娘在王爺府中相候，請王爺、王妃回鎮南王府見駕。」鎮南王道：「是了！」段譽笑道：「妙極，妙極！」玉虛散人橫他一眼，嗔道：「妙甚麼？我在皇宮中等候娘娘便是。」那太監道：「娘娘吩咐，務請王妃即時朝見，娘娘有要緊事和王妃商量。」玉虛散人低聲道：「有甚麼要緊事了？詭計多端。」段譽知道這是皇后故意安排，料到他母親不肯回自己王府，是以先到鎮南王府中去相候，實是撮合他父母和好的一番美意，心下甚喜。

一行人出牌坊後上馬，折而向東，行了約莫兩里路，來到一座大府第前。府門前兩面大旗，旗上分別繡的是「鎮南」、「保國」兩字，府額上寫的是「鎮南王府」。門口站滿了親兵衛士，躬身行禮，恭迎王爺、王妃回府。

鎮南王首先進了府門，玉虛散人踏上第一級石階，忽然停步，眼眶一紅，怔怔的掉下淚來。段譽半拉半推，將母親擁進了大門，說道：「爹，兒子請得母親回來，立下大功，爹爹有甚麼獎賞？」鎮南王心中喜歡，道：「你向娘討賞，娘說賞甚麼，我便照賞。」玉虛散人破涕為笑，道：「我說賞你一頓板子。」段譽伸了伸舌頭。

高昇泰等到了大廳上，分站兩旁，鎮南王道：「泰弟，你身上有傷，快坐下。」段譽向木婉清道：「你在此稍坐片刻，我見過皇上、皇后，便來陪你。」木婉清實是不願他離去，但也無法阻止，只得委委曲曲的點了點頭，逕在首座第一張椅上坐了下來。其餘諸人一直站著，直等鎮南王夫婦和段譽進了內堂，高昇泰這才坐下，但褚萬里、古篤誠、朱丹臣等人卻仍垂手站立。

木婉清也不理會，放眼看那大廳，只見正中一塊橫匾，寫著「邦國柱石」四個大字，下首署著「丁卯御筆」四個小字，楹柱中堂懸滿了字畫，一時也看不了這許多，何況好多字根本不識。侍僕送上清茶，恭恭敬敬的舉盤過頂。木婉清心想：「這些人古怪真多。」又見只有她自己與高昇泰兩人有茶。朱丹臣等一干人迎敵之時威風八面，到了鎮南王府，卻恭謹肅立，大氣也不敢透一口，那裏像甚麼身負上乘武功的英雄好漢？

過得半個時辰，木婉清等得不耐煩起來，大聲叫道：「段譽，段譽，幹麼還不出來？」大廳上雖站滿了人，但人人屏息凝氣，隻聲不出，木婉清突然大叫，誰都嚇了一跳。高昇泰微笑道：「姑娘少安毋躁，小王爺這就出來。」木婉清奇道：「甚麼小王爺？」高昇泰道：「段公子是鎮南王世子，那不是小王爺麼？」木婉清自言自語：「小王爺，小王爺！這書獃子像甚麼王爺？」

只見內堂走出一名太監，說道：「皇上有旨：著善闡侯、木婉清進見。」高昇泰見那太監出來，早已恭恭敬敬的站立。木婉清卻仍大剌剌的坐著，聽那太監直呼己名，心中不喜，低聲道：「姑娘也不稱一聲，我的名字是你隨便叫得的麼？」高昇泰道：「木姑娘，咱們去叩見皇上。」

木婉清雖是天不怕、地不怕，聽說要去見皇帝，心頭也有發毛，只得跟在高昇泰之後，穿長廊，過庭院，只覺走不完的一間間屋子，終於來到一座花廳之外。

那太監報道：「善闡侯、木婉清朝見皇上、娘娘。」揭開了簾子。

高昇泰向木婉清使個眼色，走進花廳，向正中坐著的一男一女跪了下去。

木婉清卻不下跪，見那男人長鬚黃袍，相貌清俊，問道：「你就是皇帝麼？」

這居中而坐的男子，正是大理國當今皇帝段正明，帝號稱為保定帝。大理國於五代後晉天福二年建國，比之趙匡胤陳橋兵變、黃袍加身還早了廿三年。大理段氏其先為武威郡人，始祖段儉魏，佐南詔大蒙國蒙氏為清平官，六傳至段思平，官通海節度使，丁酉年得國，稱太祖神聖文武帝。十四傳而到段正明，已歷一百五十餘年。

是時北宋汴梁哲宗天子在位，年歲尚幼，太皇太后高氏垂簾聽政。這位太皇太后任用名臣，廢除苛政，百姓康樂，華夏綏安，實是中國歷代第一位英明仁厚的女主，史稱「女中堯舜」。大理國僻處南疆，歷代皇帝崇奉佛法，雖自建帝號，對大宋一向忍讓恭順，從來不以兵戎相見。保定帝在位十一年，改元三，曰保定、建安、天祐，其時正當天祐年間，四境寧靜，國泰民安。

保定帝見木婉清不向自己跪拜，開口便問自己是否皇帝，不禁失笑，說道：「我便是皇帝了。你說大理城裏好玩麼？」木婉清道：「我一進城便來見你了，還沒玩過。」保定帝微笑道：「明兒讓譽兒帶你到處走走，瞧瞧我們大理的風光。」木婉清道：「很好，你陪我們一起去嗎？」她此言一出，眾人都忍不住微笑。

保定帝回視坐在身旁的皇后，笑道：「皇后，這娃兒要咱們陪她，你說陪不陪？」皇后微笑未答。木婉清向她打量了幾眼，道：「你是皇后娘娘嗎？果然挺美麗的。」保定帝呵呵大笑，說道：「譽兒，木姑娘天真誠樸，有趣得緊。」

木婉清問道：「你為甚麼叫他譽兒？他常說的伯父，就是你了，是不是？他這次私逃出外，很怕你生氣，你別打他了，好不好？」保定帝微笑道：「我本要重重打他五十記板子，既是姑娘說情，那就饒過了。譽兒，你還不謝謝木姑娘。」

段譽見木婉清逗得皇上高興，心下甚喜，知道伯父性子隨和，便向木婉清深深一揖，說道：「謝過木姑娘說情之德。」木婉清還了一禮，低聲道：「你伯父答允不打你，我就放心了，謝倒是不用謝的。」轉頭又向保定帝道：「我只道皇帝總是個很兇很可怕的人，那知道你……你很好！」

保定帝除了幼年時曾得父皇、母后如此稱讚之外，十餘年來人人見他恭敬畏懼，從未有人讚過他「你很好」三字，但見木婉清猶如渾金樸玉，全然不通世故人情，對她更增三分喜歡，向皇后道：「你有甚麼東西賞她？」

皇后從左腕上褪下一隻玉鐲，遞了過去，道：「賞了你罷。」

木婉清上前接過，戴上自己手腕，嫣然一笑，道：「謝謝你啦。下次我也去找一件好看的東西送給你。」皇后微微一笑，說道：「那我先謝謝你啦。」

忽聽得西首數間屋外屋頂上閣的一聲響，跟著鄰室的屋上又是閣的一響。

木婉清一驚，知有敵人來襲，那人來得好快。但聽得颼颼數聲，幾個人上了屋頂，褚萬里的聲音喝道：「閣下深夜來到王府，意欲何為？」一個嗓子嘶啞的粗聲道：「我找徒兒來啦！快叫我乖徒兒出來見我。」正是南海鱷神。

木婉清吃驚更甚，雖知王府中戒備森嚴，衛士如雲，鎮南王、高昇泰、玉虛散人，以及褚古傅朱諸人均武功高強，但南海鱷神實在太也厲害，如再得葉二娘、雲中鶴，以及那個未曾露過面的「天下第一惡人」相助，四惡聯手，倘要強擄段譽，只怕也是不易阻擋。只聽褚萬里喝道：「閣下高徒是誰？鎮南王府之中，那有閣下的徒兒？快快退去！」

突然間嗤的一聲響，半空中伸下一張大手，將廳門上懸著的簾子撕為兩半，人影一晃，南海鱷神已站在廳中。他豆眼骨溜溜的一轉，已見到段譽，哈哈大笑，叫道：「老四說得不錯，乖徒兒果然在此。快快求我收你為徒，跟我去學功夫。」說著伸出鷄爪般的手來，抓向段譽肩頭。

鎮南王見他這一抓來勢勁急，著實厲害，生怕他傷了愛子，當即揮掌拍去。兩人手掌相碰，砰的一聲，均感內力受震。南海鱷神心下暗驚，問道：「你是誰？我來帶領我的徒兒，關你甚麼事？」鎮南王微笑道：「在下段正淳。這孩子是我兒子，幾時拜你為師了？」

段譽笑道：「他硬要收我為徒，我說早已拜過師父了，可是他偏偏不信。」

南海鱷神瞧瞧段譽，又瞧瞧鎮南王段正淳，說道：「老的武功倒很強，小的卻是一點不會，我就不信你們是爺兒倆。段正淳，咱們馬馬虎虎，就算他是你的兒子好了。可是你教武功的法子不對，你兒子太過膿包。可惜，嘿嘿，可惜。」段正淳道：「可惜甚麼？」南海鱷神道：「你兒子很像我，是塊極難得的學武材料，只須跟我學得十年，包他成為武林中一個了不起的高手。」

段正淳又是好氣，又是好笑，但適才跟他對掌，已知此人武功好生了得，正待回答，段譽已搶著說道：「岳老三，你武功不行，不配做我師父，你回南海萬鱷島去再練二十年，再來跟人談論武學。」南海鱷神大怒，喝道：「憑你這小子，也配說我武功不行？」

段譽道：「我問你：『風雷、益。君子以見善則遷，有過則改』，那是甚麼意思？」南海鱷神一呆，怒道：「那有甚麼意思？胡說八道。」段譽道：「你連這幾句最淺近的話也不懂，還談甚麼武學？我再問你：『損上益下，民說無疆。自上下下，其道大光。』那又是甚麼意思？」

保定帝、鎮南王、高昇泰等聽到他引「易經」中的話來戲弄此人，都不禁好笑。木婉清雖不懂他說些甚麼，但猜到多半是酸秀才在掉書包。

南海鱷神一怔之間，只見各人臉上均有嘲笑之意，料想段譽說的多半不是好話，大吼一聲，便要出掌相擊。段正淳踏上半步，攔在他與兒子之間。

段譽笑道：「我說的都是武功秘訣，其中奧妙無窮，料你也不懂。你這等井底之蛙，居然想做我師父，豈不笑歪了天下人的嘴巴？哈哈，我拜的師父有的是玉洞神仙，有的是飽學宿儒，有的是大德高僧。你啊，再學十年，也未必能拜我為師。」

南海鱷神大吼：「你拜的師父是誰？叫他出來，露幾手給我瞧瞧。」

段正淳見來者只是四惡之一，武功雖然不弱，比自己可還差了一籌，不妨拿這渾人來戲耍一番，以博皇上、皇后與夫人一粲，當下由得兒子信口胡說，也不出言阻止。

段譽見伯父臉上笑嘻嘻地，父親又對己縱容，更加得意了，向南海鱷神道：「好，你有膽子便在這裏，我去請我師父來，你可別嚇得逃走。」南海鱷神怒道：「我岳老二一生縱橫江湖，怕過誰來？快去，快去。」段譽轉身出房。

南海鱷神向各人臉上逐一瞧去，只見人人都是臉露微笑，心想：「我這徒兒武功這等差勁，狗屁不如，他師父會有甚麼能耐？老子半點也不用怕他。」

只聽得靴聲橐橐，兩個人走近房來。段譽在門外說道：「岳老三這傢伙逃走了麼？爹，你別讓他逃走，我師父來啦。」南海鱷神吼道：「我逃甚麼？他媽的，快叫你師父進來。你不肯改投明師，想是你的暗師不答允。我先把你狗屁師父的脖子扭斷，你沒了師父，就非拜我為師不可。哈哈，這主意高明之極。」

他自稱自讚聲中，段譽帶了一人進來，眾人一見，忍不住哈哈大笑。

這人小帽長袍，兩撇焦黃鼠鬚，瞇著一雙紅眼睛，縮頭聳肩，形貌猥瑣，玉虛散人等認得乃是王府中管帳師爺的手下霍先生。這人整日價似睡非睡，似醒非醒，專愛和王府中的僕役賭博。這時帶著七分酒意，胸前滿是油膩，被段譽拖著手臂，畏畏縮縮的不敢進來。一進花廳，便向保定帝和皇后叩下頭去。保定帝不認得他是誰，說道：「罷了！」

段譽挽著霍先生的手臂，向南海鱷神道：「岳老三，我諸位師尊之中，以這位師父武功最淺，你須先勝得了他，方能跟我另外的師父比武。」南海鱷神哇哇大叫，說道：「三招之內，我岳老二若不將他摔個稀巴爛，我拜你為師。」段譽眼光一亮，說道：「你這話是真是假？男子漢大丈夫，說過的話倘若不作數，便是烏龜兒子王八蛋。」南海鱷神叫道：「來，來，來！」段譽道：「倘若只比三招，那就不用我師父動手，我自己來接你三招也成。」

南海鱷神聽到雲中鶴的傳言，匆匆忙忙趕來大理鎮南王府，一心只想擒去段譽，要他作南海一派的傳人，待得和段正淳對了一掌，始有懼意，覺得要在這許多高手環繞之下擒走段譽，實在大為不易，單是徒兒的老子，恐怕就打他不過，聽得段譽願和自己動手，當真再好不過，一出手就可將他扣住，段正淳等武功再強，也就不敢動彈，只有眼睜睜的讓自己將徒兒帶走，便道：「好，你來接我三招，我不出內力，決不傷你便是。」

段譽道：「咱們言語說明在先，三招之內你如打我不倒，那便如何？」

南海鱷神哈哈大笑，他知道段譽是個手無縛雞之力的文弱書生，別說三招，就是半招也接不住，便道：「三招之內要是打你不倒，我就拜你為師。」段譽笑道：「這裏大家都聽見了，你賴不賴？」南海鱷神怒道：「岳老二說話，素來說一是一，說二是二。」段譽道：「岳老三！」南海鱷神道：「岳老二！」段譽道：「岳老三！」南海鱷神道：「快來動手，囉裏囉唆的幹甚麼？」段譽走上兩步，和他相對而立。

廳中眾人自保定帝、皇后而下，除了木婉清外，人人都是看著段譽長大的，均知他好文厭武，從來沒學過武功，這次保定帝和段正淳逼著他練武，他竟離家出走，別說和一流高手過招，就是平常的衛士兵卒，他也決計不是對手。初時眾人均知他是故意戲弄這渾人，但到後來說話僵了，竟逼得真要和他放對。雖然南海鱷神一心想收他為徒，不致傷他性命，但這人性子兇野，說不定突然間狂性大發，段譽以金枝玉葉之體，如何可輕易冒險？玉虛散人首先出言攔阻：「譽兒莫要胡鬧，這等山野匹夫，不必多加理會。」皇后也道：「善闡侯，你下令擒了這個狂徒。」

善闡侯高昇泰躬身道：「臣高昇泰接旨。」轉身喝道：「褚萬里、古篤誠、傅思歸、朱丹臣四人聽令：娘娘有旨，擒了這個犯駕狂徒。」褚萬里等四人一齊躬身道：「臣接旨。」

南海鱷神眼見眾人要羣起而攻，喝道：「你們大夥兒都來好了，老子也不怕。你兩個是皇帝、皇后嗎？你兩個也上罷！」

段譽雙手急搖，道：「慢來，慢來，讓我跟他比了三招再說。」

保定帝素知這姪兒行事往往出人意表，說不定他暗中另有機謀，好在南海鱷神不會傷他性命，又有兄弟和善闡侯在旁照料，決無大礙，便道：「眾人且住，讓這狂徒領教一下大理國小王子的高招，也無不可。」

褚萬里等四人本要一擁而上，聽得皇上有旨，當即站定。

段譽道：「岳老三，咱們把話說明在先，你在三招中打我不倒，就拜我為師。我雖做你師父，但你資質太笨，武功我是不能教你的。你答不答允？」南海鱷神怒道：「誰要你教武功？你又會甚麼狗屁武功了？」段譽道：「好，那你答允了。拜師之後，師尊之命，便不可有違，我要你做甚麼，你便須遵命而行，否則欺師滅祖，不合武林規矩。你答不答允？」南海鱷神不怒反笑，說道：「這個自然。你拜我為師之後，也是這樣。」

段譽將所學的凌波微步默想了十幾步，覺得要逃過他三招，似乎也並不難，但一生從未和人動過手，這南海鱷神武功又太高，畢竟全無把握，還是預留後步的為妙，說道：「就是這樣。不過你要收我為徒，須得將我幾位師父一一打敗，顯明你武功確比我各位師父都高，我才拜你為師。」心想：「要是給他三招之內一把抓住，我就將這裏武功高強之人一個個說成是我師父，讓他一個個打去便了。」南海鱷神道：「好罷！好罷！你儘說不練，那可不像我了。咱們南海派說打就打，不能含糊。」

段譽指著他身後，微笑道：「我一位師父早已站在你的背後……」南海鱷神不覺背後有人，回頭一看。段譽陡然間斜上一步，有若飄風，毛手毛腳的抓住了他胸口「膻中穴」，大拇指對準了穴道正中。這一下手法笨拙之極，但段譽身上蘊藏了無量劍七名弟子的內力，雖然不會運用，一抓之下，勁道卻也不小。南海鱷神只感胸口一窒，段譽左手又已抓住他肚臍上的「神闕穴」。「北冥神功」卷軸上所繪經脈穴道甚多，段譽只練過手太陰肺經和任脈兩圖，這「膻中」、「神闕」兩穴，正是任脈中的兩大要穴。

南海鱷神一驚之下，急運內力掙扎，突覺內力自膻中穴急瀉而出，全身便似脫力一般，更是驚惶無已。段譽已將他身子倒舉起來，頭下腳上的摔落，騰的一聲，他一個禿禿的大腦袋撞在地下。幸好花廳中鋪著地毯，並不受傷，他急怒之下，一個「鯉魚打挺」，跳起身來，左手便向段譽抓去。

廳上眾人見此變故，無不驚詫萬分。段正淳見南海鱷神出抓凌厲，正要出手阻格，卻見段譽向左斜走，步法古怪之極，只跨出一步，便避開了對方奔雷閃電般的這一抓。段正淳喝采：「妙極！」南海鱷神第二掌跟著劈到。段譽並不還手，斜走兩步，又已閃開。

南海鱷神兩招不中，又驚又怒，只見段譽站在自己面前，相距不過三尺，突然間一聲狂吼，雙手齊出，向他胸腹間急抓過去，臂上、手上、指上盡皆使上了全力，狂怒之下，已顧不得雙爪若是抓得實了，這個「南海派未來傳人」便是破胸開膛之禍。

保定帝、段正淳、玉虛散人、高昇泰四人齊聲喝道：「小心！」卻見段譽左踏一步，右跨一步，輕飄飄的已轉到了南海鱷神背後，伸手在他禿頂上拍了一掌。

南海鱷神驚覺對方手掌居然神出鬼沒的拍到了自己頭頂，暗叫：「我命休矣！」但頭皮和他掌心一觸，立知這一掌之中全無內力，左掌翻上，嗤的一下，將段譽手背上抓破了五條血痕。段譽急忙縮手，南海鱷神一抓餘力未衰，五根手指滑將下來，竟在自己額頭上也抓出了五條血痕。

段譽連避三招，本來已然得勝，但童心大起，在南海鱷神腦門上拍了一掌，他既不知自己內力已頗為不弱，自也絲毫不會使用，險些反被擒住，當下腳步連錯，躲到了父親身後，已嚇得臉上全無血色。

玉虛散人向兒子白了一眼，心道：「好啊，你向伯父與爹爹學了這等奇妙功夫，竟一直瞞著我。」

木婉清大聲道：「岳老三，你三招打他不倒，自己反被他摔了一交，快磕頭拜師啊。」南海鱷神抓了抓耳根，紅著臉道：「他又不是真的跟我動手，這個不算。」木婉清伸手指括臉，道：「羞不羞？你不拜師，那便是烏龜兒子王八蛋了。你願意拜師呢，還是願意做烏龜兒子王八蛋？」南海鱷神怒道：「都不願。我要跟他打過。」

段正淳見兒子的步法巧妙異常，實是瞧不出其中的訣竅，低聲在他耳邊道：「你別伸手打他，只乘機拿他穴道。」段譽低聲道：「兒子害怕起來了，只怕不成。」段正淳低聲道：「不用怕，我在旁邊照料便是。」

段譽得父親撐腰，膽氣為之一壯，從段正淳背後轉身出來，說道：「你三招打不倒我，便應拜我為師了。」南海鱷神大吼一聲，發掌向他擊去。

段譽向東北角踏了一步，輕輕易易的便即避開，喀喇一聲，南海鱷神這掌擊爛了一張茶几。段譽凝神一志，口中輕輕唸道：「觀我生，進退。艮其背，不獲其人；行其庭，不見其人。鼎耳革，其行塞。剝，不利有攸往。羝羊觸藩，不能退，不能遂。」竟是不看南海鱷神的掌勢來路，自管自的左上右下，斜進直退。南海鱷神雙掌越出越快，勁力越來越強，花廳中砰嘭、喀喇、嗆啷、乒乓之聲不絕，椅子、桌子、茶壺、茶杯紛紛隨著他掌力而壞，但始終打不到段譽身上。

轉眼間三十餘招已過，保定帝和鎮南王兄弟早瞧出段譽腳步虛浮，確然不會半點武功，只是不知他如何得了高人傳授，學會一套神奇之極的步法，踏著伏羲六十四卦的方位，每一步都是匪夷所思。他倘若真和南海鱷神對敵，只一招便已斃於敵人掌底，但他只管自己走自己的，南海鱷神掌力雖強，始終打他不著。再看一會，兩兄弟互視一眼，臉上都閃過一絲憂色，同時想到：「這南海鱷神假使閉起眼睛，壓根兒不去瞧譽兒到了何處，隨手使一套拳法掌法，數招間便打到他了。」但見南海鱷神的臉色越轉越黃，眼睛越睜越大，卻沒想到這個法子，掌法變幻，總是和段譽的身子相差了一尺兩尺。

然而這麼纏鬥下去，段譽縱然不受損傷，要想打倒對方，卻也萬萬不能。保定帝又看了半晌，說道：「譽兒，走慢一半，迎面過去，拿他胸口穴道。」

段譽應道：「是！」放慢了腳步，迎面向南海鱷神走去，目光和他那張兇狠焦黃的臉一對，心下登生怯意，腳下微一窒滯，已偏了方位。南海鱷神一抓插下，從段譽腦袋左側直劃下去，插得他左耳登時鮮血淋漓。段譽耳上疼痛，怯意更甚，加快腳步的橫轉直退，躲到了段正淳背後，苦笑道：「伯父，那不成！」

段正淳怒道：「我大理段氏子孫，焉有與人對敵而臨陣退縮的？快去打過，伯父教的不錯。」玉虛散人疼惜兒子，插口道：「譽兒已和他對了六十餘招，段氏門中有此佳兒，你還嫌不足麼？譽兒，你早勝啦，不用打了。」段正淳道：「不用擔心，我擔保他死不了。」玉虛散人心中氣苦，淚水盈盈，便欲奪眶而出。

段譽見了母親這等情景，心下不忍，鼓起勇氣，大步而出，喝道：「我再跟你鬥過。」這次橫了心，左穿右插的迴旋而行，越走越慢，待得與南海鱷神相對，眼光不和他相接，伸出雙手，便往他胸口拿去。

南海鱷神見他出手虛軟無力，哈哈大笑，斜身反手，來抓他肩頭，不料段譽腳下變化無方，兩人同時移身變位，兩下裏一靠，南海鱷神的胸口剛好湊到段譽手指上。段譽看準穴道方位，右手抓住了他「膻中穴」，左手抓住了「神闕穴」。他內力全然不會運使，雖已抓住了兩處要穴，但若南海鱷神置之不理，不運內力而緩緩擺脫，段譽原也絲毫奈何他不得。可是南海鱷神要害受制，心中一驚，雙手急伸，突襲對方面門。這一招以攻為守，攻的是段譽眼目要害，武學中所謂「攻敵之不得不救」，敵人再強，也非迴手自救不可，那就擺脫了自己的危難，原是極高明的打法。不料段譽於臨敵應變之道一竅不通，對方手指抓到，他全沒想到急速退避，雙手仍是抓住南海鱷神的穴道。

這一下可就錯有錯著，南海鱷神體內氣血翻滾，湧到兩處穴道處忽遇阻礙，同時「膻中穴」中內力又洶湧而出，雙手伸到與段譽雙眼相距半尺之處，手臂便不聽使喚，再也伸不過去。他吸一口真氣，再運內力。

段譽右手大拇指的「少商穴」中只覺一股大力急速湧入。南海鱷神內力之強，與無量劍七名弟子自是不可相提並論，段譽登時身子搖晃，立足不定。他知局勢危急，只需雙手一離對方穴道，自己立時便有性命之憂，是以身上雖說不出的難受，還是勉力支撐。

段正淳和段譽相距不過數尺，見他臉如塗丹，越來越紅，當即伸出食指抵在他後心「大椎穴」上。大理段氏「一陽指」神功馳名天下，實是非同小可，一股融和的暖氣透將過去，激發段譽體內原有的內力。南海鱷神全身劇震，慢慢軟倒。段正淳伸手扶住兒子。段譽內息回順，將南海鱷神送入自己手太陰肺經的內力緩緩貯向氣海，一時卻也說不出話來。

段正淳以「一陽指」暗助兒子，合父子二人之力方將南海鱷神制服，廳上眾人均了然於心，雖是如此，南海鱷神折服在段譽手下，卻也無可抵賴。

此人也真了得，段譽雙手一離穴道，他略一運氣，便即躍起身來，瞇著一對豆眼凝視段譽，臉上神情古怪之極，又是詫異，又是傷心，又是憤怒。

木婉清叫道：「岳老三，我瞧你定是甘心做烏龜兒子王八蛋，拜師是不肯拜的了。」南海鱷神怒道：「我偏偏叫你料想不到，拜師便拜師，這烏龜兒子王八蛋，岳老二是決計不做的。」說著突然跪倒在地，咚咚咚咚．咚咚咚咚，向段譽連磕了八個響頭，大聲叫道：「師父，弟子岳老二給你磕頭。」

段譽一呆，尚未回答，南海鱷神已縱身躍起，出廳上了屋頂。屋上「啊」的一聲慘呼，跟著砰的一響，一個人被擲進廳來，卻是一名王府衞士，胸口鮮血淋漓，心臟已被他伸指挖去，手足亂動，未即便死，神情極是可怖。這衞士的武功雖不及褚萬里等，卻也並非泛泛，居然被他舉手間便將心挖去，四大護衞近在身旁，竟不及相救。衆人見了無不變色。

木婉清怒道：「郎君，你收的徒兒太也豈有此理。下次遇到，非叫他吃點苦頭不可。」段譽一顆心兀自怦怦大跳，說道：「我僥倖得勝，全仗爹爹相助。下次若再遇到，只怕我的心也教他挖了去，有甚麼本事叫他吃苦頭？」

古篤誠和傅思歸將那衞士的屍體抬了出去，段正淳吩咐厚加撫卹，妥為安葬。

那七分醉、三分醒的霍先生只嚇得簌簌發抖，退了下去。

保定帝道：「譽兒，你這套步法，當是從伏羲六十四卦方位中化將出來的，卻是何人所授？當真高明。」段譽道：「孩兒是從一個山洞中胡亂學來的，卻不知對也不對，請伯父指點。」保定帝問道：「如何從山洞中學來？」

段譽於是略敘如何跌入無量山深谷，闖進山洞，發見一個繪有步法的卷軸。至於玉像、裸女等等，自然略而不提，這些身子裸露的神仙姊姊圖像，如何能給伯父、伯母、爹爹、媽媽見到？而木婉清得知自己為神仙姊姊發痴，更非大發脾氣不可。敘述不詳，那也是夫子筆削春秋、述而不作的遺意了。

段譽說罷，保定帝道：「這六十四卦的步法之中，顯是隱伏有一門上乘內功，你倒從頭至尾的走一遍看。」段譽應道：「是！」微一凝思，一步步的走將起來。保定帝、段正淳、高昇泰等都是內功深厚之人，但於這步法的奧妙，卻也只能看出了二三成。段譽六十四卦走完，剛好繞了一個大圈，回歸原地。

保定帝喜道：「好極！這步法天下無雙，吾兒實是遇上了極難得的福緣。你母親今日回府。吾兒陪娘多喝一杯罷。」轉頭向皇后道：「咱們回去了罷！」皇后站起身來，應道：「是！」

段正淳等恭送皇帝、皇后起駕回宮，直送到鎮南王府的牌樓之外。

七

無計悔多情

木婉清好奇心起，快步走過去察看。見這青袍人長鬚根根漆黑，一雙眼睜得大大的，望著江心，竟然一霎也不霎。

段正淳等回到府中，內堂張宴。一桌筵席除段正淳夫婦和段譽之外，便是木婉清一人，在旁侍候的官婢倒有十七八人。木婉清一生之中，又怎見過如此榮華富貴的氣象？每一道菜都是見所未見，聞所未聞。她見鎮南王夫婦將自己視作家人，儼然是兩代夫婦同席歡敘，自是芳心竊喜。

段譽見母親對父親的神色仍是冷冷的，既不喝酒，也不吃葷，只挾些素菜來吃，便斟了一杯酒，雙手捧著站起，說道：「媽，兒子敬你一杯。恭賀你跟爹爹團聚，咱三人得享天倫之樂。」玉虛散人道：「我不喝酒。」段譽又斟了一杯，向木婉清使個眼色，道：「木姑娘也敬你一杯。」木婉清捧著酒杯站起來。

玉虛散人心想對木婉清不便太過冷淡，便微微一笑，說道：「姑娘，我這個孩兒淘氣得緊，爹娘管他不住，以後你得幫我管管他才是。」木婉清道：「他不聽話，我便老大耳括子打他。」玉虛散人嗤的一笑，斜眼向丈夫瞧去。段正淳笑道：「正該如此。」

玉虛散人伸左手去接木婉清手中的酒杯。燭光之下，木婉清見她素手纖纖，晶瑩如玉，手背上近腕處有一塊殷紅如血的紅記，不由得全身一震，顫聲道：「你……你的名字……可叫作刀白鳳？」玉虛散人笑道：「我這姓氏很怪，你怎知道？」木婉清顫聲問：「你……你便是刀白鳳？你是擺夷女子，從前是使軟鞭的，是不是？」玉虛散人見她神情有異，但仍不疑有他，微笑道：「譽兒待你真好，連我的閨名也跟你說了。你的郎君便有一半是擺夷人，難怪他也這麼野。」木婉清道：「你當真是刀白鳳？」玉虛散人微笑道：「是啊！」

木婉清叫道：「師恩深重，師命難違！」右手一揚，兩枚毒箭向刀白鳳當胸射去。

筵席之間，四人言笑晏晏，親如家人，那料到木婉清竟會突然發難？刀白鳳的武功與木婉清本就差相彷彿，這時兩人相距極近，又是變起俄頃，猝不及防，眼看這兩枝毒箭勢非射中不可。段正淳坐在對席，是在木婉清背後，「啊喲」一聲叫，伸指急點，但這一指只能制住木婉清，卻不能救得妻子。

段譽曾數次見木婉清言談間便飛箭殺人，她箭上餵的毒藥厲害非常，端的是見血封喉，一見她揮動衣袖，便知不妙，他站在母親身旁，苦於不會武功，無法代為擋格，當即腳下使出「凌波微步」，斜刺裏穿到，擋在母親身前，卜卜兩聲，兩枚毒箭正中他胸口。木婉清同時背心一麻，伏在桌上，再也不能動彈。

段正淳應變奇速，飛指而出，連點段譽中箭處周圍八處穴道，使得毒血暫時不能歸心，反手勾出，喀的一聲，已卸脫木婉清右臂關節，令她不能再發毒箭，然後拍開她穴道，厲聲道：「取解藥來！」

木婉清顫聲道：「我……我只要殺刀白鳳，不是要害段郎。」忍住右臂劇痛，左手忙從懷中取出兩瓶解藥，道：「紅的內服，白的外敷，快，快！遲了便不及相救。」

刀白鳳見她對段譽的關切之情確是出於真心，已約略猜到其中原由，夾手奪過解藥，將兩顆紅色藥丸餵入兒子口中，白色的乃是藥粉，她抓住箭尾，輕輕拔出兩枝短箭，然後在傷處敷上藥粉。木婉清道：「謝天謝地，他……他性命無礙，不然我……我……」

三人焦急萬狀，卻不知段譽自食了萬毒之王的「莽牯朱蛤」之後，已然諸毒不侵，木婉清箭上劇毒奈何不得他絲毫，就算不服解藥，也是無礙。只是他中箭後胸口劇痛，這毒箭中者立斃，他見得多了，只道自己這一次非死不可，驚嚇之下，昏倒在母親懷中。

段正淳夫婦目不轉瞬的望著傷口，見流出來的血頃刻間便自黑轉紫，自紫轉紅，這才同時吁了一口氣，知道兒子的性命已然保住。

刀白鳳抱起兒子，送入他臥室之中，替他蓋上了被，再搭他脈息，只覺脈搏均勻有力，實無半分虛弱跡象，心下喜慰，卻又不禁詫異，於是又回暖閣中來。

段正淳問道：「不礙吧？」刀白鳳不答，向木婉清道：「你去跟修羅刀秦紅棉說……」段正淳聽到「修羅刀秦紅棉」六字，臉色一變，說：「你……你……」刀白鳳不理丈夫，仍是向著木婉清道：「你跟她說，要我性命，儘管光明正大的來要，這等鬼蜮伎倆，豈不教人笑歪了嘴？」木婉清道：「我不知修羅刀秦紅棉是誰？」刀白鳳奇道：「那麼是誰叫你來殺我的？」

木婉清道：「是我師父。我師父叫我來殺兩個人。第一個便是你，她說你手上有一塊紅記，名叫刀白鳳，是擺夷女子，相貌很美，以軟鞭作兵刃。她沒……沒說你是道姑打扮。我見你使的兵刃是拂塵，又叫作玉虛散人，全沒想到便是師父要殺……要殺之人，更沒想到你是段郎的媽媽……」說到這裏，珠淚滾滾而下。

刀白鳳道：「你師父叫你去殺的第二個人，是『俏藥叉』甘寶寶？」木婉清道：「不，不！『俏藥叉』甘寶寶是我師叔。她叫人送信給我師父，說是兩個女子害苦了我師父一生，這大仇非報不可……」刀白鳳道：「啊，是了。那另一個女子姓王，住在蘇州，是不是？」木婉清奇道：「是啊！你怎知道？我和師父先去蘇州殺她，這壞女人手下奴才真多，住的地方又怪，我沒見到她面，反給她手下的奴才一直追到大理來。」

段正淳低頭聽著，臉上青一陣，紅一陣。

刀白鳳腮邊突然滾下眼淚，向段正淳道：「望你好好管教譽兒。我……我去了。」段正淳道：「鳳凰兒，那都是過去的事了，你何必放在心上？」刀白鳳幽幽的道：「你不放在心上，我卻放在心上，人家也都放在心上。」突然間飛身而起，從窗口躍了出去。

段正淳伸手拉她衣袖，刀白鳳回手揮掌，向他臉上擊去。段正淳側頭避開，嗤的一聲，已將她衣袖拉下了半截。刀白鳳轉過頭來，怒道：「你真要動武麼？」段正淳道：「鳳凰兒，你……」刀白鳳雙足一登，躍到了對面屋上，跟著幾個起伏，已在十餘丈外。

遠遠聽得褚萬里的聲音喝道：「是誰？」刀白鳳道：「是我。」褚萬里道：「啊，是王妃……」此後再無聲息，自是去得遠了。

段正淳悄立半晌，嘆了口氣，回入暖閣，見木婉清臉色慘白，卻並不逃走。段正淳走近身去，雙手抓住她右臂，喀的一聲，接上了關節。木婉清心想：「我發毒箭射他妻子，不知他要如何折磨我？」卻見他頹然坐入椅中，慢慢斟了一杯酒，咕的一聲，便喝乾了，望著妻子躍出去的窗口，呆呆出神，過了半晌，又慢慢斟了一杯酒，咕的一下又喝乾了。這麼自斟自飲，一連喝了十二三杯，一壺乾了，便從另一壺裏斟酒，斟得極慢，但飲得極快。

木婉清終於不耐煩了，叫道：「你要想甚麼古怪慘毒的法子整治我，快快下手！」

段正淳抬起頭來，目不轉瞬的向她凝視，隔了良久，緩緩搖頭，嘆道：「真像，真像！

我早該便瞧了出來，這般的模樣，這般的脾氣……」

木婉清聽得沒頭沒腦，問道：「你說甚麼？胡說八道。」

段正淳不答，站起身來，忽地左掌向後斜劈，颼的一聲輕響，身後一枝紅燭隨掌風而滅，跟著右掌向後斜劈，又是一枝紅燭陡然熄滅，如此連出五掌，劈熄了五枝紅燭，眼光始終向前，出掌卻如行雲流水，瀟灑之極。

木婉清驚道：「這……這是『五羅輕煙掌』，你怎麼也會？」段正淳苦笑道：「你師父教過你罷？」木婉清道：「我師父說，這套掌法她決不傳人，日後要帶進棺材裏去。」段正淳道：「嗯，她說過決不傳人，日後要帶入土中？」木婉清道：「是啊！不過師父當我不在面前之時，時常獨個兒練，我暗中卻瞧得多了。」段正淳道：「她獨自常常使這掌法？」木婉清點頭道：「是。師父每次練了這套掌法，便要發脾氣罵我。你……你怎麼也會？似乎你使得比我師父還好。」

段正淳嘆了口氣，道：「這『五羅輕煙掌』，是我教你師父的。」

木婉清吃了一驚，可是又不得不信，她見師父掌劈紅燭之時，往往一掌不熄，要劈到第二三掌方始奏功，決不如段正淳這般隨心所欲，揮灑自如，結結巴巴的道：「那麼你是我師父的師父，是我的太師父？」

段正淳搖頭道：「不是！」以手支頤，輕輕自言自語：「她每次練了掌法，便要發脾氣，她說這掌法決不傳人，要帶進棺材裏去……」木婉清又問：「那麼你……」段正淳搖搖手，叫她別多問，隔了一會，忽然問道：「你今年十八歲，是九月間的生日，是不是？」木婉清跳起身來，奇道：「我的事你甚麼都知道，你到底是我師父甚麼人？」

段正淳臉上滿是痛苦之色，嘶啞著聲音道：「我……我對不起你師父。婉兒，你……」木婉清道：「為甚麼？我瞧你這個人挺和氣、挺好的啊。」段正淳道：「你師父的名字，她沒跟你說麼？」木婉清道：「我師父說她叫作『幽谷客』，到底姓甚麼，叫甚麼，我便不知道了。」段正淳喃喃的道：「幽谷客，幽谷客……」驀地裏記起了杜甫那首「佳人」詩來，詩句的一個個字似乎都在刺痛他心：「絕代有佳人，幽居在空谷。自云良家子，零落依草木……夫婿輕薄兒，新人美如玉……但見新人笑，那聞舊人哭……」

過了半晌，又問：「這許多年來，你師父怎生過日子？你們住在那裏？」木婉清道：「我和師父住在一座高山背後的一個山谷裏，師父說那便叫作幽谷，直到這次，我們倆才一起出來。」段正淳道：「你的爹娘是誰？你師父沒跟你說過麼？」木婉清道：「我師父說，我是個給爹娘遺棄了的孤兒，我師父將我從路邊撿回來養大的。」段正淳道：「你恨你爹娘不恨？」木婉清側著頭，輕輕咬著左手的小指頭兒。

段正淳見著這等情景，心中酸楚不禁。木婉清見他兩滴清淚從臉頰上流了下來，不由得大是奇怪，問道：「你為甚麼哭了？」段正淳背轉臉去，擦乾了淚水，強笑道：「我那裏哭了？多喝了幾杯，酒氣上湧。」木婉清不信，道：「我明明見到你哭。女人才哭，男人也會哭麼？我從來沒見男人哭過，除非是小孩兒。」

段正淳見她不明世事，更是難過，說道：「婉兒，日後我要好好待你，方能補我一些過失。你有甚麼心願，說給我聽，我一定盡力給你辦到。」

木婉清箭射段夫人後，正自十分擔憂，聽他這般說，喜道：「我用箭射你夫人，你不怪我麼？」段正淳道：「正如你說，『師恩深重，師命難違』，上代的事，與你並不相干。我自是不怪你。只是你以後卻不可再對我夫人無禮。」木婉清道：「日後師父問起來，那怎麼辦？」

段正淳道：「你帶我去見你師父，我親自跟她說。」木婉清拍手道：「好，好！」隨即皺眉道：「我師父常說，天下男子都是負心薄倖之徒，她從來不見男子的。」

段正淳臉上閃過一絲奇異的神色，問道：「你師父從來不見男子？」木婉清道：「是啊，師父買米買鹽，都叫梁阿婆去買。有一次梁阿婆病了，叫她兒子代買了送來。師父很是生氣，叫他遠遠放在門外，不許他提進屋來。」

段正淳嘆道：「紅棉，紅棉，你又何必如此自苦？」

木婉清道：「你又說『紅棉』了，到底『紅棉』是誰？」段正淳微一躊躇，說道：「這件事不能永遠瞞著你，你師父的真名字，叫作秦紅棉，她外號叫作修羅刀。」木婉清點頭道：「嗯，怪不得你夫人一見我發射短箭的手法，便惡狠狠的問我，『修羅刀秦紅棉』是我甚麼人。那時我可真的不知道，倒不是有意撒謊。原來我師父叫作秦紅棉，這名字挺美啊，不知她幹麼不跟我說。」

段正淳道：「我適才弄痛了你手臂，這時候還痛嗎？」木婉清見他神色溫和慈祥，微笑道：「好得多了。咱們去瞧瞧……瞧瞧你兒子，好不好？我怕箭上的毒性一時去不淨。」段正淳道：「好！」站起身來，又道：「你有甚麼心願，說給我聽吧！」

木婉清突然間滿臉紅暈，臉色頗為忸怩，低下了頭道：「只怕……只怕我射過你夫人，她……她惱了我。」段正淳道：「咱們慢慢求她，或許她將來便不惱了。」木婉清道：「我本來是不求人的，不過為了段郎，求求她也不打緊。」突然鼓起了勇氣，道：「鎮南王，我說了我的心願，你真的……真的一定給我辦到嗎？」

段正淳道：「只須我力之所及，定要教你心願得償。」木婉清道：「你說過的話，可不能賴。」段正淳臉現微笑，走到她的身邊，伸手輕輕撫摸她頭髮，眼光中愛憐橫溢，說道：「我自然不賴。」木婉清道：「我和他的婚事，你要給我們作主，不許他負心薄倖。」說了這幾句話，臉上神采煥發。

段正淳臉色大變，慢慢退開，坐倒在椅中，良久良久，一言不發。木婉清感到情形不對，顫聲道：「你……你不答允麼？」段正淳說道：「你決計不能嫁給譽兒。」他喉音澀滯，語氣卻十分肯定。木婉清心中冰冷，淒然道：「為甚麼？他……親口答應了我的。」段正淳只說：「冤孽，冤孽！」木婉清道：「他如果不要我，我……我便殺了他，然後自殺。我……我在師父面前立過誓的。」段正淳緩緩搖頭，說道：「不能夠的！」木婉清急道：「我這就去問他，為甚麼不能？」

段正淳道：「譽兒……他自己……也不知道。」他見木婉清神色淒苦，便如十八年前秦紅棉陡聞噩耗時一般，再也無法忍耐，衝口說道：「你不能和譽兒成婚，也不能殺他。」木婉清道：「為甚麼？」段正淳道：「因為……因為……因為段譽是你的親哥哥！」

木婉清一對眼睛睜得大大地，幾乎不信自己的耳朵，顫聲道：「甚……甚麼？你說段郎是我哥哥？」段正淳道：「婉兒，你知道你師父是你甚麼人？她是你的親娘。我……我是你的爹爹。」

木婉清又是驚恐，又是憤怒，臉上已無半分血色，頓足叫道：「我不信！我不信！我……我不信！」

突然間窗外幽幽一聲長嘆，一個女子的聲音說道：「婉兒，咱們回家去罷！」木婉清驀地回過身來，叫道：「師父！」窗子呀的一聲開了，窗外站著一個中年女子，尖尖的臉蛋，雙眉修長，相貌甚美，只是眼光中帶著三分倔強，三分兇狠。

段正淳見到昔日的情人秦紅棉突然現身，又是驚詫，又是喜歡，叫道：「紅棉，紅棉，這幾年來，我……我想得你好苦。」

秦紅棉叫道：「婉兒出來！這等負心薄倖之人的家裏，片刻也停留不得。」

木婉清見了師父和段正淳的神情，心底更是涼了，道：「師父，他……他騙我，說你是我媽媽，說他是我……是我爹爹。」秦紅棉道：「你媽早已死了，你爹爹也死了。」

段正淳搶到窗口，柔聲道：「紅棉，你進來，讓我多瞧你一會兒。你從此別走了，咱倆永遠廝守在一塊。」秦紅棉眼光突然明亮，喜道：「你說咱倆永遠廝守在一塊，這話可是真的？」段正淳道：「當真！紅棉，我沒有一天不在想念你。」秦紅棉道：「你捨得刀白鳳麼？」段正淳躊躇不答，臉上露出為難的神色。秦紅棉道：「你要是可憐咱倆這女兒，那你就跟我走，永遠不許再想起刀白鳳，永遠不許再回來。」

木婉清聽著他二人對答，一顆心不住的向下沉，向下沉，雙眼淚水盈眶，望出來師父和段正淳的面目都是模糊一片。她知道眼前這兩人確是自己親生父母，硬要不信，也是不成。這幾日來情深愛重、魂牽夢縈的段郎，原來是自己同父異母的哥哥，甚麼鴛鴦比翼，白頭偕老的心願，霎時間化為雲煙。

只聽段正淳柔聲道：「只不過我是大理國鎮南王，總攬文武機要，一天也走不開……」秦紅棉厲聲道：「十八年前你這麼說，十八年後的今天，你仍是這麼說。段正淳啊段正淳，你這負心薄倖的漢子，我……我好恨你……」

突然間東邊屋頂上拍拍拍三聲擊掌，西邊屋頂也有人擊掌相應。跟著高昇泰和褚萬里的聲音同時叫了起來：「有刺客！眾兄弟各守原位，不得妄動。」

秦紅棉喝道：「婉兒，你還不出來？」

木婉清應道：「是！」飛身躍出窗外，撲在這慈母兼為恩師的懷中。

段正淳道：「紅棉，你真的就此捨我而去嗎？」說得甚是淒苦。

秦紅棉語音突轉柔和，說道：「淳哥，你做了幾十年王爺，也該做夠了。你隨我去罷，從今而後，我對你千依百順，決不敢再罵你半句，打你半下。這樣可愛的女兒，難道你不疼惜嗎？」段正淳心中一動，衝口而出，道：「好，我隨你去！」秦紅棉大喜，伸出右手，等他來握。

忽然背後一個女子的聲音冷冷的道：「師姊，你……你又上他當了。他哄得你幾天，還不是又回來做他的王爺。」段正淳心頭一震，叫道：「寶寶，是你！你也來了。」

木婉清側過頭來，見說話的女子一身綠色綢衫，便是萬劫谷鍾夫人、自己的師叔「俏藥叉」甘寶寶。她身後站著四人，一是葉二娘，一是雲中鶴，第三個是去而復來的南海鱷神，更令她大吃一驚的是第四人，赫然便是段譽，而南海鱷神的一隻大手卻扣在他脖子裏，似乎隨時便可喀喇一響，扭斷他的脖子。木婉清叫道：「段郎，你怎麼啦？」

段譽在床上養傷，迷迷糊糊中被南海鱷神跳進房來抱了出去。他本來就沒中毒，木婉清毒箭的厲害處在毒不在箭，小小箭傷，無足輕重，他一驚之下，神智便即清醒，在暖閣窗外聽到了父親與木婉清、秦紅棉三人的說話，雖然沒聽得全，卻也揣摸了個十之八九。他聽木婉清仍叫自己為「段郎」，心中一酸，說道：「妹子，以後咱兄妹倆相親相愛，那……那也是一樣。」

木婉清怒道：「不，不是一樣。你是第一個見了我臉的男人。」但想到自己和他同是段正淳所生，兄妹終究不能成親，倘若世間有人阻撓她的婚事，儘可一箭射殺，現下攔在這中間的卻是冥冥中的天意，任你多高的武功，多大的權勢，都是不可挽回，霎時之間但覺萬念俱灰，雙足一頓，向外疾奔。

秦紅棉急叫：「婉兒，你到那裏去？」

木婉清連師父也不睬了，說道：「你害了我，我不理你。」奔得更加快了。

王府中一名衛士雙手一攔，喝問：「是誰？」木婉清毒箭射出，正中那衛士咽喉。她腳下絲毫不停，頃刻間沒入了黑暗之中。

段正淳見兒子為南海鱷神所擄，顧不得女兒到了何處，伸指便向南海鱷神點去。葉二娘揮掌上拂，切他腕脈，段正淳反手一勾，葉二娘格格嬌笑，中指彈向他手背。剎那之間，兩人交了三招，段正淳心頭暗驚：「這婆娘恁地了得。」

秦紅棉伸掌按住段譽頭頂，叫道：「你要不要兒子的性命？」段正淳一驚住手，知她向來脾氣十分暴躁，對自己元配夫人刀白鳳又是恨之入骨，說不定掌力一吐，便傷了段譽的性命，急道：「紅棉，我孩兒中了你女兒的毒箭，受傷不輕。」秦紅棉道：「他已服解藥，死不了，我暫且帶去。瞧你是願做王爺呢？還是要兒子。」南海鱷神哈哈大笑，說道：「這小子終究是非拜我為師不可。」段正淳道：「紅棉，我甚麼都答允，你……你放了我孩兒。」

秦紅棉對段正淳的情意，並不因隔得十八年而絲毫淡了，聽他說得如此情急，登時心軟，道：「你真的……真的甚麼都答允？」段正淳道：「是，是！」鍾夫人插口道：「師姊，這負心漢子的話，你又相信得的？岳二先生，咱們走吧！」

南海鱷神縱起身來，抱著段譽在半空中一個轉身，已落在對面屋上。跟著砰砰兩聲，葉二娘和雲中鶴分別將兩名王府衛士擊下地去。

鍾夫人叫道：「段正淳，咱們今晚是不是要打上一架？」

段正淳雖知集王府中的人力，未必不能截下這些人來，但兒子落入了對方手中，投鼠忌器，難以憑武力決勝，何況眼前這對師姊妹均與自己關係大不尋常，柔聲道：「寶寶，你……你也來和我為難麼？」鍾夫人道：「我是鍾萬仇的妻子，你胡說八道的亂叫甚麼？」段正淳道：「寶寶，這些日子來，我常常在想念你。」鍾夫人眼眶一紅，道：「那日知道段公子是你的孩兒之後，我心裏……心裏好生難過……」聲音也柔和起來。秦紅棉叫道：「師妹，你也又要上他當嗎？」鍾夫人挽了秦紅棉的手，叫道：「好，咱們走。」回頭道：「你提了刀白鳳那賤人的首級，一步一步拜上萬劫谷來，我們或許便還了你的兒子。」

段正淳道：「萬劫谷？」只見南海鱷神抱著段譽已越奔越遠。高昇泰和褚萬里等正四面攔截。段正淳嘆了口氣，叫道：「高賢弟，放他們去罷。」高昇泰叫道：「小王爺……」

段正淳道：「慢慢再想法子。」一面說，一面飛身縱到高昇泰身前，叫道：「刺客已退，各歸原位。」身形一晃，欺到鍾夫人身旁，柔聲道：「寶寶，你這幾年可好？」鍾夫人道：「有甚麼不好？」段正淳反手一指，無聲無息，已點中了她腰間「章門穴」。鍾夫人猝不及防，便即軟倒。段正淳伸左手攬住了她，假作驚惶，叫道：「啊喲！寶寶，你怎……怎麼啦？」

秦紅棉不虞有詐，奔了過來，問道：「師妹，甚麼事？」段正淳「一陽指」點出，點中的一般是她腰間「章門穴」。

秦紅棉和鍾夫人要穴被點，被段正淳一手一個摟住，不約而同的向他恨恨瞪了一眼，均想：「又上了他當。我怎地如此胡塗？這一生中上了他這般大當，今日事到臨頭，仍然不知提防。」

段正淳道：「高賢弟，你內傷未愈，快回房休息。萬里，你率領人眾，四下守衛。」高昇泰和褚萬里躬身答應。

段正淳挾著二女回入暖閣之中，命廚子、侍婢重開筵席，再整杯盤。

待眾人退下，段正淳點了二女腿上環跳、曲泉兩穴，使她們無法走動，然後笑吟吟的拍開了二女腰間「章門穴」。秦紅棉大叫：「段正淳，你……你還來欺侮人……」段正淳轉過身來，向兩人一揖到地，說道：「多多得罪，我這裏先行陪禮了。」秦紅棉怒道：「誰要你陪禮？快些放開我們。」

段正淳道：「咱們三人十多年不見了，難得今日重會，正有千言萬語要說。紅棉，你還是這麼急性子。寶寶，你越長越秀氣啦，倒似比咱們當年在一起時還年輕了些。」鍾夫人尚未答話，秦紅棉怒道：「你快放我走。我師妹越長越秀氣，我便越長越醜怪，你瞧著我這醜老太婆有甚麼好？」段正淳嘆道：「紅棉，你倒照照鏡子看，倘若你是醜老太婆，那些寫文章的人形容一個絕世美人之時，都要說：『沉魚落雁之容，醜老太婆之貌』了。」

秦紅棉忍不住嗤的一笑，正要頓足，卻是腿足麻痺，動彈不得，嗔道：「這當兒誰來跟你說笑？嘻皮笑臉的猢猻兒，像甚麼王爺？」燭光之下，段正淳見到她輕顰薄怒的神情，回憶昔日定情之夕，不由得怦然心動，走上前去在她頰上香了一下。秦紅棉上身卻能動彈，左手拍的一聲，清脆響亮的給他一記耳光。段正淳若要閃避擋架，原非難事，卻故意挨了她這一掌，在她耳邊低聲道：「修羅刀下死，做鬼也風流！」

秦紅棉全身一顫，淚水撲簌簌而下，放聲大哭，哭道：「你……你又來說這些風話。」原來當年秦紅棉以一對修羅刀縱橫江湖，外號便叫作「修羅刀」，失身給段正淳那天晚上，便是給他親了一下面頰，打了他一記耳光，段正淳當年所說的正便是那兩句話。十八年來，這「修羅刀下死，做鬼也風流」十個字，在她心頭耳邊，不知縈迴了幾千幾萬遍。此刻陡然間聽得他又親口說了出來。當真是又喜又怒，又甜又苦，百感俱至。

鍾夫人低聲道：「師姊，這傢伙就會甜言蜜語，討人歡喜，你別再信他的話。」秦紅棉道：「不錯，不錯！我再也不信你的鬼話。」這句話卻是對著段正淳說的。

段正淳走到鍾夫人身邊，笑道：「寶寶，我也香香你的臉，許不許？」鍾夫人莊言道：「我是有夫之婦，決不能壞了我丈夫的名聲。你只要碰我一下，我立時咬斷舌頭，死在你的面前。」

段正淳見她神色凜然，說得斬釘截鐵，倒也不敢褻瀆，問道：「寶寶，你嫁了怎麼樣的一個丈夫啊？」鍾夫人道：「我丈夫樣子醜陋，脾氣古怪，武功不如你，人才不如你，更沒你的富貴榮華。可是他一心一意的待我，我也一心一意的待他。我若有半分對不起他，教我甘寶寶天誅地滅，萬劫不得超生。我跟你說，我跟他住的地方叫作『萬劫谷』，那名字便因我這毒誓而來。」

段正淳不由得肅然起敬，不敢再提舊日的情意，口中雖然不提，但見到甘寶寶白嫩的臉龐俊俏如昔，微微撅起的嘴唇櫻紅如昔，心中又怎能忘得了昔日的情意？聽她言語中對丈夫這麼好，不由得一陣心酸，長長嘆了口氣，說道：「寶寶，我沒福氣，不能讓你這般待我。本來……本來是我先識得你，唉，都是我自己不好。」

鍾夫人聽他語氣淒涼，情意深摯，確不是說來騙人的，不禁眼眶又紅了。

三人默然相對，都憶起了舊事，眉間心上，時喜時愁。

過了良久，段正淳輕輕的道：「你們擄了我孩兒去，卻為了甚麼？寶寶，你那萬劫谷在那裏？」

窗外忽然一個澀啞的嗓子說道：「別跟他說！」段正淳吃了一驚，心想：「外邊有褚萬里等一干人把守，怎地有人悄沒聲的欺了過來？」鍾夫人臉色一沉，道：「你傷沒好，也來幹甚麼了？」跟著一個女子的聲音說道：「鍾先生，請進罷！」段正淳更是一驚，不由得面紅過耳。

暖閣的帷子掀起，刀白鳳走了進來，滿面怒色，後面跟著個容貌極醜的漢子，好長的一張馬臉。

原來秦紅棉赴姑蘇行刺不成，反與愛女失散，便依照約定，南來大理，到師妹處相會。姑蘇王家派出的瑞婆婆、平婆婆等全力追擊木婉清，秦紅棉落後了八九日路程，倒是一路平安無事。來到萬劫谷，問知情由，便與鍾夫人一齊出來探訪，途中遇到葉二娘、南海鱷神和雲中鶴「三惡」。這「三惡」是鍾萬仇請來向段正淳為難的幫手，當下向鍾夫人說起經過。南海鱷神投入段譽門下的醜事，那自然是不說的。秦紅棉一聽得木婉清失陷在大理鎮南王府之中，當即偕同前來。

鍾萬仇對妻子愛逾性命，醋性又是奇重，自她走後，坐立不安，心緒難寧，當下顧不得創傷未愈，半夜中跟蹤而來。在鎮南王府之外，正好遇到刀白鳳忿忿而出，一肚子怨氣沒處發洩，兩人一言不合，便即動手。鬥到酣處，刀白鳳漸感不支，突然一個黑衣人影從身旁掠過，掩面嗚咽，卻是木婉清。兩人齊聲招呼，木婉清不理而去。

鍾萬仇叫道：「我去尋老婆要緊，沒功夫跟你纏鬥。」刀白鳳道：「你到那裏去尋老婆？」鍾萬仇道：「到段正淳那狗賊家中。我老婆一見段正淳，大事不妙。」刀白鳳問道：「為甚麼大事不妙？」鍾萬仇道：「段正淳花言巧語，是個最會誘騙女子的小白臉，老子非殺了他不可。」

刀白鳳心想：「正淳四十多歲年紀，鬍子一大把，還是甚麼『小白臉』了？但他風流成性，這馬臉漢子的話倒不可不防。」一問起他夫婦的姓名來歷，原來他夫人便是甘寶寶。她早知「俏藥叉」甘寶寶是丈夫昔日的情人之一，這醋勁可就更加大了，當即陪同鍾萬仇來到王府。

鎮南王府四下裏雖守衛森嚴，但眾衛士見是王妃，自然不會阻攔，是以兩人欺到暖閣之下，無人出聲示警。段正淳對秦紅棉、甘寶寶師姊妹倆這番風言風語、打情罵俏，窗外兩人一一聽入耳中，只惱得刀白鳳沒的氣炸了胸膛。鍾萬仇聽妻子以禮自防，卻是大喜過望。

鍾萬仇奔到妻子身旁，又是疼惜，又是高興，繞著她轉來轉去，不住說：「寶寶，多謝你，你待我真好。他若敢欺侮你，我跟他拚命。」過得好半晌，才想到妻子穴道被點，轉頭向段正淳道：「快，快解開我老婆的穴道。」段正淳道：「我兒子被你們擄了去，你回去放還我兒子，我自然解救尊夫人。」

鍾萬仇伸手在妻子腰間脅下又捏又拍，雖然他內功甚強，但段家「一陽指」手法天下獨一無二，旁人無所措手，只累得他滿額青筋暴起，鍾夫人被他拍捏得又痛又癢，腿上穴道卻未解開半分。鍾夫人嗔道：「傻瓜，別獻醜啦！」鍾萬仇訕訕的住手，一口氣無處可出，大聲喝道：「段正淳，跟我鬥他媽的三百回合！」磨拳擦掌，便要上前廝拚。

鍾夫人冷冷的道：「段王爺，公子給南海鱷神他們擄了去，拙夫要他們放，這幾個惡人未必肯聽。我和師姊回去，俟機解救，或有指望。至少也不讓他們難為了公子。」段正淳搖頭道：「我信不過。鍾先生，你請回罷，領了我孩兒來，換你夫人回去。」鍾萬仇大怒，厲聲道：「你這鎮南王府是荒淫無恥之地，我老婆留在這兒危險萬分。」段正淳臉上一紅，喝道：「你再口出無禮之言，莫怪我姓段的不客氣了。」

刀白鳳進屋之後，一直一言不發，這時突然插口道：「你要留這兩個女子在此，端的是何用意？是為譽兒呢，還是為你自己？」

段正淳嘆了口氣道：「連你也不信我！」反手一指，點在秦紅棉腰間，解開了她穴道，走上一步，伸指便要往鍾夫人腰間點去。

鍾萬仇閃身攔在妻子之前，雙手急搖，大叫：「你這傢伙鬼鬼祟祟，最會佔女人家的便宜。我老婆的身子你碰也碰不得。」段正淳苦笑道：「在下這點穴功夫雖然粗淺，旁人卻也解救不得。時刻久了，只怕尊夫人一雙腿會有殘疾。」鍾萬仇怒道：「我好端端一個如花似玉的老婆，要是變了跛子，我把你的狗雜種兒子碎屍萬段。」段正淳笑道：「你要我替尊夫人解穴，卻又不許我碰她身子，到底要我怎地？」鍾萬仇無言可答，忽地勃然大怒，喝道：「誰叫你當初點了她的穴道？啊喲！不好！你點我老婆穴道之時，她身子已給你碰過了。我要在你老婆身上也點上一指。」鍾夫人白了他一眼，嗔道：「又來胡說八道了，也不怕人家笑話。」鍾萬仇道：「甚麼好笑話的？我可不能吃這個大虧。」

正鬧得不可開交，門帷掀起，緩步走進一人，黃緞長袍，三綹長鬚，眉清目秀，正是大理國皇帝段正明。

段正淳叫道：「皇兄！」保定帝點了點頭，身子微側，憑空出指，往鍾夫人胸腹之間點去。鍾夫人只覺丹田上部一熱，兩道暖流通向雙腿，登時血脈暢通，站起身來。

鍾萬仇見他露了這手「隔空解穴」的神技，滿臉驚異之色，張大了口，一句話也說不出來，實不信世間居然有這等不可思議的能耐。

段正淳道：「皇兄，譽兒給他們擄了去啦。」保定帝點了點頭，說道：「善闡侯已跟我說了。淳弟，咱段氏子孫既落入人手，自有他父母伯父前去搭救，咱們不能扣人為質。」段正淳臉上一紅，應道：「是！」保定帝這幾句話光明磊落，極具身分，言下之意是說：「你扣人用質，意圖交換，豈非自墮大理段氏的名聲？咱們堂堂皇室子弟，怎能與幾個草莽女子相提並論？」他頓了一頓，向鍾萬仇道：「三位請便罷。三日之內，段家自有人到萬劫谷來要人。」

鍾萬仇道：「我萬劫谷甚是隱秘，你未必找得到，要不要我跟你說說路程方向？」他盼望保定帝出口相詢，自己卻偏又不說，刁難他一下。

那知保定帝並不理會，衣袖一揮，說道：「送客！」

鍾萬仇性子暴躁，可是在這不怒自威的保定帝之前，卻不由得手足無措，一聽他說「送客」，便道：「好，咱們走！老子生平最恨的是姓段之人。世上姓段的沒一個好人！」挽了妻子的手，怒氣沖沖的大踏步出房。

鍾夫人一扯秦紅棉的衣袖，道：「姊姊，咱們走罷。」秦紅棉向段正淳望了一眼，見他木然不語，不禁心中酸苦，狠狠的向刀白鳳瞪了一眼，低頭而出。三人一出房，便即縱躍上屋。

高昇泰站在屋簷角上微微躬身，道：「送客！」鍾萬仇在屋頂上吐了一口唾沫，忿然道：「假惺惺，裝模作樣，沒一個好人！」一提氣，飛身一間屋、一間屋的躍去，眼見將到圍牆，他提氣躍起，伸左足踏向牆頭。突然之間，眼前多了一個人，站在他本擬落足之處的牆上，寬袍緩帶，正是送客的高昇泰。此人本在鍾萬仇身後，不知如何，居然神不知、鬼不覺的搶到了前面，看準了他的落足點搶先佔住。

鍾萬仇人在半空，退後固是不能，轉向亦已不得，喝道：「讓開！」雙掌齊出，向高昇泰擊去。他想我這雙掌之力足可開碑裂石，對方若是硬接，定須將他震下牆去，就算對方和自己功力相若，也可借他之力，轉向站上他身旁牆頭。眼見雙掌便要擊上對方胸口，高昇泰身子突向後仰，凌空使個「鐵板橋」，兩足仍牢牢釘在牆頭，卻已讓開了雙掌的撲擊。

鍾萬仇一擊不中，暗叫：「不好！」身子已從高昇泰橫臥的身上越過，這一著失了先機，胸腹下肢，盡皆門戶大開，變成了聽由敵人任意宰割的局面。幸喜高昇泰居然並不乘機襲擊，鍾萬仇雙足落地，暗叫：「還好！」跟著鍾夫人和秦紅棉雙雙越牆而出。

高昇泰站直身子，轉身一揖，說道：「恕不遠送了！」鍾萬仇哼了一聲，突覺褲子向下直墮，急忙伸手抓住，才算沒有出醜，一摸之下，褲帶已斷，才知適才從高昇泰身上橫越而過時，被人家伸指揑斷了褲帶。若不是對方手下留情，這一指運力戳中丹田要穴，此刻已然屍橫就地了，心下又驚又怒，咳嗽一聲，回頭對準圍牆吐一口濃痰。拍的一聲響，這口濃痰倒吐得既準且勁。

木婉清迷迷惘惘的從鎮南王府中出來，段王妃刀白鳳和鍾萬仇向她招呼，她聽而不聞，逕自掩面疾奔。只覺莽莽大地，再無一處安身之所。在荒山野嶺中亂闖亂奔，直到黎明，只累得兩腿酸軟，這才停步，靠在一株大樹之上，頓足叫道：「我寧可死了！不要活了！」

雖有滿腹怨憤，卻不知去恨誰惱誰才好。「段郎並非對我負心薄倖，只因陰差陽錯，偏偏是我同父的哥哥。師父原來便是我的親娘。這十多年來，母親含辛茹苦的將我撫養成人，恩重如山，如何能夠怪她……鎮南王卻是我的爹爹，雖然他對我媽不起，但說不定其中有許多不得已的苦衷。他對我和顏悅色，極為慈愛，說道我若有甚麼心願，必當盡力使我如願以償。偏偏這個心願他全然無能為力。媽不能跟爹爹成為夫妻，定是刀白鳳從中作梗，因此媽叫我殺她……但將心比心，我若嫁了段郎，也決不肯讓他再有第二個女人，何況刀白鳳出家作了道姑，想來爹爹也很對她不起，令她甚是傷心。我在玉虛觀外射她兩箭，她並不生氣，在王府中又射她兩箭，傷了她的獨生愛兒，她仍沒跟我為難，看來……看來她也不是兇狠惡毒的女子……」

左思右想，只是傷心，說道：「我要忘了段譽，從此不再想他。」但口中說說容易，便要有片刻不想，也無法做到，每當段譽俊美的臉龐、修長的身軀在腦海中湧現，胸口就如被人打了一拳相似。過了一會，自解自慰：「我以後當他是哥哥，也就是了。我本來是個無父無母的孤兒，現下爹也有了，媽也有了，還多了一個好哥哥，正該快活才是。傻丫頭，你又傷甚麼心了？」

然而情網既陷，柔絲愈纏愈緊，她在無量山高峯上苦候七日七夜，於那望穿秋水之際，已然情根深種，再也無法自拔了。

只聽轟隆、轟隆，奔騰澎湃的水聲不斷傳來，木婉清萬念俱絕，忽萌死志，順步循聲走去，翻過一個山頭，但見瀾滄江浩浩蕩蕩的從山腳下湧過，她嘆了一口長氣，尋思：「我只須湧身一跳，就再沒甚麼煩惱了。」沿著山坡走到江邊，朝陽初升，照得碧玉般的江面上猶如鑲了一層黃金一般，要是跳了下去，這般壯麗無比的景色，還有別的許許多多好看東西，就都再也看不見了。

悄立江邊，思湧如潮，突然眼角瞥處，見數十丈外一塊巖石上坐得有人。只是這人始終一動不動，身上又穿著青袍，與青巖同色，是以她雖在江邊良久，一直沒有發覺。木婉清看了他幾眼，心道：「多半是個死屍。」

她舉手便即殺人，自也不怕甚麼死人，好奇心起，快步走過去察看。見這青袍人是個老者，長鬚垂胸，根根漆黑，一雙眼睜得大大的，望著江心，一霎也不霎。

木婉清道：「原來不是死屍！」但仔細再瞧幾眼，見他全身紋風不動，連眼珠竟也絕不稍轉，顯然又非活人，便道：「原來是個死屍！」

仔細又看了一會，見這死屍雙眼湛湛有神，臉上又有血色，木婉清伸出手去，到他鼻子底下一探，只覺氣息若有若無，再摸他臉頰，卻是忽冷忽熱，索性到他胸口去摸時，只覺他一顆心似停似跳。她不禁大奇，說道：「這人真怪，說他是死人，卻像是活人。說他是活人罷，卻又像是死人。」

忽然有個聲音說道：「我是活人！」

木婉清大吃一驚，急忙回頭來，卻不見背後有人。江邊盡是鵝卵大的亂石，放眼望去，沒處可以隱藏，而她明明一直瞧著那個怪人，聲音入耳之時，並未見到他動唇說話。她大聲叫道：「是誰戲弄姑娘？你活得不耐煩了麼？」退後兩步，背向大江，眼望三方。

只聽得一個聲音說道：「我確是活得不耐煩了。」木婉清這一驚非同小可，眼前就只這個怪人，然而清清楚楚的見到他嘴唇緊閉，決不是他在說話。她大聲喝道：「誰在說話？」那聲音道：「你自己在說話啊！」木婉清道：「跟我說話的人是誰？」那聲音道：「沒有人跟你說話。」木婉清急速轉身三次，除了自己的影子之外，甚麼也看不到。

這時已料定是這青袍客作怪，走近身去，大著膽子，伸手按住他嘴唇，問道：「是你跟我說話嗎？」那聲音道：「不是！」木婉清手掌中絲毫不覺顫動，又問：「明明有人跟我說話，為甚麼說沒有人？」那聲音道：「我不是人，我也不是我，這世界上沒有我了。」

木婉清陡然間只覺毛骨悚然，心想：「難道真的有鬼？」問道：「你……你是鬼麼？」那聲音道：「你自己說不想活了，你要去變鬼，又為甚麼這樣怕鬼？」木婉清強道：「誰說我怕鬼？我是天不怕，地不怕！」那聲音道：「你就怕一件事。」木婉清道：「哼，我甚麼也不怕。」

那聲音道：「你怕的，你怕的。你就怕好好一個丈夫，忽然變成了親哥哥！」

這句話便如當頭一記悶棍，木婉清雙腿酸軟，坐倒在地，呆了半晌，喃喃的道：「你是鬼，你是鬼！」那聲音道：「我有個法子，能叫段譽變成不是你的親哥哥，又成為你的好丈夫。」木婉清顫聲道：「你……你騙我。這是老天爺注定了的事，變……變不來的。」那聲音道：「老天爺該死，是混蛋，咱們不用理他。我有法子，能叫你哥哥變成你的丈夫，你要不要？」

木婉清本已心灰意懶，萬念俱絕，這句話當真是天降綸音，雖是將信將疑，仍急忙說道：「我要的，我要的！」那聲音便不再響。

過了一會，木婉清道：「你是誰啊？讓我見見你的相貌，成不成？」那聲音道：「你已瞧了我很久啦，還看不夠麼？」自始至終，語音總是平平板板，並無高低起伏。木婉清道：「你……你就是……這個你麼！」那聲音道：「我也不知道我是不是我。唉！」直到最後這聲長嘆，才流露了他心中充滿著悶鬱之情。

木婉清更無懷疑，知道聲音便是眼前青袍老者所發出，問道：「你口唇不動，怎麼會說話？」那聲音道：「我是活死人，嘴唇動不來的，聲音從肚子裏發出來。」

木婉清年紀尚小，童心未脫，片刻之前還是滿腹哀愁，這時聽他說居然可以口唇不動而說話，不由得大感有趣，說道：「用肚子也會說話，那可當真奇了。」青袍客道：「你伸手摸摸我的肚皮，就知道了。」木婉清伸手按在他的肚上。那青袍客道：「我肚子在震動，你覺到了麼？」木婉清掌心之中，果然覺到他肚子隨著聲音而波動起伏，笑道：「哈哈，真是古怪。」她不知這青袍客所練的乃是一門腹語術，世上玩傀儡戲的會者甚多，只是要說得如他這般清楚明白，那就著實不易，非有深湛內功者莫辦。

木婉清繞著他身子轉了幾個圈子，細細察看，問道：「你嘴唇不會動，怎麼吃飯？」青袍客伸出雙手，一手拉上唇，一手拉下唇，將自己的嘴巴拉開，隨即以左手兩根手指撐住，右手投了一塊東西進口，骨嘟一聲，吞了下去，說道：「便是這樣。」木婉清嘆道：「唉！真可憐，那不是甚麼滋味都辨不出來麼？」這時發覺他面部肌肉全部僵硬，眼皮無法閉上，臉上自更無喜怒哀樂之情，初見面時只道他是個死屍，便是因此。

她恐懼之情雖消，但隨即想到，此人自身有極大困難，無法解除，又如何能逆天行事，將自己的親哥哥變作丈夫？看來先前的一番說話只不過是胡說八道罷了，沉吟半晌，嘆了口氣，轉過身來，緩緩邁步走開。只聽那聲音道：「我要叫段譽做你丈夫，你不能離開我。」木婉清淡淡一笑，向西走了幾步，忽然停步，轉身問道：「你我素不相識，你怎知道我的心事？你……你識得段郎麼？」

青袍客道：「你的心事，我自然知道。」雙手衣袖中分別伸出一根細細的黑鐵杖，說道：「走罷！」左手鐵杖在巖石上一點，已然縱身而起，輕飄飄的落在丈許之外。木婉清見他雙足凌空，雖只一根鐵杖支地，身子卻是平穩之極，奇道：「你的兩隻腳……」青袍客道：「我雙足殘廢已久。好了，從今以後，我的事你不許再問一句。」

木婉清道：「我要是再問呢？」幾個字剛出口，突然間雙腿一軟，摔倒在地，原來青袍客快若飄風般欺了過來，右手鐵杖在她膝彎連點兩下，跟著一杖擊下，只打得她雙腿痛入骨髓，「啊」的一聲，大叫出來。青袍客又是鐵杖連點，解開了她穴道，手法之快，直是匪夷所思。木婉清一躍而起，怒道：「你這人如此無禮！」扣住袖中短箭，便欲發射。

那青袍客道：「你射我一箭，我打你一記屁股。你射我十箭，我便打你十記。不信就試試。」木婉清心想：「我一箭若是射得中，當場便要了他性命，怎麼還能打我？這人神通廣大，武功比南海鱷神還高，多半射他不中。看來這人說得出做得到，當真打我屁股，那可糟糕。」只聽他說道：「你不敢射我，那就乖乖的聽我吩咐，不得有違。」木婉清道：「我才不乖乖的聽你吩咐呢！」口中這麼說，右手卻放開了發射短箭的機括。

青袍客兩根細鐵杖代替雙足，向前行去。木婉清跟在他身後，只見他每根鐵杖都有七八尺長，跨出一步，比平常人步子長了一倍有餘。木婉清提氣疾追，勉強方能跟上。青袍客上山過嶺，如行平地，卻不走山間已有的道路，不論是何亂石荊棘，鐵杖一點便邁步而前，這一來可苦了木婉清，衣衫下襬被荊刺撕成一片一片，卻也毫不抱怨示弱。

翻過幾個山頭，遠遠望見一座黑壓壓的大樹林。木婉清心道：「到了萬劫谷來啦！」問道：「咱們到萬劫谷去幹麼？」青袍客轉過身來，突然鐵杖飛出，颼的一下，在她右腿上叩了一記，說道：「你再囉唆不囉唆？」依著木婉清向來的性兒，雖然明知不敵，也決不肯受人如此欺侮，但此刻心底隱隱覺得，這青袍客本領如此高強，或許真能助自己達成心願，當下只道：「姑娘可不是怕你，暫且讓你一讓。」

青袍客道：「走罷！」他卻不鑽樹洞，繞著山谷旁斜坡，走向谷後。他對谷中途徑竟是十分熟識，木婉清幾次想問，怕他揮杖又打，話到口邊又縮了回去。只見他左轉右轉，越走越遠，深入谷後。木婉清到萬劫谷來見師叔甘寶寶時，在谷中曾住了數日，此時青袍客帶著她所到之處，她卻從未來過，沒料想萬劫谷中居然還有這等荒涼幽僻的所在。

行出數里，進了一座大樹林中，四周都是參天古木，當日陽光燦爛，林中卻黑沉沉地宛如黃昏，越走樹林越密，到後來須得側身而行。再行出數十丈，只見前面一株株古樹互相擠在一起，便如一堵大牆相似，再也走不過去。青袍客左手鐵杖伸出，靠在她背上一揮，木婉清身不由主的騰身而起，落在一株大樹的樹幹上。卻見青袍客已輕飄飄的躍在半空，鐵杖在一株大樹上一插，身子飛起，越過了樹牆。木婉清無此能耐，老老實實的鑽過大樹枝葉，在樹牆彼側跳下地來。

只見眼前一大片空地，中間孤零零的一間石屋。那石屋模樣甚是奇怪，以一塊塊千百斤重的大石砌成，凹凹凸凸，宛然是一座小山，露出了一個山洞般的門口。青袍客喝道：「進去！」木婉清向石屋內望去，黑黝黝的不知裏面藏著甚麼怪物，如何敢貿然走進？突覺一隻手掌按到了背心，急待閃避，青袍客掌心勁力已吐，將她推進屋去。

她左掌護身，使招「曉風拂柳」，護住面門，只怕黑暗中有甚麼怪物來襲，只聽得轟隆一聲，屋門已被甚麼重物封住。她大吃一驚，搶到門口伸手去推時，著手處粗糙異常，原來是一塊花崗巨巖。

她雙臂運勁，盡力推出，但那巨巖紋絲不動。木婉清奮力又推，當真便如蜻蜓撼石柱一般，那裏動搖得了，她大聲急叫：「喂，你關我在這裏幹甚麼？」只聽那青袍客道：「你求我的事，自己也忘了嗎？」聲音從巨巖邊上的洞孔中透進來，倒聽得十分清楚。木婉清定了定神，見巨巖堵住屋門，巖邊到處露出空隙，有的只兩三寸寬，有的卻有尺許，但身子萬萬鑽不出去。

木婉清大叫：「放我出來，放我出來！」外面再無聲息，湊眼從孔穴中望將出去，遙見青袍客正躍在高空，有如一頭青色大鳥般越過了樹牆。

她回過身來，睜大眼睛，只見屋角中有桌有床，床上有一人坐著，她又是一驚，叫道：「你……你……」

那人站起身來，走上兩步，叫道：「婉妹，你也來了？」語音中充滿著驚喜，原來竟是段譽。

木婉清在絕望中乍見情郎，歡喜得幾乎一顆心停了跳動，撲將上去，投在他懷裏。石屋中光亮微弱，段譽隱約見她臉色慘白，兩滴淚水奪眶而出，心下甚是憐惜，緊緊摟住了她，見她兩片櫻唇微顫，忍不住低頭便吻了下去。兩人四唇甫接，同時想起：「咱倆是兄妹，決不可這樣。」身子都是一震，立即放開纏接著的雙臂，各自退後。兩人背靠石室的一壁，怔怔對視。木婉清「哇」的一聲，哭了出來。

段譽柔聲安慰：「婉妹，這是上天命中注定，你也不必難過。我有你這樣一個妹子，甚是歡喜。」木婉清連連頓足，哭道：「我偏要難過，我偏不歡喜！你心中歡喜，你就好沒良心。」段譽嘆道：「那有甚麼法子？當初我沒遇到你，那就好了。」

木婉清道：「又不是我想見你的。誰叫你來找我？我沒你報訊，也不見得就死在人家手裏。你害死了我的黑玫瑰，害得我心中老大不痛快，害得我師父變成了我媽媽，害得你爹爹成為我的爹爹，害得你自己變成我的哥哥！我不要，我通統不要。你害得我關在這裏，我要出去，我要出去！」

段譽道：「婉妹，都是我不好。你別生氣，咱們慢慢想法子逃出去。」木婉清道：「我不逃出去，我死在這裏也好，死在外邊也好，都是一樣。我不出去！我不出去！」她剛才還在大叫「我要出去」，可是一會兒便又大叫「我不出去」。段譽知她心情激動，一時無可理喻，當下不再說話。

木婉清發了一陣脾氣，見他不理，問道：「你為甚麼不說話？」段譽道：「你要我說甚麼？」木婉清道：「你說你在這裏幹甚麼？」段譽道：「我徒兒捉了我來……」木婉清奇道：「你的徒兒？」但隨即記起，不由得破涕為笑，笑道：「不錯，是南海鱷神。他捉了你來，關在這裏？」段譽說道：「正是。」木婉清笑道：「你就該擺起師父架子，叫他放你啊。」段譽道：「我說過何止一次，架子也擺得著實不小，但他說只有我反過來拜他為師，方能放我。」木婉清道：「嘿，多半是你的架子擺得不像。」段譽嘆道：「或許便是如此，婉妹，你又是給誰捉了來的？」

木婉清於是將那青袍客的事簡略一說，但自己要他「將哥哥變成丈夫」這一節，卻省了不提。段譽聽說這人嘴唇不會動，卻會腹中說話，雙足殘廢而奔行如飛，不禁大感有趣，不住追問詳情，嘖嘖稱異。

兩人說了良久，忽聽得屋外喀的一響，洞孔中塞進一隻碗來，有人說道：「吃飯罷！」段譽伸手接過，見碗中是燒得香噴噴的一碗紅燒肉，跟著又遞進十個饅頭。段譽將菜肴饅頭放在桌上，低聲問道：「你說食物裏有沒有毒藥？」木婉清道：「他們要殺咱倆，再也容易不過，不必下毒。」

段譽心想不錯，肚子也實在餓了，說道：「吃罷！」將紅燒肉夾在饅頭之中，先遞給木婉清，然後自己吃了起來。外邊那人道：「吃完後將碗兒拋出來，自會有人收取。」說罷逕自去了。木婉清從洞中望出去，見那人攀援上樹，從樹牆的另一面跳了下去，心想：「這送飯的身手尋常。」走到段譽身邊，和他同吃夾著紅燒肉的饅頭。

段譽一面吃，一面說道：「你不用擔心，伯父和爹爹定會來救咱們。南海鱷神、葉二娘他們武功雖高，未必是我爹爹的敵手。我伯父倘若親自出馬，那更如風掃落葉，定然殺得他們望風披靡。」木婉清道：「哼，他不過是大理國的皇帝而已，武功又有甚麼了不起？我不信他能敵得過那青袍怪人。他多半是帶領幾千鐵甲騎兵，攻打進來。」段譽連連搖頭，道：「不然，不然！我段氏先祖原是中原武林人士，雖在大理得國稱帝，決不敢忘了中原武林的規矩。倘然仗勢欺人，倚多為勝，大理段氏豈不教天下英雄恥笑？」

木婉清道：「嗯，原來你家中的人做了皇帝、王爺，卻不肯失了江湖好漢的身分。」段譽道：「我伯父和爹爹時常言道，這叫做為人不可忘本。」木婉清哼了一聲，道：「呸！嘴上說得仁義道德，做起事來就卑鄙無恥。你爹爹既有了你媽媽，為甚麼又……又對我師父不起？」段譽一怔，道：「咦！你怎可罵我爹爹！我爹爹不就是你的爹爹麼？再說，普天下的王公貴冑，那一個不是有幾位夫人？便有十個八個夫人，也不打緊啊。」

其時方當北宋年間，北為契丹、中為大宋、西北西夏、西南吐蕃、南為大理。五國王公，除正妻外無不廣有姬妾，多則數十人，少則三四人，就算次一等的侯伯貴官，也必有姬人侍妾。自古以來，歷朝如此，世人早已視作理所當然。

木婉清一聽，心頭升起一股怒火，重重一掌打去，正中他右頰，拍的一聲，清脆響亮，只打得他目瞪口呆，手中咬去了一半的饅頭也掉在地下，只道：「你……你……」木婉清怒道：「我不叫他爹爹！男子多娶妻室，就是沒良心。一個人三心兩意，便是無情無義。」段譽撫摸著腫起的面頰，苦笑道：「我是你兄長，你做妹子的，不可對我這般無禮。」木婉清胸中鬱怒難宣，提掌又打了過去。

這一次段譽有了防備，腳下一錯，使出「凌波微步」，已閃到了她身後。木婉清反手一掌，段譽又已躲開。石室不過丈許見方，但「凌波微步」實是神妙之極，木婉清出掌越來越快，卻再也打他不到。木婉清越加氣惱，突然「哎喲」一聲，假意摔倒，段譽驚道：「怎麼了？」俯身伸手去扶。木婉清軟洋洋的靠在他身上，左臂勾住他脖子，驀地裏手臂一緊，笑道：「你還逃得了麼？」右掌拍的一下，清脆之極的在他左頰上打了一掌。

段譽吃痛，只叫了一聲「啊」，突覺丹田中一股熱氣急速上升，霎時間血脈賁張，情慾如潮，不可遏止，但覺摟在懷裏的姑娘嬌喘細細，幽香陣陣，心情大亂，便往她唇上吻去。

這一吻之下，木婉清登時全身酸軟。段譽抱起她身子，往床上放落，伸手解開了她的一個衣扣。木婉清低聲說：「你……你是我親哥哥啊！」段譽神智雖亂，這句話卻如晴天一個霹靂，一呆之下，急速放開了她，倒退三步，雙手左右開弓，拍拍拍拍，重重的連打自己四個嘴巴，罵道：「該死，該死！」

木婉清見他雙目如血，放出異光，臉上肌肉扭動，鼻孔不住一張一縮，驚道：「啊喲！

段郎，食物中有毒，咱倆著了人家道兒！」

段譽這時全身發滾，猶如在蒸籠中被人蒸焙相似，聽得木婉清說食物中有毒，心下反而一喜：「原來是毒藥迷亂了我的本性，致想對婉妹作亂倫之行，倒不是我枉讀了聖賢書，突然喪心病狂，學那禽獸一般。」

但身上實是熱得難忍，將衣服一件件的脫將下來，脫到只剩一身單衣單褲，便不再脫，盤膝坐下，眼觀鼻，鼻觀心，強自克制那心猿意馬。他服食了「莽牯朱蛤」，本已萬毒不侵，但紅燒肉中所混的並非傷人性命的毒藥，而是激發情慾的春藥。男女大慾，人之天性，這春藥只是激發人人有生俱來的情慾，使之變本加厲，難以自制。「莽牯朱蛤」的劇毒以毒攻毒，能除萬毒，這春藥卻非毒物，「莽牯朱蛤」對之便無能為力了。

木婉清亦是一般的煩躁熾熱，到後來忍無可忍，也除下外裳。

段譽叫道：「你不可再脫，背脊靠著石壁，當可清涼些。」

兩人都將背心靠住石壁，背心雖然涼了，但胸腹四肢、頭臉項頸，卻沒一處不是熱得火滾。段譽見木婉清雙頰如火，說不出的嬌艷可愛，一雙眼水汪汪地，顯然只想撲到自己的懷中來，他想：「此刻咱們決心與藥性相抗，但人力有時而盡，倘若做出亂倫的行徑來，當真丟盡了段家的顏面，百死不足以贖此大罪。」說道：「你給我一枝毒箭。」

木婉清道：「幹甚麼？」段譽道：「我……我如果抵擋不住藥力，便一箭戳死自己，免得害你。」木婉清道：「我不給你。」兩人卻都不知箭上的毒性其實已害他不死。段譽道：「你答允我一件事。」木婉清道：「甚麼？」段譽道：「我只要伸手碰到你身子，你便一箭射死我。」木婉清道：「我不答允。」段譽道：「求求你，答允了罷。我大理段氏數百年的清譽，不能在我手裏壞了。否則我死之後，如何對得起列祖列宗？」

忽聽得石室外一個聲音說道：「大理段氏本來是了不起的，可是到了段正明手上，口中仁義道德，用心卻如狼心狗肺，早已全無清譽之可言。」

段譽怒道：「你是誰？胡說八道。」木婉清低聲道：「他便是那個青袍怪人。」

只聽那青袍客說道：「木姑娘，我答允了你，叫你哥哥變作你的丈夫，這件事包在我身上，必定做到。」木婉清怒道：「你這是下毒害人，跟我求你的事有何相干？」青袍客道：「那碗紅燒肉之中，我下了好大份量的『陰陽和合散』，服食之後，若不是陰陽調和，男女成為夫妻，那便肌膚寸裂、七孔流血而死。這和合散的藥性，一天厲害過一天，到得第八天上，憑你是大羅金仙，也難抵擋。」

段譽怒道：「我和你無怨無仇，何以使這毒計害我？你要我此後再無面目做人，叫我伯父和父母終身蒙羞，我……寧可死一百次，也決不幹那無恥亂倫之行。」

那青袍客道：「我和你無冤無仇，你伯父卻和我仇深似海。段正明、段正淳這兩個小子終身蒙羞，沒面目見人，那是再好不過，妙極，妙極！嘿嘿，嘿嘿！」他嘴不能動，笑聲從喉頭發出，更是古怪難聽。

段譽欲再辯說，一斜眼間，見到木婉清海棠春睡般的臉龐、芙蓉初放般的身子，一顆心怦怦猛跳，幾乎連自己心跳的聲音也聽見了，腦中一陣胡塗，便想：「婉妹和我本有婚姻之約，倘若不是兩人同回大理，又有誰知道她和我是同胞兄妹？這是上代陰差陽錯結成的冤孽，跟咱兩個又有甚麼相干？」想到此處，顫巍巍的便站起身來，只見木婉清手扶牆壁，也正慢慢站起，突然間心中如電光石火般的一閃：「不可，不可！段譽啊段譽，人獸關頭，原只一念之差，你今日倘若失足，不但自己身敗名裂，連伯父和父親也給你害了。」當即大聲喝道：「婉妹，我是你的親哥哥，你是我親妹子，知道麼？你懂不懂易經？」

木婉清在迷迷糊糊中，聽他突作此問，便道：「甚麼易經？我不懂。」段譽道：「好！我來教你，這易經之學，十分艱深，你好好聽著。」木婉清奇道：「我學來幹甚麼？」段譽道：「你學了之後，大有用處。說不定咱二人便可憑此而脫困境。」

他自覺慾念如狂，當此人獸關頭，實是千鈞一髮，要是木婉清撲過身來稍加引誘，堤防非崩缺不可，是以想到要教她易經。只盼一個教，一個學，兩人心有專注，便不去想那男女之事，說道：「易經的基本，在於太極。太極生兩儀，兩儀生四象，四象生八卦。你知道八卦的圖形麼？」木婉清道：「不知道，煩死啦！段郎，你過來，我有話跟你說。」

段譽道：「我是你哥哥，別叫我段郎，該叫我大哥。我把八卦圖形的歌訣說給你聽，你要用心記住。乾三連，坤六斷；震仰盂，艮覆碗；離中虛，坎中滿；兌上缺，巽下斷。」木婉清依聲念了一遍，問道：「水盂飯碗的，幹甚麼？」段譽道：「這說的是八卦形狀。要知八卦的含義，天地萬物，無所不包，就一家人來說罷，乾為父，坤為母，震是長子，巽是長女……咱倆是兄妹，我是『震』卦，你就是『巽』卦了。」

木婉清懶洋洋的道：「不，你是乾卦，我是坤卦，兩人結成夫妻，日後生兒育女，再生下震卦、巽卦來……」段譽聽她言語滯澀嬌媚，不由得怦然心動，驚道：「你別胡思亂想，再聽我說。」木婉清道：「你……你坐到我身邊來，我就聽你說。」

只聽那青袍客在屋外說道：「很好，很好！你二人成了夫妻，生下兒女，我就放你們出來。我不但不殺你們，還傳你二人一身武功，教你夫妻橫行天下。」段譽怒道：「到得最後關頭，我自會在石壁上一頭撞死，我大理段氏子孫，寧死不辱，你想在我身上報仇，再也休想。」青袍客道：「你死也好，活也好，我才不理呢。你們倘若自尋死路，我將你們二人的屍體剝得赤條條地，身上一絲不掛，寫明是大理段正明的姪兒姪女，段正淳的兒子女兒，私下姦通，被人撞見，以致羞憤自殺。我將你二人的屍身用鹽醃了，先在大理市上懸掛三日，然後再到汴梁、洛陽、臨安、廣州到處去示眾。」

段譽怒極，大聲喝道：「我段家到底怎樣得罪了你，你要如此惡毒報復？」青袍客道：「我自己的事，何必說給你這小子聽？」說了這兩句話，從此再無聲息。

段譽情知和木婉清多說一句話，便多一分危險，面壁而坐，思索「凌波微步」中一步步複雜的步法，昏昏沉沉的過了良久，忽想：「那石洞中的神仙姊姊比婉妹美麗十倍，我若要娶妻，只有娶得那位神仙姊姊這才不枉了。」迷糊之中轉過頭來，只見木婉清的容顏裝飾，慢慢變成了石洞中的玉像，段譽大叫：「神仙姊姊，我好苦啊，你救救我！」跪倒在地，抱住了木婉清的小腿。

便在此時，外邊有人說道：「吃晚飯啦！」遞進一根點燃了的紅燭來。那人笑道：「快接住！洞房春宵，怎可沒有花燭？」

段譽一驚站起，燭光照耀之下，只見木婉清媚眼流波，嬌美不可名狀。他一口將燭火吹熄，喝道：「飯中有毒，快拿走，咱們不吃。」

那人笑道：「你早已中了毒啦，份量已足，不必再加。」將飯菜遞了進來。

段譽茫然接過，放在桌上，尋思：「人死之後，一了百了，身後是非，如何能管得？」轉念又想：「爹娘和伯父對我何等疼愛，如何能令段門貽笑天下？」

忽聽木婉清道：「段郎，我要用毒箭自殺了，免得害你。」段譽叫道：「且慢，咱兄妹便是死了，這萬惡之徒也不肯放過咱們。此人陰險毒辣，比之吃小兒的葉二娘、挖人心的南海鱷神還要惡毒！不知他到底是誰？」

只聽得那青袍客的聲音說道：「小子倒也有點見識。老夫位居四大惡人之首，『惡貫滿盈』便是我！」

八 虎嘯龍吟

黃眉僧右手小鐵槌在青石上刻個小圈。青袍客更不思索，隨手又下一子。這麼一來，兩人左手比拚內力，固然絲毫鬆懈不得，而棋局上步步緊逼，亦是處處針鋒相對。

鎮南王府暖閣之中，善闡侯高昇泰還報，鍾萬仇夫婦及秦紅棉已離府遠去。鎮南王妃刀白鳳掛念愛子，說道：「皇上，那萬劫谷的所在，皇上可知道麼？」保定帝段正明道：「萬劫谷這名字，今日還是首次聽見，但想來離大理不遠。」刀白鳳急道：「聽那鍾萬仇之言，似乎這地方甚是隱秘，只怕不易尋找。譽兒若是在敵人手中久了……」保定帝微笑道：「譽兒嬌生慣養，不知人間的險惡，讓他多經歷一些艱難，磨練磨練，於他也未始沒有益處。」刀白鳳心下甚是焦急，卻已不敢多說。

保定帝向段正淳道：「淳弟，拿些酒菜出來，犒勞犒勞咱們。」段正淳道：「是！」吩咐下去，片刻間便是滿席的山珍海味。保定帝命各人同席共飲。

大理是南鄙小邦，國中百夷雜處，漢人為數無多，鎮南王妃刀白鳳便是擺夷人。國人受中原教化未深，諸般朝儀禮法，本就遠較大宋寬簡。保定帝更為人慈和，只教不是在朝廷廟堂之間，一向不喜拘禮，因此段正淳夫婦與高昇泰三人便坐在下首相陪。

飲食之間，保定帝絕口不提適才事情。刀白鳳雙眉深蹙，食而不知其味。將到天明，門外侍衛稟道：「巴司空參見皇上。」段正明道：「進來！」門帷掀起，一個又瘦又矮的黑漢子走了進來，躬身向保定帝行禮，說道：「啟奏皇上：那萬劫谷過善人渡後，經鐵索橋便到了，須得自一株大樹的樹洞中進谷。」

刀白鳳拍手笑道：「早知有巴司空出馬，那有尋不到敵人巢穴之理？我也不用擔這半天心啦。」那黑漢子微微躬身，道：「王妃過獎。巴天石愧不敢當。」

這黑瘦漢子巴天石雖然形貌猥崽，卻是個十分精明能幹的人物，曾為保定帝立下不少功勞，目下在大理國位居司空。司徒、司馬、司空三公之位，在朝廷中極為尊榮。巴天石武功卓絕，尤其擅長輕功，這次奉保定帝之命探查敵人的駐足之地，他暗中跟蹤鍾萬仇一行，果然查到萬劫谷的所在。

保定帝微笑道：「天石，你坐下吃個飽，咱們這便出發。」巴天石深知皇上不喜人對他跪拜，對臣子愛以兄弟朋友稱呼，倘若臣下過份恭謹，他反要著惱，當下答應一聲，捧起飯碗便吃。他滴酒不飲，飯量卻大得驚人，片刻間便連吃了八大碗飯。段正淳、高昇泰和他相交日久，自也不以為異。

巴天石一吃完，站起身來，伸衣袖一抹嘴上的油膩，說道：「臣巴天石引路。」當先走了出去。保定帝、段正淳夫婦、高昇泰隨後魚貫而出。出得鎮南王府，只見褚古傅朱四大護衛已牽了馬匹在門外侍候，另有數十名從人捧了保定帝等的兵刃站在其後。

段氏以中原武林世家在大理得國，數百年來不失祖宗遺風。段正明、正淳兄弟雖富貴無極，仍常微服出遊，遇到武林中人前來探訪或是尋仇，也總是按照武林規矩對待，從不擺皇室架子。是以保定帝這日御駕親征，眾從人都是司空見慣，毫不驚擾。自保定帝以下，人人均已換上了常服，在不識者眼中，只道是縉紳大戶帶了從人出遊而已。

刀白鳳見巴天石的從人之中，有二十幾名帶著大斧長鋸，笑問：「巴司空，咱們去做木匠起大屋嗎？」巴天石道：「鋸樹拆屋。」

一行人所乘都是駿馬，奔行如風，未到日中，已抵萬劫谷外的樹林。巴天石指揮從人，將擋路的大樹一一砍開鋸倒。來到谷口，保定帝指著那株漆著「姓段者入此谷殺無赦」的大樹，笑道：「這萬劫谷主人，跟咱家好大的怨仇哪！」段正淳卻知鍾萬仇是怕自己進谷去探訪甘寶寶，向妻子斜目瞧去，見她只是冷笑。

四名漢子提著大斧搶上，片刻間將那株數人合抱的大樹砍倒了。

巴天石命眾人牽馬在谷口相候。褚、古、傅、朱四大護衛當先而行，其後是巴天石與高昇泰，又其後是鎮南王夫婦，保定帝走在最後。進得萬劫谷後，但見四下靜悄悄地，無人出迎。巴天石按照江湖規矩，手持段正明、段正淳兩兄弟的名帖，大踏步來到正屋之前，朗聲說道：「大理國段氏兄弟，前來拜會鍾谷主。」

話聲甫畢，左側樹叢中突然竄出一條長長的人影，迅捷無倫的撲到，伸手向巴天石手中的名帖抓來。巴天石向右錯出三步，喝道：「尊駕是誰？」那人正是「窮兇極惡」雲中鶴，一抓不中，更不停步，又向巴天石撲去。巴天石見他輕功異常了得，有心要跟他較量較量，當下又向前搶出三步。雲中鶴跟著追了三步。巴天石發足便奔，雲中鶴隨後追去。一個矮，一個高，霎時之間在屋外繞了三個圈子。雲中鶴步幅奇大，但巴天石一跳一躍，腳步起落卻比他快得多，兩人之間始終相距數尺。雲中鶴固然追他不到，巴天石卻也避他不脫。兩人一向都自負輕功天下無匹，此刻陡然間遇上勁敵，均是心下暗驚。兩人越奔越快，衣襟帶風，發出呼呼聲響，雖只兩人追逐，旁人看來，便是五六人繞圈而行一般。到得後來，兩人相距漸遠，變成了繞屋奔跑，已不知雲中鶴在追巴天石，還是巴天石在追雲中鶴。倘若巴天石追到了雲中鶴背後，這場輕功的比試，自然是他勝了，但雲中鶴猛地發勁，又將巴天石拋落數丈。

只聽得呀一聲，大門打開，鍾萬仇走了出來。巴天石足下不停，暗運內勁，右手一送，名帖平平向鍾萬仇飛了過去。

鍾萬仇伸手接住，怒道：「姓段的，你既按江湖規矩前來拜山，幹麼毀我谷門？」

褚萬里喝道：「皇上至尊，豈能鑽你這樹洞地道？」

刀白鳳一直懸念愛子，忍不住問道：「我孩兒呢？你們將他藏在那裏？」

屋中忽又躍出一個女子，尖聲道：「你來得遲了一步。這姓段的小子，我們將他開膛破肚，餵了狗啦！」她雙手各持一刀，刀身細如柳葉，發出藍印印的光芒，正是見血即斃的修羅刀。

這兩個女子十八九年之前便因妒生恨，結下極深的怨仇。刀白鳳明知秦紅棉所言非實，但聽她將自己獨生愛子說得如此慘酷，舊恨新怒，一齊迸發，冷冷的道：「我是問鍾谷主，誰來跟下賤女人說話，沒的玷辱了自己身分。」驀地裏噹噹兩聲響，秦紅棉雙刀齊出，快如飄風般近前，向她急砍兩刀。這「十字斫」是她成名絕技，不知有多少江湖好漢曾喪在她修羅雙刀這毒招之下。刀白鳳抽出拂塵，及時格開，身形轉處，拂塵尾點向她後心。

段正淳好生尷尬，一個是眼前愛妻，一個是昔日情侶。他對刀白鳳鍾情固深，對秦紅棉卻也是舊恩難忘，但見兩女一動上手便是生死相搏的招數，不論是誰受傷，自己都是終生之恨，喝道：「且慢動手！」斜身欺近，拔出長劍，要格開兩人兵刃。

鍾萬仇一見到段正淳便是滿肚子怒火，嗆啷啷大環刀出手，向他迎頭砍去。褚萬里道：

「不勞王爺動手，待小人料理了他。」鐵桿揮出，戳向鍾萬仇的頭頸。他原來的鐵桿被葉二娘拗斷了，此時所使是趕著新鑄的。鍾萬仇罵道：「我早知姓段的就只仗著人多勢眾。」

段正淳笑道：「萬里退下，我正要見識見識鍾谷主的武功。」長劍挺出，彈開褚萬里的鐵桿，順勢從鍾萬仇大環刀的刀背上掠下，直削他手指。這一招彈、掠、削三式一氣呵成，中間直無半分變招痕跡。鍾萬仇一驚：「這段賊劍法好生凌厲。」登時收起怒火，橫刀守住門戶，強敵當前，已不敢浮躁輕忽。

段正淳挺劍疾刺，鍾萬仇見來勢凌厲，難以硬擋，向後躍開三步。段正淳只求他不過來糾纏，閃身搶到刀白鳳和秦紅棉身近，只見秦紅棉刀法已微見散亂，刀白鳳步步進逼。驀地裏嗤嗤嗤連響，秦紅棉接連射出三枝毒箭。她這短箭形狀和木婉清所發的一模一樣，手法卻高明得多，三枝箭分射左右中三個方位，教對方絕難閃避。刀白鳳縱身高躍，三枝短箭都從她腳底飛過，不料她身子尚在半空，又有三枝箭射來，第一枝射她小腹，第二枝射向她雙足之間，第三枝卻是對準了她足底。其時刀白鳳無法再向上躍，身子落下來時，三枝箭正好射中她頭、胸、腹三處，實是毒辣之極。

刀白鳳心下驚惶，拂塵急掠，捲開了第一枝毒箭，身子急速落下，眼看第二枝、第三枝對準了胸膛、小腹射到，已萬難閃避擋格，突然眼前白光急閃，一柄長劍自下而上的在她面前掠過，將這兩枝短箭斬為四截，同時有人晃身擋在她的身前，正是段正淳搶過來救了她性命。倘若他出劍稍有不準，斬不到短箭，那麼這兩枝短箭勢必釘在他身上。

這一下刀白鳳和秦紅棉都是嚇得臉色慘白，心中怦怦亂跳。刀白鳳叫道：「我不領你的情！」閃身繞過丈夫，揮拂塵向秦紅棉抽去。她恨極秦紅棉手段陰毒，拂塵上招數快極，斜掃直擊，教對方再也緩不出手來發射毒箭。秦紅棉適才這兩箭險些射中段正淳，又見他不顧性命的相救妻子，偏心已極，驚慌中又加上氣苦，登時擋不住拂塵的急攻。刀白鳳拂塵一招「鳳棲於梧」，向她頭頂擊落，秦紅棉急向右閃，刀白鳳左掌正好同時擊出，眼見便可正中秦紅棉胸口，立時便要打得她狂吐鮮血。手掌離她胸口尚有半尺，忽然旁邊一隻男子手掌伸過來一帶，將她這一掌掠開了，正是段正淳出手相救，說道：「鳳凰兒，別這麼狠！」

秦紅棉一怔，怒道：「甚麼鳳凰兒、孔雀兒，叫得這般親熱！」左手刀向段正淳肩頭砍落。刀白鳳也正惱丈夫相救情婦，格開自己勢在必中的一招，揮拂塵向他臉上掃去。

二女同時出手，同時見到對方向段正淳攻擊，齊叫：「啊喲！」同時要迴護郎君。刀白鳳拂塵轉向，去擋格修羅刀；秦紅棉飛足向刀白鳳踢去，要她收轉拂塵。

段正淳斜身一閃，砰的一聲，秦紅棉這一腳重重踢中在他屁股上。刀白鳳怒道：「你幹麼踢我丈夫？」秦紅棉道：「段郎，我不是故意的，你……你很疼嗎？」段正淳裝腔作勢，大叫：「哎唷，哎唷！踢死我啦！」蹲下身來。

鍾萬仇瞧出便宜，舉刀摟頭向段正淳劈落。刀白鳳叫道：「住手！」秦紅棉叫道：「打他！」拂塵與修羅刀齊向鍾萬仇攻去。鍾萬仇只得迴刀招架，大叫：「姓段的臭賊，你這老白臉，靠女人救你性命，算甚麼好漢？」段正淳哈哈大笑，倏地躍起，刷刷刷三劍，只逼得鍾萬仇踉蹌倒退。秦紅棉一怔，怒道：「你沒受傷，裝假！」刀白鳳也道：「這傢伙最會騙人，你怎能信他了？」秦紅棉叫道：「看刀！」刀白鳳叫道：「打他！」這一次二女卻是聯手向段正淳進攻。

保定帝見兄弟跟兩個女人糾纏不清，搖頭暗笑，向褚萬里道：「你們進去搜搜！」褚萬里應道：「是！」

褚、古、傅、朱四人奔進屋門。古篤誠左足剛跨過門檻，突覺頭頂冷風颯然。他左足未曾踏實，右足跟一點，已倒退躍出，只見一片極薄極闊的刀刃從面前直削下去，相距不過數寸，只要慢得頃刻，就算腦袋幸而不致一分為二，至少鼻子也得削去了。古篤誠背上冷汗直流，看清楚忽施暗襲的是個面貌俊秀的中年女子，正是「無惡不作」葉二娘。她這薄刀作長方形，薄薄的一片，四周全是鋒利無比，她抓著短短的刀柄，略加揮舞，便捲成一圈圓光。古篤誠起初這一驚著實厲害，略一定神，大喝一聲，揮起板斧，便往她薄刀上砍去。葉二娘的薄刀不住旋轉，不敢和板斧這等沉重的兵刃相碰。古篤誠使出七十二路亂披風斧法，雙斧直上直下的砍將過去。葉二娘陰陽怪氣，說幾句調侃的言語。朱丹臣見她好整以暇，刀法卻詭異莫測，生怕時候一長，古篤誠抵敵不住，當即挺判官雙筆上前夾擊。

其時巴天石和雲中鶴二人兀自在大兜圈子，兩人輕功相若，均知非一時三刻能分勝敗，這時所較量者已是內力高下。巴天石奔了這百餘個圈子，已知雲中鶴的下盤功夫飄逸有餘，沉凝不足，不如自己一彈一躍之際行有餘力，只消陡然停住，擊他三掌，他勢必抵受不住。但巴天石一心要在輕功上考較他下去，不願以拳腳功夫取勝，是以仍是一股勁兒的奔跑。

忽聽得一人粗聲罵道：「媽巴羔子的，吵得老子睡不著覺，是那兒來的兔崽子？」只見南海鱷神手持鱷嘴剪，一跳一跳的躍近。

傅思歸喝道：「是你師父的爹爹來啦！」南海鱷神喝道：「甚麼我師父的爹爹？」傅思歸指著段正淳道：「鎮南王是段公子的爹爹，段公子是你的師父，你想賴麼？」南海鱷神雖然惡事多為，卻有一樁好處，說過了的話向來作數，一聞此言，氣得臉色焦黃，可不公然否認，喝道：「我拜我的師父，跟你龜兒子有甚麼相干？」傅思歸笑道：「我又不是你兒子，為甚麼叫我龜兒子？」

南海鱷神一怔，想了半天，才知他是繞著彎兒罵自己為烏龜，一想通此點，哇哇大叫，鱷嘴剪拍拍拍的向他夾去。此人頭腦遲鈍，武功可著實了得，鱷嘴剪中一口森森白牙，便如狼牙棒上的尖刺相似。傅思歸一根熟銅棍接得三招，便覺雙臂酸麻。褚萬里長桿一揚，桿上連著的鋼絲軟鞭盪出，向南海鱷神臉上抽去，南海鱷神掏出鱷尾鞭擋開。

保定帝眼看戰局，己方各人均無危險，對高昇泰道：「你在這兒掠陣。」

高昇泰道：「是。」負手站在一旁。

保定帝走進屋中，叫道：「譽兒，你在這裏麼？」不聽有人回答。他推開左邊廂房門，又叫道：「譽兒，譽兒！」只見一個十五六歲的小姑娘從門背後轉了出來，臉色驚惶，問道：「你……你是誰？」保定帝道：「段公子在那裏？」那少女道：「你找段公子幹甚麼？」保定帝道：「我要救他出來！」

那少女搖頭道：「你救他不出的。他給人用大石堵在石屋之中，門口又有人看守。」保定帝道：「你帶我去。我打倒看守之人，推開大石，就救他出來了。」那少女搖頭道：「不成！我如帶了你去，我爹爹要殺了我的。」保定帝問：「你爹爹是誰？」那少女道：「我姓鍾，我爹爹就是這裏的谷主啊。」這少女便是從無量山逃回來的鍾靈。

保定帝點了點頭，心想對付這樣一個少女，不論用言語套問，或以武力脅逼，均不免有失身分，段譽既在此谷中，總不難尋到，當下從屋中回了出來，要另行覓人帶路。

段譽和木婉清在石屋之中，聽說門外那青袍客竟是天下第一惡人「惡貫滿盈」，大驚之下，撲過去摟在一起。段譽低聲道：「咱們原來落在『天下第一惡人』手中，那真是糟之極矣！」木婉清「唔」的一聲，將頭鑽在他懷中。段譽輕撫她頭髮，安慰道：「別怕。」

兩人上下衣衫均已汗濕，便如剛從水中爬起來一般。兩人全身火熱，體氣蒸薰，聞在對方鼻中，更增幾分誘惑之意。一個是血氣方剛的青年，一個是情苗深種的少女，就算沒受春藥的激動，也已把持不定，何況「陰陽和合散」的力量霸道異常，能令端士成為淫徒，貞女化作蕩婦，只教心神一迷，聖賢也成禽獸。此時全仗段譽一靈不昧，念念不忘於段氏的清譽令德，這才勉力克制。

青袍客得意之極，怪聲大笑，說道：「你兄妹二人快些成其好事，早一日生下孩兒，早一日得脫牢籠。我去也！」說罷，越過樹牆而去。

段譽大叫：「岳老三，岳老二！你師父有難，快快前來相救。」叫了半天，卻那裏有人答應？

段譽尋思：「當此危急之際，便是拜他為師，也說不得了。拜錯惡人為師，不過是我一人之事，須不致連累伯父和爹爹。」於是又縱聲大叫：「南海鱷神，我甘願拜你為師了，願意做南海派的傳人，你快來救你徒弟啊。我死之後，你可沒徒弟了。」亂叫亂喊了一陣，始終不聞南海鱷神的聲息，突然想到：「啊喲不好！南海鱷神最怕的便是他這個老大『惡貫滿盈』，就算聽到我叫喚，也不敢來救。」心中只是叫苦。

木婉清忽道：「段郎，我和你成婚之後，咱們第一個孩兒，你喜歡男的還是女的？」段譽迷迷糊糊的答道：「男的！」

忽然石屋外一個少女的聲音接口道：「段公子，你是她哥哥，決不能跟她成婚。」段譽一楞，道：「你……你是鍾姑娘麼？」那少女正是鍾靈，說道：「是我啊。我偷聽到了這青袍惡人的話，我定要想法子救你和木姊姊。」段譽大喜，道：「那好極了，你快去偷毒藥的解藥給我。」木婉清怒道：「鍾靈你這小鬼快走開，誰要你救？」鍾靈道：「我還是想法子推開這大石頭，先救你們出來的好。」段譽道：「不，不！你去偷解藥。我……我抵受不住，快……快要死了。」鍾靈驚道：「甚麼抵受不住？你肚子痛嗎？」段譽道：「不是肚子痛。」鍾靈又問：「你是頭痛麼？」段譽道：「也不是頭痛。」鍾靈道：「那你甚麼地方不舒服？」

段譽情慾難遏之事，如何能對這小姑娘說得出口？只得道：「我全身不舒服，你只設法去盜取解藥便了。」鍾靈皺眉道：「你不說病狀，我就不知道要尋甚麼解藥。我爹爹解藥很多，但得知道你是肚痛、頭痛，還是心痛。」段譽嘆了口氣道：「我甚麼也不痛。我是……我是服了一種叫做『陰陽和合散』的毒藥。」鍾靈拍手道：「你知道毒藥的名字，那就好辦了。段大哥，我這就去跟爹爹要解藥。」

她匆匆爬過樹牆，便去纏著父親拿那「陰陽和合散」的解藥。那「陰陽和合散」是青袍客的藥物，但鍾萬仇一聽這名字，就知是甚麼玩意兒，馬臉一沉，斥道：「小女娃娃，東問西問這些不打緊的東西幹麼？你再胡說八道，我老大耳括子打你。」鍾靈急道：「不是胡說八道……」

便在此時，保定帝等一干人攻進萬劫谷來，鍾萬仇忙出去應敵，將鍾靈一人留在屋內。她聽得屋外兵刃交作，鬥得甚是厲害，也不去理會，自在父親的藏藥之所東翻西找。鍾萬仇的數百個藥瓶之上都貼有藥名，但偏偏就不見「陰陽和合散」的解藥。正不知如何是好，聽得有人進來，出去一看，便遇到了保定帝。

保定帝想尋人帶路，一時卻不見有人，忽聽得身後腳步聲響，回頭見是鍾靈奔來，當即停步等候。鍾靈奔近，說道：「我找不到解藥，還是帶你去罷！不知你能不能推開那塊大石頭。」保定帝莫名其妙，問道：「甚麼解藥？大石頭？」鍾靈道：「你跟我來，一看便知道了。」

萬劫谷中道路雖然曲折，但在鍾靈帶領之下，片刻即至，保定帝托著鍾靈的手臂，也不見他縱身跳躍，突然間凌空而起，平平穩穩越過了樹牆。鍾靈拍手讚道：「妙極，妙極！你好像會飛！啊喲，不好！」

但見石屋之前端坐著一人，正是那青袍怪客！

鍾靈對這個半死半活的人最是害怕，低聲道：「咱們快走，等這人走了再來。」保定帝見了這青袍怪人也是極感詫異，安慰她道：「有我在這裏，你不用怕。段譽便是在這石屋之中，是不是？」鍾靈點了點頭，縮在他身後。

保定帝緩步上前，說道：「尊駕請讓一步！」青袍客便如不聞不見，凝坐不動。

保定帝道：「尊駕不肯讓道，在下無禮莫怪。」側身從青袍客左側閃過，右掌斜起，按住巨石，正要運勁推動，只見青袍客從腋下伸出一根細細的鐵杖，點向自己「缺盆穴」。鐵杖伸到離他身子尺許之處便即停住，不住顫動，保定帝只須勁力一發，鐵杖點將過來，那便無可閃避。保定帝心中一凜：「這人點穴的功夫可高明之極，卻是何人？」右掌微揚，劈向鐵杖，左掌從右掌底穿出，又已按在石上。青袍客鐵杖移位，指向他「天池穴」。保定帝掌勢如風，連變了七次方位，那青袍客的鐵杖每一次均是虛點穴道，制住形勢。

兩人接連變招，青袍客總是令得保定帝無法運勁推石，認穴功夫之準，保定帝自覺與己不相伯仲，猶在兄弟段正淳之上。他左掌斜削，突然間變掌為指，嗤的一聲響，使出一陽指力，疾點鐵杖，這一指若是點實了，鐵杖非彎曲不可。不料那鐵杖也是嗤的一聲點來，兩股力道在空中一碰，保定帝退了一步，青袍客也是身子一晃。保定帝臉上紅光一閃，青袍客臉上則隱隱透出一層青氣，均是一現即逝。

保定帝大奇，心想：「這人武功不但奇高，而且與我顯是頗有淵源。他這杖法明明跟一陽指有關。」當即拱手道：「前輩尊姓大名，盼能見示。」只聽一個聲音響道：「你是段正明呢，還是段正淳？」保定帝見他口唇絲毫不動，居然能夠說話，更是詫異，說道：「在下段正明。」青袍客道：「哼，你便是大理國當今保定帝？」保定帝道：「正是。」青袍客道：「你的武功和我相較，誰高誰下？」

保定帝沉吟半晌，說道：「武功是你稍勝半籌，但若當真動手，我能勝你。」青袍客道：「不錯，我終究是吃了身子殘廢的虧。唉，想不到你坐上了這位子，這些年來竟絲毫沒擱下練功。」他腹中發出的聲音雖怪，仍聽得出語音中充滿了悵恨之情。

保定帝猜不透他的來歷，心中霎時間轉過了無數疑問。忽聽得石屋內傳出一聲聲急躁的嘶叫，正是段譽的聲音，保定帝叫道：「譽兒，你怎麼了？不必驚慌，我就來救你。」鍾靈驚道：「段公子，段公子！」

原來段譽和木婉清受猛烈春藥催激，越來越難與情慾相抗拒。到後來木婉清神智迷糊，早忘了段譽是親哥哥，只叫：「段郎，抱我，抱住我！」她是處女之身，於男女之事一知半解，但覺燥熱難當，要段譽摟抱著方才舒服，便向段譽撲去。段譽叫道：「使不得！」閃身避開，腳下自然而然的使出了凌波微步。木婉清一撲不中，斜身摔在床上，便暈了過去。段譽接連走了幾步，內息自然而然的順著經脈運行，愈走愈快，胸口鬱悶無比，似乎透不過氣來一般，忍不住大叫一聲。這一聲叫，鬱悶竟然略減，當下他走幾步，呼叫一聲，情慾之念倒是淡了，保定帝和青袍客在屋外的對答，以及保定帝叫他不必驚慌的言語，卻都已聽而不聞。

青袍客道：「這小子定力不錯，服了我的『陰陽和合散』，居然還能支撐到這時候。」保定帝吃了一驚，問道：「那是甚麼毒藥？」青袍客道：「不是毒藥，只不過是一種猛烈的春藥而已。」保定帝道：「你給他服食這等藥物，其意何居？」青袍客道：「這石屋之中，另有一個女子，是他的胞妹。」

保定帝一聽之下，登時明白了此人的陰謀毒計。他修養再好，也禁不住勃然大怒，長袖揮處，嗤的一指向他點去。青袍客橫杖擋開，保定帝第二指又已點出，這一指直趨他喉下七突穴，那是致命死穴，料想他定要全力反擊。

那知青袍客「嘿嘿」兩聲，既不閃避，也不招架。保定帝見他不避不架，心中大疑，立時收指，問道：「你為何甘願受死？」青袍客道：「我死在你手下，那是再好不過，你的罪孽，又深了一層。」保定帝問道：「你到底是誰？」青袍客低聲說了一句話。

保定帝一聽，臉色立變，道：「我不信！」青袍客將右手中的鐵杖交於左手，右手食指嗤的一聲，向保定帝點去，保定帝斜身閃開，還了一指。青袍客以中指直戳，保定帝臉色凝重，以中指相還。青袍客第三招以無名指橫掃，第四招以小指輕挑，保定帝一一照式還報。到得第五招時，青袍客以大拇指捺將過來，五指中大拇指最短，因而也最為遲鈍不靈，然而指上力道卻是最強，保定帝不敢怠慢，大拇指一翹，也捺了過去。

鍾靈在一旁看得好生奇怪，忘了對青袍客的畏懼之意，笑道：「你們兩個在猜拳麼？你伸一指，我伸一指的，卻是誰贏了？」一面說，一面走近身去。驀地裏一股勁風無聲無息的襲到，鍾靈一怔之際，左肩劇痛，幾欲暈倒。保定帝反手揮掌，將她身子平平推出，跟著向後縱躍，將她扶住，說道：「站著別動。」鍾靈怔怔的道：「他……他要殺我？」保定帝搖頭道：「不是。我和他在比試武功，旁人不能走近。」伸掌在她背心上輕撫數下。

那青袍客道：「你信了沒有？」保定帝搶上數步，躬身說道：「正明參見前輩。」青袍客道：「你只叫我前輩，是不肯認我呢，還是意下猶有未信？」保定帝道：「正明身為一國之主，言行自當鄭重。正明無子，這段譽身負宗廟社稷的重寄，請前輩釋放。」青袍客道：「我正要大理段氏亂倫敗德，斷子絕孫。我好容易等到今日，豈能輕易放手？」保定帝厲聲道：「段正明萬萬不許。」

青袍客道：「嘿嘿！你自稱是大理國皇帝，我卻只當你是謀朝篡位的亂臣賊子。你有膽子，儘管去調神策軍、御林軍來好了。我跟你說，我勢力固然遠不如你，可是要先殺段譽這小賊卻易如反掌。你此刻跟我動手，數百招後或能勝得了我，但想殺我，卻也千難萬難。我只教不死，你便救不了段譽性命。」

保定帝臉上一陣青，一陣白，知道他這話確是不假，別說去調神策軍、御林軍來，只須自己再多一個幫手，這青袍客抵敵不住，便會立時加害段譽，何況以此人身分，也決不能殺了他，說道：「你要如何，方能放人？」青袍客道：「不難，不難！你只須答允去天龍寺出家為僧，將皇位讓我，我便解了段譽體內藥性，還你一個鮮龍活跳、德行無虧的好姪兒。」

保定帝道：「祖宗基業，豈能隨便拱手送人？」

青袍客道：「嘿嘿，這是你的基業，還是我的基業？物歸原主，豈是隨便送人？我不追究你謀朝篡位的大罪，已是寬洪大量之極了。你若執意不肯，不妨耐心等候，等段譽和他胞妹生下一男半女，我便放他。」保定帝道：「那你還是乘早殺了他的好。」

青袍客道：「除此之外，還有兩條路。」保定帝問道：「甚麼？」青袍客道：「第一條路，你突施暗算，猝不及防的將我殺了，那你自可放他出來。」保定帝道：「我不能暗算於你。」青袍客道：「你就是想暗算，也未必能成。第二條路，你叫段譽自己用一陽指功夫跟我較量，只須勝得了我，他自己不就走了嗎？嘿嘿，嘿嘿！」

保定帝怒氣上衝，忍不住便要發作，終於強自抑制，說道：「段譽不會絲毫武功，更沒學過一陽指功夫。」青袍客道：「大理段正明的姪兒不會一陽指，有誰能信？」保定帝道：「段譽幼讀詩書佛經，心地慈悲，堅決不肯學武。」青袍客道：「又是一個假仁假義、沽名釣譽的偽君子。這樣的人若做大理國君，實非蒼生之福，早一日殺了倒好。」

保定帝厲聲道：「前輩，是否另有其他道路可行？」青袍客道：「當年我若有其他道路可行，也不至落到這般死不死、活不活的田地。旁人不給我路走，我為甚麼要給你路走？」

保定帝低頭沉吟半晌，猛地抬起頭來，一臉剛毅肅穆之色，叫道：「譽兒，我便設法來救你。你可別忘了自己是段家子孫！」

只聽石屋內段譽叫道：「伯父，你進來一指……一指將我處死了罷。」這時他已停步，靠在封門大石上稍息，已聽清楚了保定帝與青袍客後半段的對答。保定帝厲聲道：「甚麼？你做了敗壞我段氏門風的行徑嗎？」段譽道：「不！不是，姪兒……姪兒燥熱難當，活……活不成了！」

保定帝道：「生死有命，任其自然。」托住鍾靈的手臂，奔過空地，躍過樹牆，說道：「小姑娘，多謝你帶路，日後當有報答。」循著原路，來到正屋之前。

只見褚萬里和傅思歸雙戰南海鱷神，仍然勝敗難分。朱丹臣和古篤誠那一對卻給葉二娘的方刀逼得漸漸支持不住。那邊廂雲中鶴腳下雖是絲毫不緩，但大聲喘氣，有若疲牛，巴天石卻一縱一躍，輕鬆自在。高昇泰負著雙手踱來踱去，對身旁的激鬥似是漠不關心，其實眼觀六路、耳聽八方，精神籠罩全局，己方只要無人遇險，就用不著出手相援。段正淳夫婦與秦紅棉、鍾萬仇四人卻已不見。

保定帝問道：「淳弟呢？」高昇泰道：「鎮南王逐開了鍾谷主，和王妃一起找尋段公子去了。」保定帝縱聲叫道：「此間諸事另有計較，各人且退。」

巴天石陡然住足，雲中鶴直撲過來，巴天石砰的一掌，擊將出去。雲中鶴雙掌一擋，只感胸中氣血翻湧，險些噴出血來。他強自忍住，雙眼望出來模糊一片，已看不清對手拳腳來路。巴天石卻並不乘勝追擊，嘿嘿冷笑，說道：「領教了。」

只聽左首樹叢後段正淳的聲音說道：「這裏也沒有，咱們再到後面去找。」刀白鳳道：「找個人來問問就好了，谷中怎地一個下人也沒有。」秦紅棉道：「我師妹叫他們都躲起來啦。」保定帝和高昇泰、巴天石三人相視一笑，均覺鎮南王神通廣大，不知使上了甚麼巧妙法兒，竟教這兩個適才還在性命相撲的女子聯手同去找尋段譽。只聽段正淳道：「那麼咱們去問你師妹，她一定知道譽兒關在甚麼地方。」刀白鳳怒道：「不許你去見甘寶寶。不懷好意！」秦紅棉道：「我師妹說過了，從此永遠不再見你的面。」

三人說著從樹叢中出來。段正淳見到兄長，問道：「大哥，救出……找到譽兒了麼？」他本想說「救出譽兒」，但不見兒子在側，便即改口。保定帝點頭道：「找到了，咱們回去再說。」

褚萬里、朱丹臣等聽得皇上下旨停戰，均欲住手，但葉二娘和南海鱷神打得興起，纏住了仍是惡戰不休。保定帝眉頭微蹙，說道：「咱們走罷！」

高昇泰道：「是！」懷中取出鐵笛，挺笛指向南海鱷神咽喉，跟著揚臂反手，橫笛掃向葉二娘。這兩記笛招都是攻向敵人極要緊的空隙。南海鱷神一個觔斗避過，拍的一聲，鐵笛重重擊中葉二娘左臂。葉二娘大叫一聲，急忙飄身逃開。

高昇泰的武功其實並不比這兩人強了多少，只是他旁觀已久，心中早已擬就了對付這兩人的絕招。這招似乎純在對付南海鱷神，其實卻是佯攻，突然出其不意的給葉二娘來一下狠的，以報前日背上那一掌之仇。看來似是輕描淡寫，隨意揮灑，實則這一招在他心中已盤算了無數遍，實是畢生功力之所聚，已然出盡全力。

南海鱷神圓睜豆眼，又驚又佩，說道：「媽巴羔子，好傢伙，瞧你不出……」下面的話沒再說下去，意思自然是說：「瞧你不出，居然這等厲害，看來老子只怕還不是你這小子的對手。」

刀白鳳問保定帝道：「皇上，譽兒怎樣？」保定帝心下甚是擔憂，但絲毫不動聲色，淡淡說道：「沒甚麼。眼前是個讓他磨練的大好機會，過得幾天自會出來，一切回宮再說。」說著轉身便走。

巴天石搶前開路。段正淳夫婦跟在兄長之後，其後是褚、古、傅、朱四護衛，最後是高昇泰殿後。他適才這凌厲絕倫的一招鎮懾了敵人，南海鱷神雖然兇悍，卻也不敢上前挑戰。

段正淳走出十餘丈，忍不住回頭向秦紅棉望去，秦紅棉也怔怔的正瞧著他背影，四目相對，不由得都痴了。

只見鍾萬仇手執大環刀，氣急敗壞的從屋後奔出來，叫道：「段正淳，你這次沒見到我夫人，算你運氣好，我就不來難為你。我夫人已發了誓，以後決不再見你。不過……不過那也靠不住，她要是見到你這傢伙，說不定他媽的又……總而言之，你不能再來。」他和段正淳拚鬥，數招不勝，便即回去守住夫人，以防段正淳前來勾引，聽得夫人立誓決不再見段正淳之面，心下大慰，忙奔將出來，將這句要緊之極的言語說給他聽。

段正淳心下黯然，暗道：「為甚麼？為甚麼再也不見我面？你已是有夫之婦，我豈能再敗壞你的名節？大理段二雖然風流好色，卻非卑鄙無恥之徒。讓我再瞧瞧你，就算咱兩人離得遠遠地，一句話也不說，那也好啊。」回過頭來，見妻子正冷冷的瞧著自己，心頭一凜，當即加快腳步，出谷而去。

一行人回到大理。保定帝道：「大夥到宮中商議。」來到皇宮內書房，保定帝坐在中間一張鋪著豹皮的大椅上，段正淳夫婦坐在下首，高昇泰一干人均垂手侍立。保定帝吩咐內侍取過凳子，命各人坐下，揮退內侍，將段譽如何落入敵手的情形說了。

眾人均知關鍵是在那青袍客身上，聽保定帝說此人不僅會一陽指，且功力猶在他之上，誰都不敢多口，各自低頭沉吟，均知一陽指功夫是段家世代相傳，傳子不傳女，更加不傳外人，青袍客既會這門功夫，自是段氏的嫡系子孫了。（按：直到段氏後世子孫段智興一燈大師手中，為了要制住歐陽鋒，才破了不傳外人的祖規，將這門神功先傳給王重陽，再傳於漁樵耕讀四大弟子。詳見「射雕英雄傳」。）

保定帝向段正淳道：「淳弟，你猜此人是誰？」段正淳搖頭道：「我猜不出，難道是天龍寺中有人還俗改裝？」保定帝搖頭道：「不是，是延慶太子！」

此言一出，眾人都大吃一驚。段正淳道：「延慶太子早已不在人世，此人多半是冒名招搖。」保定帝嘆道：「名字可以亂冒，一陽指的功夫卻假冒不得。偷師學招之事，武林中原亦尋常，然而這等內功心法，又如何能偷？此人是延慶太子，決無可疑。」

段正淳沉思半晌，問道：「那麼他是我段家佼佼的人物，何以反而要敗壞我家的門風清譽？」保定帝嘆道：「此人周身殘疾，自是性情大異，一切不可以常理度之。何況大理國皇座既由我居之，他自必心懷憤懣，要害得我兄弟倆身敗名裂而後快。」

段正淳道：「大哥登位已久，臣民擁戴，四境昇平，別說只是延慶太子出世，就算上德帝復生，也不能再居此位。」

高昇泰站起身來，說道：「鎮南王此言甚是。延慶太子好好將段公子交出便罷，否則咱們也不認他甚麼太子不太子，只當他是天下四大惡人之首，人人得而誅之。他武功雖高，終究好漢敵不過人多。」

原來十多年前的上德五年，大理國上德帝段廉義在位，朝中忽生大變，上德帝為奸臣楊義貞所弒，其後上德帝的姪子段壽輝得天龍寺中諸高僧及忠臣高智昇之助，平滅楊義貞。段壽輝接帝位後，稱為上明帝。上明帝不樂為帝，只在位一年，便赴天龍寺出家為僧，將帝位傳給堂弟段正明，是為保定帝。上德帝本有一個親子，當時朝中稱為延慶太子，當奸臣楊義貞謀朝篡位之際，舉國大亂，延慶太子不知去向，人人都以為是給楊義貞殺了，沒想到事隔多年，竟會突然出現。

保定帝聽了高昇泰的話，搖頭道：「皇位本來是延慶太子的。當日只因找他不著，上明帝這才接位，後來又傳位給我。延慶太子既然復出，我這皇位便該當還他。」轉頭向高昇泰道：「令尊若是在世，想來也有此意。」高昇泰是大功臣高智昇之子，當年鋤奸除逆，全仗高智昇出的大力。

高昇泰走上一步，伏地稟道：「先父忠君愛民。這青袍怪客號稱是四惡之首，若在大理國君臨萬民，眾百姓不知要吃多少苦頭。皇上讓位之議，臣昇泰萬死不敢奉詔。」

巴天石伏地奏道：「適才天石聽得那南海鱷神怪聲大叫，說他們四惡之首叫作甚麼『惡貫滿盈』。這惡人若不是延慶太子，自不能覬覦大寶。就算他是延慶太子，如此兇惡奸險之徒，怎能讓他治理大理的百姓？那勢必是國家傾覆，社稷淪喪。」

保定帝揮手道：「兩位請起，你們所說的也是言之成理。只是譽兒落入了他的手中，除了我避位相讓，更有甚麼法子能讓譽兒歸來？」

段正淳道：「大哥，自來只有君父有難，為臣子的才當捨身以赴。譽兒雖為大哥所愛，怎能為了他而甘捨大位？否則譽兒縱然脫險，卻也成了大理國的罪人。」

保定帝站起身來，左手摸著頦下長鬚，右手兩指在額上輕輕彈擊，在書房中緩緩而行。眾人均知他每逢有大事難決，便如此出神思索，誰也不敢作聲擾他思路。保定帝踱來踱去，過得良久，說道：「這延慶太子手段毒辣，給譽兒所服的『陰陽和合散』藥性甚是厲害，常人極難抵擋。只怕……只怕他這時已為藥性所迷，也未可知。唉，這是旁人以奸計擺布，須怪譽兒不得。」

段正淳低下了頭，羞愧無地，心想歸根結底，都是因自己風流成性起禍。

保定帝走回去坐入椅中，說道：「巴司空，傳下旨意，命翰林院草制，冊封我弟正淳為皇太弟。」

段正淳吃了一驚，忙跪下道：「大哥春秋正盛，功德在民，皇天必定保祐，子孫綿綿，這皇太弟一事儘可緩議。」

保定帝伸手扶起，說道：「你我兄弟一體，這大理國江山原是你我兄弟同掌，別說我並無子嗣，就是有子有孫，也要傳位於你。淳弟，我立你為嗣，此心早決，通國皆知。今日早定名份，也好令延慶太子息了此念。」

段正淳數次推辭，均不獲准，只得叩首謝恩。高昇泰等上前道賀。保定帝並無子息，皇位日後勢必傳於段正淳，原是意料中事，誰也不以為奇。

保定帝道：「大家去歇歇罷。延慶太子之事，只可告知華司徒、范司馬兩人，此外不可洩漏。」眾人齊聲答應，躬身告別。巴天石當下出去向翰林院宣詔。

保定帝用過御膳，小睡片刻，醒來時隱隱聽得宮外鼓樂聲喧，爆竹連天。內監進來服侍更衣，稟道：「陛下冊封鎮南王為皇太弟，眾百姓歡呼慶祝，甚是熱鬧。」大理國近年來兵革不興，朝政清明，庶民安居樂業，眾百姓對皇帝及鎮南王、善闡侯等當國君臣都是十分愛戴。保定帝道：「傳我旨意，明日大放花燈，大理城金吾不禁，犒賞三軍，以酒肉賞賜耆老孤兒。」這道旨意傳將下去，大理全城百姓更是歡忭如沸。

到得傍晚，保定帝換了便裝，獨自出宮。他將大帽壓住眉簷，遮住面目。一路上只見眾百姓拍手謳歌，青年男女，載歌載舞。當時中原人士視大理國為蠻夷之地，禮儀與中土大不相同，大街上青年男女攜手同行，調情嬉笑，旁若無人，誰也不以為怪。保定帝心下暗祝：「但願我大理眾百姓世世代代，皆能如此歡樂。」

他出城後快步前行，行得二十餘里後上山，越走越荒僻，轉過四個山坳，來到一座小小的古廟前，廟門上寫著「拈花寺」三字。佛教是大理國教。大理京城內外，大寺數十，小廟以百計，這座「拈花寺」地處偏僻，無甚香火，即是世居大理之人，多半也不知曉。

保定帝站在寺前，默祝片刻，然後上前，在寺門上輕叩三下。過得半晌，寺門推開，走出一名小沙彌來，合什問道：「尊客光降，有何貴幹？」保定帝道：「相煩通報黃眉大師，便道故人段正明求見。」小沙彌道：「請進。」轉身肅客。保定帝舉步入寺，只聽得叮叮兩聲清磬，悠悠從後院傳出，霎時之間，只感遍體清涼，意靜神閒。

他踏著寺院中落葉，走向後院。小沙彌道：「尊客請在此稍候，我去稟報師父。」保定帝道：「是。」負手站在庭中，眼見庭中一株公孫樹上一片黃葉緩緩飛落。他一生極少有如此站在門外等候別人的時刻，但一到這拈花寺中，俗念盡消，渾然忘了自己天南為帝。

忽聽得一個蒼老的聲音笑道：「段賢弟，你心中有何難題？」保定帝回過頭來，只見一個滿臉皺紋、身形高大的老僧從小舍中推門出來。這老僧兩道焦黃長眉，眉尾下垂，正是黃眉和尚。

保定帝雙手拱了拱，道：「打擾大師清修了。」黃眉和尚微笑道：「請進。」保定帝跨步走進小舍，見兩個中年和尚躬身行禮。保定帝知是黃眉和尚的弟子，當下舉手還禮，在西首一個蒲團上盤膝坐下，待黃眉和尚在東首的蒲團坐定，便道：「我有個姪兒段譽，他七歲之時，我曾抱來聽師兄講經。」黃眉僧微笑道：「此子頗有悟性，好孩子，好孩子！」保定帝道：「他受了佛法點化，生性慈悲，不肯學武，以免殺生。」黃眉僧道：「不會武功，也能殺人。會了武功，也未必殺人。」

保定帝道：「是！」於是將段譽如何堅決不肯學武、私逃出門，如何結識木婉清，如何被號稱「天下第一惡人」的延慶太子囚在石室之中，源源本本的說了。黃眉僧微笑傾聽，不插一言。兩名弟子在他身後垂手侍立，更連臉上的肌肉也不牽動半點。

待保定帝說完，黃眉僧緩緩道：「這位延慶太子既是你堂兄，你自己固不便和他動手，就是派遣下屬前去強行救人，也是不妥。」保定帝道：「師兄明鑒。」黃眉僧道：「天龍寺中的高僧大德，武功固有高於賢弟的，但他們皆系出段氏，不便參與本族內爭，偏袒賢弟。因此也不能向天龍寺求助。」保定帝道：「正是。」

黃眉僧點點頭，緩緩伸出中指，向保定帝胸前點去。保定帝微微一笑，伸出食指，對準他的中指一戳，兩人都身形一晃，便即收指。黃眉僧道：「段賢弟，我的金剛指力可不能勝你的一陽指啊。」保定帝道：「師兄大智大慧，不必以指力取勝。」黃眉僧低頭不語。

保定帝站起來，說道：「五年之前，師兄命我免了大理百姓的鹽稅，一來國用未足，二來小弟意欲待吾弟正淳接位，再行此項仁政，以便庶民歸德吾弟。但明天一早，小弟就頒令廢除鹽稅。」

黃眉僧站起身來，躬身下拜，恭恭敬敬的道：「賢弟造福萬民，老僧感德不盡。」

保定帝下拜還禮，不再說話，飄然出寺。

保定帝回到宮中，即命內監宣巴司空前來，告以廢除鹽稅之事。巴天石躬身謝恩，說道：「皇上鴻恩，實是庶民之福。」保定帝道：「宮中一切用度，儘量裁減撙節。你去和華司徒、范司馬二人商議商議，瞧有甚麼地方好省的。」巴天石答應了，辭出宮去。

巴天石當下去約了司徒華赫艮，一齊來到司馬范驊府中，告以廢除鹽稅。至於段譽被擄一節，巴天石已先行對華范二人說過。

范驊沉吟道：「鎮南世子落入奸人之手，皇上下旨免除鹽稅，想必是意欲邀天之憐，令鎮南世子得以無恙歸來。咱們不能分君父之憂，有何臉面立身朝堂之上？」巴天石道：「正是，二哥有何妙計，可以救得世子？」范驊道：「對手既是延慶太子，皇上萬萬不願跟他正面為敵。我倒有一條計策，只不過要偏勞大哥了。」華司徒忙道：「那有甚麼偏勞的？二弟快說。」范驊道：「皇上言道，那延慶太子的武功尚勝皇上半籌。咱們硬碰硬的去救人，自然不能。大哥，你二十年前的舊生涯，不妨再幹他一次。」華司徒紫膛色的臉上微微一紅，笑道：「二弟又來取笑了。」

這華司徒華赫艮本名阿根，出身貧賤，現今在大理國位列三公，未發跡時，幹的卻是盜墓掘墳的勾當，最擅長的本領是偷盜王公巨賈的墳墓。這些富貴人物死後，必有珍異寶物殉葬，華阿根從極遠處挖掘地道，通入墳墓，然後盜取寶物。所花的工程雖巨，卻由此而從未為人發覺。有一次他掘入一墳，在棺木中得到了一本殉葬的武功秘訣，依法修習，練成了一身卓絕的外門功夫，便捨棄了這下賤的營生，輔佐保定帝，累立奇功，終於升到司徒之職。他居官後嫌舊時的名字太俗，改名赫艮，除了范驊和巴天石這兩個生死之交，極少有人知道他的出身。

范驊道：「小弟何敢取笑大哥？我是想咱們混進萬劫谷中，挖掘一條地道，通入鎮南世子的石室，然後神不知、鬼不覺的救他出來。」

華赫艮一拍大腿，叫道：「妙極，妙極！」他於盜墓一事，實有天生嗜好，二十年來雖然再不幹此營生，偶爾想起，仍是禁不住手癢，只是身居高官，富貴已極，再去盜墳掘墓，卻成何體統？這時聽范驊一提，不禁大喜。

范驊笑道：「大哥且慢歡喜，這中間著實有些難處。四大惡人都在萬劫谷中，鍾萬仇夫婦和修羅刀也均是極厲害的人物，要避過他們耳目委實不易。再說，那延慶太子坐鎮石屋之前，地道在他身底通過，如何方能令他不會察覺？」

華赫艮沉吟半晌，說道：「地道當從石屋之後通過去，避開延慶太子的所在。」巴天石道：「鎮南世子時時刻刻都有危險，咱們挖掘地道，只怕工程不小，可來得及麼？」華赫艮道：「咱哥兒三人一起幹，委曲你們兩位，跟我學一學做盜墓的小賊。」巴天石笑道：「既然位居大理國三公，這盜墓掘墳的勾當，自是義不容辭。」三人一齊拊掌大笑。

華赫艮道：「事不宜遲，說幹便幹。」當下巴天石繪出萬劫谷中的圖形，華赫艮擬訂地道的入口路線，至於如何避人耳目，如何運出地道中所挖的泥土等等，原是他的無雙絕技。

這一日一晚之間，段譽每覺炎熱煩躁，便展開「凌波微步」身法，在斗室中快步行走，只須走得一兩個圈子，心頭便感清涼。木婉清卻身發高熱，神智迷糊，大半時刻都是昏昏沉沉的倚壁而睡。

次日午間，段譽又在室中疾行，忽聽得石屋外一個蒼老的聲音說道：「縱橫十九道，迷煞多少人。居士可有清興，與老僧手談一局麼？」段譽心下奇怪，當即放緩腳步，又走出十幾步，這才停住，湊眼到送飯進來的洞孔向外張望。

只見一個滿臉皺紋、眉毛焦黃的老僧，左手拿著一個飯碗大小的鐵木魚，右手舉起一根黑黝黝的木魚槌，在鐵木魚上錚錚錚的敲擊數下，聽所發聲音，這根木魚槌也是鋼鐵所製。他口宣佛號：「阿彌陀佛，阿彌陀佛！」俯身將木魚槌往石屋前的一塊大青石上劃去，嗤嗤聲響，石屑紛飛，登時刻了一條直線。段譽暗暗奇怪，這老僧的面貌依稀似乎見過，他手上的勁道好大，這麼隨手劃去，石上便現深痕，就同石匠以鐵鑿、鐵鎚慢慢敲鑿出來一般，而這條線筆直到底，石匠要鑿這樣一條直線，更非先用墨斗彈線不可。

石屋前一個鬱悶的聲音說道：「金剛指力，好功夫！」正是那青袍客「惡貫滿盈」。他右手鐵杖伸出，在青石上劃了一條橫線，和黃眉僧所刻直線相交，一般的也是深入石面，毫無歪斜。黃眉僧笑道：「施主肯予賜教，好極，好極！」又用鐵槌在青石上刻了一道直線。青袍客跟著刻了一道橫線。如此你刻一道，我刻一道，兩人凝聚功力，槌杖越劃越慢，不願自己所刻直線有何深淺不同，歪斜不齊，就此輸給了對方。

約莫一頓飯時分，一張縱橫十九道的棋盤已然整整齊齊的刻就。黃眉僧尋思：「正明賢弟所說不錯，這延慶太子的內力果然了得。」延慶太子不比黃眉僧乃有備而來，心下更是駭異：「從那裏鑽了這樣個厲害的老和尚出來？顯是段正明邀來的幫手。這和尚跟我纏上了，段正明便乘虛而入去救段譽，我可無法分身抵擋。」

黃眉僧道：「段施主功力高深，佩服佩服，棋力想來也必勝老僧十倍，老僧要請施主饒上四子。」青袍客一怔，心想：「你指力如此了得，自是大有身分的高人。你來向我挑戰，怎能一開口就要我相讓？」便道：「大師何必過謙？要決勝敗，自然是平下。」黃眉僧道：「四子是一定要饒的。」青袍客淡然道：「大師既自承棋藝不及，也就不必比了。」黃眉僧道：「那麼就饒三子罷？」青袍客道：「便讓一先，也是相讓。」

黃眉僧道：「哈哈，原來你在棋藝上的造詣甚是有限，不妨我饒你三子。」青袍客道：「那也不用，咱們分先對弈便是。」黃眉僧心下惕懼更甚：「此人不驕不躁，陰沉之極，實是勁敵，不管我如何相激，他始終不動聲色。」原來黃眉僧並無必勝把握，向知愛弈之人個個好勝，自己開口求對方饒個三子、四子，對方往往答允，他是方外之人，於這虛名看得極淡，倘若延慶太子自逞其能，答應饒子，自己大佔便宜，在這場拚鬥中自然多居贏面。不料延慶太子既不讓人佔便宜，也不佔人便宜，一絲不苟，嚴謹無比。

黃眉僧道：「好，你是主人，我是客人，我先下了。」青袍客道：「不！強龍不壓地頭蛇，我先。」黃眉僧道：「那只有猜枚以定先後。請你猜猜老僧今年的歲數，是奇是偶？猜得對，你先下；猜錯了，老僧先下。」青袍客道：「我便猜中，你也要抵賴。」黃眉僧道：

「好罷！那你猜一樣我不能賴的。你猜老僧到了七十歲後，兩隻腳的足趾，是奇數呢，還是偶數？」

這謎面出得甚是古怪。青袍客心想：「常人足趾都是十個，當然偶數。他說明到了七十歲後，自是引我去想他在七十歲上少了一枚足趾？兵法云：實則虛之，虛則實之。他便是十個足趾頭，卻來故弄玄虛，我焉能上這個當？」說道：「是偶數。」黃眉僧道：「錯了，是奇數。」青袍客道：「脫鞋驗明。」

黃眉僧除下左足鞋襪，只見五個足趾完好無缺。青袍客凝視對方臉色，見他微露笑容，神情鎮定，心想：「原來他右足當真只有四個足趾。」見他緩緩除下右足布鞋，伸手又去脫襪，正想說：「不必驗了，由你先下就是。」心念一動：「不可上他的當。」只見黃眉僧又除下右足布襪，右足赫然也是五根足趾，那有甚麼殘缺？

青袍客霎時間轉過了無數念頭，揣摸對方此舉是何用意。只見黃眉僧提起小鐵槌揮擊下去，喀的一聲輕響，將自己右足小趾斬了下來。他身後兩名弟子突見師父自殘肢體，血流於前，忍不住都「噫」了一聲。大弟子破疑從懷中取出金創藥，給師父敷上，撕下一片衣袖，包上傷口。

黃眉僧笑道：「老僧今年六十九歲，得到七十歲時，我的足趾是奇數。」

青袍客道：「不錯。大師先下。」他號稱「天下第一惡人」，甚麼兇殘毒辣的事沒幹過見過，於割下一個小腳趾的事那會放在心上？但想這老和尚為了爭一著之先，不惜出此斷然手段，可見這盤棋他是志在必勝，倘若自己輸了，他所提出的條款定是苛刻無比。

黃眉僧道：「承讓了。」提起小鐵槌在兩對角的四四路上各刻了一個小圈，便似是下了兩枚白子。青袍客伸出鐵杖，在另外兩處的四四路上各捺一下，石上出現兩處低凹，便如是下了兩枚黑子。四角四四路上黑白各落兩子，稱為「勢子」，是中國圍棋古法，下子白先黑後，與後世亦復相反。黃眉僧跟著在「平位」六三路下了一子，青袍客在九三路應以一子。初時兩人下得甚快，黃眉僧不敢絲毫大意，穩穩不失以一根小腳趾換來的先手。

到得十七八子後，每一著針鋒相對，角鬥甚劇，同時兩人指上勁力不斷損耗，一面凝思求勝，一面運氣培力，弈得漸漸慢了。

黃眉僧的二弟子破嗔也是此道好手，見師父與青袍客一上手便短兵相接，妙著紛呈，心下暗自驚佩讚嘆。看到第二十四著時，青袍客奇兵突出，登起巨變，黃眉僧假使不應，右下角隱伏極大危險，但如應以一子堅守，先手便失。

黃眉僧沉吟良久，一時難以參決，忽聽得石屋中傳出一個聲音說道：「反擊『去位』，不失先手。」原來段譽自幼便即善弈，這時看著兩人枰上酣鬥，不由得多口。

常言道得好：「旁觀者清，當局者迷。」段譽的棋力本就高於黃眉僧，再加旁觀，更易瞧出了關鍵的所在。黃眉僧道：「老僧原有此意，只是一時難定取捨，施主此語，釋了老僧心中之疑。」當即在「去位」的七三路下了一子。中國古法，棋局分為「平上去入」四格，「去位」是在右上角。

青袍客淡淡的道：「旁觀不語真君子，自作主張大丈夫。」段譽叫道：「你將我關在這裏，你早就不是真君子了。」黃眉僧笑道：「我是大和尚，不是大丈夫。」青袍客道：「無恥，無恥。」凝思片刻，在「去位」捺了個凹洞。

兵交數合，黃眉僧又遇險著。破嗔和尚看得心急，段譽卻又不作一聲，於是走到石屋之前，低聲說道：「段公子，這一著該當如何下才是？」段譽道：「我已想到了法子，只是這路棋先後共有七著，倘若說了出來，被敵人聽到，就不靈了，是以遲疑不說。」破嗔伸出右掌，左手食指在掌中寫道：「請寫。」隨即將手掌從洞穴中伸進石屋，口中卻道：「既是如此，倒也沒有法子。」他知青袍客內功深湛，縱然段譽低聲耳語，也必被他聽去。

段譽心想此計大妙，當即伸指在他掌中寫了七步棋子，說道：「尊師棋力高明，必有妙著，卻也不須在下指點。」破嗔想了一想，覺得這七步棋確是甚妙，於是回到師父身後，伸指在他背上寫了起來。他僧袍的大袖罩住了手掌，青袍客自瞧不見他弄甚麼玄虛。黃眉僧凝思片刻，依言落子。

青袍客哼了一聲，說道：「這是旁人所教，以大師棋力，似乎尚未達此境界。」黃眉僧笑道：「弈棋原是鬥智之戲。良賈深藏若虛，能者示人以不能。老僧的棋力若被施主料得洞若觀火，這局棋還用下麼？」青袍客道：「狡獪伎倆，袖底把戲。」他瞧出破嗔和尚來來去去，以袖子覆在黃眉僧背上，其中必有古怪，只是專注棋局變化，心無旁騖，不能再去揣摸別事。

黃眉僧依著段譽所授，依次下了六步棋，這六步不必費神思索，只是專注運功，小鐵槌在青石上所刻六個小圈既圓且深，顯得神完氣足，有餘不盡。青袍客見這六步棋越來越兇，每一步都要凝思對付，全然處於守勢，鐵杖所捺的圓孔便微有深淺不同。到得黃眉僧下了第六步棋，青袍客出神半晌，突然在「入位」下了一子。

這一子奇峯突起，與段譽所設想的毫不相關，黃眉僧一愕，尋思：「段公子這七步棋構思精微，待得下到第七子，我已可從一先進而佔到兩先。但這麼一來，我這第七步可就下不得了，那不是前功盡棄麼？」原來青袍客眼見形勢不利，不論如何應付都是不妥，竟然置之不理，卻去攻擊對方的另一塊棋，這是「不應之應」，著實厲害。黃眉僧皺起了眉頭，想不出善著。

破嗔見棋局斗變，師父應接為難，當即奔到石屋之旁。段譽早已想好，將六著棋在他掌中一一寫明。破嗔奔回師父身後，伸指在黃眉僧背上書寫。

青袍客號稱「天下第一惡人」，怎容對方如此不斷弄鬼？左手鐵杖伸出，向破嗔肩頭憑虛點去，喝道：「晚輩弟子，站開了些！」一點之下，發出嗤嗤聲響。

黃眉僧眼見弟子抵擋不住，難免身受重傷，伸左掌向杖頭抓去。青袍客杖頭顫動，點向他左乳下穴道。黃眉僧手掌變抓為斬，斬向鐵杖，那鐵杖又已變招，頃刻之間，兩人拆了八招。黃眉僧心想自己臂短，對方杖長，如此拆招，那是處於只守不攻、有敗無勝的局面，眼見鐵杖戳來，一指倏出，對準杖頭點了過去。青袍客也不退讓，鐵杖杖頭和他手指相碰，兩人各運內力拚鬥，鐵杖和手指登時僵持不動。

青袍客道：「大師這一子遲遲不下，棋局上是認輸了麼？」黃眉僧哈哈一笑，道：「閣下是前輩高人，何以出手向我弟子偷襲？未免太失身分了罷。」右手小鐵槌在青石上刻個小圈。青袍客更不思索，隨手又下一子。這麼一來，兩人左手比拚內力，固是絲毫鬆懈不得，而棋局上步步緊逼，亦是處處針鋒相對。

黃眉僧五年前為大理通國百姓請命，求保定帝免了鹽稅，保定帝直到此時方允，雙方心照不宣，那是務必替他救出段譽。黃眉僧心想：「我自己送了性命不打緊，若不救出段譽，如何對得起正明賢弟？」武學之士修習內功，須得絕無雜念，所謂返照空明，物我兩忘，但下棋卻是著著爭先，一局棋三百六十一路，每一路均須想到，當真是錙銖必較，務須計算精確。這兩者互為矛盾，大相鑿枘。黃眉僧禪定功夫雖深，棋力卻不如對方，潛運內力抗敵，便疏忽了棋局，要是凝神想棋，內力比拚卻又處了下風，眼見今日局勢凶險異常，當下只有決心一死以報知己，不以一己安危為念。古人言道：「哀兵必勝」，黃眉僧這時哀則哀矣，「必勝」卻不見得。

大理國三公司徒華赫艮、司馬范驊、司空巴天石，率領身有武功的三十名下屬，帶了木材、鐵鏟、孔明燈等物，進入萬劫谷後森林，擇定地形，挖掘地道。三十三人挖了一夜，已開了一條數十丈地道。第二天又挖了半天，到得午後，算來與石屋已相距不遠。華赫艮命部屬退後接土，單由三人挖掘。三人知道延慶太子武功了得，挖土時輕輕落鏟，不敢發出絲毫聲響。這麼一來，進程便慢了許多。他們卻不知延慶太子此時正自殫精竭慮，與黃眉僧既比棋藝，又拚內力，再也不能發覺地底的聲響。

掘到申牌時分，算來已到段譽被囚的石室之下。這地方和延慶太子所坐處相距或許不到一丈，更須加倍小心，決不可發出半點聲響。華赫艮放下鐵鏟，便以十根手指抓土，「虎爪功」使將出來，十指便如兩隻鐵爪相似，將泥土一大塊一大塊的抓下來。范驊和巴天石在後傳遞，將他抓下的泥土搬運出去。這時華赫艮已非向前挖掘，轉為自下而上。工程將畢，是否能救出段譽，轉眼便見分曉，三人都不由得心跳加速。

這般自下而上的挖土遠為省力，泥土一鬆，自行跌落，華赫艮站直身子之後，出手更是利落，他挖一會便住手傾聽，留神頭頂有何響動。這般挖得兩炷香時分，估計距地面已不過尺許，華赫艮出手更慢，輕輕撥開泥土，終於碰到了一塊平整的木板，心頭一喜：「石屋地下鋪的是地板。行事可更加方便了。」

他凝力於指，慢慢在地板下劃了個兩尺見方的正方形，托住木板的手一鬆，切成方塊的木板便跌了下來，露出一個可容一人出入的洞孔。華赫艮舉起鐵鏟在洞口揮舞一圈，以防有人突襲，猛聽得「啊」的一聲，一個女子的聲音尖聲驚呼。

華赫艮低聲道：「木姑娘別叫，是朋友，救你們來啦。」湧身從洞中跳了上去。

放眼看時，這一驚大是不小。這那裏是囚人的石屋了？但見窗明几淨，櫥中、架上，到處放滿了瓶瓶罐罐，一個少女滿臉驚惶之色，縮在一角。華赫艮立知自己計算有誤，掘錯了地方。那石屋的所在全憑保定帝跟巴天石說了，巴天石再轉告於他，他怕計謀敗露，不敢親去勘察。這麼輾轉傳告，所差既非毫釐，所謬亦非千里，但總之是大大的不對了。

原來華赫艮所到之處是鍾萬仇的居室。那少女卻是鍾靈。她正在父親房中東翻西抄，要找尋解藥去給段譽，那知地底下突然間鑽出一條漢子來，教她如何不大驚失色？

華赫艮心念動得極快：「既掘錯了地方，只有重新掘過。我蹤跡已現，倘若殺了這小姑娘滅口，萬劫谷中見到她的屍體，立時大舉搜尋，不等我掘到石屋，這地道便給人發見了。只有暫且將她帶入地道，旁人尋她，定會到谷外去找。」

便在此時，忽聽得房外腳步聲響，有人走近。華赫艮向鍾靈搖了搖手，示意不可聲張，轉過身來，左足跨入洞口，似乎要從洞中鑽下，突然間反身倒躍，左掌翻過來按在她嘴上，右手攔腰一抱，將她抱到洞邊，塞了下去。范驊伸手接過，抓了一團泥土塞在她嘴裏。華赫艮躍回地道，將切下的一塊方形地板砌回原處，側耳從板縫中傾聽上面聲息。

只聽得兩個人走進室來。一個男子的聲音說道：「你定是對他餘情未斷，否則我要敗壞段家聲譽，你為甚麼要一力阻攔？」一個女子聲音嗔道：「甚麼餘不餘的？我從來對他就沒情。」那男子道：「那就最好不過。好極，好極！」語聲中甚是喜歡。那女子道：「不過，木姑娘是我師姊的女兒，總是自己人，你怎能這般難為她？」

華赫艮聽到這裏，已知這二人便是鍾谷主夫婦。聽他們商量的事與段譽有關，更留神傾聽。

只聽鍾萬仇道：「你師姊想去偷偷放走段譽，幸得給葉二娘發覺。你師姊跟咱們已成了對頭。你何必再去管她女兒？夫人，廳上這些客人都是大理武林中成名的人物，你對他們毫不理睬，瞪瞪眼便走了進來，未免太……太這個……禮貌欠周。」鍾夫人悻悻的道：「你請這些傢伙來幹甚麼？這些人跟咱們又沒多大交情，他們還敢得罪大理國當今皇上麼？」

鍾萬仇道：「我又不是請他們來助拳，要他們跟段正明作對造反。湊巧他們都在大理城裏，我就邀了來喝酒，好讓大家作個見證，段正淳的親生兒子和親生女兒同處一室，淫穢亂倫，如同禽獸。今日請來的貴賓之中，還有幾個是來自北邊的中原豪傑。明兒一早，咱們去打開石屋門，讓大家開開眼界，瞧瞧一陽指段家傳人的德性，那不是有趣得緊麼？這還不名揚江湖麼？」說著哈哈大笑，極是得意。

鍾夫人哼的一聲，道：「卑鄙，卑鄙！無恥，無恥！」鍾萬仇道：「你罵誰卑鄙無恥了？」鍾夫人道：「誰幹卑鄙無恥之事，誰就卑鄙無恥，用不著我來罵。」鍾萬仇道：「是啊，段正淳這惡徒自逞風流，多造冤孽，到頭來自己的親生兒女相戀成奸，當真是卑鄙無恥之極了。」鍾夫人冷笑了兩聲，並不回答。鍾萬仇道：「你為甚麼冷笑？『卑鄙無恥』四個字，罵的不是段正淳麼？」鍾夫人冷笑道：「自己鬥不過段家，一生在谷中縮頭不出，那也罷了，所謂知恥近乎勇，這還算是個人。那知你卻用這等手段去擺布他的兒子女兒，天下英雄恥笑的決不是他，而是你鍾萬仇！」

鍾萬仇跳了起來，怒道：「你……你罵我卑鄙無恥？」

鍾夫人流下淚來，哽咽道：「想不到我所嫁的丈夫，寄託終身的良人，竟是……竟是這麼一號人物。我……我……我好命苦！」

鍾萬仇一見妻子流淚，不由得慌了手腳，道：「好！好！你愛罵我，就罵個痛快罷！」在室中大踱步走來走去，想說幾句向妻子陪罪的言語，一時卻想不出如何措詞，說道：「這又不是我的主意。段譽是南海鱷神捉來的，木婉清是『惡貫滿盈』所擒，那『陰陽和合散』也是他的。我怎會有這種卑鄙無恥的藥物？」這時只想推卸責任。鍾夫人冷笑道：「你如知道甚麼是卑鄙無恥，倒也好了。你要是不贊成這主意，那就該將木姑娘放出來啊。」鍾萬仇道：「那不成，那不成！放了木婉清，段譽這小鬼一個人還做得出甚麼好戲？」

鍾夫人道：「好！你卑鄙無恥，我也就做點卑鄙無恥的事給你瞧瞧。」鍾萬仇大驚，忙問：「你……你……你要做甚麼？」鍾夫人哼了一聲，道：「你自己去想好了。」鍾萬仇顫聲道：「你……你又要跟段正淳……段正淳這惡賊去私通麼？」鍾夫人怒道：「甚麼又不又的！」鍾萬仇忙陪笑道：「夫人，你別生氣，我說錯了話，你從來沒跟他……跟他那個過。你說要做些卑鄙無恥的事給我瞧瞧，這是……這是開玩笑罷？」鍾夫人不答。

鍾萬仇心驚意亂，一瞥眼見到後房藏藥室中瓶罐凌亂，便道：「哼，靈兒這孩子也真胡鬧，小小年紀，居然來問我『陰陽和合散』甚麼的，不知她從那裏聽來的，又到這裏來亂攪一起。」說著走到藥架邊去整理藥瓶，一足踏在那塊切割下來的方板之上。華赫艮忙使勁托住，防他發覺。

鍾夫人道：「靈兒呢？她到那裏去了？你剛才又何必帶她到大廳上去見客？」鍾萬仇笑道：「我跟你生下這麼個美貌姑娘，怎可不讓好朋友們見見？」鍾夫人道：「猴兒獻寶嗎？我瞧雲中鶴這傢伙的一對賊眼，不斷骨溜溜的向靈兒打量，你可得小心些。」鍾萬仇笑道：「我只小心你一個人，似你這般花容月貌的美人兒，那一個不想打你的主意？」

鍾夫人啐了一口，叫道：「靈兒，靈兒！」一名丫鬟走了過來，道：「小姐剛才還來過的。」鍾夫人點了點頭，道：「你去請小姐來，我有話說。」

鍾靈在地板之下，對父母的每一句話都聽得清清楚楚，苦於無法叫嚷，心下惶急，而口中塞滿了泥土，更是難受之極。

鍾萬仇道：「你歇一會兒，我出去陪客。」鍾夫人冷冷的道：「還是你歇一會，我去陪客。」鍾萬仇道：「咱倆一起去罷。」鍾夫人道：「客人想瞧我的花容月貌啊，瞧著你這張馬臉挺有趣嗎？那一天連我也瞧得厭了，你就知道滋味了。」

這幾日來鍾萬仇動輒得咎，不論說甚麼話，總是給妻子沒頭沒腦的譏嘲一番，明知她是和段正淳久別重逢之後，回思舊情，心緒不佳。他心下雖惱，卻也不敢反唇相稽，只得嘻嘻一笑，往大廳而去，一路上只想：「她要做甚麼卑鄙無恥之事給我瞧瞧？她說『那一天連我也瞧得厭了』，那麼現下對我還沒瞧厭，大事倒還不妨。就只怕段正淳這狗賊……」

九

換巢鸞鳳

這一連串人都是雙手抓著前人足踝，
在黑漆一團的地道之中，
只覺自身內力不住的奔瀉而出，
人人驚駭無比。

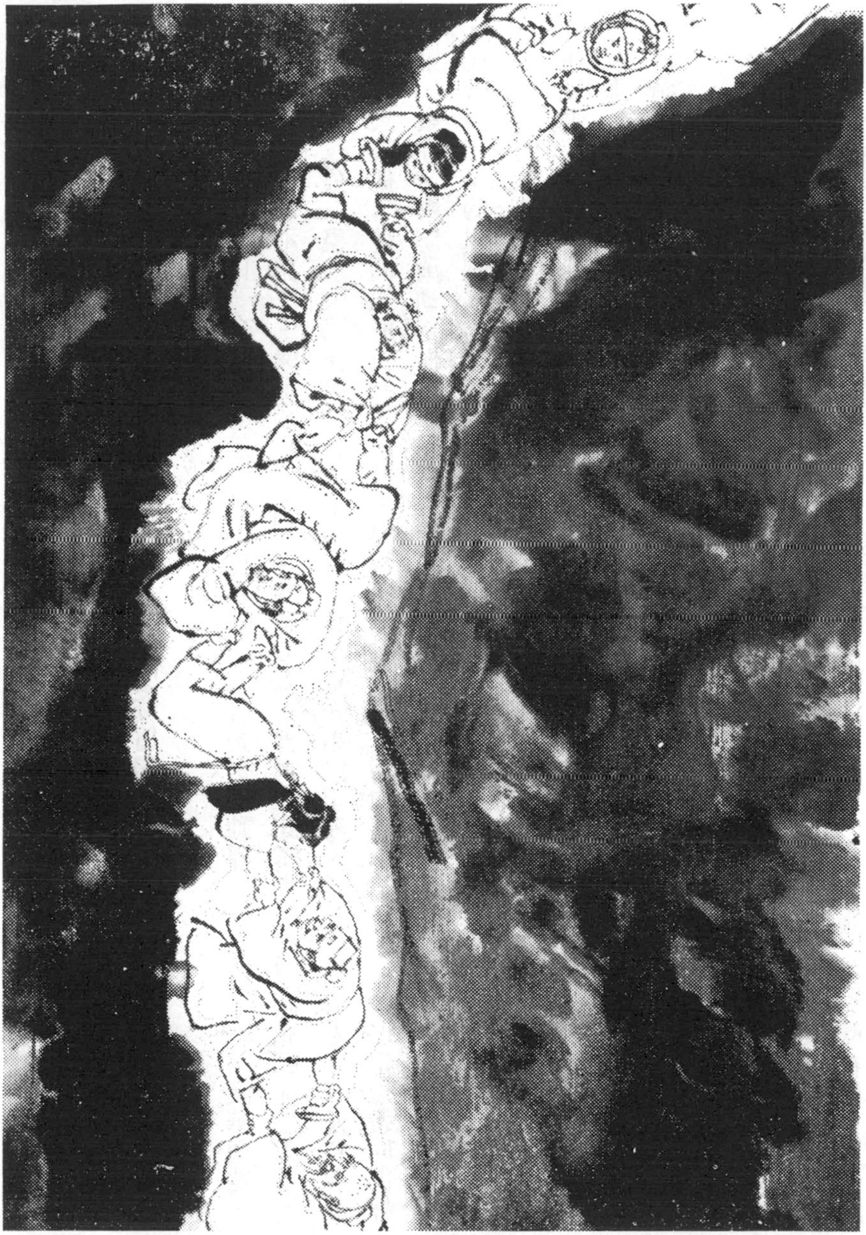

保定帝下旨免了鹽稅，大理國萬民感恩。雲南產鹽不多，通國只白井、黑井、雲龍等九井產鹽，每年須向蜀中買鹽，鹽稅甚重，邊遠貧民一年中往往有數月淡食。保定帝知道鹽稅一免，黃眉僧定要設法去救段譽以報。他素來佩服黃眉僧的機智武功，又知他兩名弟子也是武功不弱，師徒三人齊出，當可成功。

那知等了一日一夜，竟全無消息，待要命巴天石去探聽動靜，不料巴天石以及華司徒、范司馬三人都不見了。保定帝心想：「莫非延慶太子當真如此厲害，黃眉師兄師徒三人，連我朝中三公，盡數失陷在萬劫谷中？」當即宣召皇太弟段正淳、善闡侯高昇泰，以及褚萬里等四大護衛，連同鎮南王妃刀白鳳，再往萬劫谷而去。刀白鳳愛子心切，求保定帝帶同御林軍，索性一舉將萬劫谷掃平。保定帝道：「非到最後關頭，咱們總是按照江湖規矩行事。段氏數百年來的祖訓，咱們不可違背了。」

一行人來到萬劫谷谷口，只見雲中鶴笑吟吟的迎了上來，深深一揖，說道：「我們『天下四惡』和鍾谷主料到大駕今日定要再度光臨，在下已在此恭候多時。倘若閣下帶得有鐵甲軍馬，我們便逃之夭夭，帶同鎮南王的公子和千金一走了之。要是按江湖規矩，以武會友，便請進大廳奉茶。」

保定帝見對方十分鎮定，顯是有恃無恐的模樣，不像前日一上來便是乒乒乓乓的大戰一場，反而更為心驚，當下還了一揖，說道：「如此甚好。」雲中鶴當先領路，一行人來到大廳之中。

保定帝踏進廳門，但見廳中濟濟一堂，坐滿了江湖豪傑，葉二娘、南海鱷神皆在其內，卻不見延慶太子，心下又是暗暗戒備。雲中鶴大聲道：「天南段家掌門人段老師到。」他不說「大理國皇帝陛下」，卻以武林中名號相稱，點明一切要以江湖規矩行事。

段正明別說是一國之尊，單以他在武林中的聲望地位而論，也是人人敬仰的高手宗師，羣雄一聽，都立刻站起。只有南海鱷神卻仍是大剌剌的坐著，說道：「我道是誰，原來是皇帝老兒。你好啊？」鍾萬仇搶上數步，說道：「鍾萬仇未克遠迎，還請恕罪。」保定帝道：「好說，好說！」

當下各人分賓主就坐。既是按江湖規矩行事，段正淳夫婦和高昇泰就不守君臣之禮，坐在保定帝下首。褚萬里等四人則站在保定帝身後。谷中侍僕獻上茶來。保定帝見黃眉僧師徒和巴天石等不在廳上，心下盤算如何出言相詢。只聽鍾萬仇道：「段掌門再次光臨，在下的面子可就大得很了。難得許多位好朋友同時在此，我給段掌門引見引見。」於是說了廳上羣豪的名頭，有幾個是來自北邊的中原豪傑，其餘均是大理武林中的成名人物，辛雙清、左子穆、馬五德都在其內。保定帝大半不曾見過，卻也均聞其名。這些江湖羣豪與保定帝一一見禮。有些加倍恭謹，有些故意的特別傲慢，有些則以武林後輩的身分相見。

鍾萬仇道：「段老師難得來此，不妨多盤桓幾日，也好令眾位兄弟多多請益。」保定帝道：「舍姪段譽得罪了鍾谷主，被扣貴處，在下今日一來求情，二來請罪。還望鍾谷主瞧在下薄面，恕過小兒無知，在下感激不盡。」

羣豪一聽，都暗暗欽佩：「久聞大理段皇爺以武林規矩接待同道，果然名不虛傳。此處是大理國治下，他只須派遣數百兵馬，立時便可拿人，他居然親身前來，好言相求。」

鍾萬仇哈哈一笑，尚未答話。馬五德說道：「原來段公子得罪了鍾谷主。段公子這次去到普洱舍下，和兄弟同去無量山遊覽，在下照顧不周，以致生出許多事來。在下也要求一份情。」

南海鱷神突然大聲喝道：「我徒兒的事，誰要你來囉哩囉唆？」高昇泰冷冷的道：「段公子是你師父，你是磕過頭，拜過師的，難道想賴帳？」南海鱷神滿臉通紅，罵道：「你奶奶的，老子不賴。老子今天就殺了這個有名無實的師父。老子一不小心，拜了這小子為師，醜也醜死了。」眾人不明就裏，無不大感詫異。

刀白鳳道：「鍾谷主，放與不放，但憑閣下一言。」鍾萬仇笑道：「放，放，放！自然放，我留著令郎幹甚麼？」雲中鶴插口道：「段公子風流英俊，鍾夫人『俏藥叉』又是位美貌佳人，將段公子留在谷中，那不是引狼入室、養虎貽患嗎？鍾谷主自然要放，不能不放，不敢不放！」羣豪一聽，無不愕然，均覺這「窮兇極惡」雲中鶴說話肆無忌憚，絲毫不將鍾萬仇放在眼裏，「窮兇極惡」之名，端的不假。鍾萬仇大怒，轉頭說道：「雲兄，此間事了之後，在下還要領教領教閣下的高招。」雲中鶴道：「妙極，妙極！我早就想殺其夫而佔其妻，謀其財而居其谷。」

羣豪盡皆失色。無量洞洞主辛雙清道：「江湖上英雄好漢並未死絕，你『天下四惡』身手再高，終究要難逃公道。」葉二娘嬌聲嗲氣的道：「辛道友，我葉二娘可沒冒犯你啊，怎地把我也牽扯在一起了？」左子穆想起她擄劫自己幼兒之事，兀自心有餘悸，偷偷斜睨她一眼。葉二娘吃吃而笑，說道：「左先生，你的小公子長得更加肥肥白白了罷？」左子穆不敢不答，低聲道：「上次他受了風寒，迄今患病未愈。」葉二娘笑道：「啊，那都是我的不好。回頭我瞧瞧山山這乖孫子去。」左子穆大驚，忙道：「不敢勞動大駕。」

保定帝尋思：「『四惡』為非作歹，結怨甚多。這些江湖豪士顯然並非他們的幫手，事情便又好辦得多。待救出譽兒之後，不妨俟機除去大害。『四惡』之首的延慶太子雖為段門中人，我不便親自下手，但他終究有當真『惡貫滿盈』之日。」

刀白鳳聽眾人言語雜亂，將話題岔了開去，霍地站起，說道：「鍾谷主既然答允歸還小兒，便請喚他出來，好讓我母子相見。」

鍾萬仇也站了起來，道：「是！」突然轉頭，狠狠瞪了段正淳一眼，嘆道：「段正淳，你已有了這樣的好老婆、好兒子，怎地兀自貪心不足？今日聲名掃地，丟盡臉面，是你自作自受，須怪我鍾萬仇不得。」

段正淳聽鍾萬仇答允歸還兒子，料想事情決不會如此輕易了結，對方定然安排下陰謀詭計，此時聽他如此說，當即站起，走到他身前，說道：「鍾谷主，你若蓄意害人，段正淳自也有法子教你痛悔一世。」

鍾萬仇見他相貌堂堂，威風凜凜，氣度清貴高華，自己實是遠遠不如，這一自慚形穢，登時妒火填膺，大聲道：「事已如此，鍾萬仇便是家破人亡，碎屍萬段，也跟你幹到底了。你要兒子，跟我來罷！」說著大踏步走出廳門。

一行人隨著鍾萬仇來到樹牆之前，雲中鶴炫耀輕功，首先一躍而過。段正淳心想今日之事已無善罷之理，不如先行立威，好教對方知難而退，便道：「篤誠，砍下幾株樹來，好讓大夥兒行走。」古篤誠應道：「是！」舉起鋼斧，擦擦擦幾響，登時將一株大樹砍斷。傅思歸雙掌推出，那斷樹喀喇喇聲響，倒在一旁。鋼斧白光閃耀，接連揮動，響聲不絕，大樹一株株倒下，片刻間便砍倒了五株。

鍾萬仇這樹牆栽植不易，當年著實費了一番心血，被古篤誠接連砍倒了五株大樹，不禁勃然大怒，但轉念又想：「大理段氏今日要大大的出醜，這些小事，我也不來跟你計較。」當即從空缺處走了進去。

只見樹牆之後，黃眉僧和青袍客的左手均是抵住一根鐵杖，頭頂白氣蒸騰，正在比拚內力。黃眉僧忽然伸出右手，用小鐵槌在身前青石上畫了個圈。青袍客略一思索，右手鐵杖在青石上捺落。保定帝凝目看去，登時明白：「原來黃眉師兄一面跟延慶太子下棋，一面跟他比拚內力，既鬥智，復鬥力，這等別開生面的比賽，實是凶險不過。他一直沒有給我回音，看來這場比賽已持續了一日一夜，兀自未分勝敗。」向棋局上一瞥，見兩人正在打一個「生死劫」，勝負之數，全是繫於此劫，不過黃眉僧落的是後手，一塊大棋苦苦求活。黃眉僧的兩名弟子破疑、破嗔卻已倒在地下，動彈不得。原來二僧見師父勢危，出手夾擊青袍客，卻均被他鐵杖點倒。

段正淳上前解開了二人穴道，喝道：「萬里，你們去推開大石，放譽兒出來。」褚萬里等四人齊聲答應，並肩上前。

鍾萬仇喝道：「且慢！你們可知這石屋之中，還有甚麼人在內？」段正淳怒道：「鍾谷主，你若以歹毒手段擺布我兒，須知你自己也有妻女。」鍾萬仇冷笑道：「嘿嘿，不錯，我鍾萬仇有妻有女，天幸我沒有兒子，我兒子更不會和我親生女兒幹那亂倫的獸行。」段正淳臉色鐵青，喝道：「你胡說八道甚麼？」鍾萬仇道：「木婉清是你的私生女兒，是不是？」段正淳怒道：「木姑娘的身世，要你多管甚麼閒事？」

鍾萬仇笑道：「哈哈，那也未必是甚麼閒事。大理段氏，天南為皇，獨霸一方，武林中也是響噹噹的聲名。各位英雄好漢，大家睜開眼睛瞧瞧，段正淳的親生兒子和親生女兒，卻在這兒亂倫，就如禽獸一般的結成夫妻啦！」他向南海鱷神打個手勢，兩人伸手便去推那擋在石屋的大石。

段正淳道：「且慢！」伸手去攔。葉二娘和雲中鶴各出一掌，分從左右襲來。段正淳豎掌一擋。高昇泰側身斜上，去格雲中鶴的手掌。不料葉雲二人這兩掌都是虛招，右掌一晃之際，左掌同時反推，也都擊在大石之上。這大石雖有數千斤之重，但在鍾萬仇、南海鱷神、葉二娘、雲中鶴四人合力推擊之下，登時便滾在一旁。這一著是四人事先計議定當了的，虛虛實實，段正淳竟然無法攔阻。其實段正淳也是急於早見愛子，並沒真的如何出力攔阻。但見大石滾開，露出一道門戶，望進去黑黝黝的，瞧不清屋內情景。

鍾萬仇笑道：「孤男寡女，赤身露體的躲在一間黑屋子裏，還能有甚麼好事做出來？哈哈，哈哈，大家瞧明白了！」

鍾萬仇大笑聲中，只見一個青年男子披頭散髮，赤裸著上身走將出來，下身只繫著一條短褲，露出了兩條大腿，正是段譽，手中橫抱著一個女子。那女子縮在他的懷裏，也只穿著貼身小衣，露出了手臂、大腿、背心上雪白粉嫩的肌膚。

保定帝滿臉羞慚。段正淳低下了頭不敢抬起。刀白鳳雙目含淚，喃喃的道：「冤孽，冤孽！」高昇泰解下長袍，要去給段譽披在身上。馬五德一心要討好段氏兄弟，忙閃身遮在段譽身前。南海鱷神叫道：「王八羔子，滾開！」

鍾萬仇哈哈大笑，十分得意，突然間笑聲止歇，頓了一頓，驀地裏慘聲大叫：「靈兒，是你麼？」

羣豪聽到他叫聲，無不心中一凜，只見鍾萬仇撲向段譽身前，夾手去奪他手中橫抱著的女子。這時眾人已然看清這女子的面目，但見她年紀比木婉清幼小，身材也較纖細，臉上未脫童稚之態，那裏是木婉清了，卻是鍾萬仇的親生女兒鍾靈。當羣豪初到萬劫谷時，鍾萬仇曾帶她到大廳上拜見賓客，炫示他有這麼一個美麗可愛的女兒。

段譽迷惘中見到許多人圍在身前，認出伯父和父母都到了，忙脫手放開鍾靈，任由鍾萬仇抱去，叫道：「媽，伯父，爹爹！」刀白鳳忙搶上前去，將他摟在懷裏，問道：「譽兒，你……你怎麼了？」段譽手足無措，說道：「我……我不知道啊！」

鍾萬仇萬不料害人反而害了自己，那想得到段譽從石屋中抱將出來的，竟會是自己的女兒？他一呆之下，放下女兒。鍾靈只穿著貼身的短衣衫褲，斗然見到這許多人，只羞得滿臉飛紅。鍾萬仇解下身上長袍，將她裹住，跟著重重便是一掌，擊得她左頰紅腫了起來，罵道：「不要臉！誰叫你跟這小畜生在一起？」鍾靈滿腹含冤，哭了起來，一時那裏能夠分辯？

鍾萬仇忽想：「那木婉清明明關在石屋之中，諒她推不開大石，必定還在屋內，我叫她出來，讓她分擔靈兒的羞辱。」大聲叫道：「木姑娘，快出來罷！」他連叫三聲，石屋內全無聲息。鍾萬仇衝進門去，石屋只丈許見方，一目瞭然，那裏有半個人影？鍾萬仇氣得幾乎要炸破胸膛，翻身出來，揮掌又向女兒打去，喝道：「我斃了你這臭丫頭！」

驀地裏旁邊伸出一隻手掌，無名指和小指拂向他手腕。鍾萬仇急忙縮手相避，見出手攔阻的正是段正淳，怒道：「我自管教我女兒，跟你有甚麼相干？」

段正淳笑吟吟的道：「鍾谷主，你對我孩兒可優待得緊啊，怕他獨自一個兒寂寞，竟命你令愛千金相陪。在下實在感激之至。既然如此，令愛已是我段家的人了，在下這可不能不管。」鍾萬仇怒道：「怎麼是你段家的人？」段正淳笑道：「令愛在這石屋之中服侍小兒段譽，歷時已久。孤男寡女，赤身露體的躲在一間黑屋子裏，還能有甚麼好事做出來？我兒是鎮南王世子，雖然未必能娶令愛為世子正妃，但三妻四妾，有何不可？你我這可不是成了親家麼？哈哈，哈哈，呵呵呵！」鍾萬仇狂怒不可抑制，撲將過來，呼呼呼連擊三掌。段正淳笑聲不絕，一一化解了開去。

羣豪均想：「大理段氏果是厲害，不知用了甚麼法子，竟將鍾谷主的女兒掉了包，囚在石室之中。鍾萬仇身在大理，卻無端端的去跟段家作對，那不是自討苦吃嗎？」

原來這件事正是華赫艮等三人做下的手腳。華赫艮將鍾靈擒入地道，本意是不令她洩漏了地道的秘密，後來聽到鍾萬仇夫婦對話，才知鍾萬仇和延慶太子安排下極毒辣的詭計，立意敗壞段氏名聲。三人在地道中低聲商議，均覺此事牽連重大，且甚為緊急。一待鍾夫人離去，巴天石當即悄悄鑽出，施展輕功，踏勘了那石屋的準確方位和距離，由華赫艮重定地道的路線。眾人加緊挖掘，又忙了一夜，直到次晨，才掘到了石屋之下。

華赫艮掘入石屋，只見段譽正在斗室中狂奔疾走，狀若瘋顛，當即伸手去拉，豈知段譽身法既迅捷又怪異，始終拉他不著。巴天石和范驊齊上合圍，向中央擠攏。石室實在太小，段譽無處可以閃避，華赫艮一把抓住了他手腕，登時全身大震，有如碰到一塊熱炭相似，當下用力相拉，只盼將他拉入地道，迅速逃走。那知剛一使勁，體內真氣便向外急湧，忍不住「哎喲」一聲，叫了出來。巴天石和范驊拉著華赫艮用力一扯，三人合力，才脫去了「北冥神功」吸引真氣之厄。大理三公的功力，比之無量劍弟子自是高得多了，又是見機極快，應變神速，饒是如此，三人都已嚇出了一身冷汗，心中均道：「延慶太子的邪法當真厲害。」再也不敢去碰段譽身子。

正在無法可施的當兒，屋外人聲喧擾，聽得保定帝、鎮南王等都已到來，鍾萬仇大聲譏嘲。范驊靈機一動：「這鍾萬仇好生可惡，咱們給他大大的開個玩笑。」當即除下鍾靈的外衫，給木婉清穿上，再抱起鍾靈，交給段譽。段譽迷迷糊糊的接過。華赫艮等三人拉著木婉清進了地道，合上石板，那裏還有半點蹤跡可尋？

保定帝見姪兒無恙，想不到事情竟演變成這樣，又是欣慰，又覺好笑，一時也推想不出其中原由，但想黃眉僧和延慶太子比拚內力，已到了千鈞一髮的關頭，稍有差池立時便有性命之憂，當即回身去看兩人角逐。只見黃眉僧額頭汗粒如豆，一滴滴的落在棋局之上，延慶太子卻仍是神色不變，若無其事，顯然勝敗已判。

段譽神智一清，也即關心棋局的成敗，走到兩人身側，觀看棋局，見黃眉僧劫材已盡，延慶太子再打一個劫，黃眉僧便無棋可下，勢非認輸不可。只見延慶太子鐵杖伸出，便往棋局中點了下去，所指之處，正是當前的關鍵，這一子下定，黃眉僧便無可救藥，段譽大急，心想：「我且給他混賴一下。」伸手便向鐵杖抓去。

延慶太子的鐵杖剛要點到「上位」的三七路上，突然間掌心一震，右臂運得正如張弓滿弦般的真力如飛般奔瀉而出。他這一驚自是不小，斜眼微睨，但見段譽拇指和食指正捏住了鐵杖杖頭。段譽只盼將鐵杖撥開，不讓他在棋局中的關鍵處落子，但這根鐵杖竟如鑄定在空中一般，竟是紋絲不動，當即使勁推撥，延慶太子的內力便由他少商穴而湧入他體內。

延慶太子大驚之下，心中只想：「星宿海丁老怪的化功大法！」當下氣運丹田，勁貫手臂，鐵杖上登時生出一股強悍絕倫的大力，一震之下，便將段譽的手指震脫了鐵杖。

段譽只覺半身酸麻，便欲暈倒，身子晃了幾下，伸手扶住面前青石，這才穩住。但延慶太子所發出的雄渾內勁，卻也有一小半猶如石沉大海，不知去向，他心中驚駭，委實非同小可，鐵杖垂下，正好點在「上位」的七八路上。只因段譽這麼一阻，他內力收發不能自如，鐵杖下垂，尚挾餘勁，自然而然的重重戳落。延慶太子暗叫：「不好！」急忙提起鐵杖，但七八路的交叉線上，已戳出了一個小小凹洞。

高手下棋，自是講究落子無悔，何況刻石為枰，陷石為子，內力所到處石為之碎，如何能下了不算？但這「上」位的七八路，乃是自己填塞了一隻眼。只要稍明弈理之人，均知兩眼是活，一眼即死。延慶太子這一大塊棋早就已做成兩眼，以此為攻逼黃眉僧的基地，決無自己去塞死一隻活眼之理。然而此子既落，雖為弈理所無，總是功力內勁上有所不足。

延慶太子暗嘆：「棋差一著，滿盤皆輸，這當真是天意嗎？」他是大有身分之人，決不肯為此而與黃眉僧再行爭執，當即站起身來，雙手按在青石巖上，注視棋局，良久不動。

羣豪大半未曾見過此人，見他神情奇特，羣相注目。只見他瞧了半晌，突然間一言不發的撐著鐵杖，杖頭點地，猶如踩高蹺一般，步子奇大，遠遠的去了。

驀地裏喀喀聲響，青石巖晃了幾下，裂成六七塊散石，崩裂在地，這震爍今古的一局棋就此不存人世。羣豪驚噫出聲，相顧駭然，除了保定帝、黃眉僧、三大惡人之外，均想：「這個人不像人、鬼不像鬼，活屍一般的青袍客，武功竟然這等厲害。」

黃眉僧僥倖勝了這局棋，雙手據膝，怔怔出神，回思適才種種驚險情狀，心中始終難以寧定，實不知延慶太子何以在穩操勝券之際，突然將他自己一塊棋中的兩隻眼填塞了一隻。難道眼見段正明這等高手到來，生怕受到圍攻，因而認輸逃走嗎？但他這面幫手也是不少，未必便鬥不過。

保定帝和段正淳、高昇泰等對這變故也均大惑不解，好在段譽已然救出，段氏清名絲毫無損，延慶太子敗棋退走，這一役大獲全勝，其中猜想不透的種種細節也不用即行查究。段正淳向鍾萬仇笑道：「鍾谷主，令愛既成我兒姬妾，日內便即派人前來迎娶。愚夫婦自當愛護善待，有若親女，你儘管放心好了。」

鍾萬仇正自怒不可遏，聽得段正淳如此出言譏刺，刷的一聲，拔出腰間佩刀，便往鍾靈頭上砍落，喝道：「氣死我了，我先殺了這賤人再說。」

驀地裏一條長長的人影飄將過來，迅捷無比的抱住鍾靈，便如一陣風般倏然而過，已飄在數丈之外。嗒的一聲響，鍾萬仇一刀砍在地下，瞧抱著鍾靈那人時，卻是「窮兇極惡」雲中鶴，怒喝：「你……你幹甚麼？」

雲中鶴笑道：「你這個女兒自己不要了，就算已經砍死了，那就送給我罷。」說著又飄出數丈。他知別說保定帝和黃眉僧的武功遠勝於己，便段正淳和高昇泰，也均是了不起的人物，是以打定主意抱著鍾靈便溜，眼見巴天石並不在場，自己只要施展輕功，這些人中便無一追趕得上。

鍾萬仇知他輕功了得，只急得雙足亂跳，破口大罵。保定帝等日前見過他和巴天石繞圈追逐的身手，這時見他雖然抱著鍾靈，仍是一飄一晃的輕如無物，也都奈何他不得。

段譽靈機一動，叫道：「岳老三，你師父有命，快將這個小姑娘奪下來。」南海鱷神一怔，怒道：「媽巴羔子，你說甚麼？」段譽道：「你拜了我為師，頭也磕過了，難道想賴？你說過的話是放屁麼？你定是想做烏龜兒子王八蛋了！」南海鱷神橫眉怒目的喝道：「我說過的話自然算數，你是我師父便怎麼？老子惱將起來，連你這師父也一刀殺了。」段譽道：「你認了便好。這個姓鍾的小姑娘是我妻子，就是你的師娘，快去給我奪回來。這雲中鶴侮辱她，就是辱你師娘，你太也丟臉了，太不是英雄好漢了。」

南海鱷神一怔，心想這話倒也有理，忽然想起木婉清是他妻子，怎麼這姓鍾的小姑娘也是他的妻子了？問道：「究竟我有幾個師娘？」段譽道：「你別多問，總而言之，倘若你奪不回你這個師娘，你就太也丟臉。這裏許多好漢個個親眼看見，你連第四惡人雲中鶴也鬥不過，那你就降為第五惡人，說不定是第六惡人了。」要南海鱷神排名在雲中鶴之下，那比殺了他的頭還要難過，一聲狂吼，拔足便向雲中鶴趕去，叫道：「快放下我師娘來！」

雲中鶴縱身向前飄行，叫道：「岳老三真是大傻瓜，你上了人家大當啦！」南海鱷神最愛自認了不起，雲中鶴當著這許多人的面說他上了人家的當，更令他怒火衝天，大叫：「我岳老二怎會上別人的當？」當即提氣急追。兩人一前一後，片刻間已轉過了山坳。

鍾萬仇狂怒中刀砍女兒，但這時見女兒為惡徒所擒，畢竟父女情深，又想到妻子問起時無法交代，情急之下，也提刀追了下去。

保定帝當下和羣豪作別，一行離了萬劫谷，逕回大理城，一齊來到鎮南王府。華赫艮、范驊、巴天石三人從府中迎將出來，身旁一個少女衣飾華麗，明媚照人，正是木婉清。

范驊向保定帝稟報華赫艮挖掘地道、將鍾靈送入石屋之事，於救出木婉清一節卻含糊帶過。眾人才知鍾萬仇害人不成，反害自己，原來竟因如此，盡皆大笑。

那「陰陽和合散」藥性雖然猛烈，卻非毒藥，段譽和木婉清服了些清瀉之劑，又飲了幾大碗冷水，便即消解。

午間王府設宴。眾人在席上興高采烈的談起萬劫谷之事，都說此役以黃眉僧與華赫艮兩人功勞最大，若不是黃眉僧牽制住了段延慶，則挖掘地道非給他發覺不可。

刀白鳳忽道：「華大哥，我還想請你再辛苦一趟。」華赫艮道：「王妃吩咐，自當遵命。」刀白鳳道：「請你派人將這條地道去堵死了。」華赫艮一怔，應道：「是。」卻不明她的用意。刀白鳳向段正淳瞪了一眼，說道：「這條地道通入鍾夫人的居室，若不堵死，就怕咱們這裏有一位仁兄，從此天天晚上要去鑽地道。」眾人哈哈大笑。

木婉清隔不多久，便向段譽偷眼瞧去，每當與他目光相接，兩人立即轉頭避開。她自知此生此世與他已休想成為夫婦，想起這幾天兩人石屋共處的情景，更是黯然神傷。只聽眾人談論鍾靈要成為段譽的姬妾，又說她雖給雲中鶴擒去，但南海鱷神與鍾萬仇兩人聯手，定能將她救回，又聽保定帝吩咐褚古傅朱四人，飯後即去打探鍾靈的訊息，設法保護，木婉清越聽越怒，從懷中摸出一隻小小金盒，便是當日鍾夫人要段譽來求父親相救鍾靈的信物，伸手遞到段正淳面前，說道：「甘寶寶給你的！」

段正淳一愕，道：「甚麼？」木婉清怒道：「是鍾靈這小丫頭的生辰八字。」持著金盒將段譽一指，又道：「甘寶寶叫他給你。」

段正淳接了過來，心中一酸，他早認得這金盒是當年自己與甘寶寶定情之夕給她的，打開盒蓋，見盒中一張小小紅紙，寫著：「乙未年十二月初五丑時女」十一個小字，字跡歪歪斜斜，正是甘寶寶的手筆。

刀白鳳冷冷的道：「那好得很啊，人家把女兒的生辰八字也送過來了。」

段正淳翻過紅紙，只見背後寫著幾行極細的小字：「傷心苦候，萬念俱灰。然是兒不能無父，十六年前朝思暮盼，只待君來。迫不得已，於乙未年五月歸於鍾氏。」字體纖細，若非凝目以觀，幾乎看不出來。段正淳想起對甘寶寶辜負良深，眼眶登時紅了，突然間心念一動，頃刻間便明白了這幾行字的含義：「寶寶於乙未年五月嫁給鍾萬仇，鍾靈卻是該年十二月初五生的，多半便不是鍾萬仇的女兒。寶寶苦苦等候我不至，說『是兒不能無父』，又說『迫不得已』而嫁，自是因為有了身孕，不能未嫁生兒。那麼鍾靈這孩兒卻是我的女兒。正是……正是那時候，十六年前的春天，和她歡好未滿一月，便有了鍾靈這孩兒……」想明白此節，脫口叫道：「啊喲，不成！」

刀白鳳問道：「甚麼不成？」段正淳搖搖頭，苦笑道：「鍾萬仇這傢伙……這傢伙心術太壞，安排了這等毒計，陷害我段氏滿門，咱們決不能……決不能跟他結成親家。此事無論如何不可！」刀白鳳聽他這幾句吞吞吐吐，顯然是言不由衷，將他手中的紅紙條接過來一看，微一凝思，已明其理，忍不住哈哈大笑，說道：「原來……原來，哈哈，鍾靈這小丫頭，也是你的私生女兒。」怒氣上沖，反手就是一掌。段正淳側頭避開。

廳上眾人俱都十分尷尬。保定帝微笑道：「既是如此，這事也只好作為罷論了……」

只見一名家將走到廳口，雙手捧著一張名帖，躬身說道：「虎牢關過彥之過大爺求見王爺。」段正淳心想這過彥之是伏牛派掌門柯百歲的大弟子，外號叫作「追魂鞭」，據說武功頗為了得，只是跟段家素無往來，不知路遠迢迢的前來何事，當即站起身來，向保定帝道：「這人不知來幹甚麼，兄弟出去瞧瞧。」

保定帝微笑點頭，心想：「這『追魂鞭』來得巧，你正好乘機脫身。」

段正淳走出花廳，高昇泰與褚、古、傅、朱跟隨在後。踏進大廳，只見一個身材高大的中年漢子坐在西首椅上。那人一身喪服，頭戴麻冠，滿臉風塵之色，雙目紅腫，顯是家有喪事、死了親人，見到段正淳進廳，便即站起，躬身行禮，說道：「河南過彥之拜見王爺。」段正淳還禮道：「過老師光臨大理，小弟段正淳未曾遠迎，還乞恕罪。」過彥之心想：「素聞大理段氏兄弟大富大貴而不驕，果然名不虛傳。」說道：「過彥之草野匹夫，求見王爺，實是冒昧。」段正淳道：「『王爺』爵位僅為俗人而設。過老師的名頭在下素所仰慕，大家兄弟相稱，不必拘這虛禮。」引見高昇泰後，三人分賓主坐下。

過彥之道：「王爺，我師叔在府上寄居甚久，便請告知，請出一見。」段正淳奇道：「過兄的師叔？」心想：「我府裏那裏有甚麼伏牛派的人物？」過彥之道：「敝師叔改名換姓，借尊府避難，未敢向王爺言明，實是大大的不敬，還請王爺寬洪大量，不予見怪，在下這裏謝過了。」說著站起來深深一揖。段正淳一面還禮，一面思索，實想不起他師叔是誰？

高昇泰也自尋思：「是誰？是誰？」驀地裏想起了那人的外號和姓氏，心道：「必定是他！」向身旁家丁道：「到帳房去對霍先生說，河南追魂鞭過大爺到了，有要緊事稟告『金算盤』崔老前輩，請他到大廳一敘。」

那家丁答應了進去。過不多時，只聽得後堂踢踢躂躂腳步聲響，一個人拖泥帶水的走來，說道：「你這一下子，我這口閒飯可就吃不成了。」

段正淳聽到「金算盤崔老前輩」這七字，臉色微變，心道：「難道『金算盤崔百泉』竟是隱跡於此？我怎地不知？高賢弟卻又不跟我說？」只見一個形貌猥瑣的老頭兒笑嘻嘻的走出來，卻是帳房中相助照管雜務的霍先生。此人每日不是在醉鄉之中，便是與下人賭錢，最是慵懶無聊，帳房中只因他錢銀面上倒十分規矩，十多年來也就一直容他胡混。段正淳大是驚訝：「這霍先生當真便是崔百泉？我有眼無珠，這張臉往那裏擱去？」幸好高昇泰一口便叫了出來，過彥之還道鎮南王府中早已眾所知曉。

那霍先生本是七分醉、三分醒，顛顛倒倒的神氣，眼見過彥之全身喪服，不由得吃了一驚，問道：「你……怎麼……」過彥之搶上幾步，拜倒在地，放聲大哭，說道：「崔師叔，我師……師父給……給人害死了。」那霍先生崔百泉神色立變，一張焦黃精瘦的臉上霎時間全是陰鷙戒備的神氣，緩緩的道：「仇人是誰？」過彥之哭道：「小姪無能，訪查不到仇人的確訊，但猜想起來，多半是姑蘇慕容家的人物。」崔百泉臉上突然閃過一絲恐懼之色，但懼色霎息即過，沉聲道：「此事須得從長計議。」

段正淳和高昇泰對望一眼，均想：「『北喬峯，南慕容』，他伏牛派與姑蘇慕容氏結上了怨家，此仇只怕難報。」

崔百泉神色慘然，向過彥之道：「過賢姪，我師兄如何身亡歸西，經過情由，請你詳述。」過彥之道：「師仇如同父仇，一日不報，小姪寢食難安。請師叔即行上道，小姪沿途細稟，以免耽誤了時刻。」崔百泉鑒貌辨色，知他是嫌大廳上耳目眾多，說話不便，倒不爭在這一時三刻的相差，心下盤算：「我在鎮南王府寄居多年，不露形跡，那料到這位高侯爺早就看破了我的行藏。我若不向段王爺深致歉意，便是大大得罪了段家。何況找姑蘇慕容氏為師兄報仇，決非我一力可辦，若得段家派人相助，那便判然不同，這一敵一友之間，出入甚大。」突然走到段正淳身前，雙膝跪地，不住磕頭，咚咚有聲。

這一下可大出眾人意料之外，段正淳忙伸手相扶，不料一扶之下，崔百泉的身子竟如釘在地下一般，牢牢不動。段正淳心道：「好酒鬼，原來武功如此了得，一向騙得我苦。」勁貫雙臂，往上一抬。崔百泉也不再運力撐拒，乘勢站起，剛站直身子，只感周身百骸說不出的難受，有如一葉小舟在大海中猛受風濤顛簸之苦，情知是段正淳出手懲戒。他想我若運功抵禦，鎮南王這口氣終是難消，說不定他更疑心我混入王府臥底，另有奸惡圖謀，乘著體內真氣激盪，便即一交坐倒，索性順勢仰天摔了下去，模樣狼狽已極，大叫：「啊喲！」

段正淳微微一笑，伸手拉他起身，拉中帶揑，消解了他體內的煩惡。

崔百泉道：「王爺，崔百泉給仇人逼得無路可走，這才厚顏到府上投靠，托庇於王爺的威名之下，總算活到今日。崔百泉未曾向王爺吐露真相，實是罪該萬死。」

高昇泰接口道：「崔兄何必太謙？王爺早已知道閣下身分來歷，崔兄既是真人不露相，王爺也不叫破，別說王爺知曉，旁人何嘗不知？那日世子對付南海鱷神，不是拉著崔兄來充他師父嗎？世子知道合府之中，只有崔兄才對付得了這姓岳的惡人。」其實那日段譽拉了崔百泉來冒充師父，全是誤打誤撞，只覺府中諸人以他的形貌最是難看猥崽，這才拉他來跟南海鱷神開個玩笑。但此刻崔百泉聽來，卻是深信不疑，暗自慚愧。

高昇泰又道：「王爺素來好客，別說崔兄於我大理絕無惡意陰謀，就算有不利之心，王爺也當大量包容，以誠相待。崔兄何必多禮？」言下之意是說，只因你並無劣跡惡行，這才相容至今，否則的話，早已就料理了你。

崔百泉道：「高侯爺明鑒，話雖如此說，但姓崔的何以要投靠王府，於告辭之先務須陳明才是，否則太也不夠光明。只是此事牽涉旁人，崔百泉斗膽請借一步說話。」

段正淳點了點頭，向過彥之道：「過兄，師門深仇，事關重大，也不忙在這一時三刻。咱們慢慢商議不遲。」過彥之還未答應，崔百泉已搶著道：「王爺吩咐，自當遵命。」

這時一名家將走到廳口躬身道：「啟稟王爺，少林寺方丈派遣兩位高僧前來下書。」少林寺自唐初以來，即為武林中的泰山北斗。段正淳一聽，當即站起，走到滴水簷前相迎。只見兩名中年僧人由兩名家將引導，穿過天井。一名形貌乾枯的僧人躬身合什，說道：「少林寺小僧慧真、慧觀，參見王爺。」段正淳抱拳還禮，說道：「兩位遠道光臨，可辛苦了，請廳上奉茶。」

來到廳上，二僧卻不就座。慧真說道：「王爺，貧僧奉敝寺方丈之命，前來呈上書信，奉致保定皇爺和鎮南王爺。」說著從懷中取出一個油紙包裹，一層層的解開，露出一封黃皮書信，雙手呈給段正淳。

段正淳接過，說道：「皇兄便在此間，兩位正好相見。」向崔百泉與過彥之道：「兩位請用些點心，待會再行詳談。」當下引著慧真、慧觀入內。

其時保定帝已在暖閣中休憩，正與黃眉僧清茗對談，段譽坐在一旁靜聽，見到慧真、慧觀進來，都站起身來。段正淳送過書信，保定帝拆開一看，見那信是寫給他兄弟二人的，前面說了一大段甚麼「久慕英名，無由識荊」、「威鎮天南，仁德廣被」、「萬民仰望，豪傑歸心」、「闡護佛法，宏揚聖道」等等的客套話，但說到正題時，只說：「敝師弟玄悲禪師率徒四人前來貴境，謹以同參佛祖、武林同道之誼，敬懇賜予照拂。」下面署名的是「少林禪寺釋子玄慈合什百拜」。

保定帝站著讀信，意思是敬重少林寺，慧真和慧觀恭恭敬敬的在一旁垂手侍立。保定帝道：「兩位請坐。少林方丈既有法諭，大家是佛門弟子，武林一脈，但教力所能及，自當遵命。玄悲大師明曉佛學，武功深湛，在下兄弟素所敬慕，不知大師法駕何時光臨？在下兄弟掃榻相候。」

慧真、慧觀突然雙膝跪地，咚咚咚咚的磕頭，跟著便痛哭失聲。

保定帝、段正淳都是一驚，心道：「莫非玄悲大師死了？」保定帝伸手扶起，說道：「你我武林同道，不能當此大禮。」慧真站直身子，果然說道：「我師父圓寂了。」保定帝心想：「這通書信本是要玄悲大師親自送來的，莫非他死在大理境內？」說道：「玄悲大師西歸，佛門少一高僧，武林失一高手，實深悼惜。不知玄悲大師於何日圓寂？」

慧真道：「方丈師伯月前得到訊息，『天下四大惡人』要來大理跟皇爺與鎮南王為難。大理段氏威鎮天南，自不懼他區區『四大惡人』，但恐兩位不知，手下的執事部屬中了暗算，因此派我師父率同四名弟子，前來大理稟告皇爺，並聽由差遣。」

保定帝好生感激，心想：「無怪少林派數百年來眾所敬服，玄慈方丈以天下武林安危為己任，我們雖遠在南鄙，他竟也關心及之。他信上說要我們照拂玄悲大師師徒，其實卻是派人來報訊助拳。」當即微微躬身，說道：「方丈大師隆情厚意，我兄弟不知何以為報。」

慧真道：「皇爺太謙了。我師徒兼程南來，上月廿八，在大理陸涼州身戒寺掛單，那知道廿九清晨，我們師兄弟四人起身，竟見到師父……我們師父受人暗算，死在身戒寺的大殿之上……」說到這裏，已然嗚咽不能成聲。

保定帝長嘆一聲，問道：「玄悲大師是中了歹毒暗器嗎？」慧真道：「不是。」保定帝與黃眉僧、段正淳、高昇泰四人均有詫異之色，都想：「以玄悲大師的武功，若不是身中見血封喉的歹毒暗器，就算敵人在背後忽施突襲，也決不會全無抗拒之力，就此斃命。大理國中，又有那一個邪派高手能有這般本領下此毒手？」

段正淳道：「今兒初三，上月廿八晚間是四天之前。譽兒被擒入萬劫谷是廿七晚間。」保定帝點頭道：「不是『四大惡人』。」段延慶這幾日中都在萬劫谷，決不能分身到千里之外的陸涼州去殺人，何況即是段延慶，也未必能無聲無息的一下子就打死了玄悲大師。

慧真道：「我們扶起師父，他老人家身子冰冷，圓寂已然多時，大殿上也沒動過手的痕跡。我們追出寺去，身戒寺的師兄們也幫同搜尋，但數十里內找不到兇手的半點線索。」

保定帝黯然道：「玄悲大師為我段氏而死，又是在大理國境內遭難，在情在理，我兄弟決不能置身事外。」

慧真、慧觀二僧同時跪下叩謝。慧真又道：「我師兄弟四人和身戒寺方丈五葉大師商議之後，將師父遺體暫厝在身戒寺，不敢就此火化，以便日後掌門師伯檢視。我兩個師兄趕回少林寺稟報掌門師伯，小僧和慧觀師弟趕來大理，向皇爺與鎮南王稟報。」

保定帝道：「五葉方丈年高德劭，見識淵博，多知武林掌故，他老人家如何說？」

慧真道：「五葉方丈言道：十之八九，兇手是姑蘇慕容家的人物。」

段正淳和高昇泰對望一眼，心中都道：「又是『姑蘇慕容』！」

黃眉僧一直靜聽不語，忽然插口道：「玄悲大師可是胸口中了敵人的一招『大韋陀杵』而圓寂麼？」慧真一驚，說道：「大師所料不錯，不知如何……如何……」黃眉僧道：「久聞少林玄悲大師『大韋陀杵』功夫乃武林的一絕，中人後對方肋骨根根斷折。這門武功厲害自然是厲害的，終究太過霸道，似乎非我佛門弟子……唉！」段譽插嘴道：「是啊，這門功夫太過狠辣。」

慧真、慧觀聽黃眉僧評論自己師父，心下已是不滿，但敬他是前輩高僧，不敢還嘴，待聽段譽也在一旁多嘴多舌，不禁都怒目瞪視。段譽只當不見，毫不理會。

段正淳問道：「師兄怎知玄悲大師中了『大韋陀杵』而死？」黃眉僧嘆道：「身戒寺方丈五葉大師料定兇手是姑蘇慕容氏，自然不是胡亂猜測的。段二弟，姑蘇慕容氏有一句話，叫做『以彼之道，還施彼身』，你聽見過麼？」段正淳沉吟道：「這句話倒也曾聽見過，只是不大明白其中含意。」黃眉僧喃喃的道：「以彼之道，還施彼身。嗯，以彼之道，還施彼身……」臉上突然間閃過一絲恐懼之色。保定帝、段正淳和他相識數十年，從未見他生過懼意，那日他與延慶太子生死相搏，明明已經落敗，雖然狼狽周章，神色卻仍坦然，此刻竟然露出懼色，可見對手實是非同小可。

暖閣中一時寂靜無聲。過了半晌，黃眉僧緩緩的道：「老僧聽說世間確有慕容博這一號人物，他取名為『博』，武功當真淵博到了極處。似乎武林中不論那一派那一家的絕技，他無一不精，無一不會。更奇的是，他若要制人死命，必是使用那人的成名絕技。」段譽道：「這當真匪夷所思了，天下有這許許多多武功，他又怎學得周全？」黃眉僧道：「賢姪此言亦是不錯，學如淵海，一人如何能夠窮盡？可是慕容博的仇人原亦不多。聽說他若學不會仇人的絕招，不能用這絕招致對方的死命，他就不會動手。」

保定帝道：「我也聽說過中原有這樣一位奇人。河北駱氏三雄善使飛錐，後來三人都身中飛錐喪命。山東章虛道人殺人時必定斬去敵人四肢，讓他哀叫半日方死。這章虛道人自己也遭此慘報，慕容博這『以彼之道，還施彼身』八個字，就是從章虛道人口中傳出來的。」他頓了一頓，又道：「當時濟南鬧市之中，不知有多少人圍觀章虛道人在地下翻滾號叫。」他說到這裏，似乎依稀見到章虛道人臨死時的慘狀，臉色間既有不忍，又有不滿之色。

段正淳點頭道：「那就是了。」突然想起一事，說道：「過彥之過大爺的師父柯百歲，聽說擅用軟鞭，鞭上的勁力卻是純剛一路，殺敵時往往一鞭擊得對方頭蓋粉碎，難道他……」擊掌三下，召來一名侍僕，道：「請崔先生和過大爺到這裏，說我有事相商。」那侍僕應道：「是！」但他不知崔先生是誰，遲疑不走。段譽笑道：「崔先生便是帳房中那個霍先生。」那侍僕這才大聲應了一個「是」，轉身出去。

不多時崔百泉和過彥之來到暖閣。段正淳道：「過兄，在下有一事請問，尚盼勿怪。」過彥之道：「不敢。」段正淳道：「請問令師柯老前輩如何中人暗算？是拳腳還是兵刃上受了致命之傷？」過彥之突然滿臉通紅，甚是慚愧，囁嚅半晌，才道：「家師是傷在軟鞭的一招『天靈千裂』之下。兇手的勁力剛猛異常，縱然家師自己，也不能……也不能……」

保定帝、段正淳、黃眉僧等相互望了一眼，心中都是不由自主的一凜。

慧真走到崔百泉和過彥之跟前，合什一禮，說道：「貧僧師兄弟和兩位敵愾同仇，若不滅了姑蘇慕容……」說到這裏，心想是否能滅得姑蘇慕容氏，實在難說，一咬牙，說道：「貧僧將性命交在他手裏便了。」過彥之雙目含淚，說道：「少林派和姑蘇慕容氏也結下深仇麼？」慧真便將師父玄悲如何死在慕容氏手下之事簡略說了。

過彥之神色悲憤，咬牙痛恨。崔百泉卻是垂頭喪氣的不語，似乎渾沒將師兄的血仇放在心上。慧觀和尚衝口說道：「崔先生，你怕了姑蘇慕容氏麼？」慧真忙喝：「師弟，不得無禮。」崔百泉東邊瞧瞧，西邊望望，似怕隔牆有耳，又似怕有極厲害的敵人來襲，一副心驚膽戰的模樣。慧觀哼的一聲，自言自語：「大丈夫死就死了，又有甚麼好怕的？」慧真也頗不以崔百泉的膽怯為然，對師弟的出言衝撞就不再制止。

黃眉僧輕輕咳嗽一聲，說道：「這事……」崔百泉全身一抖，跳了起來，將几上的一隻茶碗帶翻了，乒乓一聲，在地下打得粉碎。他定了定神，見眾人目光都瞧在自己身上，不由得面紅耳赤，說道：「對不住，對不住！」過彥之皺著眉頭，俯身拾起茶杯碎片。

段正淳心想：「這崔百泉是個膿包。」向黃眉僧道：「師兄，怎樣？」

黃眉僧喝了一口茶，緩緩的道：「崔施主想來曾見過慕容博？」崔百泉聽到「慕容博」三字，「哦」的一聲驚呼，雙手撐在椅上，顫聲道：「我沒有……是……是見過……沒有……」慧觀大聲道：「崔先生到底見過慕容博，還是沒見過？」崔百泉雙目向空瞪視，神不守舍，段正淳等都是暗暗搖頭。過彥之見師叔如此在人前出醜，更加的尷尬難受。過了好一會，崔百泉才顫聲道：「沒有……嗯……大概……好像沒有……這個……」

黃眉僧道：「老衲曾有一件親身經歷，不妨說將出來，供各位參詳。說來那是四十三年前的事了，那時老衲年輕力壯，剛出道不久，在江湖上也闖下了一點名聲。當真是初生的犢兒不畏虎，只覺天下之大，除了師父之外，誰也不及我的武藝高強。那一年我護送一位任滿回籍的京官和家眷，從汴梁回山東去，在青豹岡附近的山坳中遇上了四名盜匪。這四個匪徒一上來不搶財物，卻去拉那京官的小姐。老衲當時年少氣盛，自是容情不得，一出手便是辣招，使出金剛指力，都是一指刺入心窩，四名匪徒哼也沒哼，便即一一斃命。

「我當時自覺不可一世，口沫橫飛的向那京官誇口，說甚麼『便再來十個八個大盜，我也一樣的用金剛指送了他們性命。』便在那時，只聽得蹄聲得得，有兩人騎著花驢從路旁經過。忽然騎在花驢背上的一人哼了一聲，似乎是女子聲音，哼聲中卻充滿輕蔑不屑之意。我轉頭看去，見一匹驢上坐的是個三十六七歲的婦人，另一匹驢上則是個十五六歲的少年，眉清目秀，甚是俊雅，兩人都全身縞素，服著重孝。卻聽那少年道：『媽，金剛指有甚麼了不起，卻在這兒胡吹大氣！』」

黃眉僧的出身來歷，連保定帝兄弟都不深知。但他在萬劫谷中以金剛指力劃石為局，陷石成子，和延慶太子搏鬥不屈，眾人均十分敬仰，而他的金剛指力更是無人不服，這時聽他述說那少年之言，均覺小小孩童，當真胡說八道。

不料黃眉僧輕輕嘆了口氣，接著道：「當時我聽了這句話雖然氣惱，但想一個黃口孺子的胡言何足計較？只向他怒目瞪了一眼，也不理睬。卻聽得那婦人斥道：『這人的金剛指是福建蒲田達摩下院的正宗，已有三成火候。小孩兒家懂得甚麼？你出指就沒他這般準。』

「我一聽之下，自然又驚又怒。我的師門淵源江湖上極少人知，這少婦居然一口道破，而說我的金剛指力只有三成火候，我當然大不服氣。唉，其實那時候我太也不知天高地厚，以其時的功力而論，說我有三成火候，還是說得高了，最多也不過二成六七分而已。我便大聲道：『這位夫人尊姓？小覷在下的金剛指力，是有意賜教數招麼？』那少年勒住花驢，便要答話。那少婦忽然雙目一紅，含淚欲滴，說道：『你爹臨終時說過甚麼話來。你立時便忘了麼？』那少年道：『是，孩兒不敢忘記。』兩人揮鞭催驢，便向前奔。

「我越想越不服，縱馬追了上去，叫道：『喂！胡說八道的指摘別人武功，若不留下數招，便想一走了之嗎？』我騎的是匹腳力極快的好馬，說話之間，已越過兩匹花驢，攔在二人之前。那婦人向那少年道：『你瞧，你隨口亂說，人家可不答應了。』那少年顯然對母親很孝順，再也不敢向我瞧上一眼。我見他們怕了我，心想孤兒寡婦，勝之不武，何必跟他們一般見識？但聽那婦人的語氣，這少年似乎也會金剛指力。我這門功夫足足花了十五年苦功，方始練成，這小小孩童如何能會？自然是胡吹大氣，便道：『今日便放你們走路，以後說話可得小心些。』

「那婦人仍是正眼也不朝我瞧上一眼，向那少年道：『這位叔叔說得不錯，以後你說話可得小心些。』倘若就此罷休，豈不極好？可是那時候我年少氣盛，勒馬讓在道邊，那少婦縱驢先行，那少年一拍驢身，胯下花驢便也開步，我揚起馬鞭，向花驢臀上抽去，大笑道：『快快走罷！』馬鞭距那花驢臀邊尚有尺許，只聽得嗤的一聲，那少年回身一指，指力凌空而來，將我的馬鞭盪得飛了出去。這一下可將我嚇得呆了，他這一指指力凌厲，遠勝於我。

「只聽那婦人道：『既出了手，便得了結。』那少年道：『是。』勒轉花驢，向我衝過來。我伸左掌使一招『攔雲手』向他推去，突然間嗤的一聲，他伸指戳出，我只覺左邊胸口一痛，全身勁力盡失。」

黃眉僧說到這裏，緩緩解開僧袍，露出瘦骨嶙嶙的胸膛來，只見他左邊胸口對準心臟處有個一寸來深的洞孔。洞孔雖已結疤，仍可想像到昔日受創之重。所奇者這創口顯已深及心臟，他居然不死，還能活到今日，眾人都不禁駭然。

黃眉僧指著自己右邊胸膛，說道：「諸位請看。」只見該處皮肉不住起伏跳動，眾人這才明白，原來他生具異相，心臟偏右而不偏左，當年死裏逃生，全由於此。

黃眉僧縛好僧袍上的布帶，說道：「似這等心臟生於右邊的情狀，實是萬中無一。那少年見一指戳中我的心口，我居然並不立時喪命，將花驢拉開幾步，神色極是詫異。我見自己胸口鮮血汩汩流出，只道性命已是不保，那裏還有甚麼顧忌，大聲罵道：『小賊，你說會使金剛指，哼哼！達摩下院的金剛指，可有傷人見血卻殺不了人的麼？你這一指手法根本就不對，也決不是金剛指。』那少年縱身上前，又想伸指戳來，那時我全無抗禦之能，只有束手待斃的份兒。不料那婦人揮出手中馬鞭，捲住了少年的手臂。我迷迷糊糊之中，聽得她在斥責兒子：『姑蘇姓慕容的，那有你這等不爭氣的孩兒？你這指力既沒練得到家，就不能殺他，罰你七天之內……』到底罰他七天之內怎麼樣，我已暈了過去，沒能聽到。」

崔百泉顫聲問道：「大……大師，以後……以後你再遇到他們沒有？」

黃眉僧道：「說來慚愧，老衲自從經此一役，心灰意懶，只覺人家小小一個少年，已有如此造詣，我便再練一輩子武功，也未必趕他得上。胸口傷勢痊愈後，便離了大宋國境，遠來大理，托庇於段皇爺的治下，過得幾年，又出了家。老僧這些年來雖已參悟生死，沒再將昔年榮辱放在心上，但偶而回思，不免猶有餘悸，當真是驚弓之鳥了。」

段譽問道：「大師，這少年若是活到今日，差不多有六十歲了，他就是慕容博嗎？」

黃眉僧搖頭道：「說來慚愧，老衲不知。其實這少年當時這一指是否真是金剛指，我也沒看清楚，只覺得出手不大像。但不管是不是，總之是厲害得很，厲害得很……」

眾人默然不語，對崔百泉鄙視之心都收起了大半，均想以黃眉僧這等武功修為，尚自對姑蘇慕容氏如此忌憚，崔百泉嚇得神不守舍，倒也情有可原。

崔百泉說道：「黃眉大師這等身分，對往事也毫不隱瞞，姓崔的何等樣人，又怕出甚麼醜了？在下本來就要將混入鎮南王府的原由，詳細稟報陛下和王爺，這裏都不是外人，在下說將出來，請眾位一起參詳。」他說了這幾句話，心情激盪，已感到喉乾舌燥，將一碗茶喝得碗底向天，又將過彥之那碗茶也端過來喝了，才繼續道：「我……我這件事，是起……起於十八年前……」他說到這裏，不禁往窗外望了望。

他定了神，才又道：「南陽府城中，有一家姓蔡的土豪，為富不仁，欺壓良民。我柯師哥有個朋友遭他陷害，全家都死在他的手裏。」過彥之道：「師叔，你說的是蔡慶圖這賊子？」崔百泉道：「不錯。你師父說起蔡慶圖來，常自切齒痛恨。你師父向官府遞了狀子告了幾次，都被蔡慶圖使錢將官司按了下來。你師父若能動動軟鞭，要殺了這蔡慶圖原是不費吹灰之力，但他在江湖上雖然英雄氣概，在本鄉本土有家有業，自來不肯做觸犯王法之事。我崔百泉可不同了，偷鷄摸狗，嫖舍賭錢，殺人放火，甚麼事都幹。這一晚我惱將起來，便摸到蔡慶圖家中，將他一家三十餘口全宰了個乾淨。

「我從大門口殺起，直殺到後花園，連花匠婢女都一個不留。到得園中，只見一座小樓的窗上兀自透出燈火。我奔上樓去，踢開房門，原來是間書房，四壁一架架的擺滿了書，一對男女並肩坐在桌旁，正在看書。

「那男子約莫四十歲上下，相貌俊雅，穿著書生衣巾。那女的年紀較輕，背向著我，瞧不見她的面貌，但見她穿著淡綠輕衫，燭光下看去，顯得挺俊俏的，他奶奶的……」他本來說得甚是斯文，和他平時為人大不相同，那知突然之間來了一句污言，眾人都是一愕。崔百泉卻渾沒知覺，續道：「……我一口氣殺了三十幾個人，興致越來越高，忽然見到這對狗男女，他奶奶的，覺得有些古怪。蔡慶圖家中的人個個粗暴兇惡，怎麼忽然鑽出這一對清秀的狗男女來？這不像戲文裏的唐明皇和楊貴妃麼？我有點奇怪，倒沒想動手就殺了他們。只聽得那男的說道：『娘子，從龜妹到武王，不該這麼排列。』」

段譽聽到「從龜妹到武王」六字，尋思：「甚麼龜妹、武王？」一轉念間，便即明白：「啊，是『從歸妹到无妄』，那男子在說易經。」登時精神一振。

聽崔百泉又道：「那女的沉吟了一會，說道：『要是從東北角上斜行大哥，再轉姊姊，你瞧走不走得通呢？』」段譽心道：「大哥？姊姊？啊，那是『大過』、『既濟』。」跟著一驚：「這女子說的明明是『凌波微步』中的步法，只不過位置略偏，並未全對。難道這女子和山洞中的神仙姊姊竟有甚麼關聯？」

崔百泉續道：「我聽他夫婦二人講論不休，說甚麼烏龜妹子、大舅子、小姊姊，不耐煩起來，大聲喝道：『兩個狗男女，你奶奶的，都給我滾出來！』不料這兩人好像都是聾子，全沒聽到我的話，仍是目不轉睛的瞧著那本書。那女子細聲細氣的道：『從這裏到姊姊家，共有九步，那是走不到的。』我又喝道：『走走走！走到你姥姥家，見你們的十八代祖宗去罷！』正要舉步上前，那男的忽然雙手一拍，大笑道：『妙極，妙極！姥姥為坤，十八代祖宗，喂，二九一十八，該轉坤位。這一步可想通了！』他順手抓起書桌上一個算盤，不知怎樣，三顆算盤珠兒突然飛出，我只感胸口一陣疼痛，身子已然釘住，再也動彈不得了。

「這兩人對我仍是不加理會，自顧自談論他們的小哥哥、小畜生，我心中可說不出的害怕。在下匪號『金算盤』，隨身攜帶一個黃金鑄成的算盤，其中裝有機括，七十七枚算珠隨時可用彈簧彈出，可是眼見書桌上那算盤是紅木所製，平平無奇，中間的一檔竹柱已斷為數截，顯然他是以內力震斷竹柱，再以內力激動算珠射出，這功夫當真他奶奶的了不起。

「這一男一女越說越高興，我卻越來越害怕。我在這屋子裏做下了三十幾條人命的大血案，偏偏僵在這裏，動是動不得，話又說不出，我自己殺人抵命，倒也罪有應得，可是這麼一來，非連累到我柯師兄不可。這兩個多時辰，真比受了十年二十年的苦刑還要難過。直等到四處鷄啼聲起，那男子才笑了笑，說道：『娘子，下面這幾步，今天想不出來了，咱們走罷！』那女子道：『這位金算盤崔老師幫你想出了這一步妙法，該當酬謝他甚麼才是！』我又是一驚，原來他們早知道我的姓名。那男子道：『既然如此，且讓他多活幾年。下次遇著再取他性命罷！他膽敢罵你罵我，總不成罵過就算。』說著收起了書本，跟著左掌迴轉，在我背心上輕輕一拂，解開了我的穴道。這對男女就從窗中躍了出去。我一低頭，只見胸口衣衫上破了三個洞孔，三顆算盤珠整整齊齊的釘在我胸口，真是用尺來量，也不容易準得這麼毫釐不差。喏喏喏，諸位請瞧瞧我這副德行。」說著解開了衣衫。

眾人一看，都忍不住失笑。但見兩顆算盤珠恰好嵌在他兩個乳頭之上，兩乳之間又是一顆，事隔多年，難得他竟然並不設法起出。

崔百泉搖搖頭，扣起衫鈕，說道：「這三顆算盤珠嵌在我身上，這罪可受得大了。我本想用小刀子挖了出來，但微一用力，撞動自己穴道，立時便暈了過去，非得兩個時辰不能醒轉。慢慢用挫刀或沙紙來挫、來擦嗎？還是疼得我爺爺奶奶的亂叫。這罪孽陰魂不散，跟定了我，只須一變天要下雨，我這三個地方就痛得他媽的好不難熬，真是比烏龜殼兒還靈。」

眾人不由得又是駭異，又是好笑。

崔百泉嘆了口氣道：「這人說下次見到再取我性命。這性命是不能讓他取去的，可是只要遇上了他，不讓他取也是不成。唯一的法子只有不讓他遇上。事出無奈，只好遠走高飛，混到鎮南王爺的府上來。我這麼打算，大理國僻處天南，中原武林人士等閒不會南來，萬一他奶奶的這龜兒子真要找上門來，這裏有段王爺、高侯爺、褚朋友這許多高手在，終不成眼睜睜的袖手不顧，讓我送了性命。這三顆勞什子嵌在我胸口上，一當痛將起來，只有拚命喝酒，胡裏胡塗的熬一陣。甚麼雄心壯志、傳宗接代，都他媽的拋到九霄雲外去了。」

眾人均想：「此人的遭際和黃眉僧其實大同小異，只不過一個出家為僧，一個隱姓埋名而已。」

段譽問道：「霍先生，你怎知這對夫婦是姑蘇慕容氏的？」他叫慣了霍先生，一時改不過口來。

崔百泉搔搔頭皮，道：「那是我師哥推想出來的。我挨了這三顆算盤珠後，便去跟師哥商量，他說，武林中只有姑蘇慕容氏一家，才會『以彼之道，還施彼身』。我慣用算盤珠打人，他便用算盤珠打我。『姑蘇慕容』家人丁不旺，他媽的，幸虧他人丁稀少，要是千子百孫，江湖上還有甚麼人賸下來，就只他慕容氏一家了。」他這話對「大理段氏」實在頗為不敬，但也無人理會。只聽他續道：「他這家出名的人就只一個慕容博，四十三年前，用金剛指力傷了這位大師的少年十五六歲，十八年前，給我身上裝算盤珠的傢伙當時四十來歲，算來就是這慕容博了，想不到我師哥又命喪他手。彥之，你師父怎地得罪他了？」

過彥之道：「師父這些年來專心做生意，常說『和氣生財』，從沒跟人合氣，決不能得罪了『姑蘇慕容』家。我們在南陽，他們在蘇州，路程可差了十萬八千里。」

崔百泉道：「多半這慕容博找不到我這縮頭烏龜，便去問你師父。你師父有義氣，寧死也不肯說我是在大理，便遭了他毒手。柯師哥，是我害了你啦。」說著淚水鼻涕齊下，嗚咽道：「慕容博，博博博，我剝你的皮！」他哭了幾聲，轉頭向段正淳道：「段王爺，我話也說明白了，這些年來多謝你照拂，又不拆穿我的底細，崔某真是感激之至，卻也難以圖報，我這可要上姑蘇去了。」段正淳奇道：「你上姑蘇去？」

崔百泉道：「是啊。我師哥跟我是親兄弟一般。殺兄之仇，豈能不報？彥之，咱們這就去罷！」說著向眾人團團一揖，轉身便出。過彥之也是拱手為禮，跟了出去。

這一著倒大出眾人意料之外，眼見他對姑蘇慕容怕得如此厲害，但一說到為師兄報仇，明知此去必死，卻也毫不畏懼。各人心下暗暗起敬。段正淳道：「兩位不忙。過兄遠來，今晚便在舍下歇一宿，明日一早動身不遲。」崔百泉停步轉身，說道：「是，王爺吩咐，我們再擾一餐便了。彥之，咱們喝酒去。」帶了過彥之出外。

保定帝對段正淳道：「淳弟，明日你率同華司徒、范司馬、巴司空，前去陸涼州身戒寺，代我在玄悲大師靈前上祭。」段正淳答應了。慧真、慧觀下拜致謝。保定帝又向段正淳道：「拜見五葉方丈後，便在身戒寺等候少林寺的大師們到來，請他們轉呈我給玄慈方丈的書信。」向巴天石道：「寫下兩通書信，一通致少林方丈，一通致身戒寺方丈，再備兩份禮物。」巴天石躬身奉旨。保定帝道：「你陪少林寺的兩位大師下去休息罷。」

待巴天石陪同慧真、慧觀二僧出去，保定帝道：「我段氏源出中原武林，數百年來不敢忘本。中原武林朋友來到大理，咱們禮敬相待。可是我段氏先祖向有遺訓，嚴禁段氏子孫參與中原武林的仇殺私鬥。玄悲大師之死，我大理段家雖不能袖手不理，但報仇之事，仍當由少林派自行料理，我們不能插手。」段正淳道：「是，兄弟理會得。」

黃眉僧道：「這中間的分寸，當真不易拿捏。咱們非相助少林派不可，卻又不能混入仇殺。慕容氏一家雖然人丁不旺，但這樣的武林世家，朋友和部屬必定眾多。少林派與姑蘇慕容正面為敵，實是震驚武林的大事，腥風血雨，不知要殺傷多少人命。大理國這些年來國泰民安，咱們倘若捲入了這個漩渦，今後中原武人來大理尋釁生事，只怕要源源不絕了。」

保定帝道：「大師說得是。咱們只有一面憑正道行事，一面處處讓人一步。淳弟，你須牢牢記得『持正忍讓』這四個字。」段正淳躬身領訓。

黃眉僧道：「兩位賢弟，這就別過，我還得去萬劫谷走一遭。」眾人均感詫異。保定帝道：「師兄去萬劫谷尚有何事？可要帶甚麼人？」黃眉僧呵呵笑道：「我連兩個小徒也不帶。兩位賢弟且猜上一猜，我去萬劫谷何事？」保定帝與段正淳見他笑吟吟地，料來並非甚麼難事，卻也猜想不透。黃眉僧對段譽笑道：「賢姪多半猜得到。」

段譽一怔：「為甚麼伯父和爹爹都猜不到，我反而猜得到？」一沉吟間，已知其理，笑道：「大師要去覆局。」黃眉僧哈哈大笑，說道：「正是。我怎地會贏得延慶太子這局棋，實在奇怪之極。他自己填死一隻眼，那是甚麼緣故？」段譽搖頭道：「小姪也想不明白。」黃眉僧道：「莫非石屋中或青石上有甚麼古怪？老衲非再去瞧瞧不可。」喜弈之人下了一局之後，不論是勝是敗，事後必定細加推敲，何處失著失先，何處過強過緩，定要鑽研明白，方得安心。黃眉僧這局棋勝得尤其奇怪，若不弄清楚這中間的關鍵所在，難免煩惱終身。

當下保定帝起駕回宮。黃眉僧吩咐兩個徒兒回拈花寺，獨自來到萬劫谷，將段延慶震裂了的青石棋局重行拼起，一著著的從頭推想。

段正淳送了保定帝和黃眉僧出府，回到內室，想去和王妃敘話。不料刀白鳳正在為他又多了個私生女兒鍾靈而生氣，閉門不納。段正淳在門外哀告良久，刀白鳳發話道：「你再不走，我立刻回玉虛觀去。」

段正淳無奈，只得到書房悶坐，想起鍾靈為雲中鶴擄去，不知鍾萬仇與南海鱷神是否能救得回來，褚萬里等出去打探訊息，迄未回報，好生放心不下。從懷中摸出甘寶寶交來的那隻黃金鈿盒，瞧著她所寫那幾行蠅頭細字，回思十七年前和她歡聚的那段銷魂蝕骨的時光，再想像她苦候自己不至而被迫與鍾萬仇成婚的苦楚，不由得心中大痛：「那時她還只是個十七歲的小姑娘，她父親和後母待她向來不好，腹中懷了我的孩兒，卻教她如何做人？」

越想越難過，突然之間，想起了先前刀白鳳在席上對華司徒所說的那句話來：「這條地道通入鍾夫人的居室，若不堵死，就怕咱們這裏有一位仁兄，從此天天晚上要去鑽地道。」當即召來一名親兵，命他去把華司徒手下兩名得力家將悄悄傳來，不可洩漏風聲。

段譽在書房中，心中翻來覆去的只是想著這些日子中的奇遇：跟木婉清訂了夫婦之約，不料她竟是自己妹子，豈知奇上加奇，鍾靈竟然也是自己妹子。鍾靈被雲中鶴擄去，不知是否已然脫險，實是好生牽掛。又想慕容博夫婦鑽研「凌波微步」，不知跟洞中的神仙姊姊是否有甚麼瓜葛？難道他們是「逍遙派」的弟子？神仙姊姊吩咐我去殺了他們？這對夫婦武功這樣高強，要我去殺了他們，那真是天大的笑話了。

又想這些日子給關在石屋之中，幸好沒做下亂倫的事來，當真僥倖之至，「凌波微步」的步法練得倒熟了許多，可是神仙姊姊吩咐的功課卻躭誤得久了。當下便探手入懷，要去取卷軸出來，手指剛碰到，便覺不妙，急忙取出，口中連珠價的只叫：「啊喲，啊喲！」但見那卷軸早已撕成了一片片碎帛，胡亂捲成一卷，一展開來，那裏還成模樣？破帛碎縑，最多也只賸下兩三成，卷上的圖形文字更爛得不堪。段譽全身如墮冰窖，心中只道：「怎麼……怎麼會變成這個樣子？」

過了良久，才依稀想起，給青袍怪客關在石屋之時，他體內燥熱難當，將全身衣衫亂撕亂扯，到後來狂走疾奔，仍是不斷亂撕衣衫，迷糊之中，那裏還分得出是衣衫還是卷軸，自然是一併撕得稀爛，隨手亂抛。

對著圖中裸女的斷手殘肢發了一陣呆，又不自禁的大有如釋重負之感，「卷軸已爛，神仙姊姊的神功便練不成了，這不是我不肯練，而是沒法練。甚麼殺盡『逍遙派』弟子云云，一概不算了。」將破碎帛片投入火爐，打著了火，燒成了灰燼。心想：「這卷軸中的裸體圖形，多看一次，便褻瀆了一次神仙姊姊，如此火化，正乃天意。」

眼見天色已晚，於是到母親房去，想陪她說話，跟她一起吃飯。來到房外，卻見房門緊閉。服侍王妃的婢女笑嘻嘻的道：「王妃睡了，公子明天來罷。」段譽心道：「啊，是了，爹爹在房裏。」轉身出來，想去找木婉清說話，走過一條迴廊，卻覺還是暫且避嫌的好，此時見面，徒然惹她傷心。百無聊賴之際，信步走到後花園中。

此時天色已然朦朧，在池邊亭中坐了一會，眼見一彎新月從東升起，心想這月光也會照到劍湖之畔的無量玉壁上，再過幾個時辰，玉壁上現出一柄五彩繽紛的長劍，便會指著神仙姊姊所居的洞府。正想得出神，忽聽得圍牆外輕輕傳來了幾下口哨聲，停得一停，又響了幾下。若在往日，聽了毫不在意，但他自經這幾日來的一番閱歷，心知有異，尋思：「莫非是江湖人物打暗號？」

過不多時，哨聲又起，突見牡丹花壇外一個人影快速掠過，奔到圍牆邊，躍上了牆頭。段譽失聲叫道：「婉妹！」那人正是木婉清。只見她湧身躍起，跳到了牆外。

段譽又叫了聲：「婉妹！」奔到木婉清躍下之處，他可沒能耐躍上牆頭，花園後門就在旁邊，但上了閂，又有鐵鎖鎖著，只得大叫：「婉妹，婉妹！」

只聽木婉清在牆外大聲道：「你叫我幹麼？我永遠不再見你面。我跟我媽去了。」段譽急道：「你別走，千萬別走！」木婉清不答。

過了一會，只聽得牆外一個年紀較大的女子聲音說道：「婉兒，咱們走罷！唉！沒有用的。」木婉清仍是不答。段譽料得那女子必是秦紅棉，叫道：「秦阿姨，你們都請進來。」

秦紅棉道：「進來幹甚麼？好讓你媽媽殺了我嗎？」

段譽語塞，用力搥打園門，叫道：「婉妹，你別走，咱們慢慢想法子。」木婉清道：「有甚麼法子好想？老天爺也沒法子。」頓了一頓，突然叫道：「啊！有一個法子，你幹不幹？」段譽喜道：「好啊，甚麼法子？」

只聽得嗤嗤聲響，一片藍印印的刀刃從門縫中插進來，切斷了門閂，跟著砰砰兩響，園門飛開，木婉清站在門口，手中執著那柄藍印印的修羅刀，說道：「你伸過脖子來，讓我一刀割斷了，我立刻自殺。咱倆投胎再世做人，那時不是兄妹，就好做夫妻了。」

段譽嚇得呆了，顫聲道：「這……這不……不成的！」

木婉清道：「我肯，你為甚麼不肯？要不然你先殺我，你再自殺。」說著將修羅刀遞將過來。段譽急退兩步，說道：「不行，不行！」

木婉清慢慢轉過身去，挽了母親手臂，快步走了。段譽呆呆望著她母女倆的背影隱沒在黑暗之中，良久良久，凝立不動。

月亮漸漸升至中天，他兀自獃立沉思。突然間後頸一緊，身子被人凌空提起，一人低聲笑道：「你要死還是要活？做我師父，是死師父，做我徒兒，是活徒兒！」正是南海鱷神的聲音。

段正淳帶著華赫艮手下的兩名得力家將，快馬來到萬劫谷。這兩名家將隨同華赫艮挖掘地道，知道地道的入口所在，搬開掩蓋在入口上的樹枝。一名家將道：「小人帶路。」

段正淳道：「不用！你兩個在這裏等我。」正要向地道中爬去，忽見西首大樹後人影一閃，身法甚是迅速。段正淳立即縱起，奔將過去，低聲喝道：「甚麼人？」

大樹後那人低聲道：「王爺！是我，崔百泉。」斜著身子出來。段正淳奇道：「崔兄到這裏來幹甚麼？」崔百泉道：「小人聽得王爺的千金給奸人擄了去，和過師姪兩人分頭出來尋找。小人在路上見到了些線索，推想小姐逃到了這裏，那奸人卻似乎仍在緊追不捨。」段正淳心下恍然：「這崔百泉是個恩怨分明的漢子，他在我家躲了這些年，有恩未報。此次去找姑蘇慕容報仇，是決意將性命送在他手裏。他只盼能為我找回靈兒，報答我這十多年來的相庇之情。」當即深深一揖，說道：「崔兄高義，在下感激不盡。」崔百泉道：「小人到那邊去找。」身形一晃，沒入了樹林之中，輕功頗為了得。

段正淳略感寬懷，心想：「這崔兄的武功，不在萬里、丹臣他們之下。」當下回到地道入口處，鑽了進去。

爬行一程，地道分岔。他已問明華司徒的兩名家將，知道地道東北通向先前囚禁段譽與木婉清的石屋，西北通向鍾夫人臥室，當即向西北方爬去。來到盡頭，將頭頂木板輕輕托起數寸，眼前便見光亮，從縫隙中望上去，只見到一雙淺紫色的繡花鞋子踏在地下。

段正淳心頭大震，將木板又托起兩寸，只聽得甘寶寶長長嘆了口氣，過了一會，幽幽的道：「倘若你不是王爺，只是個耕田打獵的漢子，要不然，是偷鷄摸狗的小賊也好，是打家劫舍的強人也好，我便能跟了你去……我一輩子跟了你去……」跟著幾滴淚水掉下來，落在她花鞋邊的地板上。段正淳胸口熱血上湧，心道：「我不做王爺了，我做小賊、做強人去，讓你一輩子跟著我。這王爺有甚麼做頭？」

只聽甘寶寶又道：「難道……難道這一輩子我當真永遠不再見你一面？連一面也見你不著？我……我還是死了的好……淳哥，淳哥……你想我不想？」這幾下低呼，當真是盪氣迴腸。段正淳忍不住低聲道：「寶寶，親親寶寶。」

甘寶寶吃了一驚，站起身來，隨即又嘆了口氣，自言自語：「我又在做夢了，夢裏又聽到你在叫我啦。」

段正淳低聲道：「親親寶寶，是我在叫你，我一直在想你，記掛著你。」

甘寶寶驚呼一聲：「淳哥，當真是你？」段正淳揭開木板，鑽了出來，低聲道：「親親寶寶，是我！」甘寶寶突然見到段正淳，登時臉上全沒了血色，走上幾步，身子搖晃。段正淳搶上去將她摟住。甘寶寶身子一顫，暈了過去。

段正淳忙捏她人中。甘寶寶悠悠醒轉，覺到身在段正淳懷中，他正在親自己的臉，歡喜得便似全身都要炸了開來，腦中暈眩，低聲道：「淳哥，淳哥，我……我又在做夢啦。」段正淳緊緊抱住她溫軟的身子，在她耳邊低聲道：「親親寶寶，你不是做夢，是我在做夢！」

突然門外有人粗聲喝道：「誰？誰在房裏？我聽到是個男人。」正是鍾萬仇的聲音。段正淳和甘寶寶都大吃一驚。甘寶寶大聲道：「是我，甚麼男人，女人，又在胡說八道了！」段正淳在她耳邊道：「你跟我逃走！我去做小賊、強盜，我不做王爺了！」甘寶寶大喜，低聲道：「我跟你去做小賊老婆，做強盜老婆。便做一天……也是好的。」

鍾萬仇不得妻子許可，不敢隨便入房，但在窗外已見到一個男子的黑影，大叫：「你房裏有男人，我……我見了！」再不理會妻子是否准許，砰的一聲，飛足踢開了房門。

段譽給南海鱷神抓住了後領，提在半空，登時動彈不得。他的「北冥神功」只練成一路「手太陰肺經」，只有大拇指的少商穴和人相觸，而對方又正在運勁，方能吸入內力，其餘穴道卻全不管用。他正想張口呼叫，南海鱷神伸左手按住他口，抱起他發足疾馳，直到遠離鎮南王府的僻靜之處，才放他下地，一手仍是抓住他後領，生怕他使出古怪步法逃走。

段譽苦笑道：「原來你改變主意，不想做我徒兒，要做烏龜兒子王八蛋了。」南海鱷神道：「誰說的？你先磕還我八個響頭，將我逐出門牆，不要我做徒兒了，然後再向我磕八個響頭，拜我為師。咱們規規矩矩，一清二楚，那我就沒烏龜兒子王八蛋的事。」段譽啞然失笑，搖頭道：「我不幹！我此刻給你抓住，全無還手之力，你殺死我好了。」南海鱷神道：

「呸，我才不上你這個當，老子決不會給人騙得做上烏龜兒子王八蛋。你道我好蠢麼？」段譽道：「你好聰明，十分聰明！」

南海鱷神想出了「妙計」，只道可以「規規矩矩、一清二楚」的手續完備，就可化徒為師，豈知對方寧死不磕十六個響頭，盤算了幾天的如意算盤全然打不響，不禁大感徬徨。

段譽道：「你南海派的規矩，徒兒可不可以殺師父？」南海鱷神道：「當然不可以，只有師父殺徒兒，決沒徒兒殺師父的事。」段譽道：「那麼徒兒聽師父的吩咐呢，還是師父聽徒兒的吩咐？」南海鱷神道：「自然是徒兒聽師父的吩咐，你拜我為師之後，甚麼事都得聽我吩咐。」段譽笑道：「現下你還是我徒兒，我叫你去奪回小師娘來，你辦好了沒有？」

南海鱷神道：「他媽的，我跟雲老四動手打架，小師娘的老子也趕了來，乘機把小師娘搶了去。」段譽聽到鍾靈已逃脫雲中鶴毒手，心下大喜。

南海鱷神又道：「後來我又跟小師娘的老子打架，他打了一會就不肯打了，小師娘那時已自己走了。雲老四說，咱們得去萬劫谷殺了鍾萬仇。」段譽道：「為甚麼？」南海鱷神道：「這件大事不可不辦，否則岳老二在江湖上一輩子抬不起頭來，人人都瞧我不起。」段譽奇道：「那是甚麼道理？雲老四騙人，你不用聽他的。」

南海鱷神道：「不，不！雲老四是為我好。你不明白這中間的道理，我來指點你。那小姑娘是我師娘，已長了我一輩，她的老子便長我兩輩，他媽的，鍾萬仇是甚麼東西，怎能長我兩輩？非殺了他不可。雲老四還說，他要去搶鍾萬仇的老婆來做老婆，他是顧念『四大惡人』的義氣，完全為我出力，奮不顧身，勉為其難。」

段譽更加奇怪，問道：「那是甚麼道理？」南海鱷神道：「鍾萬仇的老婆，是我師娘的母親，眼下也長了我兩輩。倘若雲老四搶了她來做了老婆，那就是岳老二把弟的老婆，是我的弟婦。她的女兒就比我低了一輩，是我的姪女。你是我姪女的老公，是我的姪婿，也比我低了一輩。那時候我叫你師父，你叫我姻伯，咱兩個不是兩頭大嗎？哈哈！這法兒真妙。」

段譽哈哈大笑。南海鱷神道：「快走，快走，趕緊去辦了這件大事，這世上決不容有比岳老二高上兩輩之人。」抓住段譽手臂，飛步向萬劫谷奔去。

段正淳聽得鍾萬仇踢門進房，腦中閃過一個念頭：「不能殺他！」輕輕掙脫甘寶寶的摟抱，鑽入地洞，托好了洞口木板。

鍾萬仇手提大刀，衝進房來，卻見房中便只甘寶寶一人，忙到衣櫥、床底、門後各處搜尋，別說沒男人，連鬼影也沒半個，心中大奇。甘寶寶怒道：「你又來欺侮我了，快一刀殺了我乾淨。」鍾萬仇找不到男人，早已喜悅不勝，急忙拋開大刀，陪笑道：「夫人，是我眼花，定是剛才多喝了幾杯！」一面說，一面兀自東張西望。

突然門外腳步聲急，鍾靈大叫：「媽，媽！」飛步搶進房來。跟著雲中鶴的聲音叫道：「你逃到天邊，我也要捉到你。」快步追了進來。

鍾靈叫道：「爹，這惡人……這惡人又來追我……」她逃避雲中鶴的追逐，早已上氣不接下氣，幸好自己家中門戶熟悉，東躲西藏，而雲中鶴在這些轉彎抹角的所在，又施展不出輕功，才給她逃到了母親房中。雲中鶴見鍾萬仇夫婦都在房中，不禁大喜，心想正好就此殺了鍾萬仇，將鍾夫人、鍾靈兩個一併擄去。

鍾萬仇連發三掌，都給雲中鶴閃身避開。雲中鶴繞過桌子，去追鍾靈，心想：「得把小妞兒先點倒了，再殺其父而奪其母，免得給她逃走。」鍾靈叫道：「竹篙子，你再追我，我可要呵你癢了。」雲中鶴一怔，叫道：「你呵得我著？再試試看。」說著縱身向她撲去。

那日鍾靈給雲中鶴抱了去，拚命掙扎，卻那裏掙得脫他的掌握？心裏怕得要命，只聽得南海鱷神遠遠追來，大叫：「師娘，師娘！你伸手掏他的胳窩兒，這瘦竹篙可最怕癢。」鍾靈心想：「呵癢嗎？那倒是我的拿手本事。」伸出手來，正要往雲中鶴胳窩裏呵去，不料雲中鶴先聽到南海鱷神的話，不等鍾靈手到，忍不住已笑了起來。這麼一笑，便奔不快了，南海鱷神跟著便即追到。

雲中鶴道：「岳老三，你可上了人家的當啦！」南海鱷神道：「甚麼上當不上當？快放下我師娘，要不然便嘗嘗我鱷嘴剪的滋味。」雲中鶴無可奈何，只得將鍾靈放下。鍾靈乘雲中鶴不備，伸手便去呵癢。雲中鶴彎了腰，笑得喘不過氣來。他越是笑，鍾靈越是不住手的呵。雲中鶴一面笑，一面不住咳嗽。南海鱷神道：「師娘，你這就饒了他罷，再呵下去，他一口氣接不上來，可活不成啦！」鍾靈好生奇怪，這惡人武功很高，怎麼會給人呵癢呵死？說道：「我不信，我呵死他試試看。」南海鱷神道：「不成，試不得，呵死了便活不轉了。雲中鶴的練功罩門是在胳下『天泉穴』，這地方碰也碰不得。」

鍾靈聽他這麼說，便放手不再呵癢。雲中鶴站直身子，突然一口唾沫向南海鱷神吐去，罵道：「死鱷魚，臭鱷魚！我練功的罩門所在，為甚麼說與外人知道？」鍾靈道：「好啊，你罵人！」伸手又去呵他癢，不料這一次卻不靈了，雲中鶴飛出一腳，將她踢了個觔斗，遠遠的站在一旁。

南海鱷神扶起鍾靈，問道：「師娘，你摔痛了沒有？」鍾靈還沒回答，只見鍾萬仇提刀追來，叫道：「臭丫頭，你死在這裏幹甚麼？」南海鱷神回頭喝道：「他媽的，你不乾不淨的嚷嚷甚麼？」鍾萬仇怒道：「我自己罵我女兒，管你甚麼事？」南海鱷神大發脾氣，指著鍾萬仇大叫：「你……你這狗賊，居然想佔我便宜？我……我岳老二跟你拚了。」鍾萬仇道：「我佔你甚麼便宜了？」南海鱷神道：「她是我師娘，已然比我大了一輩，那是事出無奈，我也沒甚麼法子。你卻自稱是她老子，這……這……你……不是更比我大上兩輩？岳老二在南海為尊，人人叫我老祖宗，老爺爺，來到中原，卻處處比人矮上一兩輩。老子不幹，萬萬不幹！」

鍾萬仇道：「你不幹就不幹。她是我親生女兒，我自然是她老子，又有甚麼『自稱』不『自稱』的？」南海鱷神歪著頭向他父女瞧了一會，說道：「你當然是『自稱』。我師娘這麼美麗，你卻醜得像個妖怪，怎麼會是她老子？我師娘定然是旁人生的，不是你生的。你是假老子，不是真老子！」鍾萬仇一聽，氣得臉也黑了，提刀向南海鱷神便砍。

鍾靈忙勸道：「爹爹，這人將我從惡人手裏救了出來，你別殺他！」

鍾萬仇怒火衝天，罵道：「臭丫頭，我早疑心你不是我生的。連這大笨蛋都這麼說，還有甚麼假的？我先殺他，再殺你，然後去殺你媽媽！」

鍾靈見二人鬥了起來，一時勝敗難分，大聲叫道：「喂，岳老三，你不可傷我爹爹。」又叫：「爹爹，你不能傷了岳老三！」便自走了。

她回到萬劫谷來，疲累萬分，到自己房中倒頭便睡。睡到半夜裏，只聽得雲中鶴大呼小叫，一間間房挨次搜來，急忙起身逃走。

這時鍾靈料知走不近身去呵雲中鶴的癢，一瞥眼見到地洞口的木板，她曾被華赫艮由此擒入地道，當即奔過去掀開木板，鑽了進去。

雲中鶴和鍾萬仇斗見地下出現洞穴，都是大奇。雲中鶴撲將過去，想抓鍾靈的腳，鍾萬仇出掌向他背心擊去。雲中鶴左手回掌格開，只恐鍾靈這美貌小妞兒鑽入地道之後，再也捉她不到，當即也鑽了進去。

爬出丈餘，黑暗中雙手亂抓，突然抓到一隻纖細的足踝，只聽得鍾靈大叫：「啊喲！」揮足要想掙脫。雲中鶴大喜之下，怎容她掙脫，臂上運勁，要拉她出來，那知一拉之下，鍾靈又是大叫：「啊喲！」卻拉她不動，似乎前面有人拉住了她。便在此時，雲中鶴只覺雙腳足踝一緊，已被人緊緊握住了向外拉扯，但聽得鍾萬仇叫道：「快出來，快出來！」

卻是鍾萬仇怕他傷害女兒，追入地道，要拉他出來。鍾萬仇扯了兩下不動，正欲運勁，突覺自己雙腳足踝被人抓住，一股力道向外拉扯，南海鱷神嘶啞的嗓子叫道：「馬臉的醜傢伙，你『自稱』是我師娘的老子，想高我岳老二兩輩，今日非殺了你不可。」

原來南海鱷神恰於此時帶著段譽趕到，在房外眼見鍾靈、雲中鶴、鍾萬仇三人鑽進了地道，心想當務之急，莫過於殺了這個「自稱高我兩輩的傢伙」，當即竄入房中，跟著鑽入地道，拉住了鍾萬仇雙足。

段譽急忙奔進房來，對鍾夫人道：「鍾伯母，救鍾靈妹子要緊。」正欲鑽入地道，突然身子被人一推，當即摔倒。

一個女子叫道：「岳老三、雲老四，你兩個快快出來！老大吩咐，叫你們兩個不得自相殘殺！」正是「無惡不作」葉二娘，奉了段延慶之命，來召喚南海鱷神和雲中鶴。她來得遲了一步，但見到雲中鶴鑽入地道，鍾萬仇與南海鱷神先後鑽進，只道南海鱷神要去追殺雲中鶴，雲老四武功不及他，只怕給他殺了，老大非大大怪罪不可。叫了幾聲，不見南海鱷神出來，當即鑽進地洞，抓住了南海鱷神雙腳，奮力要拉他出來。

段譽叫道：「喂喂，你們不可傷我鍾靈妹子，她本來是我沒過門的妻子，現下是我妹子啦！」但聽得地道中吆喝叫嚷，聲音雜亂，不知是誰在叫些甚麼，心想三大惡人擠在地道之中，鍾靈定是凶多吉少，她對我有情有義，我雖無武功，也當拚命相救，當即撲到地洞口，抓住葉二娘的雙腳足踝，用力要拉她出來。

他雙手緊握，自然而然便是葉二娘足踝上低陷易握的所在，此處俗稱「手一束」，剛好一手可以抓住，卻是「足太陰脾經」中的「三陰交」大穴，乃是「足少陰腎經」、「足太陰脾經」、「足厥陰肝經」三陰交會之處。他大拇指的「少商穴」一與葉二娘足踝「三陰交」要穴相接，雙方同時使勁，葉二娘的內力立即倒瀉而出，湧入段譽體內。

地道內轉側不易，雲中鶴抓住鍾靈足踝，鍾萬仇抓住雲中鶴足踝，南海鱷神抓住鍾萬仇足踝，葉二娘抓住南海鱷神足踝，最後段譽拉住葉二娘足踝，除了鍾靈之外，五個人都拚命要將前面之人拉出地道。鍾靈無甚力氣，本來雲中鶴極易將她拉出，但不知如何，竟似有人緊緊拉住了她，不讓她出來！

這一連串人都是拇指少商穴和前人足踝三陰交穴相連。葉二娘的內力瀉向段譽，跟著內力傳遞，南海鱷神、鍾萬仇、雲中鶴、鍾靈四人的內力也奔瀉而出。鍾靈本來沒甚麼內力，倒也罷了。餘下四人卻都嚇得魂飛魄散，拚命揮腳，想擺脫後人的掌握，但給緊緊抓住了，說甚麼也摔不脫，越是用勁使力，內力越是飛快的散失。

雲中鶴只覺鍾靈腳上源源傳來內力，跟著又從自己腳上傳出，心想這小妞兒如何有如此深厚內力，實在奇怪，好在自己腳上內力散失，手上卻有補充，自然說甚麼也不肯放脫鍾靈足踝，以免有去無來。鍾萬仇等也是一般的念頭，儘管心中害怕，雙手卻越抓越緊，正如溺水之人死命抓著任何外物不放，逃生活命，全仗於此。

這一連串人在地道中甚麼也瞧不見，起初還驚噢叫嚷：「老大叫你們去！」「快放開我腳！」「老子宰了你！」「抓著我幹甚麼？快鬆手！」「媽！媽！爹爹！」到後來突覺手上傳來的內力漸弱，足踝上內力的去勢卻絲毫不減，更是驚駭無比。

段譽拉扯良久，但覺內力源源湧入身來，他先前在無量山有過經歷，這時已能應付，每當燥熱難當之際，便將湧到的內力貯入膻中氣海。可是過得良久，只覺膻中氣海似乎要脹裂一般，漸漸害怕起來，但想鍾靈遭遇極大凶險，無論如何不能放手，咬緊了牙齒拚命抵受。

甘寶寶眼見怪事接續而來，登時手足無措，心中兀自在回思適才給段正淳摟在懷中親熱的消魂滋味，坐在椅上呆呆出神，嘴裏輕輕叫著：「淳哥，淳哥，他叫我『親親寶寶』，他抱著我親我，這次是真的，不是做夢！」

段譽胸口煩熱難忍，手上力道卻越來越大，這時地道中眾人的內力，幾有半數都移入了他體內。他終於將葉二娘慢慢拉出了地洞，跟著南海鱷神、鍾萬仇、雲中鶴、鍾靈一連串的拉扯著出來。段譽見到鍾靈，心下大慰，當即放開葉二娘，搶前去扶鍾靈，叫道：「靈妹，靈妹，你沒受傷嗎？」

葉二娘等四人的內力都耗了一半，一個個鬆開了手，坐在地板上呼呼喘氣。

鍾萬仇突然叫道：「有男人！地道內有男人！是段正淳，段正淳！」他突然想明白了，「夫人房內有此地道，必是段正淳幹的好事，適才在房外聽到男人聲音，見到男人黑影，必是段正淳無疑。」妒火大熾，搶過去一把推開段譽，抓住鍾靈後領，要將她擲在一旁，然後衝進地道去揪段正淳出來。

甘寶寶聽他大叫「段正淳」，登時從沉思中醒轉，站起身來，心中只是叫苦。

鍾萬仇沒想到自己內力大耗，抓住鍾靈後領非但擲她不動，反而雙足酸軟，一交坐倒在地。但他兀自不死心，仍是要將鍾靈扯離地洞，說甚麼也不能放過了段正淳。

扯得幾扯，只見地洞中伸上兩隻手來，握在鍾靈雙手手腕上，鍾萬仇大叫：「段正淳，你上來，我跟你拚個死活。」用力拉扯鍾靈向後，地洞中果然慢慢帶起一個人來。

這人果然是個男人！

鍾萬仇大叫：「段正淳！」放下鍾靈，撲上去揪住他胸膛，提將起來，只見這人獐頭鼠目，愁眉苦臉，歪嘴聳肩，身材瘦削，與段正淳大大不同。段譽叫道：「霍先生，你怎麼在這裏？」原來這人是金算盤崔百泉。

鍾萬仇大叫：「不是段正淳！」仰天摔倒，抓著崔百泉的五指兀自不放。突然之間，地洞中又伸起兩隻手，抓在崔百泉的雙腳足踝之上。鍾萬仇大叫：「段正淳！」用力拉扯，又扯出一個人來。

只見這人頭頂無髮，惟有香疤，是個和尚，滿臉皺紋，雙眉焦黃，不但是和尚，而且是個極老的老和尚。段譽叫道：「黃眉大師，你怎麼在這裏？」原來這老僧正是黃眉大師。

鍾萬仇奮起殘餘的精力，再將黃眉僧拉出地洞，他足上卻再沒人手握著了。鍾萬仇衝進地道，過了良久，氣喘喘的爬出來，叫道：「沒人了，地道內沒人。」瞧瞧崔百泉，瞧瞧黃眉僧，這兩人說甚麼也不能是鍾夫人的情夫，心下大慰，叫道：「夫人，對不住，我……我又冤枉了你！」這時精力耗竭，爬在地洞口只是喘氣，再也站不起來了。

黃眉僧、崔百泉、葉二娘、南海鱷神、雲中鶴五人都坐在地下，運氣調息。五人中黃眉僧功力遠勝，不久便即站起，喝道：「三個惡人，今日便饒了你們性命，今後再到大理來囉唣，休怪老僧無情！」

葉二娘、南海鱷神、雲中鶴於地道中的奇變兀自摸不到絲毫頭腦，只道是黃眉僧使的手腳，心想這老和尚連老大也鬥他不過，他一下子取了我一半內力去，那裏還敢作聲。三人又調息半晌，慢慢站起，向黃眉僧微微躬身，出房而去。此時三大惡人已全無半分惡氣。

黃眉僧、崔百泉、段譽三人別過鍾萬仇夫婦與鍾靈，出谷而去，來到谷口，段正淳帶著兩名家將正在等候。段正淳、段譽父子相見，俱感驚詫。

原來段正淳見鍾萬仇衝進房來，內心有愧，從地道中急速逃走，鑽出地道時卻見崔百泉在旁守候。崔百泉素知王爺的風流性格，當下也不多問，自告奮勇入地道探察，以防鍾夫人遭了丈夫毒手，卻遇到鍾靈給雲中鶴抓住了足踝。崔百泉當即抓住她手腕相助。正感支持不住，忽然足踝為人拉住。卻是黃眉僧凝思棋局之際，聽到地道中忽有異聲，於是從石屋中鑽入地道，循聲尋至，辨明了崔百泉的口音，出手相助。不料在這一役中，黃眉僧與崔百泉的內力，卻也有一小半因此移入了段譽體內。

十

劍氣碧煙橫

鳩摩智右手拇指和食指輕輕搭住，
似是拈住了一朵鮮花一般，臉露微笑，
左手五指向右輕彈，出指輕柔無比，
像是彈去右手鮮花上的露珠，
卻又生怕震落了花瓣。

次日清晨，段正淳與妻、兒話別。聽段譽說木婉清昨晚已隨其母秦紅棉而去，段正淳呆了半晌，嘆了幾口氣，問起崔百泉、過彥之二人，卻說早已首途北上。隨即帶同三公、四護衛到宮中向保定帝辭別，與慧真、慧觀二僧向陸涼州而去。段譽送出東門十里方回。

這日午後，保定帝正在宮中禪房誦讀佛經，一名太監進來稟報：「皇太弟府詹事啟奏，皇太弟世子突然中邪，已請了太醫前去診治。」保定帝本就擔心，段譽中了延慶太子的毒後，未必便能安然清除，當即差兩名太監前去探視。過了半個時辰，兩名太監回報：「皇太弟世子病勢不輕，似乎有點神智錯亂。」

保定帝暗暗心驚，當即出宮，到鎮南王府親去探病。剛到段譽臥室之外，便聽得砰嘭、乒乓、喀喇、嗆啷之聲不絕，盡是諸般器物碎裂之聲。門外侍僕跪下接駕，神色甚是驚惶。

保定帝推門進去，只見段譽在房中手舞足蹈，將桌子、椅子，以及各種器皿陳設、文房玩物亂推亂摔。兩名太醫東閃西避，十分狼狽。保定帝叫道：「譽兒，你怎麼了？」

段譽神智卻仍清醒，只是體內真氣內力太盛，便似要迸破胸膛衝將出來一般，若是揮動手足，擲破一些東西，便略略舒服一些。他見保定帝進來，叫道：「伯父，我要死了！」雙手在空中亂揮圈子。

刀白鳳站在一旁，只是垂淚，說道：「大哥，譽兒今日早晨還好端端地送他爹出城，不知如何，突然發起瘋來。」保定帝安慰道：「弟妹不必驚慌，定是在萬劫谷所中的毒未清，不難醫治。」向段譽道：「覺得怎樣？」

段譽不住的頓足，叫道：「姪兒全身腫了起來，難受之極。」保定帝瞧他臉面與手上皮膚，一無異狀，半點也不腫脹，這話顯是神智迷糊了，不出得皺起了眉頭。

原來段譽昨晚在萬劫谷中得了六個高手的一小半內力，當時也還不覺得如何，送別父親後睡了一覺，睡夢中真氣失了導引，登時亂走亂闖起來。他跳起身來，展開「凌波微步」走動，越走越快，真氣鼓盪，更是不可抑制，當即大聲號叫，驚動了旁人。

一名太醫道：「啟奏皇上，世子脈搏洪盛之極，似乎血氣太旺，微臣愚見，給世子放一些血，不知是否使得？」保定帝心想此法或許管用，點頭道：「好，你給他放放血。」那太醫應道：「是！」打開藥箱，從一隻磁盒中取出一條肥大的水蛭來。水蛭善於吸血，用以吸去病人身上的瘀血，最為方便，且不疼痛。那太醫揑住段譽的手臂，將水蛭口對準他血管。水蛭碰到段譽手臂後，不住扭動，無論如何不肯咬上去。那太醫大奇，用力按著水蛭，過得半晌，水蛭一挺，竟然死了。那太醫在皇帝跟前出醜，額頭汗水涔涔而下，忙取過第二隻水蛭來，仍是如此殭死。

另一名太醫臉有憂色，說道：「啟奏皇上，世子身上中有劇毒，連水蛭也毒死了。」他那知道段譽吞食了萬毒之王的莽牯朱蛤後，任何蛇蟲聞到他身上氣息，便即遠避，即令最厲害的毒蛇也都懾服，何況小小水蛭？

保定帝心中焦急，問道：「那是甚麼毒藥，如此厲害？」一名太醫道：「以臣愚見，世子脈象亢燥，是中了一種罕見的熱毒，這名稱麼？這個……這個……微臣愚魯……」另一名太醫道：「不然，世子脈搏陰虛，毒性唯寒，當用熱毒中和。」段譽體內既有黃眉僧、南海鱷神、鍾萬仇陽剛的內力，復有葉二娘、雲中鶴、崔百泉陰柔的內力，兩名太醫各見一偏，都說不出個真正的所以然來。

保定帝聽他們爭論不休，這二人是大理國醫道最精的名醫，見地卻竟如此大相枘鑿，可見姪兒體內的邪毒實是古怪之極，右手伸出食、中、無名三指，輕輕搭在段譽腕脈的「列缺穴」上。他段家子孫的脈搏往往不行於寸口，而行於列缺，醫家稱為「反關脈」。

兩名太醫見皇上一出手便顯得深明醫道，都是好生佩服。一人道：「醫書上言道：反關脈左手得之主貴，右手得之主富，左右俱反，大富大貴。陛下、鎮南王、世子三位都是反關脈。」另一人道：「三位大富大貴，那也不用因反關脈而知。」先一人道：「不然。世子的脈象既然大富大貴，足證此病雖然凶險，卻無大礙。」另名太醫不以為然，心道：「大富大貴之人，難道就沒有夭折的？」但這句話卻不便出口了。

保定帝只覺姪兒脈搏跳動既勁且快，這般跳將下去，心臟如何支持得住？手指上微一使勁，想查察他經絡中更有甚麼異象，突然之間，自身內力急瀉而出，霎時便無影無蹤。他大吃一驚，急忙鬆手。他自不知段譽已練成了「北冥神功」中的手太陰肺經，而列缺穴正是這路經脈中的穴道。保定帝一運內勁，便是將內力灌入段譽體內。

段譽叫聲：「啊喲！」全身劇震，顫抖難止。

保定帝退後兩步，說道：「譽兒，你遇到了星宿海的丁春秋嗎？」段譽道：「丁……丁春秋？姪兒不知他是誰。」保定帝道：「聽說是個仙風道骨、畫中神仙一般的老人。」段譽道：「姪兒從來沒見過他。」保定帝道：「這人有一身邪門功夫，善消別人內力，叫作『化功大法』，能令人畢生武學修為廢於一旦，天下武林之士，無不深惡痛絕。你既沒見過他，怎……怎學到了這門邪功？」段譽忙道：「姪兒沒學……學過。丁春秋和化功大法，姪兒剛才還是首次聽伯父說到。」

保定帝料他不會撒謊，更不會來化自己的內力，一轉念間已明其理：「是了，定是延慶太子學過這門邪功，不知使了甚麼古怪法道，將此邪功渡入譽兒體內，讓他不知不覺的便害了我和淳弟。嘿嘿，此人號稱『天下第一惡人』，果真名不虛傳！」

但見段譽雙手在身上亂搔亂抓，將衣服扯得稀爛，皮膚上搔出條條血痕，竭力忍住，才不號叫呼喊，口中不住呻吟。刀白鳳不住安慰：「譽兒，你耐著些兒，過一會兒便好了。」保定帝尋思：「這個難題，只有向天龍寺去求教了。」說道：「譽兒，我帶你去拜見幾位長輩，料想他們定有法子給你治好邪毒。」段譽應道：「是！」刀白鳳忙取過衣衫給兒子換上。保定帝帶同他出府，各乘一馬，向點蒼山馳去。

天龍寺在大理城外點蒼山中嶽峯之北，正式寺名叫作崇聖寺，但大理百姓叫慣了，都稱之為天龍寺，背負蒼山，面臨洱水，極佔形勝。寺有三塔，建於唐初，大者高二百餘尺，十六級，塔頂有鐵鑄記云：「大唐貞觀尉遲敬德造。」相傳天龍寺有五寶，三塔為五寶之首。

段氏歷代祖先做皇帝的，往往避位為僧，都是在這天龍寺中出家，因此天龍寺便是大理皇室的家廟，於全國諸寺之中最是尊榮。每位皇帝出家後，子孫逢他生日，必到寺中朝拜，每朝拜一次，必有奉獻裝修。寺有三閣、七樓、九殿、百廈，規模宏大，構築精麗，即是中原如五台、普陀、九華、峨嵋諸處佛門勝地的名山大寺，亦少有其比，只是僻處南疆，其名不顯而已。

段譽一路在馬背之上，遵從伯父指點，鎮制體內衝突不休的內息，煩惡稍減，這時隨著伯父來到寺前。這天龍寺乃保定帝常到之地，當下便去謁見方丈本因大師。

本因大師若以俗家輩份排列，是保定帝的叔父，出家人既不拘君臣之禮，也不敘家人輩行，兩人以平等禮法相見。保定帝將段譽如何為延慶太子所擒、如何中了邪毒、如何身染邪功化人內力，一一說了。

本因方丈沉吟片刻，道：「請隨我去牟尼堂，見見三位師兄弟。」保定帝道：「打擾眾位大和尚清修，罪過不小。」本因方丈道：「鎮南世子將來是我國嗣君，一身繫全國百姓的禍福。你的見識內力只有在我之上，既來問我，自是大大的疑難。我一人難決，當與三位師兄弟共商。」

兩名小沙彌在前引路，其後是本因方丈，更後是保定帝叔姪，由左首瑞鶴門而入，經幌天門、清都瑤台、无无境、斗母宮、三元宮、兜率大士院、雨花院、般若台，來到一條長廊之側。兩名小沙彌躬身分站兩旁，停步不行。三人沿長廊更向西行，來到幾間屋前。段譽曾來天龍寺多次，此處卻從所未到，只見那幾間屋全以松木搭成，板門木柱，木料均不去皮，天然質樸，和一路行來金碧輝煌的殿堂截然不同。

本因方丈雙手合什，說道：「阿彌陀佛，本因有一事疑難不決，打擾三位師兄弟的功課。」屋內一人說道：「方丈請進！」本因伸手緩緩推門。板門支支格格的作響，顯是平時極少有人啟閉。段譽隨著方丈和伯父跨進門去，他聽方丈說的是「三位師兄弟」，室中卻有四個和尚分坐四個蒲團。三僧朝外，其中二僧容色枯槁，另一個壯大魁梧。東首的一個和尚臉朝裏壁，一動不動。

保定帝認得兩個枯黃精瘦的僧人法名本觀、本相，都是本因方丈的師兄，那魁梧的僧人法名本參，是本因的師弟。他只知天龍寺牟尼堂共有「觀、相、參」三位高僧，卻不知另有一位僧人，當下躬身為禮。本觀等三人微笑還禮。那面壁僧人不知是在入定，還是功課正到緊要關頭，不能分心，始終沒加理會。保定帝知道「牟尼」兩字乃是寂靜、沉默之意，此處既是牟尼堂，須當說話越少越好，於是要言不煩，將段譽身中邪毒之事說了，最後道：「祈懇四位大德指點明路。」

本觀沉吟半晌，又向段譽打量良久，說道：「兩位師弟意下若何？」本參道：「便是稍損內力，也未必便練不成六脈神劍。」

保定帝聽到「六脈神劍」四字，心中不由得一震，尋思：「幼時曾聽爹爹說起，我段氏祖上有一門『六脈神劍』的武功，威力無窮。但爹爹言道，那也只是傳聞而已，沒聽說曾有那一位祖先會此功夫，而這功夫到底如何神奇，也是誰都不知。本參大師這麼說，原來確有這麼一門奇功。」轉念又想：「本參大師這話之意，是要以內力為譽兒解毒，這樣一來，勢必累到他們修練『六脈神劍』的進境受阻。但譽兒所中的邪毒、邪功，古怪之極，若不是咱們此間五人併力，如何能治？」心中雖感歉仄，終究沒出言推辭。

本相和尚一言不發，站起身來，低頭垂眉，斜佔東北角方位。本觀、本參也分立兩處方位。本因方丈道：「善哉！善哉！」佔了西南偏西的方位。

保定帝道：「譽兒，四位祖公長老，不惜損耗功力，為你驅治邪毒，快些叩謝。」段譽見了伯父的神色和四僧舉止，情知此事非同小可，當即拜倒，向四僧一一磕頭。四僧微笑點頭。保定帝道：「譽兒，你盤膝坐下，心中甚麼也別想，全身更不可使半分力氣，如有劇痛奇癢，皆是應有之象，不必驚怖。」段譽答應了，依言坐定。

本觀和尚豎起右手拇指，微一凝氣，便按在段譽後腦的風府穴上，一陽指力源源透入。那風府穴離髮際一寸，屬於督脈。跟著本相和尚點他任脈紫宮穴，本參和尚點他陰維脈大橫穴，本因方丈點他衝脈幽門穴和帶脈章門穴，保定帝點他陰蹻脈晴明穴。奇經八脈共有八個經脈，五人留下陽維、陽蹻兩脈不點。五人使的都是一陽指功，以純陽之力，要將他體內所中邪毒、邪功，自陽維、陽蹻兩脈的諸處穴道中洩出。

這段氏五大高手一陽指上的造詣均在伯仲之間，但聽得嗤嗤聲響，五股純陽的內力同時透入段譽體內。段譽全身一震之下，登時暖洋洋地說不出的舒服，便如冬日在太陽下曝晒一般。五人手指連動，只感自身內力進入段譽體內後漸漸消融，再也收不回來。段譽並未練過奇經八脈的「北冥神功」，但五大高手以一陽指手力強行注入，段譽卻也無可奈何，內力一至他膻中氣海，便即貯存。段氏五大高手你瞧瞧我，我瞧瞧你，都是驚疑不定。

猛聽得「嗚嘩——」一聲大喝，各人耳中均震得嗡嗡作響。保定帝知道這是佛門中一門極上乘的功夫，叫作「獅子吼」，一聲斷喝中蘊蓄深厚內力，大有懾敵警友之效。只聽那面壁而坐的僧人說道：「強敵日內便至，天龍寺百年威名，搖搖欲墮，這黃口乳子中毒也罷，著邪也罷，這當口值得為他白損功力嗎？」這幾句話中充滿著威嚴。

本因方丈道：「師叔教訓得是！」左手一揮，五人同時退後。

保定帝聽本因方丈稱那人為師叔，忙道：「不知枯榮長老在此，晚輩未及禮敬，多有罪業。」原來枯榮長老在天龍寺中輩份最高，面壁已數十年，天龍寺諸僧眾，誰也沒見過他真面目。保定帝也是只聞其名，從來沒拜見過，一向聽說他在雙樹院中獨參枯禪，十多年沒聽人提起，只道他早已圓寂。

枯榮長老道：「事有輕重緩急，大雪山大輪明王之約，轉眼就到。正明，你也來參詳參詳。」保定帝道：「是。」心想：「大雪山大輪明王佛法淵深，跟咱們有何瓜葛？」

本因方丈從懷中取出一封金光燦爛的信來，遞在保定帝手中。保定帝接了過來，著手重甸甸地，但見這信奇異之極，竟是用黃金打成極薄的封皮，上用白金嵌出文字，乃是梵文。保定帝識得寫的是：「書呈崇聖寺住持」，從金套中抽出信箋，也是一張極薄的金箋，上用梵文書寫，大意說：「當年與姑蘇慕容博先生相會，訂交結友，談論當世武功。慕容先生言下對貴寺『六脈神劍』備致推崇，深以未得拜觀為憾。近聞慕容先生仙逝，哀痛無已，為報知己，擬向貴寺討求該經，焚化於慕容先生墓前，日內來取，勿卻為幸。貧僧自當以貴重禮物還報，未敢空手妄取也。」信末署名「大雪山大輪寺釋子鳩摩智合什百拜」。箋上梵文也以白金鑲嵌而成，鑲工極盡精細，顯是高手匠人花費了無數心血方始製成。單是一個信封、一張信箋，便是兩件彌足珍貴的寶物，這大輪明王的豪奢，可想而知。

保定帝素知大輪明王鳩摩智是吐蕃國的護國法王，但只聽說他具大智慧，精通佛法，每隔五年，開壇講經說法，西域天竺各地的高僧大德，雲集大雪山大輪寺，執經問難，研討內典，聞法既畢，無不歡喜讚嘆而去。保定帝也曾動過前去聽經之念。這信中說與姑蘇慕容博談論武功，結為知己，然則也是一位武學高手。這等大智大慧之人，不學武則已，既為此道中人，定然非同小可。

本因方丈道：「『六脈神劍經』乃本寺鎮寺之寶，大理段氏武學的至高法要。正明，我大理段氏最高深的武學是在天龍寺，你是世俗之人，雖是自己子姪，許多武學的秘奧，亦不能向你洩露。」保定帝道：「是，此節我理會得。」本觀道：「本寺藏有六脈神劍經，連正明、正淳他們也不知曉，卻不知那姑蘇慕容氏如何得知。」

段譽聽到這裏，忽地想起，在無量山石洞的「瑯嬛福地」中，一列列的空書架上，簽條註明「大理段氏」之處，有「一陽指訣，缺」、「六脈神劍經，缺」的字樣，心道：「神仙姊姊搜羅天下各家各派武譜拳經，但我家的『一陽指訣』和『六脈神劍經』，她終究沒有得到。」心中有些得意，卻也有些惆悵，料想神仙姊姊對此必感遺憾。

只聽本參氣憤憤的道：「這大輪明王也算是舉世聞名的高僧了，怎麼恁地不通情理，膽敢向本寺強要此經？正明，方丈師兄知道善者不來，來者不善，此事後果非小，自己作不得主，請枯榮師叔出來主持大局。」

本因道：「本寺雖藏有此經，但說也慚愧，我們無一人能練成經上所載神功，連稍窺堂奧也說不上。枯榮師叔所參枯禪，是本寺的另一路神功，也當再假時日，方克大成。我們未練成神功，外人自不得而知，難道大輪明王竟有恃無恐，不怕這六脈神劍的絕學嗎？」

枯榮冷冷的道：「諒來他對六脈神劍是不敢輕視的。他信中對那慕容先生何等欽遲，而這慕容先生又心儀此經，大輪明王自知輕重。只是他料到本寺並無出類拔萃的高人，寶經雖珍，但無人能夠練成，那也枉然。」

本參大聲道：「他如自己仰慕，相求借閱一觀，咱們敬他是佛門高僧，最多不過婉言謝絕，也沒甚麼大不了。最氣人的，他竟要拿去燒化給死人，豈不太也小覷了天龍寺麼？」

本相喟然嘆道：「師弟倒不必因此生嗔著惱，我瞧那大輪明王並非妄人，他是想效法吳季札墓上掛劍的遺意，看來他對那位慕容先生欽仰之極，唉，良友已逝，不見故人……」說著緩緩搖頭。保定帝道：「本相大師知道那慕容先生的為人麼？」本相道：「我不知道。但想大輪明王是何等樣人，能得他如此欽佩，慕容先生真非常人也。」說時悠然神往。

本因方丈道：「師叔估量敵勢，咱們若非趕緊練成六脈神劍，只怕寶經難免為人所奪，天龍寺一敗塗地。只是這神劍功夫以內力為主，實非急切間一蹴可成。正明，非是我們對譽官所中邪毒袖手不理，就只怕大家內力耗損過多，強敵猝然而至，那就難以抵擋。看來譽官所中邪毒雖深，數日間性命無礙，這幾天就讓他在這裏靜養，傷勢倘有急變，我們隨時設法救治，待退了大敵之後，我們全力以赴，給他驅毒如何？」

保定帝雖然擔心段譽病勢，但他究竟極識大體，知道天龍寺是大理段氏的根本。每逢皇室有難，天龍寺傾力赴援，總是轉危為安。當年奸臣楊義貞弒上德帝篡位，全仗天龍寺會同忠臣高智昇靖難平亂。大理段氏於五代石晉天福二年丁酉得國，至今一百五十八年，中間經過無數大風大浪，社稷始終不墮，實與天龍寺穩鎮京畿有莫大關連，今日天龍有警，與社稷遇危一般無二，當下說道：「方丈仁德，正明感激無已，但不知對付大輪明王一事之中，正明亦能稍盡綿薄麼？」

本因沉吟道：「你是我段氏俗家第一高手，如能聯手共禦強敵，確能大增聲威。可是你乃世俗之人，如參與佛門弟子的爭端，難免令大輪明王笑我天龍寺無人。」

枯榮忽道：「咱們倘若分別練那六脈神劍，不論是誰，終究內力不足，都是練不成的。我也曾想到一個取巧的法子，各人修習一脈，六人一齊出手。雖然以六敵一，勝之不武，但我們並非和他單獨比武爭雄，而是保經護寺，就算一百人鬥他一人，卻也說不得了。只是算來算去，天龍寺中再也尋不出第六個指力相當的好手來，自以為此躊躇難決。正明，你就來湊湊數罷。只不過你須得剃個光頭，改穿僧裝才行。」他越說越快，似乎頗為興奮，但語氣仍是冷冰冰地。

保定帝道：「皈依我佛，原是正明的素志，只是神劍秘奧，正明從未聽聞，倉卒之際，只怕……」

本參道：「這路劍法的基本功夫，你早就已經會了，只須記一記劍法便成。」保定帝不解，道：「請方丈指點。」本因方丈道：「你且坐下。」保定帝在一個蒲團上盤膝坐下。

本因道：「六脈神劍，並非真劍，乃是以一陽指的指力化作劍氣，有質無形，可稱無形氣劍。所謂六脈，即手之六脈太陰肺經、厥陰心包經、少陰心經、太陽小腸經、陽明大腸經、少陽三焦經。」說著從本觀的蒲團後面取出一個卷軸。

本參接過，懸在壁上，卷軸舒開，帛面因年深日久，已成焦黃之色，帛上繪著個裸體男子的圖形，身上註明穴位，以紅線黑線繪著六脈的運走徑道。保定帝是一陽指的大行家，這

「六脈神劍經」以一陽指指力為根基，自是一看即明。

段譽躺在地下，見到帛軸和裸體男子的圖形，登時想起了那個給自己撕爛的帛軸，心想：「身上的穴道經脈，男女都是一般，神仙姊姊也真奇怪，為甚麼要繪成裸女之形，而且這裸女又繪上自己的相貌？」隱隱覺得不妥，似乎神仙姊姊有意以色相誘人，教人不得不練圖中的神功，自己神智迷糊中將帛軸撕了，說不定反而免去了一場劫難。只是如此推想未免褻瀆了神仙姊姊，這念頭只在腦海中一閃而過，再也不敢多想。

本因道：「正明，你是大理國一國之主，改裝易服，雖是一時的權宜之計，但若給對方瞧出了破綻，頗損大理國威名。利害相參，盼你自決。」保定帝雙手合什，說道：「護法護寺，義無反顧。」本因道：「很好。只是這六脈神劍經不傳俗家子弟，你須得剃度了，我才傳你。待退了強敵，你再還俗。」保定帝站起身來，雙膝跪地，道：「請大師慈悲。」

枯榮大師道：「你過來，我給你剃度。」

保定帝走上前去，跪在他身後。段譽見伯父要剃度為僧，心下暗暗驚異，只見枯榮大師伸出右手，反過來按在保定帝頭上，手掌上似無半點肌肉，皮膚之下包著的便是骨頭。枯榮大師仍不轉身，說偈道：「一微塵中入三昧，成就一切微塵定，而彼微塵亦不增，於一普現難思剎。」一手掌提起，保定帝滿頭烏髮盡數落下，頭頂光禿禿地更無一根頭髮，便是用剃刀來剃亦無這等乾淨。段譽固然大為驚訝，保定帝、本觀、本因等也無不欽佩：「枯榮大師參修枯禪，功力竟已到如此高深境界。」

只聽枯榮大師說道：「入我佛門，法名本塵。」保定帝合什道：「謝師父賜名。」佛門不敘世俗輩份，本因方丈雖是保定帝的叔父，但保定帝受枯榮剃度，便成了本因的師弟。當下保定帝去換上了僧袖僧鞋，宛然便是一位有道高僧。

枯榮大師道：「那大輪明王說不定今晚便至，本因，你將六脈神劍的秘奧傳於本塵。」本因道：「是！」指著壁上的經脈圖，說道：「本塵師弟，這六脈之中，你便專攻『手少陽三焦經脈』，真氣自丹田而至肩臂諸穴，由清冷淵而至肘彎中的天井，更下而至四瀆、三陽絡、會宗、外關、陽池、中渚、液門，凝聚真氣，自無名指的『關衝』穴中射出。」

保定帝依言運起真氣，無名指點處，嗤嗤聲響，真氣自「關衝」穴中洶湧迸發。

枯榮大師喜道：「你內力修為不凡。這劍法雖然變化繁複，但劍氣既已成形，自能隨意所之了。」

本因道：「依這六脈神劍的本意，該是一人同使六脈劍氣，但當此末世，武學衰微，已無人能修聚到如此強勁渾厚的內力，咱們只好六人分使六脈劍氣。師叔專練拇指少商劍，我專練食指商陽劍，本觀師兄練中指中衝劍，本塵師弟練無名指關衝劍，本相師兄練小指少衝劍，本參師弟練左手小指少澤劍。事不宜遲，咱們這便起始練劍。」

他又取出六幅圖形，懸於四壁，少商劍的圖形則懸在枯榮大師面前。每幅圖上都是縱橫交叉的直線、圓圈和弧形。六人專注自己所練一劍的劍氣圖，伸出手指在空中虛點虛劃。

段譽緩緩坐起身來，只覺體內真氣鼓盪，比先前更加難以忍受。原來保定帝、本因等五人適才又以不少內力輸進了他體內。段譽見伯父和方丈等正在凝神用功，不敢出聲打擾，呆坐良久，甚感無聊，無意中向懸在枯榮大師面前壁上的那張經脈穴道圖望去。只看了一會，便覺自己右手小臂不住抖動，似有甚麼東西要突破皮膚而迸發出來。那小老鼠一般的東西所要衝出來之處，正是穴道圖上所註明的「孔最穴」。

這一路「手太陰肺經」他倒是練過的，壁間圖形中穴道與裸女圖相同，但線路卻截然大異。順著經脈圖上的紅線一路看去，自孔最而至大淵，隨即跳過來回到尺澤，再向下而至魚際，雖然盤旋往復，但體內這股左衝右突的真氣，居然順著心意，也迂迴曲折的沿臂而上，升至肘彎，更升至上臂。真氣順著經脈運行，他全身的煩惡立時減輕，當下專心凝志的將這股真氣納入膻中穴去。

但經脈運行既異，這股真氣便不能如裸女帛軸上所示那樣順利貯入膻中，過不多時，便「啊唷，啊唷」的叫了出來。保定帝聽得他的叫喚，忙轉頭問道：「覺得怎樣？」段譽道：「我身上有無數氣流奔突竄躍，難過之極，我心裏想著太師伯圖上的紅線，氣流便歸到了膻中穴，啊唷！嗯，可是膻中穴越塞越滿，放不下了。我……我……我……我的胸膛要爆破了！」

這等內力的感應，只有身受者方自知覺，他只覺胸膛高高鼓起，立時便要脹破，在旁人看來卻無半點異狀。保定帝深知修習內功者的諸般幻象，本來膻中穴鼓脹欲破的情景，至少要練功至二十年後、內力渾厚無比之時方會出現，段譽從未學過內功，料來這幻象必是體內邪毒所致。保定帝暗暗驚異，知他若不導氣歸虛，全身便會癱瘓，但將這些邪毒深藏而入內府，以後再要驅出便千難萬難。他平素處理疑難大事，明斷果敢，往往一言而決，然眼前之事關係段譽一生禍福，稍有差池，立即便有性命之憂，眼見段譽雙目神光散亂，已顯顛狂之態，更無猶豫的餘地，心意已決：「這當口便是飲鴆止渴，也說不得了。」說道：「譽兒，我教你導氣歸虛的法門。」當下連比帶說，將法門傳授了他。

段譽不及等到聽完，便已一句一句的照行。大理段氏的內功法要，果是精妙絕倫，他一經照做，四處流竄的真氣便即逐一收入臟腑。中國醫書中稱人體內部器官為「五臟六腑」，「臟」便是「藏」，「腑」便是「府」，原有聚集積蓄之意。段譽先吸得了無量劍派七弟子的全部內力，後來又吸得了段延慶、黃眉僧、葉二娘、南海鱷神、雲中鶴、鍾萬仇、崔百泉等高手的部分內力，這一日又得了保定帝、本觀、本相、本因、本參段氏五大高手的一小部內力，體內真氣之厚，內力之強，幾已可說得上震古鑠今，並世無二。這時得伯父的指點，將這些真氣內力逐步藏入內府，全身越來越舒暢，只覺輕飄飄地，似乎要凌空飛起一般。

保定帝眼見他臉露笑容，歡喜無已，還道他入魔已深，只怕這邪毒從此和他一生糾纏固結，再難盡除，不免成為終身之累，不由得暗暗嘆息。

枯榮大師聽得保定帝傳功已畢，便道：「本塵，諸業皆是自作自受，休咎禍福，盡從心生。你不必太為旁人擔憂，趕緊練那關衝劍罷！」保定帝應道：「是！」收攝心神，又去鑽研關衝劍劍法。

段譽體內的真氣充沛之極，非一時三刻所能收藏得盡，只是那法門越行越熟，到後來也越收越快。僧舍中七人各自行功，不覺東方之既白。

但聽得報曉鷄啼聲喔喔，段譽自覺四肢百骸間已無殘存真氣，站起身來活動一下肢體，見伯父和五位高僧兀自在專心練劍。他不敢開門出去閒步，更不敢出聲打擾六人用功，無事可作，順便向伯父那張經脈圖望望，又向關衝劍的劍法圖解瞧瞧，雖聽太師伯說過，六脈神劍不傳俗家子弟，但想這等高深的武功我怎學得會，隨便瞧瞧，當亦無礙。看得心神專注之時，突覺一股真氣自行從丹田中湧出，衝至肩臂，順著紅線直至無名指的關衝穴。他不會運氣衝出，但覺無名指的指端腫脹難受，心想：「還是讓這股氣回去罷。」心中這麼想，那股氣流果真順著經脈回歸丹田。

段譽不知無意之間已窺上乘內功的法要，只不過覺得一股氣流在手臂中這麼流來流去，隨心所欲，甚是好玩。牟尼堂三僧之中，他覺以本相大師最是隨和可親，側頭去看他的「手少陰心經脈圖」。只見這路經脈起自腋下的極泉穴，循肘上三寸至青靈穴，至肘內陷後的少海穴，經靈道、通里、神門、少府諸穴，通至小指的少衝穴。如此緩緩存想，一股真氣果然便循著經脈路線運行，只是快慢洪纖，未能盡如意旨，有時甚靈，有時卻全然不行，料想是功力未到之故，卻也不在意下。

只半日功夫，段譽已將六張圖形上所繪的各處穴道盡都通過。只覺精神爽利，左右無事，又逐一去看少商、商陽、中衝、關衝、少衝、少澤六路劍法的圖形。但見紅線黑線，縱橫交錯，頭緒紛繁之極，心想：「這樣煩難的劍招，又如何記得住？何況太師伯說過，俗家子弟是不能學的。」當下便不再看，腹中覺得有些餓了，心想：「小沙彌怎地還不送素齋麵食來？還是悄悄出去找些吃的罷。」便在此時，鼻端忽然聞到一陣柔和的檀香，跟著一聲若有若無的梵唱遠遠飄來。

枯榮大師說道：「善哉！善哉！大輪明王駕到。你們練得怎麼樣了？」本參道：「雖不純熟，似乎也已足可迎敵。」枯榮道：「很好！本因，我不想走動，便請明王到牟尼堂來敘會罷。」本因方丈應道：「是！」走了出去。

本觀取過五個蒲團，一排的放在東首，西首放了一個蒲團。自己坐了東首第一個蒲團，本相第二，本參第四，將第三個蒲團空著留給本因方丈，保定帝坐了第五個蒲團。段譽沒坐位，便站在保定帝身後。枯榮、本觀等最後再溫習一遍劍法圖解，才將帛圖捲攏收起，都放在枯榮大師身前。

保定帝道：「譽兒，待會激戰一起，室中劍氣縱橫，大是凶險，伯父不能分心護你，你到外面走走去罷。」段譽心中一陣難過：「聽各人的口氣，這大輪明王武功厲害之極，伯父的關衝劍法乃是新練，不知是否敵得過他，若有疏虞，如何是好？」便道：「伯伯，我……我要跟著你，我不放心你與人家鬥劍……」說到最後幾個字時，聲音已哽咽了。保定帝心中也一動：「這孩子倒很有孝心。」

枯榮大師道：「譽兒，你坐在我身前，那大輪明王再厲害，也不能傷了你一根毫毛。」他聲音仍是冷冰冰地，但語意中頗有傲意。

段譽道：「是。」彎腰走到枯榮大師身前，不敢去看他臉，也是盤膝面壁而坐。枯榮大師的身軀比段譽高大得多，將他身子都遮住了，保定帝又是感激，又是放心，適才枯榮大師以枯禪功替自己落髮，這一手神功足以傲視當世，要保護段譽自是綽綽有餘。

霎時間牟尼堂中寂靜無聲。

過了好一會，只聽得本因方丈道：「明王法駕，請移這邊牟尼堂。」另一個聲音道：「有勞方丈領路。」段譽聽這聲音甚是親切謙和，彬彬有禮，絕非強兇霸橫之人。聽腳步聲共有十來個人。聽得本因推開板門，說道：「明王請！」

大輪明王道：「得罪！」舉步進了堂中，向枯榮大師合什為禮，說道：「吐蕃國晚輩鳩摩智，參見前輩大師。有常無常，雙樹枯榮，南北西東，非假非空！」

段譽尋思：「這四句偈言是甚麼意思？」枯榮大師卻心中一驚：「大輪明王博學精深，果然名不虛傳。他一見面便道破了我所參枯禪的來歷。」

世尊釋迦牟尼當年在拘尸那城娑羅雙樹之間入滅，東西南北，各有雙樹，每一面的兩株樹都是一榮一枯，稱之為「四枯四榮」，據佛經中言道：東方雙樹意為「常與無常」，南方雙樹意為「樂與無樂」，西方雙樹意為「我與無我」，北方雙樹意為「淨與無淨」。茂盛榮華之樹意示涅槃本相：常、樂、我、淨；枯萎凋殘之樹顯示世相：無常、無樂、無我、無淨。如來佛在這八境界之間入滅，意為非枯非榮，非假非空。

枯榮大師數十年靜參枯禪，還只能修到半枯半榮的境界，無法修到更高一層的「非枯非榮、亦枯亦榮」之境，是以一聽到大輪明王的話，便即凜然，說道：「明王遠來，老衲未克遠迎。明王慈悲。」

大輪明王鳩摩智道：「天龍威名，小僧素所欽慕，今日得見莊嚴寶相，大是歡喜。」

本因方丈道：「明王請坐。」鳩摩智道謝坐下。

段譽心想：「這位大輪明王不知是何模樣？」悄悄側過頭來，從枯榮大師身畔瞧了出去，只見西首蒲團上坐著一個僧人，身穿黃色僧袍。不到五十歲年紀，布衣芒鞋，臉上神采飛揚，隱隱似有寶光流動，便如是明珠寶玉，自然生輝。段譽向他只瞧得幾眼，便心生欽仰親近之意。再從板門中望出去，只見門外站著八九個漢子，面貌大都猙獰可畏，不似中土人士，自是大輪明王從吐蕃國帶來的隨從了。

鳩摩智雙手合什，說道：「佛曰：不生不滅，不垢不淨。小僧根器魯鈍，未能參透愛憎生死。小僧生平有一知交，是大宋姑蘇人氏，複姓慕容，單名一個『博』字。昔年小僧與彼邂逅相逢，講武論劍。這位慕容先生於天下武學無所不窺，無所不精，小僧得彼指點數日，生平疑義，頗有所解，又得慕容先生慨贈上乘武學秘笈，深恩厚德，無敢或忘。不意大英雄天不假年，慕容先生西歸極樂。小僧有一不情之請，還望眾長老慈悲。」

本因方丈道：「明王與慕容先生相交一場，即是因緣，緣分既盡，何必強求？慕容先生往生極樂，蓮池禮佛，於人間武學，豈再措意？明王此舉，不嫌蛇足麼？」

鳩摩智道：「方丈指點，確為至理。只是小僧生性痴頑，閉關四十日，始終難斷思念良友之情。慕容先生當年論及天下劍法，深信大理天龍寺『六脈神劍』為天下諸劍中第一，恨未得見，引為平生最大憾事。」

本因道：「敝寺僻處南疆，得蒙慕容先生推愛，實感榮寵。但不知當年慕容先生何不親來求借劍經一觀？」

鳩摩智長嘆一聲，慘然色變，默然半晌，才道：「慕容先生情知此經是貴寺鎮剎之寶，坦然求觀，定不蒙允。他道大理段氏貴為帝皇，不忘昔年江湖義氣，仁惠愛民，澤被蒼生，他也不便出之於偷盜強取。』」本因謝道：「多承慕容先生誇獎。既然慕容先生很瞧得起大理段氏，明王是他好友，須當體念慕容先生的遺意。」

鳩摩智道：「只是那日小僧曾誇口言道：『小僧是吐蕃國師，於大理段氏無親無故，吐蕃大理兩國，亦無親厚邦交。慕容先生既不便親取，由小僧代勞便是。』大丈夫一言既出，生死無悔。小僧對慕容先生既有此約，決計不能食言。」說著雙手輕輕擊了三掌。門外兩名漢子抬了一隻檀木箱子進來，放在地下。鳩摩智袍袖一拂，箱蓋無風自開，只見裏面是一隻燦然生光的黃金小箱。鳩摩智俯身取出金箱，托在手中。

本因心道：「我等方外之人，難道還貪圖甚麼奇珍異寶？再說，段氏為大理一國之主，一百五十餘年的積蓄，還怕少了金銀器玩？」卻見鳩摩智揭開金箱箱蓋，取出來的竟是三本舊冊。他隨手翻動，本因等瞥眼瞧去，見冊中有圖有文，都是硃墨所書。鳩摩智凝視著這三本書，忽然間淚水滴滴而下，濺濕衣襟，神情哀切，悲不自勝。本因等無不大為詫異。

枯榮大師道：「明王心念故友，塵緣不淨，豈不愧稱『高僧』兩字？」

大輪明王垂首道：「大師具大智慧，大神通，非小僧所及。這三卷武功訣要，乃慕容先生手書，闡述少林派七十二門絕技的要旨、練法，以及破解之道。」

眾人聽了，都是一驚：「少林派七十二門絕技名震天下，據說少林自創派以來，除了宋初曾有一位高僧身兼二十三門絕技之外，從未有第二人曾練到二十門以上。這位慕容先生能知悉少林七十二門絕技的要旨，已然令人難信，至於連破解之道也盡皆通曉，那更是不可思議了。」

只聽鳩摩智續道：「慕容先生將此三卷奇書賜贈，小僧披閱鑽研之下，獲益良多。現願將這三卷奇書，與貴寺交換六脈神劍寶經。若蒙眾位大師俯允，令小僧得完昔年信諾，實是感激不盡。」

本因方丈默然不語，心想：「這三卷書中所記，倘若真是少林寺七十二門絕技，那麼本寺得此書後，武學上不但可與少林並駕齊驅，抑且更有勝過。蓋天龍寺通悉少林絕技，本寺的絕技少林卻無法知曉。」

鳩摩智道：「貴寺賜予寶經之時，儘可自留副本，眾大師嘉惠小僧，澤及白骨，自身並無所損，一也。小僧拜領寶經後立即固封，決不私窺，親自送至慕容先生墓前焚化，貴寺高藝決不致因此而流傳於外，二也。貴寺眾大師武學淵深，原已不假外求，但他山之石，可以攻玉，少林寺七十二絕技確有獨到之秘，其中『拈花指』、『多羅葉指』、『無相劫指』三項指法，與貴派一陽指頗有相互印證之功，三也。」

本因等最初見到他那通金葉書信之時，覺得他強索天龍寺的鎮寺之寶，太也強橫無理，但這時聽他娓娓道來，頗為入情入理，似乎此舉於天龍寺利益甚大而絕無所損，反倒是他親身送上一份厚禮。本相大師極願與人方便，心下已有允意，只是論尊則有師叔，論位則有方丈，自己不便隨口說話。

鳩摩智道：「小僧年輕識淺，所言未必能取信於眾位大師。少林七十二絕技中的三門指法，不妨先在眾位之前獻醜。」說著站起身來，說道：「小僧當年不過是興之所至，隨意涉獵，所習甚是粗疏，還望眾位指點。這一路指法是拈花指。」只見他右手拇指和食指輕輕搭住，似是拈住了一朵鮮花一般，臉露微笑，左手五指向右輕彈。

牟尼堂中除段譽之外，個個是畢生研習指法的大行家，但見他出指輕柔無比，左手每一次彈出，都像是要彈去右手鮮花上的露珠，卻又生怕震落了花瓣，臉上則始終慈和微笑，顯得深有會心。據禪宗歷來傳說，釋迦牟尼在靈山會上說法，手拈金色波羅花遍示諸眾，眾人默然不語，只迦葉尊者破顏微笑。釋迦牟尼知迦葉已領悟心法，便道：「吾有正法眼藏，涅槃法門，實相無相，微妙法門，不立文字，教外別傳。付囑摩訶迦葉。」禪宗以心傳頓悟為第一大事，少林寺屬於禪宗，對這「拈花指」當是別有精研。

可是鳩摩智彈指之間卻不見得具何神通，他連彈數十下後，舉起右手衣袖，張口向袖子一吹，霎時間袖子上飄下一片片棋子大的圓布，衣袖上露出數十個破孔。原來他這數十下拈花指，都凌空點在自己衣袖之上，柔力損衣，初看完好無損，一經風吹，功力才露了出來。本因與本觀、本相、本參、保定帝等互望了幾眼，都是暗暗驚異：「憑咱們的功力，以一陽指虛點，破衣穿孔，原亦不難，但出指如此輕柔，溫顏微笑間神功已運，卻非咱們所能。這拈花指與一陽指全然不同，其陰柔內力，確是頗有足以借鏡之處。」

鳩摩智微笑道：「獻醜了。小僧的拈花指指力，不及少林寺的玄渡大師遠了。那『多羅葉指』，只怕造詣更差。」當下身形轉動，繞著地下木箱快步而行，十指快速連點，但見木箱上木屑紛飛，不住跳動，頃刻間一隻木箱已成為一片片碎片。

保定帝等見他指裂木箱，倒亦不奇，但見木箱的鉸鏈、銅片、鐵扣、搭鈕等金屬附件，俱在他指力下紛紛碎裂，這才不由得心驚。

鳩摩智笑道：「小僧使這多羅葉指，一味霸氣，功夫淺陋得緊。」說著將雙手攏在衣袖之中。突然之間，那一堆碎木片忽然飛舞跳躍起來，便似有人以一根無形的細棒，不住去挑動攪撥一般。看鳩摩智時，他臉上始終帶著溫和笑容，僧袖連下襬也不飄動半分，原來他指力從衣袖中暗暗發出，全無形跡。本相忍不住脫口讚道：「無相劫指，名不虛傳，佩服，佩服！」鳩摩智躬身道：「大師誇獎了。木片躍動，便是有相。當真要名副其實，練至無形無相，縱窮畢生之功，也不易有成。」本相大師道：「慕容先生所遺奇書之中，可有破解『無相劫指』的法門？」鳩摩智道：「有的。破解之法，便從大師的法名上著想。」本相沉吟半晌，說道：「嗯，以本相破無相，高明之至。」

本因、本觀、本相、本參四僧見了鳩摩智獻演三種指力，都不禁怦然心動，知道三卷奇書中所載，確是名聞天下的少林寺七十二門絕技，是否要將「六脈神劍」的圖譜另錄副本與之交換，確是大費躊躇。

本因道：「師叔，明王遠來，其意甚誠。咱們該當如何應接，請師叔見示。」

枯榮大師道：「本因，咱們練功習藝，所為何來？」

本因方丈沒料到師叔竟會如此詢問，微微一愕，答道：「為的是弘法護國。」枯榮大師道：「外魔來時，若是吾等道淺，難用佛法點化，非得出手降魔不可，該用何種功夫？」本因道：「若不得已而出手，當用一陽指。」枯榮大師問道：「你在一陽指上的修為，已到第幾品境界？」本因額頭出汗，答道：「弟子根鈍，又兼未能精進，只修得到第四品。」枯榮大師再問：「以你所見，大理段氏的一陽指與少林拈花指、多羅葉指、無相劫指三項指法相較，孰優孰劣？」本因道：「指法無優劣，功力有高下。」枯榮大師道：「不錯。咱們的一陽指若能練到第一品，那便如何？」本因道：「淵深難測，弟子不敢妄說。」枯榮道：「倘若你再活一百歲，能練到第幾品？」本因額上汗水涔涔而下，顫聲道：「弟子不知。」枯榮道：「能修到第一品嗎？」本因道：「決計不能。」枯榮大師就此不再說話。

本因道：「師叔指點甚是，咱們自己的一陽指尚自修習不得周全，要旁人的武學奇經作甚？明王遠來辛苦，待敝寺設齋接風。」這麼說，自是拒絕大輪明王的所求了。

鳩摩智長嘆一聲，說道：「都是小僧當年多這一句嘴的不好，否則慕容先生人都死了，這六脈神劍經求不求得到手，又有何分別？小僧今日狂妄，說一句不知天高地厚的言語，這六脈神劍的劍法，要是真如慕容先生所說的那麼精奧，只怕貴寺雖有圖譜，卻也無人得能練成。倘若有人練成，那麼這路劍法，未必便如慕容先生所猜想的神妙。」

枯榮大師道：「老衲心有疑竇，要向明王請教。」鳩摩智道：「不敢。」枯榮大師道：「敝寺藏有六脈神劍經一事，縱是我段氏的俗家子弟亦不得知，慕容先生卻從何處聽來？」鳩摩智道：「慕容先生於天下武學，所知十分淵博。各門各派的秘技武功，往往連本派掌門人亦所不知的，慕容先生卻瞭如指掌。姑蘇慕容那『以彼之道，還施彼身』八字，便由此而來。但慕容先生於大理段氏一陽指與六脈神劍的秘奧，卻始終未能得窺門徑，生平耿耿，遺恨而終。」

枯榮大師「嗯」了一聲，不再言語。保定帝等均想：「要是他得知了一陽指和六脈神劍的秘奧，只怕便要即以此道，來還施我段氏之身了。」

本因方丈道：「我師叔十餘年來未見外客，明王是當世高僧，我師叔這才破例延見。明王請。」說著站起身來，示意送客。

鳩摩智卻不站起，緩緩的道：「六脈神劍經既只徒具虛名，無裨實用，貴寺又何必如此重視？以致傷了天龍寺與大輪寺的和氣，傷了大理國和吐蕃國的邦交。」

本因臉色微變，森然問道：「明王之言，是不是說：天龍寺倘若不允交經，大理、吐蕃兩國便要兵戎相見？」保定帝一向派遣重兵，駐紮西北邊疆，以防吐蕃國入侵，聽鳩摩智如此說，自是全神貫注的傾聽。

鳩摩智道：「我吐蕃國主久慕大理國風土人情，早有與貴國國主會獵大理之念，只是小僧心想此舉勢必多傷人命，大違我佛慈悲本懷，數年來一直竭力勸止。」

本因等自都明白他言中所含的威脅之意。他是吐蕃國師，吐蕃國自國主而下，人人崇信佛法，便與大理國無異，鳩摩智向得國王信任，是和是戰，多半可憑他一言而決。倘若為了一部經書而致兩國生靈塗炭，委實大大的不值得。吐蕃強而大理弱，戰事一起，大局可慮。但他這般一出言威嚇，天龍寺便將鎮寺之寶雙手奉上，這可成何體統？

枯榮大師道：「明王既堅要此經，老衲等又何敢吝惜？明王願以少林寺七十二門絕技交換，敝寺不敢拜領。明王既已精通少林七十二絕技，復又精擅大雪山大輪寺武功，料來當世已無敵手。」

鳩摩智雙手合什，道：「大師之意，是要小僧出手獻醜？」枯榮大師道：「明王言道，敝寺的六脈神劍經徒具虛名，不切實用。我們便以六脈神劍，領教明王幾手高招。倘若確如明王所云，這路劍法徒具虛名，不切實用，那又何足珍貴？明王儘管將劍經取去便了。」

鳩摩智暗暗驚異，他當年與慕容博談論「六脈神劍」之時，略知劍法之意，純係以內力使無形劍氣，都覺不論劍法如何神奇高明，但以一人內力而同時運使六脈劍氣，諒非人力所能企及，這時聽枯榮大師的口氣，不但他自己會使，而且其餘諸僧也均會此劍法，天龍寺享名百餘年，確是不可小覷了。他神態一直恭謹，這時更微微躬身，說道：「諸位高僧肯顯示神劍絕藝，令小僧大開眼界，幸何如之。」

本因方丈道：「明王用何兵刃，請取出來罷。」

鳩摩智雙手一擊，門外走進一名高大漢子。鳩摩智說了幾句番話，那漢子點頭答應，到門外的箱子中取過一束藏香，交了給鳩摩智，倒退著出門。

眾人都覺奇怪，心想這線香一觸即斷，難道竟能用作兵刃？只見他左手拈了一枝藏香，右手取過地下的一些木屑，輕輕捏緊，將藏香插在木屑之中。如此一連插了六枝藏香，並成一列，每枝藏香間相距約一尺。鳩摩智盤膝坐在香後，隔著五尺左右，突然雙掌搓了幾搓，向外揮出，六根香頭一亮，同時點燃了。眾人都是大吃一驚，只覺這人內力之強，實已到了不可思議的境界。但各人隨即聞到微微的硝磺之氣，猜到這六枝藏香頭上都有火藥，鳩摩智並非以內力點香，乃是以內力磨擦火藥，使之燒著香頭。這事雖然亦甚難能，但保定帝等自忖勉力也可辦到。

藏香所生煙氣作碧綠之色，六條筆直的綠線裊裊升起。鳩摩智雙掌如抱圓球，內力運出，六道碧煙慢慢向外彎曲，分別指著枯榮、本觀、本因、本相、本參、保定帝六人。他這手掌力叫做「火燄刀」，雖是虛無縹緲，不可捉摸，卻能殺人於無形，實是厲害不過。此番他只志在得經，不欲傷人，是以點了六枝線香，以展示掌力的去向形跡，一來顯得有恃無恐，二來意示慈悲為懷，只是較量武學修為，不求殺傷人命。

六條碧煙來到本因等身前三尺之處，便即停住不動。本因等都吃了一驚，心想以內力逼送碧煙並不為難，但將這飄蕩無定的煙氣凝在半空，那可難上十倍了。本參左手小指一伸，一條氣流從少澤穴中激射而出，指向身前的碧煙。那條煙柱受這道內力一逼，迅速無比的向鳩摩智倒射過去，射到他身前二尺時，鳩摩智的「火燄刀」內力加盛，煙柱無法再向前行。鳩摩智點了點頭，道：「名不虛傳，六脈神劍中果然有『少澤劍』一路劍法。」兩人的內力激盪數招，本參大師知道倘若坐定不動，難以發揮劍法中的威力，當即站起身來，向左斜行三步，左手小指的內力自左向右的斜攻過去。鳩摩智左掌一撥，登時擋住。

本觀中指一豎，「中衝劍」向前刺出。鳩摩智喝道：「好，是中衝劍法！」揮掌擋住，以一敵二，毫不見怯。

段譽坐在枯榮大師身前，斜身側目，凝神觀看這場武林中千載難逢的大鬥劍，他雖不懂武功，卻也知道這幾位高僧以內力鬥劍，其凶險和厲害之處，更勝於手中真有兵刃。幸好鳩摩智點了六根線香，他可從碧煙的飄動來去之中，看到這三人的劍招刀法，看得十數招後，心念一動：「啊，是了！本觀大師的中衝劍法，便如圖上所繪的一般無二。」他輕輕打開中衝劍法圖譜，從碧煙的繚繞之中，對照圖譜上的劍招，一看即明，再無難解之處。再看本參的少澤劍法時，也是如此。只不過中衝劍大開大闔，氣勢雄邁，少澤劍卻是忽來忽去，變化精微。

本因方丈見師兄師弟聯手，佔不到絲毫上風，心想我們練這劍法未熟，劍招易於用盡，六人越早出手越好，這大輪明王聰明絕頂，眼下他顯是在觀察本觀、本參二人的劍法，未以全力攻防，當即說道：「本相、本塵兩位師弟，咱們都出手罷。」食指伸處，「商陽劍法」展動，跟著本相的「少衝劍」，保定帝的「關衝劍」，三路劍氣齊向三條碧煙上擊去。

段譽瞧瞧少衝劍，瞧瞧關衝劍，又瞧瞧商陽劍，東看一招，西看一招，對照圖譜之後雖能明白，終究是凌亂無章。正自凝神瞧著「少衝劍」的圖譜時，忽見一隻枯瘦的手指伸到圖上，寫道：「只學一圖，學完再換。」段譽心念一動，知是枯榮大師指點，回過頭來，向他微微一笑，示意致謝。

這一看之下，他笑容登時僵住，原來眼前所出現的那張面容奇特之極，左邊的一半臉色紅潤，皮光肉滑，有如嬰兒，右邊的一半卻如枯骨，除了一張焦黃的面皮之外全無肌肉，骨頭突了出來，宛然便是半個骷髏骨頭。他一驚之下，立時轉過了頭，一顆心怦怦亂跳，明知這是枯榮大師修習枯榮禪功所致，但這張半枯半榮的臉孔，實在太過嚇人，一時無論如何不能定下心來。

只見枯榮大師的食指又在帛上寫道：「良機莫失，凝神觀劍。自觀自學，不違祖訓。」

段譽心下明白：「枯榮太師伯先前對我伯父言道，六脈神劍不傳段氏俗家子弟，是以我伯父須得剃度之後，方蒙傳授。但他寫道『自觀自學，不違祖訓』，想來祖宗遺訓之中，卻不禁段氏俗家子弟無師自學。太師伯吩咐我『良機莫失，凝神觀劍』，自然是盼我自觀自學了。」當即點了點頭，仔細觀看伯父「關衝劍法」，大致看明白後，依次再看少衝、商陽兩路劍法。凡人五指之中，無名指最為笨拙，食指則最是靈活，因此關衝劍以拙滯古樸取勝，商陽劍法卻巧妙活潑，難以捉摸。少衝劍法與少澤劍法同以小指運使，但一為右手小指，一為左手小指，劍法上便也有工、拙、捷、緩之分。但「拙」並非不佳，「緩」也並不減少威力，只是奇正有別而已。

段譽本來只一念好奇，從碧煙的來去之中，對照圖譜上線路，不過像猜燈謎一般推詳一番，既得枯榮大師指示囑咐，這才專心一致的看了起來。到得這三路劍法大致看明，本參與本觀的劍法已是第二遍再使。段譽不必再參照圖譜，眼觀碧煙，與心中所記劍法一一印證，便覺圖上線路是死的，而碧煙來去，變化無窮，比之圖譜上所繪可豐富繁複得多了。

再觀看一會，本因、本相、和保定帝三人的劍法也已使完。本相小指一彈，使一招「分花拂柳」，已是這路劍招的第二次使出。鳩摩智微微點了點頭，跟著本因和保定帝的劍招也不得不從舊招中更求變化。突然之間，只聽得鳩摩智身前嗤嗤聲響，「火燄刀」威勢大盛，將五人劍招上的內力都逼將回來。

原來鳩摩智初時只取守勢，要看盡了六脈神劍的招數，再行反擊，這一自守轉攻，五條碧煙迴旋飛舞，靈動無比。那第六條碧煙卻仍然停在枯榮大師身後三尺之處，穩穩不動。枯榮大師有心要看透他的底細，瞧他五攻一停，能支持到多少時候，因此始終不出手攻擊。果然鳩摩智要長久穩住這六道碧煙，耗損內力頗多，終於這道碧煙也一寸一寸的向枯榮大師後腦移近。

段譽驚道：「太師伯，碧煙攻過來了。」枯榮點了點頭，展開「少商劍」圖譜，放在段譽面前。段譽見這路少商劍的劍法便如是一幅潑墨山水相似，縱橫倚斜，寥寥數筆，卻是劍路雄勁，頗有石破天驚、風雨大至之勢。段譽眼看劍譜，心中記掛著枯榮後腦的那股碧煙，一回頭間，只見碧煙離他後腦已不過三四寸遠，驚叫：「小心！」

枯榮大師反過手來，雙手拇指同時捺出，嗤嗤兩聲急響，分襲鳩摩智右胸左肩。他竟不擋敵人來侵，另遣兩路奇兵急襲反攻。他料得鳩摩智的火燄刀內力上蓄勢緩進，真要傷到自己，尚有片刻，倘若後發先至，當可打他個措手不及。

鳩摩智思慮周詳，早有一路掌力伏在胸前，但他料到的只是一著攻勢凌厲的少商劍，卻沒料到枯榮大師雙劍齊出，分襲兩處。鳩摩智手掌揚處，擋住了刺向自己右胸而來的一劍，跟著右足一點，向後急射而出，但他退得再快，總不及劍氣來如電閃，一聲輕響過去，肩頭僧衣已破，迸出鮮血。枯榮雙指迴轉，劍氣縮了回來，六根藏香齊腰折斷。本因、保定帝等也各收指停劍。各人久戰無功，早在暗暗擔憂，這時方才放心。

鳩摩智跨步走進室內，微笑道：「枯榮大師的禪功非同小可，小僧甚是佩服。那六脈神劍嘛，果然只是徒具虛名而已。」本因方丈道：「如何徒具虛名，倒要領教。」鳩摩智道：「當年慕容先生所欽仰的，是六脈神劍的劍法，並不是六脈神劍的劍陣。天龍寺這座劍陣固然威力甚大，但充其量，也只和少林寺的羅漢劍陣、崑崙派的混沌劍陣不相伯仲而已，似乎算不得是天下無雙的劍法。」他說這是「劍陣」而非「劍法」，是指摘對方六人一齊動手，排下陣勢，並不是一個人使動六脈神劍，便如他使火燄刀一般。

本因方丈覺得他所說確然有理，無話可駁。本參卻冷笑道：「劍法也罷，劍陣也罷，適才比刀論劍，是明王贏了，還是我們天龍寺贏了？」

鳩摩智不答，閉目默念，過得一盞茶時分，睜開眼來，說道：「第一仗貴寺稍佔上風，第二仗小僧似乎已有勝算。」本因一驚，問道：「明王還要比拚第二仗？」鳩摩智道：「大丈夫言而有信。小僧既已答允了慕容先生，豈能畏難而退？」本因道：「然則明王如何已有勝算？」

鳩摩智微微一笑，道：「眾位武學淵深，難道猜想不透？請接招罷！」說著雙掌緩緩推出。枯榮、本因、保定帝等六人同時感到各有兩股內勁分從不同方向襲來。本因等均覺其勢不能以六脈神劍的劍法擋架，都是雙掌齊出，與這兩股掌力一擋，只有枯榮大師仍是雙手拇指一捺，以少商劍法接了敵人的內勁。

鳩摩智推出了這股掌力後便即收招，說道：「得罪！」

本因和本觀等相互望了一眼，均已會意：「他一掌之上可同時生出數股力道，枯榮師叔的少商雙劍若再分進合擊，他也儘能抵禦得住。咱們卻必須捨劍用掌，這六脈神劍顯是不及他的火燄刀了。」

便在此時，只見枯榮大師身前煙霧升起，一條條黑煙分為四路，向鳩摩智攻了過去。鳩摩智對這位面壁而坐、始終不轉過頭來的老和尚心下本甚忌憚，突見黑煙來襲，一時猜不透他用意，仍是使出「火燄刀」法，分從四路擋架。他當下並不還擊，一面防備本因等羣起而攻，一面靜以觀變，看枯榮大師還有甚麼厲害的後著。

只見黑煙越來越濃，攻勢極為凌厲。鳩摩智暗暗奇怪：「如此全力出擊，所謂飄風不終朝，暴雨不終夕，又如何能夠持久？枯榮大師當世高僧，怎麼竟會以這般急躁剛猛的手段應敵？」料想他決計不會這般沒有見識，必是另有詭計，當下緊守門戶，一顆心靈活潑潑地，以便隨機應變。過不到片刻，四道黑煙突然一分二、二分四，四道黑煙分為一十六道，四面八方向鳩摩智推來。鳩摩智心想道：「強弩之末，何足道哉？」展開火燄刀法，一一封住。雙方力道一觸，十六道黑煙忽然四散，室中刹時間煙霧瀰漫。鳩摩智毫不畏懼，鼓盪真力，護住了全身。

但見煙霧漸淡漸薄，濛濛煙氣之中，只見本因等五僧跪在地下，神情莊嚴，而本觀與本參的眼色中更是大顯悲憤。鳩摩智一怔之下，登時省悟，暗叫：「不好！枯榮這老僧知道不敵，竟然將六脈神劍的圖譜燒了。」

他所料不錯，枯榮大師以一陽指的內力逼得六張圖譜焚燒起火，生怕鳩摩智阻止搶奪，於是推動煙氣向他進擊，使他著力抵禦，待得煙氣散盡，圖譜已燒得乾乾淨淨。本因等均是精研一陽指的高手，一見黑煙，便知緣由，心想師叔寧為玉碎，不肯瓦全，甘心將這鎮寺之寶毀去，決不讓之落入敵手。好在六人心中分別記得一路劍法，待強敵退去，再行默寫出來便是，只不過祖傳的圖譜卻終於就此毀了。

這麼一來，天龍寺和大輪明王已結下了深仇，再也不易善罷。

鳩摩智又驚又怒，他素以智計自負，今日卻接連兩次敗在枯榮大師的手下，六脈神劍經既已毀去，則此行徒然結下個強仇，卻是毫無收穫。他站起身來，合什說道：「枯榮大師何必剛性乃爾？寧折不曲，頗見高致。貴寺寶經因小僧而毀，心下大是過意不去，好在此經非一人之力所能練得，毀與不毀，原無多大分別。這就告辭。」

他微一轉身，不待枯榮和本因對答，突然間伸手扣住了保定帝右手腕脈，說道：「敝國國主久仰保定帝風範，渴欲一見，便請陛下屈駕，赴吐蕃國一敘。」

這一下變出不意，人人都是大吃一驚。這番僧忽施突襲，以保定帝武功之強，竟也著了道兒，被他扣住了手腕上「列缺」與「偏歷」兩穴。保定帝急運內力衝撞穴道，於霎息間連衝了七次，始終無法掙脫。本因等都覺鳩摩智這一手太過卑鄙，大失絕頂高手的身分，但空自憤怒，卻無相救之策，因保定帝要穴被制，隨時隨刻可被他取了性命。

枯榮大師哈哈一笑，說道：「他從前是保定帝，現下已避位為僧，法名本塵。本塵，吐蕃國國主既要見你，你去去也好。」保定帝無可奈何，只得應道：「是！」他知道枯榮大師的用意，鳩摩智當自己是一國之主，擒住了自己是奇貨可居，但若信得自己已避位為僧，不過是擒拿了一個天龍寺的和尚，那就無足輕重，說不定便會放手。

自鳩摩智踏進牟尼堂後，保定帝始終不發一言，未露任何異狀，可是要使得動這六脈神劍，雖不過是六劍中的一劍，也須是第一流的武學高手，內力修為異常深湛之士。武林之中那幾位是第一流好手，各人相互均知。鳩摩智此番乃有備而來，於大理段氏及天龍寺僧俗名家的形貌年紀，都打聽得清清楚楚，各人的脾性習氣、武功造詣，也已琢磨了十之八九。他知天龍寺中除枯榮大師外，尚有四位高手，現下忽然多了一個「本塵」出來，這人的名字從未聽過，而內力之強，絲毫不遜於其餘「本」字輩四僧，但看他雍容威嚴，神色間全是富貴尊榮之氣，便猜到他是保定帝了。待聽枯榮大師說他已「避位為僧」，鳩摩智心中一動：「久聞大理段氏歷代帝皇，往往避位為僧，保定帝到天龍寺出家，原也不足為奇。但皇帝避位為僧，全國必有盛大儀典，飯僧禮佛，修塔造廟，定當轟動一時，決不致如此默默無聞。我吐蕃國得知訊息後，也當遣使來大理賀新君登位。此事其中有詐。」便道：「保定帝出家也好，沒出家也好，都請到吐蕃一遊，朝見敝國國君。」說著拉了保定帝，便即跨步出門。

本因喝道：「且慢！」身形晃處，和本觀一齊攔在門口。鳩摩智道：「小僧並無加害保定帝皇爺之意，但若眾位相逼，可顧不得了。」右手虛擬，對準了保定帝的後心。他這「火燄刀」的掌力無堅不摧，保定帝既脈門被扣，已是聽由宰割，全無相抗之力。天龍眾僧倘若合力進攻，一來投鼠忌器，二來也無取勝把握。但本因等兀自猶豫，保定帝是大理國一國之主，如何能讓敵人挾持而去？

鳩摩智大聲道：「素聞天龍寺諸高僧的大名，不料便這一件小事，也是婆婆媽媽，效那兒女之態。請讓路罷！」

段譽自見伯父被他挾持，心下便甚焦急，初時還想伯父武功何等高強，怕他何來，只不過暫且忍耐而已，時機一到，自會脫身；不料越看越不對，鳩摩智的語氣與臉色傲意大盛，而本因、本觀等人的神色卻均焦慮憤怒，而又無可奈何。待見鳩摩智抓著保定帝的手腕，一步步走向門口，段譽惶急之下，不及多想，大聲道：「喂，你放開我伯父！」跟著從枯榮大師身前走了出來。

鳩摩智早見到枯榮大師身前藏有一人，一直猜想不透是何等樣人，更不知坐在枯榮大師身前有何用意，這時見他長身走出，欲知就裏，回頭問道：「尊駕是誰？」

段譽道：「你莫問我是誰，先放開我伯父再說。」伸出右手，抓住了保定帝的左手。

保定帝道：「譽兒，你別理我，急速請你爹爹登基，接承大寶。我是閒雲野鶴一老僧，更何足道？」

段譽使勁拉扯保定帝手腕，叫道：「快放開我伯父！」他大拇指少商穴與保定帝手腕上穴道相觸，這麼一使力，保定帝全身一震，登時便感到內力外洩。

便在同時，鳩摩智也察覺到自身真力急瀉而出，登時臉色大變，心道：「大理段氏怎地學會了『化功大法』？」當即凝氣運力，欲和這陰毒邪功相抗。

保定帝驀地裏覺到雙手各有一股猛烈的力道向外拉扯，當即使出「借力打力」心法，將這兩股力道的來勢方向對在一起。雙力相拒之際，他處身其間，雙手便毫不受力，一揮手便已脫卻鳩摩智的束縛，帶著段譽飄身後退，暗叫：「慚愧！今日多虧譽兒相救。」

鳩摩智這一驚當真非同小可，心想：「中土武林中，居然又出了一位大高手，我怎地全然不知？這人年紀輕輕，只不過二十來歲年紀，怎能有如此修為？那人叫保定帝為伯父，那麼是大理段氏小一輩中的人物了。」當下緩緩點了點頭，說道：「小僧一直以為大理段氏藝專祖學，不暇旁騖，殊不知後輩英賢，卻去結交星宿老人，研習『化功大法』的奇門武學，奇怪啊，奇怪！」他雖淵博多智，卻也誤以為段譽的「北冥神功」乃是「化功大法」，只是他自重身分，不肯出口傷人，因此稱星宿「老怪」為「老人」。武林人士都稱這「化功大法」為妖功邪術，他卻稱之為「奇門武學」。適才這麼一交手，他料想段譽的內力修為當不在星宿老怪丁春秋之下，不會是那老怪的弟子傳人，是以用了「結交」兩字。

保定帝冷笑道：「久仰大輪明王睿智圓通，識見非凡，卻也口出這等謬論。星宿老怪擅於暗算偷襲，卑鄙無恥，我段氏子弟豈能跟他有何關連？」

鳩摩智一怔，臉上微微一紅，保定帝言中「暗算偷襲，卑鄙無恥」這八個字，自是指斥他適才的舉動。

段譽道：「大輪明王遠來是客，天龍寺以禮相待，你卻膽敢犯我伯父。咱們不過瞧著大家都是佛門弟子，這才處處容讓，你卻反而更加橫蠻起來。出家人中，那有如明王這般不守清規的？」

眾人聽段譽以大義相責，心下都暗暗稱快，同時嚴神戒備，只恐鳩摩智老羞成怒，突然發難，向段譽加害。

不料鳩摩智神色自若，說道：「今日結識高賢，幸何如之，尚請不吝賜教數招，俾小僧有所進益。」段譽道：「我不會武功，從來沒學過。」鳩摩智笑道：「高明，高明。小僧告辭了！」身形微側，袍袖揮處，手掌從袖底穿出，四招「火燄刀」的招數同時向段譽砍來。

敵人最厲害的招數猝然攻至，段譽兀自懵然不覺。保定帝和本相雙指齊出，將他這四招「火燄刀」接下了，只是在鳩摩智極強內勁的斗然衝擊之下，身形都是一晃。本相更「哇」的一聲，吐出了一口鮮血。

段譽見到本相吐血，這才省悟，原來適才鳩摩智又暗施偷襲，心下大怒，指著他的鼻子罵道：「你這蠻不講理的番僧！」他右手食指這麼用力一指，心與氣通，自然而然的使出一招「商陽劍」的劍法來。他內力之強，當世已極少有人能及，適才在枯榮大師身前觀看了六脈神劍的圖譜，以及七僧以無形刀劍相鬥，一指之出，竟心不自知的與劍譜暗合。但聽得嗤的一聲響，一股渾厚無比的內勁疾向鳩摩智刺去。

鳩摩智一驚，忙出掌以「火燄刀」擋架。

段譽這一出手，不但鳩摩智大為驚奇，而枯榮、本因等亦是大出意料之外，其中最感奇怪的，更是保定帝與段譽自己。段譽心想：「這可古怪之極了。我隨手這麼一指，這和尚為甚麼要這般凝神擋拒？是了，是了，想是我出指的姿式很對，這和尚以為我會使六脈神劍。哈哈，既是如此，我且來嚇他一嚇。」大聲道：「這商陽劍功夫，何足道哉！我使幾招中衝劍的劍法給你瞧瞧。」說著中指點出。但他手法雖然對了，這一次卻無內勁相隨，只不過凌空虛點，毫無實效。

鳩摩智見他中指點出，立即蓄勢相迎，不料對方這一指竟然無半點勁力，還道他虛虛實實，另有後著，待見他又點一指，仍是空空洞洞，不禁心中一樂：「我原說世上豈能有人既會使商陽劍，又會使中衝劍？果然這小子虛張聲勢的唬人，倒給他嚇了一跳。」

他這次在天龍寺中連栽了幾個觔斗，心想若不顯一顯顏色，大輪明王威名受損不小，當下左掌分向左右連劈，以內勁封住保定帝等人的赴援之路，跟著右掌斬出，直趨段譽右肩。這一招「白虹貫日」，是他「火燄刀」刀法的精妙之作，一刀便要將段譽的右肩卸了下來。保定帝、本因、本參等齊聲叫道：「小心！」各自伸指向鳩摩智點去。

他三人出招，自是上乘武功中攻敵之不得不救，那知鳩摩智先以內勁封住周身要害，這一刀毫不退縮，仍是筆直的砍將下來。段譽聽得保定帝等人的驚呼之聲，知道不妙，雙手同時出力揮出，他心下驚惶，真氣自然湧出，右手少衝劍，左手少澤劍，雙劍同時架開了火燄刀這一招，餘勢未盡，嗤嗤聲響，向鳩摩智反擊過去。鳩摩智不暇多想，左手發勁擋擊。

段譽刺了這幾劍後，心中已隱隱想到，須得先行存念，然後鼓氣出指，內勁真氣方能激發，但何以如此，自是莫名其妙。他中指輕彈，中衝劍法又使了出來。霎息之間，適才在圖譜上見到的那六路劍法一一湧向心頭，十指紛彈，此去彼來，連綿無盡。

鳩摩智大驚，盡力催動內勁相抗，斗室中劍氣縱橫，刀勁飛舞，便似有無數迅雷疾風相互衝撞激盪。鬥得一會，鳩摩智只覺得對方內勁越來越強，劍法也是變化莫測，隨時自創新意，與適才本因、本相等人的拘泥劍招大不相同，令人實難捉摸，他自不知段譽記不明白六路劍法中這許多繁複的招式，不過危急中隨指亂刺，那裏是甚麼自創新招了？心下既驚且悔：「天龍寺中居然伏得有這樣一個青年高手，今日當真是自取其辱。」突然間嗤嗤嗤連砍三刀，叫道：「且住！」

段譽的真氣卻不能隨意收發，聽得對方喝叫「且住」，不知如何收回內勁，只得手指一抬，向屋頂指去，心想：「我不該再發勁了，且聽他有何話說。」

鳩摩智見段譽臉有迷惘之色，收斂真氣時手忙腳亂，全然不知所云，心念微動，便即縱身而上，揮拳向他臉上擊去。

段譽以諸般機緣巧合，才學會了六脈神劍這門最高深的武學，尋常的拳腳兵刃功夫卻全然不會。鳩摩智這一拳隱伏七八招後著，原也是極高明的拳術，然而比之「火燄刀」以內勁傷人，其間深淺難易，相去自不可以道里計。本來世上任何技藝學問，決無會深不會淺、會難不會易之理，段譽的武功卻是例外。他見鳩摩智揮拳打到，便即毛手毛腳的伸臂去格。鳩摩智右掌翻過，已抓住了他胸口「神封穴」。段譽立時全身酸軟，動彈不得。

神封穴屬「足少陰腎經」，他沒練過。

鳩摩智雖已瞧出段譽武學之中隱伏有大大的破綻，一時敵不過他的六脈神劍，便想以別項高深武功勝他，卻也決計料想不到，竟能如此輕而易舉的手到擒來。他還生怕段譽故意裝模作樣，另有詭計，一拿住他「神封穴」，立即伸指又點他「極泉」、「大椎」、「京門」數處大穴。這些穴道所屬經脈，段譽也沒練過。

鳩摩智倒退三步，說道：「這位小施主心中記得六脈神劍的圖譜。原來的圖譜已被枯榮大師焚去，小施主便是活圖譜，在慕容先生墓前將他活活的燒了，也是一樣。」左掌揚處，向前急連砍出五刀，抓住段譽退出了牟尼堂門外。

保定帝、本因、本觀等縱前想要奪人，均被他這連環五刀封住，無法搶上。

鳩摩智將段譽一拋，擲給了守在門外的九名漢子，喝道：「快走！」兩名漢子同時伸手過來，接過段譽，並不從原路出去，逕自穿入牟尼堂外的樹林。鳩摩智運起「火燄刀」，一刀刀的只是往牟尼堂的門口砍去。

保定帝等各以一陽指氣功向外急衝，一時之間卻攻不破他的無形刀網。

鳩摩智聽得馬蹄聲響，知道九名部屬已擄著段譽北去，長笑說道：「燒了死圖譜，反得活圖譜。慕容先生地下有人相伴，可不覺寂寞了！」右掌斜劈，喀喇喇一聲響，將牟尼堂的兩根柱子劈倒，身形微晃，便如一溜輕煙般奔入林中，剎那間不知去向。

保定帝和本參雙雙搶出，見鳩摩智已然走遠。保定帝道：「快追！」衣襟帶風，一飄數丈。本參大師和他並肩齊行，向北追趕。

金庸作品集 21

天龍八部

1 無量玉壁

The Semi-gods and the Semi-devils, Vol. 1

作者／金庸

副總編輯／鄭祥琳
特約編輯／李麗玲、沈維君
封面與內頁設計／林秦華
內頁插畫／王司馬
排版／連紫吟、曹任華
行銷企劃／廖宏霖

發行人／王榮文
出版發行／遠流出版事業股份有限公司
地址／臺北市中山北路一段 11 號 13 樓
電話／（02）2571-0297 傳真／（02）2571-0197 郵撥／0189456-1
著作權顧問／蕭雄淋律師

1987 年 2 月 1 日 初版一刷
2023 年 11 月 1 日 五版一刷
平裝版 每冊 380 元（本作品全五冊，共 1900 元）

ISBN 978-626-361-318-8（套：平裝）
ISBN 978-626-361-313-3（第 1 冊：平裝）
Printed in Taiwan

YLib 遠流博識網 http://www.ylib.com E-mail: ylib@ylib.com
金庸茶館粉絲團 https://www.facebook.com/jinyongteahouse

封面圖片／明朝繪畫「天龍八部羅叉女衆」。克利夫蘭藝術博物館藏。

天龍八部 . 1, 無量玉壁 = The Semi-gods and the Semi-devils. vol.1 ／金庸著 . – 五版 . -- 臺北市：遠流，2023.11
面； 公分 --（金庸作品集；21）
ISBN 978-626-361-313-3（平裝）

857.9 112016223